夏冠洲·作品

夏冠洲 著

名家新疆丛书

新疆文化出版社

新疆的魅力

图书在版编目（CIP）数据

新疆的魅力 / 夏冠洲著. -- 乌鲁木齐：新疆文化出版社, 2016.5
（名家新疆丛书）
ISBN 978-7-5469-8540-4

Ⅰ.①新… Ⅱ.①夏… Ⅲ.①散文集 – 中国 – 当代
Ⅳ.①I267

中国版本图书馆 CIP 数据核字(2016)第 124417 号

书　　名　新疆的魅力
著　　者　夏冠洲
出　　版　新疆文化出版社（www.xjdzyx.com）
地　　址　乌鲁木齐市经济技术开发区科技园路 5 号（邮编 830026）
选题策划　于文胜　王　族
责任编辑　王永民
封面设计　李瑞芳
责任印制　刘伟煜
发　　行　全国新华书店
网　　购　当当网、京东商城、亚马逊、淘宝网、天猫、读读网、淘宝网·新疆旅游书店
制　　版　新疆读读精品网络有限公司数字印务中心
印　　刷　北京新华印刷有限公司
开　　本　787 mm × 1 092 mm　1/16
印　　张　17.25
字　　数　238 千字
版　　次　2016 年 10 月第 1 版
印　　次　2017 年 1 月第 2 次印刷
书　　号　ISBN 978-7-5469-8540-4
定　　价　52.00 元

网络出版　读读网（www.dudu-book365.com）
网络书店　淘宝网·新疆旅游书店（http://shop67841187.taobao.com）

质朴本色　气清如兰

——夏冠洲其人其文

夏冠洲教授将他抒写新疆的散文佳作（其中大部分是近年的新作），选编成一部名为《新疆的魅力》的集子，由新疆文化出版社出版，嘱我作序，老朋友了，不能推辞。我想，序者叙也，仅叙叙对其人其文之理解即可，而于此自感尚略能窥其根脉一二，以供读者参考，所以便大着胆子拿起笔来。

与人相交，往往先是“神交”，始慕其名，后识其人。我与冠洲相识可谓纯文学之交。20世纪90年代初，我的第一部散文集《情醉旅程》出版后，从未谋面的冠洲，即在《中国西部文学》发表了一篇评论，给予准确评价，并坦诚指出种种不足，使我感动不已。后经诗人李瑜介绍，我们初次见了面，久久促膝谈心，晤谈甚欢，颇有相见恨晚之感。冠洲是河南南阳人，生于洛阳；而我亦系洛阳人，同乡同好，乡情乡音，使我们愈加亲近起来。接触中他那胸无城府、襟怀坦荡、诚挚热情、率真善良的品格都给我留下深刻印象：这是一位完全可以值得信赖和深交的朋友。

冠洲属于那种无论身处顺境还是逆境，都能自我砥砺、坚韧不拔、奋发向上的人。从少年来疆直到年届古稀，在漫长的岁月里，他下过乡，种过地，在南疆僻远地区从事过基层文化工作，更因家庭出身问题屡遭贬斥，备受压抑。但凭借寂寞苦撑的一己之力，由基层一跃而进入高等学府做教授，涉足文坛当作家，执著于一个美丽的文学梦，孜孜矻矻，一干就是几十年。西域大漠的风风雨雨、人生道路的坎坎坷坷,磨炼了他的意志,丰富了他的阅历,增长了他的学识,陶冶了他的情操,终于达到今日享誉文坛,著作等身的境界。

新疆文化界对冠洲有个共识,就是多才多艺,研究与创作齐头并进。长期交往中,我发现他身上有许多长处:永不知足,长于思考,勤于动笔,善于积累。在偏远农村,不论体力劳动再苦再累;在高校讲坛,不管教学科研多忙多繁,他都能坚持手不释卷,笔不停挥。他爱好颇多,涉猎极广,几十年来,不仅从事文学教学、文艺研究和期刊编辑工作,还发表了大量的文艺评论和文学作品。他的学术研究由浅及深,不断拓展,日渐发纾直至卓然成家。他主持完成的国家社科基金获优项目6卷本《新疆当代文学史》,开风气之先,填补全国学术空白,连获重奖。他很早就开始的王蒙研究,开疆辟土,硕果累累,已入全国专家行列。仅就文学研究而言,十来部专著就足令使他进入新疆一流文艺评论家之列。然而,冠洲还是个"文学多面手"和高产作家,陆续出版了多部长篇小说、多部散文集和诗集,视野开阔,内容充实,风格鲜明,品位不俗。此外,冠洲还是一位具有相当水平的书画家。他的行草笔力雄健,豪迈大气;国画造型准确,笔墨熟练,富于文学性和书卷气,所以冯大真同志称他为"文艺通才"。这是新疆社科文化界一位资深的高层领导,对冠洲全面而中肯的评价。

天才加勤奋等于成功。冠洲取得文艺上的这些成就,固然与他过人的学养和才气分不开,但也得益于他挚爱文艺、自觉献身于文艺的顽强意志,还有那份纯真质朴的品性和传统型性情文人的气质。在我看来,冠洲成功的原因有三点,一是自我激励、锲而不舍的不懈追求精神。对于文艺,他痴迷执著,孜孜以求,勤奋笔耕,一步一个脚印,历经数十年而从不言弃;二是质朴、真诚、善良、顽强的性格。他不投机取巧,坚信以实力取胜,不屈服命运的安排,善于把压力、阻力和挑战变为前进的动力;三是深厚的传统文化修养。冠洲出身书香门第,自幼受到较全面的文化熏陶,大学中文专业的学历又为他提供了较为丰厚的学识和理论储备,而曲折坎坷的人生也丰富了他的阅历。因此,作为一个文化人，冠洲成功的主观条件似乎一样也不缺。是文化胜景南阳的气韵陶冶了他，是九朝古都洛阳的文脉浸染了他，也是丰富多彩的西域文化哺育了他，才使冠洲实现了诗、文、书、画融会贯通，领悟到中华文化的精髓，“腹有诗书气自华”，养成他追求独立的人格，向往自由的人文精神，从而使他拥有了“自强不息”“厚德载物”“兼收并蓄”等内在的文化优势。今天冠洲文艺之梦想终于成真，绝非偶然。

文如其人，由此来观照冠洲的这部散文新著，就能获得某种高屋建瓴的通透感觉了。

1959年春，冠洲从饥馑的中原万里迢迢来到乌鲁木齐投亲求学。新疆敞开胸怀收留了他，给了他生命、勇气、知识和智慧，他由一个柔弱胆怯的少年，成长为健壮自信的西部汉子，进而成为建树颇多的学者作家。几十年来，他为新疆的魅力所吸引，怀着对新疆感恩的情愫从博格达雪峰脚下出发，走读了天山南北许多地方，足迹北到喀纳斯湖，南到昆仑山桑株河，东到伊吾胡杨林，西到帕米尔雪山，陆续写下了百余万字的艺术散文和文化随笔。这些作品既是冠洲对第二故乡人文之奇和自然之美的深情礼赞和独到认知，也表达了他由衷的感激之情。

《新疆的魅力》属于学者型散文一路，眼界高远，知识丰富，文笔灵动，情真意切，气度雍容，文中不乏历史发现，文化阐释和对生活对人生的感悟。作者既是诗人和画家，作品有机穿插了自己创作的大量新旧体诗作，还有行文中随处可见的色彩感和画面感，无疑都为散文增添了浓郁的诗情画意，提升了作品的文化品位。作者又系一介性情文人，细心翻阅，读者不知不觉间就会走进作者那真实艰辛、丰盈多彩的斑斓生活之内，沉浸在一人一事、一草一木、亲朋挚友、往事回忆以及生活实感背后的情趣、情意之中，犹如一杯香茗慢慢氤氲开来，字里行间显露出一股郁勃之气，毫不掩饰地展现出作者丰富的内心世界。我们从中可以清晰地看到他那平实、质朴、低调、纯善的文人本色，充满了一种对人生对生活诚挚炽热的爱。正是这种爱成为冠洲写作的出发点和归结点，成为他文学的基本立场和视角，传达出朝气蓬勃的生命律动。

纵观全书，绝大部分都是作者生活亲历中的切身感受，所写的也大都是他平时很想和朋友诉说的话题。他在记忆之海中打捞往事，不少篇章属于记述往事一类，贯穿了一种依依怀旧的感情基调。冠洲有着惊人的记忆力和联想力，行文从容丰沛，游刃有余，能以今天的眼光把已经远逝的人和事、情和景一一重现在读者面前。如《消逝的画幅》《初夏的博格达雪峰》《走读细品巴里坤》《大湖小品》等，表达了对于自然大美的惊异、敬畏和感恩之情，也传达了现代化给人类生存环境带来的忧思。

在描述新疆魅力的大量篇什中，集中表现了冠洲对第二故乡灿烂历史文化的景仰和慷慨收留养育自己的感念之情，可以看做是他用一生的感悟同这片热土的精神对话。《和田八记》系列散文特别值得称道，其中逼真的风情、人情描摹固然精彩，但透露出的底层庶民情结更为动人、可贵。《夏夜的桑树林》《坎儿井》《巴彦岱的青杨》《英堂木杏花》《走过石奎绿洲》等，表现天山南北的风物，却写出作者自己艰难岁月中底层生活的体验。这些篇章读来都有清新踏实的人生感悟，就中自有一抹淡淡的伤感与欣慰相交织的人生况味。

这部集子的艺术，从构思到文字，都体现出冠洲十分重视磨砺自己的"白描"功夫，也就是"天然去雕饰"，不做作、不卖弄，抒真情、写真意的写法。读他的散文，犹如面对一位衣着朴素、式样合体、不施铅华、身材健美的农家少女，质朴本色，气清如兰。人文合一，冠洲的处事为人，正是这样的简朴风格。朴实简洁是散文备受推崇的品格，冠洲文字的准确简洁可谓独树一帜。现在的散文创作中出现一种繁缛冗长之风，对比来看冠洲集子里的多数作品，多在三五千字以下，却内容厚实，不温不火，见性见情，有趣有味，文字则朴实流畅，文雅不俗，这在今天尤为难得。

冠洲是位文艺评论家，为人也很谦虚，对自己散文作品的优劣似有冷暖自知之明。正如他自我评价的:行文中时“有理不胜情之弊”。他写作似乎习惯于大处着眼,放笔直干,信手拈来,不太追求于艺术上的精雕细刻,显得粗犷大气有余而精微细腻略嫌不足。有的篇章缺乏感情节制,铺陈多了些。个别篇什浅尝辄止,停留在感性的表层,尚未抵达理性的深处。

“老骥伏枥,志在千里。”如今老友冠洲虽年届古稀,但体魄健壮,精力旺盛,且心劲不失。坚信他在今后的文艺创作活动中,能进一步将诗、文、书、画巧妙而有机地结合起来,在文艺园地中绽放新花,结出累累硕果,从而迎来一个充盈而又辉煌的老年!

赵天益

2014年9月15日

于乌鲁木齐红山

注:序言作者为兵团组织部原常务副部长、人事局长,著名散文家

目录
contents

新疆的魅力

新疆真有魅力！

来过新疆的内地人，都曾这么由衷地赞叹过。新疆的魅力有口皆碑，无可置疑。这种魅力，在王蒙、碧野的小说散文那浮光耀金的字里行间里，在艾青、铁依甫江、闻捷、克里木.·霍加、周涛那喷珠溅玉的诗句中，在徐庶之、哈孜.·艾买提、阿不都克里木·纳斯尔丁酣畅淋漓的笔墨色彩里，在王洛宾、田歌优美动人的旋律中，在康巴尔罕落英缤纷的舞步里，在迪里拜尔夜莺般的歌喉中，都已得到了充分的表现，本来勿须我辈再来置喙饶舌了。不过仁者见仁，智者见智，即使鄙陋浅薄如我者，管窥蠡测，或许会有一得之见。因此不揣冒昧，忍不住要来写写这个大题目，权作一家之言吧。

“你能不能把新疆的魅力，用精炼准确的一句话概括一下？”一位从未到过新疆的南方学者曾这样将了我一军。我一下子愣住了，该怎么概括呢？尽管我在新疆天山南北生活过几十年，满脑子都是关于新疆美的人美的事美的物美的景，但是“此中有真意，欲辨已忘言”，我不禁犹豫嗫嚅了。

是幅员辽阔、地貌奇特么？是冰峰雄奇、雪冠璀璨、大漠浩瀚、戈壁苍茫、草原一望无垠和绿洲繁花似锦么？是胡杨的顽强、雪莲的坚忍、塔松的挺秀、白桦林的静谧、白杨林的豪迈和红柳丛的热烈么？

是果子沟的青翠、葡萄沟的醉人、白杨沟瀑布的喧哗么？是天池的涟漪、喀纳斯湖的波光、赛里木湖的澄碧、博斯腾湖的蔚蓝么？是塔里木河的渔歌互答、伊犁河的桨声欸乃么？是坎儿井的玄妙、罗布泊的神秘么？是戈壁沙漠海市蜃楼的奇幻、山川江湖的倩影迷人么？

是高昌、交河古城的缄默、尼雅废墟的萧森、戈壁上屹立千年烽燧的孤独么？是克孜尔千佛洞飞天的婀娜、楼兰少女古尸的矜持、龟兹古代歌舞的余响、土扈特人回归祖国的铁骑声么？是巴里坤草原怪异石人的拙朴、呼图壁岩画生殖崇拜的奇趣么？是艾提尕尔清真寺顶托出一弯新月、是红山嘴宝塔烧红了晚霞？是惠远巍峨钟楼撞响遥远的古韵？是苏公塔挑起白云一抹？是这些古丝道上星罗棋布、诱人怀想的文化遗存么？

是和田的美玉和地毯、阿勒泰的黄金、克孜勒苏的宝石么？是吐鲁番的葡萄、哈密和伽师的瓜、库尔勒的香梨、伊犁的苹果么？是和田的核桃、叶城的石榴、阿图什的无花果、阿克苏的香稻米么？是抓饭、羊肉串、油馕、手抓羊肉、烤全羊、薄皮包子、大半斤、揪片子、炮杖子、大盘鸡么？是伊力特曲、奶茶、酸奶子、葡萄美酒夜光杯么？是这些别具色香的新疆瓜果和西部风味小吃么？

是蒙古包、哈萨克毡房、姑娘追、叼羊、那慕达、麦西来普、刀郎舞、阿肯弹唱会么？是《十二木卡姆》《福乐智慧》《突厥语大辞典》《玛纳斯》《江格尔》么？是塔吉克的鹰笛、克尔克孜人的库木孜琴、于田人的小花帽、维吾尔小克孜的小辫、哈萨克姑娘头上的美丽羽毛、锡伯族人手中的弓箭么？是十三个民族悠久的历史文化、奇异的风俗和质朴豪爽热情好客的优美性格么？

是罗布泊上空的蘑菇云？是塔里木大油田冲天的井喷？是兵团农场高接云天的棉花垛么？是欧亚大陆桥列车的鸣叫声么？是“乌洽会”上商贾如云、货积如山么？

……

我的思维乱套了，再也不能列举下去了！

新疆迷人的东西实在太多了，使你往往有一种选择的困惑。你也许根本无法概括出她魅力之精华所在。是自然美？是艺术美？是生活美？是人情美？是历史的辉煌？是现实的火红？是未来的灿烂？这个问题太复杂了！哦，复杂，复杂不也就是一种魅力吗？

诗人郭小川生前有言：不到新疆，不知中国之大。现在我总算找到新疆魅力的精髓了——融自然与人文、历史与现实的复杂多样的美。

1992年9月

一千四百年的乌鲁木齐

前些日子，为准备创作一部长篇历史小说，我找来了一批有关乌鲁木齐地区盛唐时期的资料，读着读着，突然萌生一种想法：通常认为乌鲁木齐自清朝中叶设县，仅有200余年建城史的说法是大错特错了。其实，乌鲁木齐至少应追溯到大唐贞观年间建城的轮台县（唐轮台，即乌鲁木齐南10余公里处的“乌拉泊古城”，天山之南今巴州境内的轮台县，则是汉代的轮台，两者不应混淆），屈指算来，至今已有1400多年的历史了。

然而，直到最近我才意识到自己实在是坐井观天，孤陋寡闻。原来区内外一批学者专家和行政部门，早已为此进行了大量的调查和论证，并对一系列问题作了结论。徐百成先生编著的《岑参西域诗新释》和《轮台丝路今觅处》等书，就集中反映了这些研究成果，旁征博引辅之以实地踏勘，澄清了不少历史疑案。一些主要观点，如乌拉泊古城即唐代边塞重镇名城轮台郡，本为唐初大将卫国公李靖所选址督建，岑参著名的《白雪歌送武判官归京》一诗，即创作于此；今乌鲁木齐河，即岑参诗中多次描绘过的走马川；今沿白杨河到南疆的高等级公路，亦即古之“白水涧道”，为连接古丝绸之路中线与北线的要道；而今因“西部歌王”王洛宾一首《达坂城的姑娘》享誉国内外的达坂城，则是古代的重要军垒白水镇等等，言之凿凿，不容置疑。远自唐代起，这一地区就发生了一系列重要历史事件，而一大批文化名人，也在这里留下了深深的足迹，如除古代一流大诗人岑参之外，尚有唐代爱国军事家李靖、盖嘉运、封常清，元代成吉思汗的军师长春真人、大诗人耶律楚材，清代大文人和政治家洪亮吉、林则徐、纪晓岚、谭嗣同、刘鹗等等。实际上，后来“轮台”已变成文人们心中古代边塞的代名词了，“僵卧孤村不自哀，尚思为国戍轮台。夜阑卧听风吹雨，铁马冰河入梦来！”连特别佩服岑参的南宋大爱国诗人陆游，都曾为它夜不成寐呢！

古人之所以选择在新疆境内最大的绿洲乌鲁木齐一带建城，发展至今300多万人口的中亚大都会、自治区的政治、经济、文化中心，因其有诸多资源优势的，对此有许多文章可做。我想当务之急，就是要纠正以往的错误观念，明确宣布乌鲁木齐即唐代的轮台城，是一座有着1400年历史和丰富文化资源的著名古城，而不是由什么所谓“优美的牧场”“驿站”建成的仅有200余年的新兴城市。毫无疑问，这种还历史本来面目的“正名”，至少对吸引投资、开发乌鲁木齐的旅游资源是有很大意义的。

我还想，如果把附近的乌拉泊古城、几座驿站、烽火台，还有白水镇遗址等古迹稍加修葺，恢复其原貌，以岑参雄奇瑰丽的边塞诗中诗情画意相感召，一定可以变成一条很诱人的“唐诗”人文旅游热线。例如人们可以在轮台东门一边吃烤肉、大盘鸡，饮“伊力特”，一边观赏“忽如一夜春风来，千树万树梨花开”的雪景；或饱览“平沙莽莽黄入天，轮台九月风夜吼，一川碎石大如斗，随风满地石乱走”的奇观，也可以唐装佩剑，扬鞭逐马东行，体味“平明发轮台，暮投交河城”的奇趣；沿途则可感受烟尘蔽地，烽火接天，“雪海涌”“阴山动”的气氛，并亲历“风头如刀面如割，马毛带雪汗气蒸”的豪迈……这些特色旅游，定能丰富国人的历史文化知识，也能吸引大量旅游者，特别是那些好古、好奇、寻求刺激的国外游客。

年初，冒着零下20多度的严寒，踏着厚厚的积雪，我寻访了乌鲁木齐南郊的乌拉泊古城，感慨颇多，归来写了一首七绝，寄寓了我的思古之幽情。诗云：

走马川东觅故垒，乡人指点旧轮台。
岑郎落寞从兹去，万树梨花几度开？

1997年3月

消逝的画幅

在一幅画中，能让它在一年之内容纳四季寒暑阴晴的变化，昼夜之间兼有晨昏霜雪的差别，这是世间任何丹青妙手也无能为力的。“神笔马良”也许可以，但那毕竟是童话。不过在我的案头上方，确曾有过这么一轴神奇的画幅。它与我朝夕相对，给我简陋的小书斋带来某种自然的清新和盎然的古趣。

这是一幅高远立轴的大青绿山水，可惜作者无法考证。画的是中天山的主峰之一——海拔 5400 多米的著名神山博格达雪峰。几笔漫不经意的大斧劈，皴成三座雪峰簇拥雄峙峭拔的金字塔造型。有时一片瓦蓝神秘的天空，有时几抹留恋不去的白云，把它的雄姿烘托得格外纯净、伟岸、突兀、醒目，其下是朦胧的岚气；近景则是随季节而不断变幻时装的树丛，或嫩绿或苍翠或金黄或银白，色彩斑斓而又层次分明，把山体推向广阔寂寥的空间。在树丛与雪峰之间，偶尔有风筝或飞鸟往还，为画面增添了动感和勃勃生机。

这幅画有些年代了，曾经诱发过古今无数文人墨客的灵感。唐代大边塞诗人岑参著名的《白雪歌》就写到过它：“轮台东门送君去，去时雪满天山路。山回路转不见君，雪上空留马行处……”元代诗人耶律楚材为之惊叹道：“插天绝壁喷晴月，擎海层峦吸翠霞。……横空千里雄西域，江左名山不足夸。”（《西游录》）元代丘机处也曾赞曰：“三峰并起插云寒，四壁横陈绕涧盘。雪岭界天人不到，冰池耀日俗雅观……”（《长春真人西游记》)清代“第一大才子”纪晓岚也赞颂过它:“烟岚遥对翠芙蓉,鄂博犹存旧日踪。缥缈灵山行不到,年年只拜虎头峰。”(《乌鲁木齐杂诗》)当代杰出诗人郭小川对它一见倾心,吟道:“高高的个儿,穿银铠,/ 宽宽的腰儿,扎玉带……”(《雪满天山路》)新边塞诗人周涛则这样表现对它的独特感受:“阳光的刻刀/ 雕镂着这座突兀的 /巨大的形体/ 劈出强犷雄健的线条/ 每一层沟壑细致的纹脉/ 所产生的变幻的阴影/ 隐隐显示着那看不见的骨架/ 一个伟大的支撑透出的魄力”(《博格达峰峦所塑的雕像》)……诗人们的奇思异想和绝妙好词,都为我欣赏这幅大山水画,体味其中的意境,提供了若干启示。

于是在文思枯竭的时候,在思想贫乏的时候,在精神颓唐的时候,在心浮气躁的时候,在困倦惰怠的时候,我便端坐书桌前,点上一支香烟,久久地凝视着它,阅读着它。从它那每一根线条、每一块色彩、每一层皱折、每一种造型中,去领悟理趣万机,去感应精神的召唤。它那拔地而起、威武雄峻、高插云天的山体,唤起我藐视平庸、鄙夷屈从的人格理想。清晨,一轮红日披带万道霞光从它肩头升起,使我感悟到人生的壮丽和辉煌;当夕阳西下,暮色四合,它又张揭起一面火红的旗帜在浓重的夜色中飘扬,使我体会到生命的可贵与顽强;当雷鸣电闪、狂风大雪的喧嚣渐渐沉寂下来之后,它照旧安详沉稳地矗立于天际之间,像什么也不曾发生过似的,显示了那种对于世态万象洞若观火、处变不惊的雍容大度。尤其在月朗星稀的静夜,万籁俱寂,它更以晶莹剔透、冰清玉洁、仪态万方的胴体,向宇宙展示其绝尘脱俗、至高无上的境界。那明净的额头上覆盖着白发,包含着多少睿智和成熟!这幅巨画中的雪峰,俨然是一部关于人生哲理的无字丰碑,一卷至真至善至美的宇宙学大书!

因此,我常常凝望着这幅巨画,像参禅悟道似的默默诵读着它。它已经深深地刻印进我的内心了。我曾想,要像在嵩山洞穴中面壁十年的达摩祖师一样,把自己空虚而渺小的形容印在它那坚实博大的胸怀中,以赢得生命的永存……

然而不经意间，我的面前却突然竖起一簇簇刺破青天的脚手架，还有隆隆作响钢铁巨人般的大吊车。它们就要遮没我眼前这幅古画了，而且我也知道这里不久将会崛起一座中外合资修建的大型娱乐中心。不久的将来，这幅仙境般山水画的位置，就要被旁若无人、气派非凡的由钢铁、混凝土和玻璃组成的人造建筑物那呆板庞大的身躯所取代。其中“卡拉OK歌舞厅”“桑拿浴”之类的灯红酒绿，将会招徕熙熙攘攘的摩登先生女士和豪华小轿车们，在这里通宵达旦地喧闹、狂欢。因为有更多的人需要这种现代节奏、现代形态、现代内涵的世俗性娱乐。

我怅然、我失意，然而又无可奈何。原来这幅自然界中的巨画，是在我的窗外，悬挂在天空之上，并非我个人所收藏！

于是我只好轻轻拉上窗帘，隔断外面的一切声响和影像。我不忍心看到那空前绝后的巨幅山水画在我眼前退隐泯灭。我默默点上一支香烟，让那袅袅的青烟在室内静静地缭绕，以遥遥祭奠它在我视野中的地平线里悄然消逝，一边从记忆中搜寻关于它的诸多美好的印象，还有关于它那无数古往今来的清词丽句……

1992年10月

想念榆叶梅

在乌鲁木齐生活久了，如果没有参照比较，对春天如此姗姗来迟也许是会浑然不觉的。空中的阴霾散去，雪化冰消后好长一段时间，看到草地泛绿了，树梢发芽了，这才想起是春天该来了。但是最早的花是什么时候开放的，却全然没有印象，仿佛乌鲁木齐短暂的春天原本就与春花无缘似的。李白有诗云："五月天山雪，无花只有寒。笛中闻折柳，春色未曾看。"虽然不无夸张，却也道出了边塞节令物候的真实。20世纪60年代末，我分配到和田地区工作，每至3月底4月初，田野上各种春花在一夜之间竞相开放了，杏花、桃花、梨花、苹果花……云蒸霞蔚，姹紫嫣红，托出一抹浓浓的春意，往日单调萧瑟的冬景为之一扫。那开花的时间是绝对不会错的，因为我有好几幅每年春天画的国画风景写生，落款的日期都是这几天。这时候我才恍然记起，纬度偏高的乌鲁木齐的春天，毕竟要晚来个把月呢！这不禁又勾起我对幼时故乡的回忆：春天的信使，该是院中那丛掩映于冬青树中的迎春花吧，长长枝条在艳阳下射出璀璨的金光……于是，我就想，春天的象征物应当是鲜花而不是草尖抑或树叶什么的。尽管那"遥看近却无"的草色，会给人以一种蓦然的惊喜。但是，既然春天来了却没有花的装点，毕竟是塞外边城春色的一大缺憾。

后来我又回到了阔别12年的乌鲁木齐，不经意间，乌鲁木齐的早春竟出现了花的倩影！4月底5月初，公园里、街道旁、房前屋后便喷射出一簇簇、一丛丛粉红色或深红色的花之火焰，放眼望去，煞是喜人。细察其花，似桃而叶稀，似梅而无香。是什么花呢？听人说那叫“榆叶梅”，是新近引进乌鲁木齐的。于是我忙向朋友找来一册《植物学大辞典》翻看，只见上面写道：“榆叶梅（Prunus trloba），蔷薇科。落叶灌木或小乔木。叶宽椭圆形至倒卵形……春季开花，花单生，淡红色……产于我国.栽培供观赏……”

好一个榆叶梅！在四野草色尚未铺齐，柳梢刚刚吐绿的乍暖还寒时节，你突然怒放了，神采奕奕，花团锦簇，熙熙攘攘，鲜艳夺目，以先声夺人的喧闹，向期待已久的人们宣告春之来临。于是被漫长冬季风雪严寒折磨得荒秽萧瑟的城市，平添出几分春色，几多惊喜，几许激动。为此，我十分感谢植物学家和园林工人们的这份特殊的功德，终于为人们寻觅到了这一春的彩旗，春的象征，从而结束了乌鲁木齐春天来了而无花的历史。榆叶梅虽然名不见经传，既没有诱人的暗香，模样也极为平凡，没有赢得古往今来文人墨客们的什么赞诗颂辞。但“物以稀为贵”，其但得风气之先的精气神，不是足与梅花、迎春花等等量齐观了么？榆叶梅，花中朴实的平民，边城勇敢的报春花！

可是我又很为榆叶梅抱屈不平：玫瑰凭什么被定为乌鲁木齐的市花呢？这委实不公。从众心理，过分地重名不重实，导致了一个错误的抉择。君不见，当榆叶梅顶着料峭的寒风神采奕奕地怒放的时候，玫瑰花还在瑟缩中做着思春的梦呢。当她醒来时，已是杨花如烟，百花盛开的仲春之景了！

尽管如此，在我的心目中，榆叶梅已然取代了草色而成为乌鲁木齐早春的象征。每当从达坂城那边吹来的风有几丝温和的时候，我就想起榆叶梅来。有我的一首诗为证：

梅荷兰桂自高贵，偏爱平民榆叶梅。

塞外吐蕊风气先，峰狂蝶乱唤春归！

昨夜又下了一场春雨，草色愈发地绿了，榆叶梅该开放了吧！

1993年4月5日

初夏的博格达雪峰

5月下旬的一天，下午时分，我应邀到乌鲁木齐市北郊的五家渠，去参加兵团文联举办的一个文艺会议。

5月，正是乌鲁木齐一带最惬意的初夏季节。一路上，和风送爽，杨榆似烟，渠水欢流，麦田青青，秧苗如茵，满目是一片喜人的葱绿，一派农家初夏风光，自不可胜记。但是，正当我们以悠然自得的心情欣赏车窗外恬静怡人的景色时，车上忽然发生了一阵轻轻的骚动，有人忘情地指着车窗外惊呼："看哪，博格达雪峰！"

博格达是乌鲁木齐的"市山"，高插云际的雪山冰峰雄踞城东，朝夕相对，我在一首诗中曾称她为乌鲁木齐城的"影壁"，人们早已司空见惯，熟视无睹了。她怀抱中镶嵌的那面如碧玉天镜般的高山湖泊天池，晶莹清澈，周围云杉叠翠，芳草如茵，清爽宜人，虽然属于国家五A级风景区，颇具中欧阿尔卑斯山风格，车中的人们也都是多次前往探幽揽胜过的，不足为奇。她此刻在旅途中出现在人们视野里，又有什么值得如此大惊小怪的呢？然而当我漫不经意地把目光转向车窗外时，竟也不禁暗暗惊异了！只见正南方纯净如洗的蔚蓝色天幕下，博格达雪峰突兀奇崛，极似一座摩天的巨大冰山缓缓驰过北冰洋极地，更如天宫仙人高擎一面乳白色大纛横空出世，猎猎飘动，遮蔽了大半个南空。博格达雪峰此刻的造型、色彩和精气神，与平昔所见明显不同，竟是出奇地高耸伟岸，出奇的白亮炫目，出奇的清晰辉煌，出奇地神采奕奕，那夺人心魄的视觉冲击力，把周围一切景物都衬托得黯然失色、丑陋不堪了。那情景、那感觉，恐怕只能用慑人心魂、惊心动魄来形容了！

并没有人给司机建议，车子便自动无声地停靠在路边，人们不作声地起身轻步鱼贯而下，走进这大自然的奇观，怀着敬畏的心情，屏息静气地向博格达雪峰行注目礼，领略着她的瑰丽与辉煌。不闻议论声，唯听人叹息。博格达雪峰像是一尊硕大无朋的尖顶羊脂玉圭矗立在宇宙之间，她所反射出来的柔和光芒，仿佛镀了一层薄薄的透明的纯金，微微发出黄色毫光，带着暖意，耀人眼目，似乎把天和地都笼罩了起来，并以一种极强的辐射力攫住人的心魂。此时世界的一切，包括空间、时间和人的意识、语言，都似乎消失、停滞了。天地之间仿佛只剩下一个渺小孤独的自我，怔怔地与眼前这极其巨大而又罕见的绝美相对无语。良久，有人悄悄地移动了，大家这才失神地陆续回到车上继续前行。许久，车中仍是无言，连轰鸣的汽车马达声也听不见了，只是彼此用怔忡的目光默默交换着刚才的奇妙感受，仿佛此时发出任何轻微声响，都会把刚刚留在脑海中这夺人心魄的美丽震碎、惊散似的；人们处于失语状态，仿佛此时任何评论语言都是对心中这一片圣洁的一种多余，一种轻慢，一种亵渎，只留下莫名的惊诧和敬畏在心中弥漫。

此时无声胜有声。

寂静中，人们不约而同地陷入了回味、沉思和冥想。

此刻，博格达雪峰留在我印象里的，只是一尊巨大的、完美的、晃眼的白色倩影。我现在才明白，古人为什么要把这座中天山的主峰称作“白山”了，果真恰如其分，名不虚传。于是我从记忆的相集中，搜寻一批世界级著名雪山冰峰的形象来与博格达雪峰比较：富士没有她雄伟，乞力马扎罗没有她挺拔，阿尔卑斯没有她洗练，玉龙雪山没有她清晰，祁连没有她丰腴，昆仑没有她突兀，帕米尔没有她亲近，珠穆朗玛没有她坦诚……

在拙文《消逝的画幅》中，我也曾十分动情地描绘过关于博格达雪峰的种种神奇感觉，但均没有此次这么真切可触、这么辉煌灿烂、这么美轮美奂、这么震撼人心！她今天以惊人的美丽突然闯入我的视线，是想提醒我的重新关注么？是嘲笑我过去的浅薄无知么？面对这形与神、力与美、色与光多重组合的大自然高贵的化身，一尊关于宇宙学的无字丰碑，我对自己艺术感悟力困乏和语言表现力苍白深感羞愧。

不过我仍想做些心劳力拙的理性探究和辨析。

博格达雪峰的形象今天如此亮丽而引人注目，是天时地利人和诸多因素共同促成的。首先，她的相对高度有得天独厚的优势。与其他冰峰雪山需费力登上数千米高程方能一窥其真容不同的是，人们在海拔只有 600 米左右的平原开阔地带，就能近距离仰望她那高达 5400 余米的威武雄姿，因此她那给人横空出世、拔地而起的感觉印象，就特别强烈。第二，节令正当其时。我这次看到她的时间恰逢春末夏初之际，此时天气乍暖还寒，山上雪线以下的积雪尚未溶化；加上今春北疆地区天气偏凉，雨水丰沛，前不久还接连下过好几场大雨——那雨滴在高山上就变成纷纷扬扬的大雪了，因此她那群峰簇拥的山体上，那被厚厚冰雪覆盖的面积就成倍地扩大了，成为名副其实的皑皑“白山”。当然，尽管冬天山上的积雪更厚，面积更大，但那时漫天皆白，天地一色，雪峰已融进一片混茫之中，不会引起人们的特别注意。第三，光线恰到好处。此时正值下午 6 点左右，万里无云，纤尘不起，阳光斜射，蓝天映衬，雪峰呈示给人们的，才有如此辉煌而清晰的效果。第四，角度独特。以前在乌鲁木齐习惯于从雪峰西侧观察，这一次是从正北方向正面仰视博格达，金字塔般宽大的山体，笔架似的三座雪峰，均一览无余地向人们展示出来，“横看成岭侧成峰”，视觉形象自是与平昔不同。

也许，上述解释都很牵强不到位。亿万年来，博格达雪峰就以这样的姿态和气质屹立在西部辽阔的地平线上，坦荡而自信。人们没有发现她真正的瑰丽绝美，是由于缺乏感悟美、理解美的眼睛和头脑。

这是一次奇特的审美体验，博格达雪峰那挺拔巨大的银色倩影，十分完美、令人心身震撼的艺术形象，已永远镌刻在我记忆的屏幕中了。

哦，初夏的博格达雪峰，你雄伟、神奇、圣洁、亮丽，实在可遇而不可求。

2003 年 7 月 25 日

南山寻幽

天气刚刚转暖，严冬的凛冽还残留在脑际，我便想起南山寻幽来，仿佛着了魔似的。

乌鲁木齐南山风景区，绝对是块避暑观光的好去处。隐藏在大山深处皱折中的白杨沟、照壁山、水西沟、菊花台、南台子、小渠子、天山大峡谷等等，如同打开一把折扇展露出一幅幅美景，都是环境清幽的旅游胜地。近年陆续修建了柏油公路和山间宾馆，构成了一整套日臻完善的旅游服务设施，颇可一游。比起盆景似的红山公园，它雄伟、开阔有大气；比起单调局促的人民公园，它坦荡、丰富而多彩；就是对比内地任何著名的风景名胜，它那具有中欧阿尔卑斯山风格特征的自然风光，又平添其某种异国情调的魅力。且不说那峭拔耀眼的雪山冰峰、亭亭玉立的塔松（云岭杉）、芳草如毡的绿地、虎啸龙吟的高山瀑布、堆雪溅玉的山溪，单就湿润清新的空气和凉爽宜人的气温而言，就足以令人神往。登山远眺，雪山峥嵘，翠岭逶迤，绿草如茵，尽收眼底。抬望眼，天是惊人的蓝，云是出奇的白，间有雄鹰高空翱翔，声闻九天，威武而舒展，给人耳目一新，让人心高而意远。如果愿多花几块钱，还可以骑上哈萨克人的骏马，提缰挥鞭，在满目青葱中潇洒地跑一回哩！

这几年，我几乎每年都要去南山玩上一两趟，虽然每次去了回来就后悔：乘几个小时的车，到那里胡乱吃一顿，累得够呛，好没意思哩！但是一旦有人组织，又兴致勃勃地动身出发，好像上了瘾似的。这里就用得着欧阳文忠公的一句有名的话了:醉翁之意不在酒,在乎山水之间也。以我个人的体验,乌鲁木齐人爱去南山,说穿了,并不纯是为了消夏,主要还是为了“消闲”。现在城市人们生活节奏加快了,工作繁忙,竞争激烈,人际关系紧张,精神负担过重,平时难得有个休闲的机会。能避开物理空间和心理空间都十分拥挤的“单位”,大家聚在一块儿,寻个天风浩然,山清水秀的处所放松放松,把诸多劳累和烦恼统统都置诸脑后,让它们融化、消散在绿树青草白云流水里,何乐而不为?于是南山旅游热悄然升温,先生女士们趋之若鹜。每到入夏,南山一带便车辆似蝗,游人如蚁,色彩缤纷,烟雾缭绕,如同从城中搬来一座座巴扎闹市。

我去南山的任务,就是吃饱喝足之后躲在树丛大画其风景写生。不是收集创作素材,不是演练笔墨技巧,“目送归鸿,手挥五弦”(嵇康诗句),陶醉于美景之中,忘情于山水之间,让个体生命与大自然交融于画幅之中,如此而已。累了,就躺在绿草丛中,让精神与肉体全部放松,仰看飞鸟往还,白云舒卷。然后踩着松软的松针进入密林里,坐在绿苔斑驳的山石上,俯视潺缓流水,聆听天籁妙音,体味着“清泉石上流”“鸟鸣山更幽”的意境,领悟着“两看不相厌,唯有敬亭山”的理趣,想象着自己已经变成一位“松下问童子”的古人了……山下的烟火、嘈杂远去了,关于人生的种种不平和荣辱释然了,空自劳心役形的执著欲望撒手了,连眼前这松、石、水、草也不复存在,累赘的臭皮囊连同纠缠纷扰的意识也如烟如雾,飘然离我而远去。我不思,故我不在。身外的一切、身内的一切都请了请了。我圆圆融融、自自在在、轻轻松松、恍恍惚惚,如睡似醒,就这么进入假性的涅槃状态……

日影西斜,山下传来喊声,是又该返回恼人的人世间了!

多年以前,我倒是拥有过一片充分的清静。在南疆一座远离县城的农场里,我们十几个大、中专毕业生在几位解放军战士的管教下,老老实实地接受了一年多“再教育”。有时去戈壁深处打红柳,天地混茫,静如月球,一连几个小时也见不到一个活物;或者赶着一群羊,在草滩上放牧,一周天也用不着同谁讲一句话。这份难得的静谧，那时我却无法消受，反而感到那是一种难耐的寂寞，一种令人发疯的孤独。忍不住了，就在旷野中胡乱吼一阵语录歌或样板戏，要不就用学会不久的维吾尔语脏话起劲地骂牛骂羊，以此来驱除内心可怕的空虚。那时年轻，尚不知人世之艰难，满腹怀才不遇的牢骚，跃跃欲试，总想逃离这寂寞，挤进喧阗的人海闹市中去寻找一份属于自己的位置。后来，总算在南疆一座小城中觅到一份“饭碗”。那座小城最大的特点也还是寂静，城小人少，亦城亦乡，工作轻松，生活简朴。入得夜来，没有舞会，没有电视，没有夜市，仅有的两家电影院也都是老片子，你可以尽情地享受这份清福。然而奇怪的是自己身在福中不知福，仍然羡慕着繁华，想逃出这宁静。1976 年春，我携家赴内地探亲就医，在乌鲁木齐热闹的大街上，4 岁的女儿忽然说，咱们咋不搬到这里来住呢？在天津繁华的闹市区，女儿又说，看人家这儿多好啊！说得我心里酸溜溜的。童言无忌，其实正道出了我的心事。过了几年，天遂人愿，全家果然调回乌鲁木齐了。然而很快，开初那种“仰天大笑出门去，我辈岂是蓬蒿人”式的兴奋不久就消退了，住房、工资、女儿上学、职称、待遇、物价、人际关系的冷暖和摩擦、个人事业无成的焦灼……种种人生烦恼便接踵而至，搞得自己心理失衡，疲惫不堪。这时候反倒怀念起往昔那简朴、清静的生存环境和与世无争的心境来。我远没有摆脱世俗欲望的羁绊，仍在人生功利境界中苦苦挣扎。近年来频频去南山寻幽，以慰藉一下受伤的心灵，就反映了这种厌倦了都市生活，回归自然的欲求。可是真要让我长期生活在这南山牧区，隐士般地终日与塔松、草地、溪水为伴，用不了多久，我可能又要羡慕都市的繁华和喧闹了。我的尘心未泯。

这不禁使我记起钱钟书先生在其名著《围城》里，所揭示的那个普泛的人生哲理，一种进退维谷的人生尴尬：住在城里的人拼命想逃出来，城外的人又拼命想冲进去。钱先生是位学贯中西的大学者，更是悟透人生的哲人。他已经进入虚静超脱无为无不为的人生化境了，只有我辈智商低、悟性差，还要在这纷扰的尘世上，为种种身外之物去苦苦挣扎若许年。多数人就是这样，总是不满足于现有的一切，而对不曾拥有的却总是心存期望，吃着碗里看着锅里，这山望见那山高，等到真的拥有了，又觉得反不如原来的好，于是就产生一种新的企盼。这就构成了人生的一个永远没有终结的欲望怪圈。人是一种从不知足的、不安分的动物，人类的历史似乎就是一个不断寻觅流动的过程。欲望产生动力，如果放弃了追寻流动，人类历史也许就要停滞不前了！

其实，人生就是寻觅。每一次追寻、每一次改变，就有一次新的发现、新的体验，至少能获得一种短暂的调整或补偿。

南山寻幽，就是芸芸众生们，对于人生的一种有益的调整或补偿。

1993 年 6 月

喀纳斯五日

2004年6月16日　晴转小雨

按照“喀纳斯风韵笔会”定的出发时间，我清晨八点半就赶到集合地点博格达宾馆。

刚放下背包，笔会联络人向京就背着几架照相机，风风火火地把我们带进大厅，又见到兵团散文家赵天益兄、诗人李光武、散文家梁彤瑾，还有区文联哈萨克族作家叶尔克西女士、诗人黄毅等人，都是文学界熟人，看来此次喀纳斯之行不会寂寞。不久，与会者纷纷到齐，新面孔多为文坛新俊和媒体年轻人。我想此行将结识不少新文友，甚感欣慰。

我们此行，是应布尔津县委之邀，赴喀纳斯参加一次新疆作家笔会活动。笔会目的是为作家们提供一次观光休闲的机会，从而激发灵感，创作出一批文学作品，以向全国和全世界进一步集中推介美丽的喀纳斯自然风景区。县委宣传部迟副部长带两部车来乌鲁木齐接我们，足见用心之诚。喀纳斯湖前年8月我是游过一回的，但来去匆匆，许多景点都不及前往，远未尽兴。看这次笔会安排，很是周到，时间又很充裕，大大小小一二十个(多为平时很难游到的)景点都有机会实地踏访，实属难得。我感谢之余暗下决心，一定要好好观察、记录、构思，回去认真写出几篇像样的东西来，否则既对不起世界闻名的喀纳斯绮丽风光，也对不起热情的东道主此番盛情了。

迟副部长分发了一批材料，其中对布尔津县是这样简介的：

布尔津县位于新疆北部，西北部和东部分别与哈萨克斯坦、俄罗斯和蒙古接壤，是全国少有的四国交界区域，总面积10540平方公里，全县辖6乡1镇62个行政村，总人口6.8万人，由汉、哈萨克、回、蒙古等21个民族组成……布尔津县物华天宝，资源丰富，一是地广水丰，二是林茂草盛，三是矿富品高，四是风景独特。全县共有旅游资源32处，特别是被誉为“人间净土”的喀纳斯国家级自然保护区，更是以其秀美、神奇的自然风光名扬海内外，其原始生态和民族风情独特，堪称“中国一绝，世界一流”……

读了材料，愈加令人遐想不已，心中充满了对喀纳斯的神往。

笔会代表中除天益兄外，数我年龄最大，因此被照顾到2号车前排就座。司机是一位热情开朗的小伙子，诨名“张山”，还持有导游证，十分健谈，一定会在沿途为我们介绍鲜为人知的景点逸闻。

由乌鲁木齐至布尔津需乘车12个小时左右，可谓长途跋涉。车子飞行在乌奎高速公路上，轻风送爽，酷热尽扫，看路旁辽阔无垠的农田林带，生机勃勃，丰收在望，煞是喜人。长期过的是书斋生活，终日案牍劳顿，除了书还是书，难得与这野旷天低、天蓝云白、山清水秀的大自然亲密接触，此时心情自是有说不出的轻松惬意。

中午，赶到乌尔禾一家回族饭馆吃了一顿拌面。重新上路不久，右手一带就是闻名遐迩的魔鬼城。一望无边的雅丹地貌中，炎炎烈日下，“城堡”林立，魔影幢幢，鬼气森森，迷沙四起，神秘而诱人。司机张山告诉大家，到布尔津有100多公里路段正在翻修，时间来不及，要不本可以停车个把小时，让大家进魔鬼城去逛逛。与魔鬼城交臂失之，不少人便表示惋惜。前些年我曾应克拉玛依市作协之邀，到魔鬼城尽情玩了半天，因此并不觉遗憾。车子过了和什托洛盖不久，张山提醒大家坐好，前面正在修路，要做好挨颠的思想准备。果然，此后大部分路段都绕行在便道土路上，坑洼不平，尘土飞扬，遮天蔽日，人如乘轻舟颠簸于峰巅浪谷之间，不由得东倒西歪，车后小姑娘们竟不时被颠得尖叫起来。

于是有人便抱怨起新疆旅游线长,游人太累,奔波颠簸一天半,然后才赶到喀纳斯看一片青山绿水,不太划算。此番议论使我记起几年前沿岷江上溯至九寨沟之游的情形。喀纳斯不仅山秀水美、民族风情独特,连路途之遥也与著名的九寨沟十分相似。人间美景常深藏于野山僻地,看奇景必伴长途跋涉之苦,这似乎成了一条规律。有人说人家九寨沟已通航飞机了,以后再来喀纳斯,最好也能坐飞机,可节约大半天路程。张山解释说喀纳斯机场场址已选定,过两年再来,就能乘机直达了。他还说奎屯至北屯的铁路将要动工,通车后交通就方便多了。坐在我旁边的兵团大胡子诗人郁笛听后,却有些不以为然。他那浓发硕颅中似乎颇有些哲学思维,不时与我论证于观光旅途中,长时间忍受颠簸之苦的种种佳处,认为合当如此:不在旅途受些折磨,怎能深切体味山水之美,享受意外之惊喜呢?旅游之趣正在寻访过程之中。这与王安石在其散文名篇《游褒禅山记》中所阐发的人生感悟十分接近,毛泽东也有“无限风光在险峰”的名句,讲的都是一个道理。有人自讨苦吃冒险攀登珠穆朗玛峰、漂流长江和徒步穿越罗布泊等,亦当作如是观。因此,我很同意郁笛的观点。但是话又得说回来,探险旅游,确证生命价值,毕竟是少数人高层次的人生体验或审美价值的追求,多数人常受时间、年龄和体力等条件所限,还是会选择轻松的快乐之游的,不应做统一要求。

暮色苍茫,戈壁上乌云接残阳时色彩浓郁而瑰丽,“黑云压城”“甲光向日”(李贺句)的景色极为惊心动魄。不觉间,下起了小雨,车前雨刷忙碌起来,挡风玻璃水流如注,看两旁旷野已是湿润晶莹一片。穿过连绵砂砾荒山,前方豁然开朗,车子冲下一个平缓的大斜坡,一长抹隐隐的墨绿色林带,蓦地跳入眼帘。一架小型飞机贴着树梢往返飞行,在喷药灭蚊。张山指着车下方的绿洲高兴地说,看,那就是我们布尔津县,那白亮白亮耀眼的地方就是布尔津河!奔波一整天,目的地终于到了。

入夜,在布尔津县新落成的三星级旅游宾馆宴会厅里,县委为我们摆宴接风洗尘。阿勒泰地委委员、宣传部长王淑平女士、由北京中央某部到阿勒泰挂职的年轻副专员万旭，还有布尔津县委副书记王克勇和县常委、宣传部长康剑等好几位县领导都出席了宴会。大家相聚甚欢，频频举杯，祝笔会成功。

饭后，与天益、光武、彤瑾等文兄逛街景。布尔津城区不大，但十分整洁、静谧，不愧为名副其实的新疆花园城市。街道两旁皆为欧洲哥特式建筑，色彩鲜明，线条流畅，显得眉清目秀，雍容典雅，完全没有一般小城市常见的那种暴发户式的媚俗，小家气十足。在临河夜市上，卖烤鱼、扎啤的极多，而且每个摊点都被一张色彩斑斓的幕帐所笼罩，人钻进里面入座吃喝。这大概受了哈萨克族传统小毡房或古人军帐的启示，构成极具地域特色的一道风景线，饶有趣味。我想是了，阿勒泰的蚊虫是特有名的，有“三个蚊子一碟菜”的谚语，要不是碰上飞机及时撒药灭蚊，我们身上此刻恐怕早被叮上好几个大疙瘩了。问哈萨克族女摊主，幕帐果然主要是为了防蚊子。哈萨克族小姑娘的汉语说得很流利，倍感亲切。

晚一点多回到宾馆，为县委留下几幅书法，认真写了几遍，只有一幅比较理想。题词曰：

凤尾碧玉　人间净土

“凤尾”自然是暗喻布尔津在祖国地图上的位置了。中国地图状如雄鸡，新疆常被称作祖国的鸡尾。但称鸡尾太俗不雅，故这里改作“凤尾”，算是表达对喀纳斯特殊敬意的一个小创意吧！

2004 年 6 月 17 日　晴

因为昨晚睡得迟，清晨起床不久，就被唤进饭厅就餐，准备出发。布尔津县城距喀纳斯湖尚有 190 公里盘山公路，要走好几个小时。布尔津县让我想起九寨沟途中需住一晚的松潘县，两座县城在旅游途中所处的位置很是相似。

饭后，康剑部长和迟副部长陪同大家上车，前往喀纳斯湖景区。康部长人如其名，面孔是一种健康的紫棠色，说话得体而处事干练，有种亲和力。昨晚一阵小雨，城外四野开阔地上，青草如茵，林木茂盛，一片新绿，溪水潺潺，一派江南风光。车行在平坦的柏油路面，沙沙地响显得分外轻捷。车过雄伟的布尔津河大桥，看桥下河面宽阔，水量充沛，清澈碧绿，奔腾而下，浪花四溅，是久居相对干旱的乌鲁木齐难得一见的景致。特别是水质出奇纯净，也是内地常见浑黄的江河所完全无法比拟的。这就是从上游喀纳斯湖千折百回流下来的一川大水了，前方不远即与额尔齐斯河交汇，然后注入哈萨克斯坦境内的鄂比河，再流经俄罗斯西伯利亚大地投入北冰洋怀抱。布尔津地处边远深山原始森林中，因而保持了这块全国所剩不多的自然原始生态，真是万幸。但随着喀纳斯风景区的深度开发，游人蜂拥而至，还能保持她人间净土的完美无瑕么？这是令人忧虑的。

车行间，张山给我们介绍“布尔津”地名的含义。有多种解释，分别有“三岁半的公驼”“会蹦跳的骆驼”“骆驼口吐的白沫”等不同说法，口耳相传，反正都与活跃的、充满顽强生命力的骆驼有关，富于游牧民族的特点，十分有趣。但我也听到另外一种说法，布尔津是“会生蚊子的果子”的意思，不无幽默风趣，聊备一说。

北行数公里，忽见右手一带小坡包上，矗立着一座造型奇特的具有哈萨克风格的塔式建筑，直扑眼帘。张山解释说，那是布尔津近代哈萨克大诗人、民间音乐大师白山布·杜南拜的墓地。可惜要直奔喀纳斯湖，不能枉道前往拜谒。

路边山溪旁忽现一条绵延数里嫩绿的林带，张山说那是一片白桦林。看其掩映于树叶间的银白色树干，皆亭亭玉立，婉若仪态万方的少女。树身上布满节疤，亦皆状如人眼，在含情脉脉或十分好奇地注视着你，正是生命和灵性的象征，可惜也无法近前观赏。我记得诗人周涛有一首叫做《寻找那片白桦林》的诗，也许是在这里获得的创作灵感吧。张山大大咧咧地说，这算什么，山上比这大得多的白桦林多的是，有你们看的。

远远的，阿尔泰山近了。车停在山前一片开阔的湿地草滩中间，让大家分开男女去找地方“唱歌”方便。草滩上众多小毡房已被拆掉，牛羊马匹也零零落落，原来这里是所谓的“冬窝子”，牲畜们已被陆续转往高山夏牧场了。看到草地上遍布星星点点的小花，少见多怪的年轻人便纷纷打开相机，左一张右一张忙不迭地拍起照来。阿勒泰电视台的老刘不以为然地笑道，忙什么，这里是“过牧”区，草原早就退化了，不如省下胶卷进山里拍，那里草深没膝，山花盛开，美多了！张山指着远处的草地说，将来的旅游机场就在那里修建。看看他指的地方，果然平坦开阔，是修建机场的理想之地。

车子开始进山。阿尔泰山山势皆不很高峻，多为巨石叠压堆垒而成的峰峦，莽莽苍苍。如果形容挺拔、雄奇、险峻、突兀的天山山势为“如立”，那么阿尔泰山就该是“如卧”了，自有一种阴柔、温婉的美，婀娜多姿，仪态万方。柏油山路有不少地方被水冲坏了，车子在便道上颠簸起来。

车子继续在山林间盘旋，山势却愈来愈高了，真个是“跃上葱茏四百旋”；山上的树也愈来愈密了，渐渐看不到赤裸嶙峋的山石，全被华滋蓊郁的林木草丛所覆盖。我认出几种树：云杉、雪岭杉、红松、青杨、白桦……蓝空偶有雄鹰（金雕？）翱翔山巅，突发劲啸厉声，令人顿生高远之志。忽有一堵高墙般的积雪，不甘屈服似地挺立于山道背阴处，与远山由山顶直下的冰斗冰川相呼应，在阳光下熠熠闪光，似乎在提醒人们，山中的严冬才刚刚过去。

拐过山角，贾登裕镇到了。这是一座不小的哈萨克村镇，正在进行大规模扩建，十分热闹。张山说上级要对喀纳斯湖附近那些易于造成污染的旅游设施进行彻底整顿，杂乱无章的楼堂馆所，都将全部拆迁安置到贾登裕镇，这里将成为接待进山旅游者食宿的大本营。此后，喀纳斯将可游而不可居，从而永保山川秀丽，还喀纳斯一个人间仙境的本来面目。我想这是对的，近年全国各地一窝蜂盲目开发旅游景点，所带来严重的环境污染已使人们变得更理智了。沉重的代价，高昂的学费，终于换来全民族科学发展观的形成。

贾登裕(似应译写作峪),哈语为“猎手屋”之意。张山给我们讲了一个动人的传说:早年居住在这里的山民,一到冬天,大雪封山,生活十分艰难。可是每天早晨人们总会在自家木屋门口发现一块新鲜兽肉,年年如此,却始终不知道是谁慷慨赠送的。直到有一天,人们发现好多天没人来送兽肉了,不免心生奇怪,便结伴上山寻找,最后终于在山洞里发现一具冻僵的老猎人尸体,身边弓箭、兽骨堆积如山。大家方恍然大悟,这就是他们的大恩人啊!人们满怀崇敬的心情,隆重埋葬了老猎人,从此把村落称之为“贾登裕”,以示永久怀念。我想,这是人们口头创作的一种小型的“创世说”吧,谨录以备考。

过了一座大桥,就到达喀纳斯景区的第一个景点白桦林了。眼下这片白桦林比起山下的那片的确要豪华气派多了,张山说得不错。接下来,车绕盘山道中,悬崖下丛林夹峙,布尔津河蜿蜒湍流其间,河道或宽或窄,宽阔处即汇成碧绿色湖泊,阳光下波光粼粼。如行山阴道中,喀纳斯数十里令人目不暇接、美不胜收的山水画长卷便由此展开。这里摘记下喀纳斯景区的简介,好作为日记一份统摄性的提纲:

喀纳斯系蒙古语,意为“美丽而又神秘的湖”,又译作“峡谷中的湖”,(亦有“喝个够”的说法——夏注)。景区是西伯利亚泰加林在我国唯一的延伸带,是我国唯一的古北界欧洲——西伯利亚动植物分布区,是我国唯一的北冰洋水系额尔齐斯河最大支流布尔津河的发源地,是我国蒙古族图瓦人唯一的居住地,是亚洲唯一具有瑞士阿尔卑斯山脉风光特色的自然景观区,是我国唯一的与三国接壤的自然保护区,是人类农耕文明之前游牧文化的活博物馆。正如一位联合国环保官员所说:“这里是地球上最后一块未被开发的地方,她的存在证明人类过去那无比美好的栖身地。”……喀纳斯自然生态保存完好,动植物资源极为丰富,堪称地球上绝无仅有的动植物基因库,具有典型性、稀有性、多样性和原始性等诸多特点……喀纳斯湖面海拔1370米左右,恰好处在植被最为茂密的海拔高度和地区。如果翻开世界地图,你会惊奇地发现,她处在地球最大板块亚欧大陆的中心部位。在她的周围，基本上都是人烟稀少、人迹罕至的大沙漠、大草原、大森林和大雪山，正因为有这些天然屏障的保护，才使她至今尚存着这份原始的纯净和神秘……

材料把喀纳斯自然风貌特征叙述得十分简明、概括，特别是其中六个“唯一”和四个“性”，把喀纳斯作为国内屈指可数的顶级旅游景点的种种优势特点道尽了，言简意赅，给人印象颇深。

车停于一段河湾，称为卧龙湾。河中有一小岛，高处看去，婉如一条巨型翼龙静静地侧卧水中，头、长颈、肚腹、四足、巨尾，一排树则像张开的飞翼，皆历历毕现，端的鬼斧神工，故名。北行一公里处，即风光秀丽的状如弯月的月亮湾。月亮湾最诱人之处，是水中两座浅滩，其形如两只巨人的足印，惟妙惟肖。其中一个我以为恰像楷体汉字的“曾”字，其上两点即为足指趾。为避俗和突出主题起见，我以为将月亮湾更名为“巨人谷”为好，似更能凸显神秘魔幻色彩。附近有一眼“圣泉”，银泉一线由道旁石间沁出，引来了年轻人的兴致，我也接了一瓶“圣水”，尝了尝，清冽而甘甜。排队请圣水时，有只极小的不知名的小鸟在道旁探头漫步，头腹小如拇指，双腿细如麦秆，啾啾作鸣，小巧玲珑，颇惹人爱怜。我以为这就是喀纳斯的小精灵了。

接下来是神仙湾、鸭泽湖等著名景点，皆各有妙处，不能一一道尽。在鸭泽湖附近，有成吉可汗点将台遗址。传说当年不可一世的天之骄子西征时，曾在这里检阅过十万蒙古铁骑。据材料介绍，在此处重要的历史遗址中，曾发掘出铜盔、铜行军锅等文物，启人想象。可惜未能安排前往实地察看，甚觉遗憾。

转过山脚，是一片大草原；穿过图瓦人的极具特色的村居，宿营地便到了。只见林中草地上错落有致地耸立着数十幢欧式尖顶小木屋，或红或蓝或黄，色彩鲜明，恍如走进安徒生、格林的童话世界中。饭后，即集合到湖边乘游艇游湖，天突降大雨，也丝毫不减大家的游兴。船离码头，湖风拂面，湖水沉稳深邃，平滑如镜，一碧千顷。看两岸壁立千仞，丛林如锦，倒映水中，摇曳多姿。船行水上，移步换景，如入画中游然。听导游小姐讲美景风情传说岩画，十分神旺。又不安地望着深水下，希望能遭遇传说中的湖怪浮出，掀波作浪，好与之搏斗一番，然而终于没有。于是又翻看资料，得知喀纳斯湖长约24.6公里，平均宽度2公里，平均水深度120米，最深处达到188.5米，为已知国内最深的高山淡水湖。虽然面积不很大，蓄水量却很惊人，多达51.5亿立方米，位居全国淡水湖之三，超过了著名的太湖、洪泽湖和巢湖，这该也是新疆人值得为之骄傲的数字。湖共有六道弯，因太远，游艇到二道弯便折返了。导游小姐称，最远处还有白湖和与俄罗斯交界的友谊峰，均需乘船骑马走数天方能抵达，尚待开发。虽不能至，心向往之，只能诉诸美好想象了。

下船登岸，被引到图瓦人额尔得什老人家中听古歌，有数位日本人已先期在座饮茶。老人用的是一支被称作"楚尔"的乐器，吹奏自己创作的曲调《喀纳斯之波》等。"楚尔"是用一种水边灌木自制成的三孔笛，可谓世界独一份，老人也系唯一能吹奏"楚尔"的民间艺人。楚尔笛虽仅三孔，67岁的老人却能以自己丹田之气和独特的技巧吹奏出多声部的乐音，低沉，悠长，其声呜呜然，不绝如缕，让人伤感，联想起很古很古的东西来。因为前年我来喀纳斯已经聆听过老人的演奏，还为他画了一幅写生像，感想颇多。为此，我准备另写篇一散文，拟与去年到云南丽江为纳西族洞经音乐挖掘人宣科先生画像时的感觉，作一联想比较。这里限于篇幅，兹从略。

接下来的活动，是从湖左岸攀登数千级陡峭的木板台阶，登上海拔2030米（与湖面相对高度为600余米）的观鱼台。这是驻足俯览喀纳斯美景的最佳处，远山、近水、奇峰、冰川、丛林、山花一望收。"横看成岭侧成峰，远近高低各不同。"居高临下，角度有异，自是另一番风景。因据说登高望远能看到喀纳斯湖怪（一说即大红鱼）在湖中出没，故名"观鱼台"。随车上了半山腰，因为我前年就登过观鱼台，已有过体验，而郁笛又有恐高症，便决定不去了。遂与昌吉诗人张侠三人自行结伴，游一回著名的景点百花园。

喀纳斯百花园位于观鱼峰东侧临湖一带斜坡上。这可是不同于都市中常见的那种人工培植的花园，系典型的高山森林草甸草原，每逢六七月间，这里就变成了山花的世界，而且都是真正的不假人工栽培的山花野卉，如黄罂粟、麦芍、野火球、金钱花、飞梅、柴胡、大花龙胆、野蔷薇等上百种，自由疯长，竞相怒放，有花如拳大者，个性张扬，野性十足，可谓千姿百态，争奇斗艳，姹紫嫣红。我们从停车场下来，跌跌撞撞，沿着陡坡，在从未有人涉足的处女地，趟过拂腰深的花草径直往山下走去，花丛中蚊虫扑面，也顾不得了。沿途大口吸吮着异香，如浮游于花的海洋，获取了前所未有的审美体验。百花园很大，我们在花丛中艰难地行进了足有1公里远近，也还只走了一小角。我们照了不少像，还遇到一棵数围粗细的巨松，被雷火从正中彻底劈开，树桩都被烧成木炭了；未倒的一小半，如同一柄黑色的刺刀矗立花丛，“刺破青天锷未残”，似在不屈地向青天质问：为何这般无情？是啊，自然界端的如此严酷，算是一段奇遇。

快穿出百花园时，发现一块极其平整光滑的巨石仰卧在草丛里。在郁笛建议下，我学原始人以尖石为笔书写下两个“双勾”颜体榜书：“虫二”，并落了款。我解释说，此两字其实是个字谜，谜底为“风月无边”，是赞美眼前风景的。这两个字泰山石刻上就有古人写过，我还在创作长篇历史小说《李白仗剑西域行》时，也借用了一回，让我们的诗仙大逞了一回才藻。

山上夜晚的气温极低，晚饭后穿上旅馆备好的军用棉大衣，乘车去观看篝火文艺晚会。晚会在一处大广场上举行，场中间燃放一堆熊熊篝火，映红了夜空。布尔津县喀纳斯歌舞团的各族青年演员们作了精彩表演，水平不低。演出间隙，同游者中不少人也情不自禁地走上去，与演员一起对舞狂欢，映着火光，一展才艺，手舞足蹈，尽情潇洒了一回。

2004年6月18日　晴　万里无云

按行程计划，今天到禾木乡游览。沿途要翻越好几个大峡谷，忽上忽下，左盘右旋，山路十分险峻。但当登上最后一座高山，俯瞰层次分明的千山万壑和一片青绿的大草原时，那景色的确壮观极了，旅途的劳累惊险，为之一扫。

由于交通不便，禾木草原属于养在深闺人未识的那种珍稀景点。这次我们30多人一起造访观光，是破天荒的事。我们被安排在乡政府大院招待所里，午饭还早，便出来到村里随意走走看看。

禾木乡是一个典型的山间盆地草原，方圆数十里，四周青山环抱，一条流量很大的禾木河流贯其中。看材料介绍，这里年降雨量特丰，达6600毫米，草地花草茂盛，山林茂密，皆苍翠欲滴，所以感觉空气特别湿润、清新，沁人肺腑。一片青绿的高山上多有冰斗冰川，银亮曲折的雪线由山顶直贯山脚，线条硬朗，浑如木刻画一般，引人注目，构成此地一道独特亮丽的风景线。全乡按地势分作上下两个自然村，加上大山背后的喀纳斯村民，近2000人，其中蒙古族图瓦人占80%以上。民居建筑几乎全部是图瓦人就地取材，用原木搭建的那种方座尖顶式小木屋，呈斑驳的黑红色，质朴厚实，抗得住积雪数米的压盖，适用于严冬防寒，样式亦为全国所仅见。乡里设有学校和医院，还有一座小型太阳能电池发电站，一排排湛蓝色晶亮的电池板，为山村带来了现代化气息。周围景观给人印象最深的，是东南方一座高耸而秀丽的青山，金字塔形，整座山全被浓密碧绿的林木所覆盖。因此山极高，造型、色彩也都很完美，被当地人称作“神山”，常有人前往献哈达，顶礼膜拜。我初见此山，也一见倾心，因时间较充裕，遂取出写生夹画了一幅速写。

午饭后我们分作三拨，分头去访问图瓦人。一位年轻的大个子哈萨克族副乡长是我们的带队，自然也兼做翻译。路上，副乡长告诉我们好几件当地趣事。一个是这里你尽可以夜不闭户放心睡觉，从来没有发生过因小偷小摸而丢东西的麻烦；平日村里民事纠纷极少，要有，也就是晚上喝醉酒打架的琐事。此说也可从招待所管理员的话中得到证明，当我们向她要房间钥匙时，她竟笑道：放心，用不着锁门，连乡政府都不锁门哩。

禾木村民风纯朴如此，我联想起老画家贺天健的一首题画诗："东倒西歪屋一村，此中人有古灵魂"来。第二件事，这里养的牛有个特点，就是都生着一副白脸，称为"禾木白脸牛"，为全世界所仅见。据说上海还专门来人调查，以便将其列入吉尼斯世界纪录。当来人看到路边悠闲吃草的牛们，果然个个摇着一副大白脸，走来晃去时，无不惊奇赞叹。第三件事，夜晚出来要是遇到恶狗，千万别怕，只需立即弯腰，装成瘸子步履蹒跚的样子，狗就不咬你了。原来这里的村民晚上常常喝醉回家，狗们已习以为常，以为你也是村里老熟人了，用不着攻击你。这些生活细节很有趣，十里不同风，五里不同习，果然。

副乡长先后带我们访问了三位图瓦老人，他们分别是：退休数学教师塔朗海、乡派出所退休指导员哈尔斯哈和原乡党委书记、退休县政协常委达合提，皆为本村德高望重的60岁以上的老人了。三家因都拿退休工资，经济条件相对较好，家中房屋的布局、装修和摆设都较考究，电视、冰箱，甚至有的连电脑都有。其中最引人注目的是，都在堂屋墙上正中供奉着一代天骄成吉思汗和西藏班禅·额尔德尼确吉坚赞的画像。后者系活佛，多置于佛龛中，更为隆重。交谈中，他们都谈到了图瓦人的习俗和生活变化，但对图瓦人自己的历史却往往语焉不详。我想还应该到普通的图瓦人家去看看，听说神山下就有一位82岁的图瓦老牧人，可惜来不及拜访。

图瓦人属于蒙古族的一个分支，喀纳斯景区开发前，他们长期过着与世隔绝、自给自足的牧猎生活，没有人能真正说得清他们的来历。有一种说法是，图瓦人现在住地喀纳斯一带是成吉思汗当年率大军西征时的后勤补给兵站，他们的祖先多为留下来的老弱病残战士。也有人说他们是500多年前由今俄罗斯境内的西伯利亚迁移而来。关于"禾木"一词的含义，哈尔斯哈老人事后忆起一个传说，但他自己有些记不太清楚，就忙叫人传话让副乡长赶来给我们补述，真是认真得可以。那故事说，一位图瓦人的先祖一天追逐猎物来到这里，看到这地方有山有水，地势平坦，土地肥沃,冬天风也很小,十分满意。为了表明自己是此地的发现者,便按民族习俗,把猎到的棕熊身上最好一块板油割下来挂在树上,那熊油图瓦语就叫“禾木”。后来者看到悬挂的“禾木”,便陆续聚集在这里安了家。为纪念先祖,人们便把自己的家乡取名为“禾木”。

蒙古族图瓦人是不同民族文化交汇的一个活标本。他们的长相、服饰、宗教信仰都与蒙古族一样,生活习惯、社会交际用语则与哈萨克族相同,而在日常相互交谈时,则习用自己的图瓦语,但没有自己的文字。这种复杂情况是民族长期杂居而处的反映,是图瓦人适应历史发展和生存环境的一种自然选择。于是在禾木乡学校里,就出现了一种奇怪情形:学生上课用蒙、哈两种语言文字授课,下了课同学之间交谈则用图瓦语。现在图瓦人也接受了市场经济的影响,如果你为他们拍照或询问一些事,年轻人便不客气地追着索要酬金。《新疆经济报》记者陈漠就遇到过这样煞风景的事。从理智上讲,这当属于一种历史进步的表现,应该予以理解。市场经济的大潮正不可阻挡地改变着人们既有的传统观念和价值体系。任是深山更深处,也应无计避改革。哪怕在这极其偏远的古老小山村,也发生了历史的巨变。但从感情上说,又觉得不安。图瓦人保留了几千年的极其纯朴的生活方式和桃花源式的民习民风,这种有着活化石价值的独特的民族传统文化,最好少受一些外界的干扰,让它顺乎自然地发展似乎更好。须知,市场经济毕竟是一柄双刃剑啊!

与大自然融合共生的图瓦文化,是喀纳斯风景区一个诱人亮点,值得好好挖掘开发,使它与自然美景相得益彰。

傍晚,到禾木河大木桥一带游览摄影。想不到禾木河虽只是布尔津河的一条小支流,河面却相当宽阔,水流汹涌,喷珠溅玉,声势很大。布尔津的水资源果然得天独厚,名不虚传。晚饭时,乡政府为我们备了本地自制的奶酒,系用牛奶发酵后经蒸馏制成,外表透明与白酒无异,却有一股牛羊的膻腥味,据说能理气和血,可以大补。我平素就不善饮酒,所以只喝一杯就已不胜酒力了。同行者有嗜酒的,便开怀畅饮起来,连称“好酒,好酒出自咱的手……”席间自制奶酒有的是，于是以笔会同仁中嗜酒者为一方，东道主蒙古、哈萨克族乡干部为另一方，开始赌酒赛起歌来，高潮迭起，酒神精神大放异彩，双方鏖战至深夜才告结束。

入夜，我一个人站在木屋顶楼的阳台上仰望星空。没有月亮，上下四近是出奇的幽暗静谧，连昆虫飞过，似乎都能听到它们翅羽颤动的声音。由于周围没有任何灯光干扰，湛蓝的夜空上那满天星斗竟是这般繁密出彩，显得异常清晰硕大、明亮耀眼，真令人惊异不已。久居不夜的闹市，满目是流光溢彩，好久没有这样无遮无拦夜观星斗的机会了。我久久伫立着，看银汉横斜，数流星伤逝，寻找所能辨识的星座：北斗星、小熊星、天琴星、彗星团、火星、金星、牛郎织女……与星空对话，浮想联翩，想入非非，仿佛回到童话的孩提时代。夜深了，带着意满志得的心情回房睡觉，竟一觉睡到大天光。我以为这是在布尔津最静谧、最惬意的一晚。

2004 年 6 月 19 日　晴

清晨，告别禾木乡，返回布尔津。

途中攀上山顶停车休息时，有机会俯瞰令人惊叹的禾木河大峡谷景色。峡谷深达数百米，四周群峰如削，刀剑林列，日光下彻，万木如戟，皆镀一层耀眼的金边丛丛叠叠地布满陡壁之上，方感李可染大师山水画中对光色变化观察运用之妙，他本是由写生中悟出来的。回视来时盘山道，恰如一条黄色带子飘浮于绿树间，虚无缥缈，忽隐忽现，往复回环，真是见所未见。将来选择最佳处修建一座远望亭，必将成为受游人喜爱的登临处了。

车停在雄伟的布尔津河铁桥桥头，峡谷中河水奔腾，又是一处小景点了。我正低头画速写，新疆电视台的小史和小李让我对着摄像机讲几句观感。说实在的，此行我感受颇多，竟一时找不到合适的话语，又有些紧张，竟讲得词不达意。我很为自己缺乏现场即兴演讲的口才而抱憾。

快出山时，在阿克贡盖提石人群（亦称“哈萨克民俗风情园”）停车游览。此景位置、地望都选得极好，距布尔津县城约100公里处，刚好是到喀纳斯风景区路程的一半。两座小山之间，是一望无边的开阔大草原，草深没足，绿得醉人。在一片怪石背后，有一处呈优雅的抛物线状慢坡台地，石人群即布列其上。在整个北疆地区的草原上，常发现石人雕刻像隐没于草丛中，当为古代游牧民族突厥人的作品。石像用整块巨石雕成，多为威武雄壮的佩刀武士，间或有温柔的女性。形象怪异传神，手法粗犷浑朴，是古代突厥人勇武精神的自我塑形，其中蕴含了丰富的历史文化信息。在芳草萋萋的慢坡上，或立或卧地罗列了20多尊大大小小的石人，动态各异，都是从各地收集运来的，作为一个集中的展示区。如果将来能收集得更多一些，加以断代和整理说明，妥善布排，就可称作草原石人露天大型博物馆了，自然能够增添喀纳斯风景区历史文化的纵深感。

正行间，张山指着前方一座突兀的巨石说，快看，那就是我讲的那个“情侣石”了，从现在这个角度看最好。原来他在昨天来的路上给大家讲述了一个动人的民间传说：从前有个哈萨克小伙与图瓦人姑娘深深相爱，却因族群有别，受到部落头人和世俗的反对，不能结合。绝望中，这对情人便到野外幽会，双双殉情自尽，以示抗争。后来他俩就化作这座情侣石，永驻人间，显示了青年男女对纯真爱情的热烈追求。远望巨石轮廓，确如一对赤身相拥的恋人，在忘情地野合交欢。我想，这大概是远古人类生殖崇拜的一处图腾，也显示了民间对美好纯真爱情的肯定和赞美。

下公路不远，离县城10多公里处有一开发中的度假休闲胜地阳光沙滩，位于托洪台水库旁。湖滨水面宽阔，湖水碧蓝，沙滩平整，是处理想的夏季湖滨浴场，弄好了无啻于一个“北疆夏威夷”。目前设施已初具规模，我们在一座巨大的哈萨克毡房式的豪华餐厅用完午餐，曾在这里任过乡党委书记的康部长，要我题写“阳光沙滩”四字，好请人刻在湖滨一尊三四米高的巨石上，作为艺术性的永久大招牌。我却不过盛情，虽感十分困乏，还是应允了。写完后我又乘兴为宾馆题写了一个条幅：碧浪银沙。不成敬意，都还说得过去。

回到县里，康部长趁热打铁，马上主持召开了座谈会。会上大家发言踊跃，纷纷畅谈了此行的观感和建议。我也朗诵了一首暗改宋人杨万里咏西湖诗的七绝：

毕竟喀湖六月中，风景不与四时同：

接天林海无穷碧，夹岸山花别样红！

会后乘车赶赴城北五彩滩游览。五彩滩在额尔齐斯河畔，河水平缓开阔，吊桥飞架，颇有气势。河东岸一列数十座土梁，皆如巨龙探首饮水，五彩斑斓，为奇特的熔岩地貌。可惜天已向晚，阳光暗淡，否则更为壮观。张山指着近岸一处高台说，那是大码头，当年与苏联的贸易货物都是通过额尔齐斯河航运，现在水量减少，不能行船了。我不禁有些遗憾，想不到我国境内水源这么丰富的额尔齐斯水系，因降雨量减少，上游修了不少水库，用水过量，已影响到下游航运，十足可惜！

夕阳已收尽它最后的光线，大地一片苍茫。路过诗人白山布陵墓时，《新疆经济报》记者陈漠执意前去拍照，停车后只见他脱了鞋淌过好几道溪流，沿着戈壁一路小跑，终于拍到了诗人纪念碑。我很敬佩他的敬业精神。

由布尔津赴喀纳斯沿途，因地制宜地开发设计了不少颇具特色和文化品位的小景点，增加了喀纳斯风景区的旅游信息、文化含量和景深，打破了漫长旅途中单调、沉闷、乏味的感觉，十分符合旅游美学原则。否则，近200公里漫长的旅途，一片空白，直奔主题，将使“曲径通幽”的旅游雅兴大减。这正是精明的布尔津人考虑的周到之处。

2004年6月20日　晴转小雨

发车返回乌鲁木齐之前，迟副部长带我到宾馆对面的“大红鱼餐厅”参观大红鱼。

大红鱼是喀纳斯湖最著名的冷水特产，学名叫哲罗鱼或哲罗鲑，属肉食类，也许就是被一所大学的生物学教授解谜的“湖怪”。餐厅并没有活的大红鱼，只有在大玻璃鱼缸中陈列着一条标本。老板热情为我介绍说，这条鱼是1999年5月在布尔津河上游搁浅时，被人捕到的。他听说后用4000元高价购得，请专家制成标本，陈列出来供人参观，算是推销红鱼宴的一个实物广告吧。看说明，大红鱼长168厘米，重46.6公斤，为至今捕到的最大者，专家估算有128岁以上（由鱼体侧的黑线测定）。鱼有数排利牙坚齿，攻击性极强，活着时，鱼体呈赭赤色，所以俗称为“大红鱼”。

关于喀纳斯湖频频出现的“湖怪”，至今还没有定论，“大红鱼”说只是一种解释。联想到湖怪竟能掀起10多米高的大浪，能完整地吞食掉一头活牛、撞破水下的巨网，其体形和力量当相当可观。现在见到的大红鱼，据称为捕到之最大者，也不过一米多长，它是不可能有这么大本事的。看来对喀纳斯湖“湖怪”的解谜，与英国尼斯湖怪兽一样，尚需时日。其实，谜团不被解开效果可能更好，它将永远作为一个打不开的迷雾，吸引着人们不断前来探寻。

归途中，诸多景物已经熟谙，不暇细述。于是我不再说话，闭目沉思，独坐冥想，沉醉于几天来美好的观感中，满脑子都是残留的天风浩然、青山绿水、静谧草原和纯朴民风印象。我回味着这一切，脸上露出欣慰的笑意。人生需要这样一片圣洁的净土来调节生物钟，抚慰心灵，陶冶性情，净化灵魂，哪怕暂时拥有也好。我被喀纳斯宜人的风物调节出了一副好心情。我的心一多半都永远留在了那里，也把她的倩影铭刻在记忆中，真是不虚此行，不虚此行！中华大地无山不秀，无水不美，独喀纳斯出奇诱人，令人牵肠挂肚，真是新疆，特别是布尔津人之幸啊！我想，人类有多种崇高、博大的情怀，爱国主义为最基本的一种；而爱国主义又不是空的，热爱祖国大好河山，即是一项重要的具体内容。喀纳斯既是新疆，也是祖国的一种美好象征；对生命个体来说，则是碌碌人生旅途中一处休养的驿站，更是我心目中娇嫩的公主，每个人都有责任珍惜她、爱护她。但愿喀纳斯永远能保持这份独有的原生态，保持这份圣洁。我忽然想做诗了，多年忙碌于书案，已好久没有写诗了，不料这回喀纳斯之游，却触发了我做诗的灵感，脑海里涌出这么几句："喀纳斯，是图瓦新嫁娘留下的一段丰盈的倩影，一掬美丽的忧伤……"我对大胡子诗人郁笛讲了我的初步构思，他连说不错不错。我暗下决心，回校后不妨就把这首诗继续展开，试着完整地写出来。

作为自然和文化一项不可多得的重要遗产喀纳斯，其关键词该是什么呢？我想必是山秀水美、民族风情淳厚了，且自然风光与人文景观水乳交融，保存得如此完好，尤为可贵。就目前看来，她的人文景观相对薄弱一些，因此，在继续保持好自然景观原生态的同时，要努力开掘（而不是新造外贴）人文景观的文化内涵，这也许是今后开发喀纳斯的当务之急。比如，景区中的成吉思汗点将台，就值得好好开掘出来，向世人展示。在这方面，四川九寨沟的不少成功经验值得借鉴。据说康部长将赴九寨沟挂职取经，回来专事经营喀纳斯，真是条好消息。我对堪与九寨沟相媲美的喀纳斯的美好未来，充满了信心。

迷迷糊糊中，感觉车速轻快了，公路变得平坦舒适，一睁眼，我们正沿着奎屯——沙湾——石河子天山北坡连绵大绿洲的边缘穿行。四野又落了一阵小雨，凉风习习，仿佛在为我们提前洗尘。

车进乌鲁木齐已是入夜时分，繁华闹市中早已是车水马龙，灯红酒绿，市声喧嚣，热浪袭人。唉，我又回到人欲横流、拥挤不堪，由无情的钢铁、玻璃和混凝土所构筑而成的恼人的大都会了！

我的思绪又飞回到了喀纳斯。美丽的喀纳斯，在物理空间上，你是远去了，但在心理空间上，你却离我更近了！

2004年6月30日草成，国庆日改定

可可托海两大奇

富蕴县名不虚传，果然“天富蕴藏”，可去可游可写可记的太多了：奔流西去的额尔齐斯河和乌伦古河、鸭湖、伊雷木湖、中国最深的地下水电站、古尔班通古特大沙漠中的卡拉麦里普式野马放养基地、五彩湾、卡拉先格尔地震断裂带、远古生物化石群博物馆、额尔齐斯河奇石馆，等等，都是异彩纷呈、十分罕见的奇观。不过，老县城可可托海（哈萨克语意为“绿色的丛林”）镇，有两处景点最令我称奇叫绝，可谓富蕴县两大最耀目的闪亮点，一个是额尔齐斯大峡谷的神钟山，一个是额尔齐斯河畔的三号大矿坑。前者是自然景观，天设地造，直插云霄，果然鬼斧神工，让我高山仰止；后者是人文景观，地质圣城，深入地下，端的物华天宝，使我临渊惊羡。两处奇迹皆为华夏独有，世界无双，它们给我的视觉冲击力和心灵震撼实在太强烈了，不能不写。

神钟山

在我国偌大的版图上，在新疆阿勒泰，有条唯一西流北上注入北冰洋的大河——额尔齐斯河（亦即鄂比河的上游），孕育出两处中国顶级的旅游景区。一个是被称为“人间净土”的喀纳斯湖景区，以其神山圣水、白桦林、“怪鱼”和禾木乡图瓦人的独特风情名闻遐迩，来自国内外的旅游观光客趋之若鹜，赞不绝口；另一处就是近年方声名鹊起的富蕴县额尔齐斯大峡谷了。两处景区分别镶嵌在额尔齐斯河的源头和支流上，如同两串璀璨的阿勒泰海蓝宝石，一东一西，辉耀于祖国雄鸡高高翘起而骄傲亮丽的尾羽上，日夜伴着松风涛声，熠熠生辉。

我有幸两次畅游额尔齐斯大峡谷，一次是9月层林尽染、色彩斑斓的秋天，一次是5月百花盛开、满目青葱的春天，可谓览尽了大峡谷的春花秋月。

车子离开富蕴县老城可可托海，循着额尔齐斯河上溯北行，不久就到了飞来石下的大峡谷景区那座气派雄伟、颇具现代意味的大门了。换上电瓶车沿着河东岸绕行进入大峡谷，这实际就是额尔斯河的源头，山高谷深，水面宽10~20米，当地人称为大东沟。一路上青山逶迤，绿水奔腾，河风送爽，美不胜收。过了连绵的金色白桦林、"夫妻树"、水磨沟、野葡萄沟、哈萨克人古民居，再小心翼翼地穿过险峻的"石门"，远远地就望到拔地而起、高插云天的神钟山了。这里是大峡谷"U"字形的拐弯处，神钟山脚下布满骇人的巨石，河水在其中左奔右突，浪花飞激，震耳欲聋。走过跨河铁索桥，爬上对面山林间仰望神钟山，雄奇的山体令人触目惊心，浮想联翩，盘桓许久，方才恋恋不舍地下了山。正行间，猛抬头，与神钟山隔水相对有一座百多米高、数百米长的悬崖陡壁，当地人称为洪台吉山，系由整块的巨型花岗岩构成，气势凶猛，不知为何要对着神钟山怒目而视。崖壁上，镌刻着几行奇异的巨型文字，不知是什么谶文诗句，鸟迹文？甲骨文？楔形文？玛雅文？道符？女书？水书？才学疏浅如我，猜读了半天也读不懂这深奥的"天书"或者令人气闷的朦胧诗，只好沿着西岸的山路步行上溯。7公里长起伏不平的山路旁，山溪在巨石间横冲直闯，虎啸龙吟，喷珠激玉，一路为我们壮行。忽而巨杉蔽日，忽而奇峰突兀，峰回路转，移步换景，云雾缭绕中，一幅幅绝妙的长卷山水画迎面次第铺开：笑面壁、神象峰、骆驼峰、神鹰山、小钟山、人头马面山、狼山、猴山……令人目不暇接。面对大自然这鬼斧神工，人们尽可以展开无穷无尽的想象和联想。山路终于断了，我们被阻在一座正在施工的大桥前。跨过“卡拉淖尔”湖上的便桥，我们来到银亮耀眼的大瀑布下。大瀑布分多级由巨石上奔泻而下，第一级就有20多米高。瀑布吼声如雷，如银河倒悬，暴雨如注，在卡拉淖尔湖中激起千堆“雪”。接着，我们又拂开树枝，沿着东岸陡坡上的羊肠小道逶迤下行200米，一座挂满缤纷的彩布条的小木屋在迎接我们，原来这就是季兰德温泉了。于是我们走进木屋，脱衣纵身跳进泉水池，痛快地洗了个温泉澡。季兰德温泉群共有五个泉眼，四季不断流，平均水温在39度至49度，不高不低正合适。水质滑腻，富含多种微量元素矿物质，具有很高的祛病健体之疗效……

我之所以要在这里像记流水账一样，浮光掠影地记录下额尔齐斯大峡谷的所见所闻所感，一来是因为这里的景点实在太密集了，来不及一一详叙，所以先行描绘出一个大概印象；二来是因为我的词汇毕竟有限，想腾出些篇幅来好好描绘一下我最最心仪的神钟山。

铺垫已毕，现在该言归正传，写写神奇的“中华第一钟”神钟山了！

古人云：文似看山喜不平，其实也可以倒过来说：山似读文喜不平。的确，观山之趣就在于它的高峻、伟岸、突兀、峭拔，能唤起人一种崇高的审美愉悦和超拔脱俗之气，以提升精神境界，藐视平庸，向往崇高。如同读文一样，平铺直叙，平淡无奇，沉闷单调，岂不只能令人索然无味，昏昏欲睡吗？我曾多次写过博格达雪峰，就是要表达它那伟岸挺拔、雄奇不凡的巍巍雪峰意象所带给我的惊奇和振奋。我生性好奇，又受了古代名士风的熏染，一生偏爱名山游。我曾登过泰山玉皇顶，登过嵩山峻极峰，登过华山西峰莲花峰，登过峨眉山金顶，登过武当山金顶，登过庐山汉阳峰，登过桂阳的独秀峰和伏波峰……一次次地登上奇峰之巅，体验了“会当凌绝顶，一览众山小”的浩然之气。但是去秋当我第一次仰望到额尔齐斯大峡谷的神钟山时，却产生了从未有过的审美体验，真个是惊喜莫名！

望见神钟山如此高峻而稳重的山体，我立即联想到曾在陕南岚皋县遥望过的蜡烛峰，孤立的奇峰高达1000余米，无所傍依，如一柄巨烛柱立于南天。但我与云苫雾罩的它相去甚远，感觉比较模糊，震撼力有限。

不像这次，我与神钟山隔河相望，近在咫尺，而且它通体沐浴的阳光下，美轮美奂，毫发毕现，感受特别真切。

一处奇山圣水，需有名人来彰显。鄱阳湖畔的石钟山因有宋一代大文豪苏东坡写下了千古名文《石钟山记》而扬名天下。由神钟山我自然又联想到苏翁笔下的石钟山。

苏轼的《石钟山记》，由于不满前人的语焉不详，通过月夜乘舟实地勘查，发现湖口绝壁下，有“大石侧立千尺”“山下皆有石穴隙……微波入焉，涵澹澎湃，”声如洪钟，这才搞清了人称石钟山的真正来由，从而批评了“郦道元之简”和“李渤之陋”，提出决不能“事不目见耳闻，而臆断其有无”的哲理。但是苏翁文中并没有描绘石钟山的外貌，只闻其声而未见其形，何以人们不称它为石磬、石鼓，而专称其为石钟呢？我猜想，那块水边千尺大石，其形状一定像是一口大钟，苏东坡既已先入为主，又是夜间考察，所以对山形就忽略不写了。额尔齐斯大峡谷的神钟山，之所以有此名，首先在于它惟妙惟肖一口自天而降的大钟扣在水边，山顶呈抛物线的浑圆，两侧的石壁直上直下，不偏不倚，左右平行对称，至四分之三临地处又微微外撇，弧度也十分优美且均衡，形成巨钟的下口沿，稳重而安详地屹立于水边，岿然不动。而且特别奇怪的是，钟的顶部还有几块巨石，托起一株摩天的云杉，恰似安装了用以搬运或悬挂的钟纽。如果远远望去，其外轮廓、结构、比例、弯曲度，其石面的光洁度，甚至斑驳青绿的“包浆”，都与一口年代久远、硕大无朋的铜钟无异。我甚至发现，它的造型和颜色，与北京大钟寺那口重达数百吨的永乐大钟十分相像。神钟山的神奇之处，还在于它体量高大雄峻，无与伦比。“世界钟王”永乐大钟的体量比起它来，实在是小巫见大巫，只能看做是神钟山的微雕工艺品了。更蹊跷的是，神钟山通高 365 米，恰与一年的天数相同，而额尔齐斯大峡谷则有 108 道弯，又符合中国传统文化中的天罡地煞之数，都是不可思议的巧合，具有象天法地的神奇性。这些还不算，神钟山的奇特之处，又在于它系由一整块坚硬的花岗岩构成，中间绝不夹杂一丝儿土层杂石。

与铜钟极为肖形，高大雄伟，由一块巨石构成，凡此种种，这些非人工可以复制拼凑的特征统一于一体，从而保证了神钟山举世不二、天下无双，具有高度完美性和神奇性。当然，既称为“钟”，应该一定能发出钟声，君不听那山脚下轰鸣的水声，应和着两岸阵阵松涛和风声，响彻了大峡谷，日夜不绝于耳，那就是扣响神钟，发出的妙不可言的天籁和鸣。

神钟山“峭壁插云，悬崖逼水，孤峰傲立”，威武庄严，稳重安详，是一座天设地造的人间尤物，可谓浑然天成，无愧为“中华第一钟”。难怪人们要对它高山仰止，对它至诚敬畏，奉若神山了！难怪有些“英雄崇拜”情结的我，也顶礼膜拜，流连忘返，让军旅作家王有才先生不断变换角度，左一张右一张地拍了十几幅照片，把我的身影叠印融入神钟山的形象之中，妄想依靠它的托举，使自己也顿时变得高大雄伟起来。

据史料记载，当年成吉思汗亲率数十万大军，翻越阿尔泰山西征中亚和欧洲时，在额尔齐斯河流域留下了众多的遗迹。惺惺相惜，神钟山的雄奇造型，自然逃不脱雄才大略“一代天骄”的目光，他一定会在此驻马垂鞭，以惊奇的眼神对山峰注目许久，然后用神钟山凛然不可犯的“巴图尔”的形象，鼓舞激励麾下骁勇的蒙古铁骑。此言非虚，有实物为证。几年前，几个哈萨克牧民沿着后山攀爬到神钟山顶，发现了一口大铁锅和一柄断了的长剑，这很可能就是当年蒙古大军西征时遗留的文物了。

于是，关于神钟山就产生了不少传说——

当地人说，神钟山的来历不同凡响，它其实是成吉思汗的一口大铁锅扣在水边化成的。成吉思汗既是“天之骄子”，麾下的蒙古铁骑所向无敌，巴图尔们威武剽悍，个个状如天神，食量惊人，大军用的行军锅自然也如山峰一样硕大了！至于为什么要把一口大行军锅扣在这里呢？人们却没有做出过多解释，因此这个传说就显得有些不完整。据我读小说读历史学得知识，不妨按照民间传说故事的叙述模式，展开艺术想象，补写出几个不同的版本，使这个传说更加完美。

……话说成吉思汗大军铁流西行，在额尔齐斯河大峡谷拐弯处与敌人相遇，经过一场鏖战，俘获了一名敌军大将。谁知此人顽固不化，拒不投降，又神通广大，刀枪不入，无法处死。成吉思汗见状龙颜大怒，施下大法力，高高举起这口大铁锅，一下子就把敌将扣死在里面，以儆效尤。

……话说西征大军冲出额尔齐斯大峡谷时，后军来报称，河中跳出一恶魔，兴风作浪，搬来无数块巨石妄图阻塞河道，要让蒙古铁骑在沙漠戈壁干渴而死。成吉思汗闻讯龙颜大怒，打马返回，大发神威，高高举起一口大铁锅，一下子就把这个不知好歹的水怪扣死在里面，永绝后患。

……话说成吉思汗率领大军在大峡谷“U”形拐弯处，遇到敌人的顽强阻击，经过一番血战才击败顽敌，占领了这处战略要地。为了纪念自己的丰功伟绩，他灵机一动，随手将一口大铁锅翻扣过来，变成一座高大无比的纪功碑，矗立在这里，供后人瞻仰……

似乎还可以继续编下去，风云际会，无论如何，一座无与伦比的钟形奇峰，一定要与一位传奇性的大英雄发生联系的。战争形势是瞬息万变的，成吉思汗要把大铁锅扣在河边的理由是随机的，可以是多种多样的。但是，无论是哪种可能，在已被充分神化了的“天之骄子”身上，没有什么奇迹不可以发生，一切都将合情合理。

可惜的是，成吉思汗的后代们却不像英雄的父辈，在建立起横跨欧亚大陆空前绝后的大帝国之后，王子们一个个得意忘形，私心膨胀，利令智昏，常常为了争夺王位和地盘而闹得不可开交，为了争权夺利，竟干起相互仇杀的勾当来。

神钟山，哈萨克语称阿米尔萨拉峰。原来蒙古王准噶尔汗小儿子阿米尔萨拉与美女其其格深深相爱，其兄洪台吉巴图尔妒火中烧，硬将其其格抢走。阿米尔萨拉闻讯带人冒死将情人夺回，沿着额尔齐斯河谷奔逃。洪台吉大怒，率大军紧紧追赶，最后将阿米尔萨拉和其其格及其随从围困在神钟山山顶。洪台吉率军驻扎在对面的悬崖石壁上，对阿米尔萨拉和其其格进行威逼利诱（那悬崖上那几行“天书”，说不定就是洪台吉刻下的劝降书）。其其格隔河高声叫骂，拒不背弃自己的爱人。残忍的洪台吉见劝降不成，恼羞成怒，下令手下放箭。一时间矢如雨下，阿米尔萨拉和手下兄弟纷纷中箭，血流如注。其其格也中箭倒地，美丽的长发从山顶飘下山体——如今山体上那一缕缕酱色带状的长长沟槽，就是勇士们的鲜血顺着其其格的长发流下时冲刷而成的。眼看着洪台吉率兵攻上山顶了，阿米尔萨拉宁死不愿受辱，就与情人其其格紧紧抱在一起，纵身跳下千丈悬崖……后人同情阿米尔萨拉的悲剧，痛恨洪台吉的残暴，就用他们兄弟俩的名字分别为两座山峰命了名，并在民歌里一直传唱着这个悲壮的故事，流传至今。在神钟山上方，有人还发现有两个人头像，人们传说，那就是阿米尔萨拉与其其格这对情侣的不朽影像。

两个传说，一个是气壮山河的英雄史诗，一个是凄美动人的的殉情故事，都为神钟山增添了神秘色彩和诱人魅力，赋予这座奇山异峰以深厚的文化内涵。

一处大的景区往往有引领全盘的标志，如万寿山佛香阁之于颐和园，太和殿之于故宫，白塔之于北海公园，祈年殿之于天坛，九层楼之于敦煌千佛洞，博格达雪峰之于天池，观鱼台之于喀纳斯湖……神奇的神钟山就是额尔齐斯大峡谷诸多美景的集大成者，是它的灵魂所在，为这处顶级的自然景观平添了一抹灵性和文化氛围，也提升了它的精神高度，自然成为大峡谷无可争议的标志和大名片！

然而，可可托海人在打出这帧大名片时却有些掉以轻心了！神钟山那幅在宣传品、广告牌和书籍中频频亮相的照片，可能是为了作全景式的展示，过于写实了，以致钟体上因长年风化水蚀而造成的累累断裂伤痕，一览无余，大煞风景，给人以支离破碎的感觉，严重地损害了神钟山完美奇峻、雄伟安详的形象。我以为应该重新拍照一幅，选景点最好放在对岸的山上，拉远一些，避开煞风景的裂缝和伤痕，把神钟山完美、高峻的一面充分展示给世人。这一点，从艺术技巧的层面上讲并不困难。

据说额尔齐斯大峡谷和它的神钟山，一到冬天，银装素裹，别是一番风景。可可托海是中国西北的冷极，冬季有零下 57℃的极端记录，可以设想，那时满山的积雪有多厚，冰川有多硬，冰清玉洁的神钟山多么峻拔冷艳？乘木爬犁在雪原上风驰电掣该是何等潇洒？原木小屋中的炉火又是多么温馨？将来如有机会，一定要再来领略一下它那冬天里的神韵！

一座矿山和它的倒影

可可托海的另一大绝世奇观，是有“世界地质学家的耶路撒冷”盛誉的三号矿坑。

人们称可可托海是“世界地质学家的耶路撒冷”，意为这里是世界地质界的圣城，是“天然矿物陈列馆”。对此，可可托海可谓实至名归。

20 世纪 50 年代末我在乌鲁木齐读中学，那时就听说可可托海有个保密代号为“111 号”的矿场，蕴藏着无数稀有贵重金属和众多名贵的宝石。而且还属军事重地，对外保密，由部队把守，戒备森严，闲人莫入。据说乌鲁木齐的交通警察一听大货车司机称自己来自“111 矿”，就不再检查证件货单了，立即恭敬如仪地放行。因此，那时我就对可可托海产生了一种浓重的神秘感，心想，何时才能亲往一游呢？改革开放后，可可托海才逐渐揭开了它神秘的面纱，人们从不同渠道得知，这里的确蕴藏着无数宝藏，据不完全统计，在 1600 多平方公里的矿区中由五条地质构造带形成的“地质走廊”，已发现矿产多达 86 种，占人类已知有用的矿物种类的 60%以上，其中白云母、铍、钾长石、镍、铂、锂、钯、钽、铌、铯、碲、铜、钼、锌、铅等 10 多种都名列全国首位或前 10 位。这里还盛产海蓝石、紫罗兰水晶、石榴籽石、芙蓉石等珍贵宝石矿，据估计矿产的潜在经济价值高达 330 亿元以上，蕴藏之丰、储量之大、品位之高、分布之规则都让地质学家叹为观止，称为世界罕见。西方几乎所有发达国家的地质专家，都曾纷纷“朝圣”般地来此勘探、考察和参观。在西方各国不同版本的地质矿床教科书中，都编入了有关可可托海的章节和资料，其在世界地质学中的经典意义和崇高地位，不言而喻。

我有幸参观过可可托海的地质博物馆。俄式宽敞明亮的展厅中，高大的玻璃柜里陈列着上千种矿石标本和宝石样品，件件堪称国宝。众多结晶体形状各异，五光十色，耀人眼目，真可谓琳琅满目，争奇斗艳，可以看成是可可托海大地质走廊的一个微缩景观，让人大开眼界，惊叹不已。为了表达我的惊喜之情，我不揣浅陋，挥笔为博物馆题下了“物华天宝，天富蕴藏”八个大字。

可可托海地质矿产的大发现，起始于100多年前。沙俄的地质学家在鄂比河（其上游即额尔齐斯河）水中发现了众多珍稀金属元素，但又不知其所由来。他们后来受到可可托海的牧民用矿物晶体磨制装饰品的启发，于是断定可可托海极有可能是这些珍稀金属的来源地。到了上个世纪30年代，苏联的地质专家循着河流上溯，最后在可可托海果然发现了这处罕见的地质矿产荟萃地，一只聚宝盆。经过10多年的勘探、科研、开采，在可可托海建成了一处规模可观的珍稀金属矿场。

从20世纪四五十年代，可可托海的矿产资源基本上由苏联操盘，每年开采出来的大量矿产品都装上轮船，沿着额尔齐斯河源源不断地运往苏联，变成他们的军工原料和战略储备物资。据富蕴县志记载，1949年毛主席到苏联谈判时，就强烈要求尽快归还可可托海矿场。苏方开始不同意，毛主席就长住莫斯科不走，最后斯大林只好让步同意归还了。可可托海矿产资源的重要性由此可见一般。如今，可可托海镇上仍保留数十幢俄罗斯式的楼房，见证着这段令人心酸尴尬的历史。

可可托海保密号为“111”号矿场，最集中、最典型的就是三号矿脉，三号矿脉地面上的实证就是三号矿坑。人们所称的“世界地质学家的耶路撒冷”“地质圣城”“天然矿物陈列馆”云云，其实主要就是指这座世界著名的三号矿坑。三号矿坑就在公路旁边，位于几座青山之下。登上专设的看台，一座又深又大的矿坑就触目惊心地展现在脚下，一览无余。

三号矿坑口略呈椭圆形，长约250米，宽约200米，堪称巨大无比。采矿用的螺旋形台级一圈一圈地旋下去，越来越小，直抵地下200余米处，望之令人昏眩。底层台阶上停着一台大型挖掘机和一台载重 20 余吨的大矿车,此时看上去都像是一只火柴盒子。坑底积满了一池从岩石中渗出来的水,碧绿湛蓝,阳光下反射出宝石般的奇异光芒,那就是从矿石中溶解的稀有贵重金属的证据了！初看之下,大矿坑很像是一口插入地下的巨型漏斗,有人形容说像是一只大草帽,有些书上则称更像是古罗马的大角斗场,或者是一尊栽在地下口沿朝天的巨钟。

是的,这些比喻都还形象恰当,启人遐想。正是这只深入地下的巨型漏斗,从祖国母亲大地上“漏”走了无法估量的奇珍异宝;正是这只大草帽,遮挡住了国外强权曾强加给中国人的深重灾难;正是在这处大角斗场,斗出了中国人奋发图强的冲天志气;正是这尊口沿朝天的巨钟,敲响了华夏崛起、震惊世界的威名!

一般人很难想象,一座矿坑,在中国人挺起脊梁、雄起于世界民族之林的伟大事业中,为什么竟能做出如此巨大的贡献呢?

可可托海地质博物馆馆长解释了这个疑问。他自豪地向我们列举了关于三号矿坑的一系列数字:此前开采出来的矿产无法计算,仅新中国成立后的 40 年中, 三号矿共开采绿柱石精矿 22641 吨、锂辉精石矿 326920 吨、钽铌精矿 459924 吨……这些稀有贵重金属是干什么用的呢?不说不知道,一说吓一跳,它们原来都是尖端军工和航空航天事业不可或缺的宝贝。铝锂合金用来制造超音速飞机,铍、锂、钽等是制造原子弹、氢弹、导弹和航天火箭所必需的高级原料,是一个国家最重要、最必需的战略物资。我们国家在上个世纪六七十年代,为了打破核垄断,应对核讹诈,开拓外层空间,自力更生,自行设计研制成功“两弹一星”,发展航空航天事业,从而自立于世界民族之林,主要就是依靠可可托海三号矿坑开采出来的这些宝贝！这里还有一个让人悲愤不已,也令人感激万分的事实是, 在 1960 年前后三年全国人民勒紧裤腰带过日子的特殊困难时期,苏联“老大哥”又趁火打劫,立逼我们偿还巨额债务,三号矿坑的珍宝绿柱石等就是用以偿还阎王债的重要物资。

博物馆馆长又介绍了三号矿坑的种种传奇故事，娓娓道来，如数家珍：它是中国目前最大的工业矿坑；它自转入露天开采，使用的疏干排水技术全国领先；深孔凿岩光面爆破技术全国首创；人工手选绿柱石产量占全国总产量的80%，居全国第一；这里发现了世界上第一块额尔齐斯石和阿山矿石，全国第一块碱棱沸石和石川石；这里开采出一块宽25厘米、长50厘米、重120公斤的板状黑色大宝石，为全国之冠；为了向矿山提供足够的电力，经过9年的艰苦奋战，在距可可托海4公里外拦河筑坝建成了一座地下水电站，主机房处于地表以下136米深处，属国内同类水电站机房离地表深度之最……我虽然不能完全懂得这些地质矿产的专用术语和数据，但从这一系列"世界第一""全国之最"中，已经明白了三号矿坑的伟大与它在我国矿业中举足轻重、无可替代的地位。

三号矿坑蕴藏丰富的稀有贵重金属，尤其是其中宝中之宝铍，储藏量占全国首位。铍是一种特别神奇贵重的金属，通常只能在绿柱石、硅柱石、金绿宝石等矿物中以氧化铍的形式存在，有"工业味精"之美称，许多物质如果一经添加上极微量的铍，就会脱胎换骨，点石成金，变得坚不可摧，其价值不可取代。因此，铍是现今世界上大多数国家的一级战略储备物质，在未来的社会发展中，谁掌握了铍资源，谁就在众多领域中抢占了先机。 三号矿坑自20世纪30年代投产以来，到上个世纪末，似乎已呈资源枯竭状态，经济效益下降，遂于1999年关闭停产。但是近年经我国科技人员的刻苦攻关，已解决了相关的技术难题，三号矿坑又恢复了开采，重现了当年的青春活力。对三号矿坑的光辉未来，我充满了期待。

我久久默立于三号矿坑前，心潮起伏，想象着这座矿坑伟大的历史业绩，想象着无数矿工当年在这里艰苦奋斗的英雄岁月，心里充满了敬仰和感激之情。矿坑里裸露的白色矿石，出于保密的习惯，在秋风中腾起团团烟雾，似乎在想隐瞒自己的无量价值，遮蔽潜藏着的耀眼光芒。然而那一层层坚硬的白色石级，却像一页页厚重的、不可磨灭的书，永远记载下它为中华民族的振兴所创下的不朽功勋。

三号矿坑，是自然和人文历史的双重奇迹 是中华民族的功勋矿！中国人民永远感谢你！

但是历史资料又告诉我一个意外的事实：三号矿坑的上方，原本是一座蕴藏宝物、高插蓝天的山峰。原来它是近旁几座青山紧紧相依的姊妹山！经过几十年的开采，原来的山体已被陆续铲平移走，而矿脉又深入地下，矿工们于是就接着往下深采，结果就出现了三号矿坑这一奇观！

英雄的三号矿坑，原来是一座矿山的倒影！

于是，我产生了一个大胆想法，如果将来要在三号矿坑建立一座纪念馆，最好请美籍华裔建筑大师贝聿铭先生来亲自设计，让他像为法国卢浮宫门设计的地上地下相对相接的两座玻璃金字塔入口一样，也为可可托海三号矿坑纪念馆设计成上下两座金字塔形巨钟。把可可托海这座神奇的矿山和它的倒影，如同一座连体的纪念碑，永远凝固在额尔齐斯河畔，矗立在祖国大地上！

有人将三号矿坑比喻成一座口沿朝天的巨钟，我以为最为恰当不过，自然由此联想起距此不远的额尔齐斯大峡谷中那座神钟山来。两座巨钟，一座顶天立地，高插蓝空 365 米，一座倒栽于地下，楔入大地 200 米。“上天入地求之遍，上穷碧落下黄泉”，都体现了一种锲而不舍的追求精神。可可托海，真是一处神奇的宝地！

神钟山和三号大矿坑，是可可托海的两大奇观。神钟山的雄伟崇高、稳重安详、凛然不可犯；三号矿坑的博大深沉、坚忍不拔、开拓进取，都集中体现了我们中华民族的伟大魂魄，这将是我们稳步实现民族伟大复兴中国梦的强大精神支柱。

可可托海的神钟山和三号大矿坑，我既已经走近了你们，震撼于你们的伟大与壮美，你们将永远辉耀在我心灵的屏幕中！

2012 年 8 月

木孜陶冰山的坚守

穿越塔城地区和布克赛尔蒙古族自治县东部的荒原,往北,就进入阿勒泰地区吉木乃县境了。两县交界处的地貌几乎没有多少区别,一律是比较平坦的荒原,沙碛碎砾石之间牧草稀疏、低矮,高远、空阔的晴空下面,青黄色一抹,苍苍茫茫,一望无边。这里属于半干旱的荒漠地区,一路上罕见有牛羊驼马的踪影或飞翔的鸟类,让人感到有些空旷、荒凉和寂静。

托特阔拉处于两条公路交叉处,向北可到布尔津,向东可抵福海,去吉木乃县城则要从托特阔拉折往西北。在赴县城的途中时,我突然产生了一种很奇怪的感觉,总觉得右前方车窗外的地平线上,有一只巨大的眼睛,黝黑的眸子,雪亮的眼白,不时投来一道很固执的目光,坚定、自信,而又透出善意和安详。它一动不动地跟着你,注视着你,目光穿透力极强,慑人心魂,让人难忘,闭上眼睛也能感觉到它还在关注着你。是什么呢?仔细望望远方,依旧是蔚蓝的天空,青黄的原野,什么也没有发现。这种奇怪的感觉,一直伴随着我,直到车子驶进了县城,仍牢牢地攫住我的心灵。

入夜,我躺在县宾馆客房中,久久不能入睡,脑海屏幕上还不时闪烁那道坚定的奇怪目光。那到底是什么呢?

吉木乃县位于阿勒泰地区的最西端,地域辽阔,总面积达 8200 平方公里,几乎是总面积 5800 公里的大上海的一倍半。可是上海市人口是

2000多万，吉木乃县仅有区区4万多人，几不成比例。（请原谅，不是我在这里故意要进行这样毫不相干的比较，而是在与吉木乃人交谈中，这个话题一再被他们提出来，从中不难看出吉木乃人某种自许又谦卑、无奈的复杂心理。）一般来说，人口与经济繁荣是成正比的，这种数字上的巨大反差，足以证明，吉木乃县属于全国最不发达的贫困县份之列。

县委刘书记似乎并不回避这一点。他的介绍，更加印证了我的判断。这位有着学者风度的年轻书记多次坦然告诉我们，吉木乃土地贫瘠，水资源严重匮乏，而且冰雹、干热风和沙尘暴等多种自然灾害频发，冬天如野狼狂嚎般的暴风雪（“闹海风”）所造成的雪灾，已多次在中央电视台新闻中报道，算是在全国出了名。刘书记告诉我，吉木乃是北疆地区最贫困的县份，与南疆的民丰、且末、乌什、柯坪等著名的穷县一道，同列为全疆倒数第四五位的贫困县。

在新疆，阿勒泰地区的水资源是极其丰富的，所属的几个县，大多得天独厚，境内都有大河奔流，大湖汇聚，可是唯独吉木乃县不被待见最可怜。全县竟没有一条四季长流的大河，也没有一座像样的湖泊或水库。吉木乃县严重的缺水现象，单从地表地貌上就能明显看出来。流经县城的乌拉斯特河是本县最大的河流，但是县城附近水库中的水却少得可怜。在这素称丰水季节的8月，我们下榻的宾馆旁的大水渠里竟然见不到一滴水。据说，过去乌拉斯特河两岸牧草萋萋，生长着茂盛的白杨林，从河源郁郁葱葱一直延伸到县城，要知道，“乌拉斯特”就是哈语“白杨林”的意思。但是，当年的白杨林如今已风光不再，已退缩到上游的多伦拜村一带了。在托斯特乡，我听几位哈萨克族青年说，小时候他们常到村边塔斯特河中游泳，可是现在河水基本干涸，水小得已洗不成澡了！吉木乃人说起缺水，就不由自主地抱怨起清朝政府的无能来。他们悲痛难过地说，哈萨克共和国境内水量很大的吉木乃河和面积浩大的斋桑湖，流经的地方土地肥沃，水源充足，原本都是属于我国的（“斋桑湖”过去译作“宰相湖”，选取此名，大概是取汉语中“宰相肚里能撑船”的寓意，形容湖面积之大，水量之多），可是都被沙皇从腐败透顶的清朝政府手中生生夺走了！我记起，这现象如同马克思所形容的，西方列强们割占中国领土，就像是偷走死人身边的衣物一样轻而易举。如今，空有辽阔的土地，但水资源严重缺乏，是造成吉木乃人贫困的直接原因，成为制约经济文化发展的最大瓶颈。

但是刘书记却又说，贫困是历史造成的，可是我们吉木乃是祖国西陲重要的边境县，边境线长达140余公里，我们拥有国家一类口岸，有冰山第一哨，我们要坚守这块国土，为伟大祖国站好岗。他接着动情地向我们讲述了吉木乃各族人民如何在严酷的自然条件下，发奋图强，团结奋斗，一次次战胜天灾，为发展农牧业所做出的可歌可泣的英雄业绩。他介绍说："我们这个仅有4万多人口的自治区重点贫困县，却有6万亩农田，饲养着30余万头牲畜，每年自给之余，能给国家贡献近5000吨粮食和500吨商品肉……"

吉木乃人，不容易啊！

我记起俄罗斯总统梅德韦杰夫在视察北方四岛时摔给日本人的那几句话：俄罗斯的领土是美丽辽阔的，但是没有一寸是多余的。同样，老祖宗留给我们的领土也很辽阔，但也没有一寸是多余的。儿不嫌母丑，美不美故乡水，哪怕一块比较贫瘠的疆域，我们也会热爱它，保卫它，建设好它。

"我们只是缺少自然资源，但是我们吉木乃各族人民并不缺精神。吉木乃有着悠久的历史文化，有着艰苦奋斗的传统，特别是源远流长的坚守精神！"最后，刘书记用一种庄严而悲壮的口吻总结道。

好一个坚守精神！

我听了心中一动，这不就是对我在吉木乃大地上时时感受到的那道坚定、自信的目光最好诠释吗？原来，吉木乃人在十分贫瘠的土地上，却收获了一种绝不屈服命运安排的顽强意志。这是一种忠诚于信仰的坚守精神，弥足珍贵！于是，破解那道诱人的自信目光，追寻其中的坚守精神，这一鲜明的意念，就成了我此次在吉木乃采风活动中的基本主题。

从阅读资料中得知，其实在遥远的古代，吉木乃一带自然资源并不缺乏，相反它是阿尔泰山西部广大地域游牧民族理想的冬季牧场——冬窝子。吉木乃，本来就是古代一个强盛游牧部落的名字。哈萨克人传说，当年，他们的先王阿山·海合骑着骆驼，带着随从，走遍了中亚大地的山山水水，寻找更适于生存的地方。最后，他被眼前一座雄伟的大冰山吸引住了！

这座大山，就是东西走向的萨吾尔山。

萨吾尔山以北属阿勒泰地区，以南属塔城地区，为两地区的界山。而山的最西端，则与哈萨克斯坦共和国接壤，自然也成为两国的界山。萨吾尔山高居群山之上，绵延上百公里，白雪皑皑，天风浩然，气象万千。与别的大山多有高峻的奇峰不同，它的山体比较宽厚，山顶平缓，南坡陡峭而北坡舒缓，呈不对称形，构成山势的鲜明特征。其最高峰木孜陶冰山，海拔 3800 余米，终年积雪，古冰川面积达 13 平方公里，宽大的冰舌，长长地伸向山下，在离山顶数十米处，形成一座 3 平方公里的高山冰湖，一泓圣水，正是北流的几条大河的源头。

萨吾尔山东高西低，山势浑圆，很像是一匹向东奔跑的骏马丰满的后臀，而千年的冰峰则像一条银色的马尾飘洒在蓝天白云之间，十分壮观。哈萨克族先王阿山·海合自有圣人的慧眼，他发挥了大胆想象，指着大山说，这不就是一匹活灵活现的骏马吗？可惜小了些，不如就把这座山命名为“萨吾尔”（小马驹）吧！萨吾尔山由此得名。

无独有偶的是，世居萨吾尔山南麓的蒙古人，也发现这座高山山形很像是一头动物的肥臀，就把山称为“和布克赛尔”（梅花鹿）。其实，马和鹿，如果不看头部，其身腰、四肢，特别是臀部，是极其相像的，所以有一种鹿科动物就叫“马鹿”。同为游牧民族的蒙古族和哈萨克族，尽管语言不同，对同一座山的感觉和称谓却十分相似，可谓英雄所见略同。

萨吾尔山丰富的冰雪资源孕育了吉木乃县境内北流的数条大河，自西往东依次是吉木乃河、乌勒昆乌拉斯图河、乌拉斯台河和塔斯河等等，几条河哺育了大片的森林、绿洲和草原。先王阿山·海合于是决定把这片土地选为哈萨克人的冬牧场，成为吉木乃人的世居之地。从此，萨吾尔山，这匹在南天云中徜徉奔驰的小马驹，就成了吉木乃人对这座圣山的共识，成为吉木乃的地理坐标和人们高山崇拜的象征。他们世居于此，朝夕相对，自然也把它视为生命之根，演绎出不少动人的神话和传说来。

诗人郭小川曾说："越冷的高山，越出大角色，""越险的路上，越有好人才。"俗话也说深山出俊鸟。吉木乃这片看似贫瘠荒芜的土地，在近代却诞生了一个声名显赫的大家族，出了好几位影响阿勒泰，甚至新疆历史的杰出人物，这就是清帝亲授世袭公爵库库岱，他的四代孙艾林郡王艾林·精恩思汗（1884—1961），艾林郡王夫人、女中豪杰哈德万·马木尔别克（1897—1963），还有库库岱族人文化名人沙福里汗·精恩思汗（1900—1940）等。这几位联袂而出的传奇人物都在近、现代出任过新疆、阿勒泰和乌鲁木齐等地的高级官员，分别为维护国家统一、民族团结、推进新疆和平解放和发展哈萨克民族文化事业做出了重大贡献，是吉木乃人引为骄傲的精英式人物。

这里想重点介绍一下，新疆近现代史上一位罕见的哈萨克女强人哈德万·马木尔别克女士。哈女士原名哈德霞，出身于阿巴克克列大部落托里部落的一个贵族家庭，后与住在吉木乃的阿巴克克列部落的精神领袖艾林郡王结婚，成为他的正妻。哈德万女士自幼就不同凡响，她冲破哈萨克妇女不参与社会活动的传统束缚，自学了现代科学文化知识，包括学会了汉语汉文。她以精明的头脑，干练的作风，协助艾林郡王妥善处理了许多复杂的军事、政治、经济和外交大事。她与社会上层有着广泛的交往，甚至成为共产党人朱旦华（毛泽民夫人）的朋友。1946年因其出色的才能，她被委任为国民党新疆省党部执行委员，1947年又出任迪化（今乌鲁木齐）督察专员和保安司令，成了当时十分罕见的哈萨克族女将军。当年她还以国大代表的身份出席了南京国民大会，与蒋介石、宋美龄等人合影，在关内游历了40天，成为当时新疆上层社会的风云人物。新疆解放前夕，她深明大义，协助包尔汗为和平解放新疆做出了贡献。解放初仍留任迪化专员，后作为上层开明人士，调任新疆人民政府顾问，直到1963年病逝。哈德万女士继承发扬了阿巴克克列部落和库库岱家族热爱祖国，维护民族团结的优秀传统，以自己出类拔萃的才能，为新疆社会发展做出了积极贡献。

如今，托斯特乡东南一处地势平坦、水草丰茂的谷地中，保存有一座建于民国初年的宏伟陵墓，里面埋葬着艾林郡王之父、王公衔的精恩斯汗及其长女帕孜依，人们称为“金斯汉王陵”。陵墓四周有高大的围墙，主墓状如毡房，为12柱土块结构，形体高大，已被定为地区级重点文物保护单位。在阿勒泰市郊风景秀丽的白桦林公园，建有沙福里汗·精恩思汗的陵墓和铜像，而公园也被命名为沙福里汗公园。对国家和民族做出了重大贡献的历史人物，理所当然地要受到人们的敬重和纪念。听一些吉木乃老人们说，就是在打倒一切的十年动乱中，精恩思汗家族中的人，也没有受到任何一位哈萨克人的反对和批判，足见这个杰出的家族在当地人中所享有的崇高威信。

吉木乃的山山水水孕育出杰出的人物，杰出的人物又为故乡增添光彩。于是，萨吾尔山下的吉木乃大地就成为吉木乃人爱恋、自豪的故乡，是他们心目中的圣山圣水，不可动摇、也不可须臾分离的生命之根。即使一度被迫离开故乡，也要不避艰险，千方百计地集体迁回来。伟大的祖国，亲爱的故乡有着强大的磁力，永远吸引着自己的忠诚儿女。

翻开吉木乃的历史，我们就会发现，吉木乃人自古就有着热爱中华民族，反对国内外反动势力颠覆和分裂活动的优良传统。

1863年，早年曾由吉木乃被迫迁居沙俄斋桑地区的哈萨克柯列依和乃曼部落的牧民，因不堪沙皇俄国的严酷统治，在拥有清朝公爵品级的哈斯木汗·精恩思汗的影响感召下，在爱国民族领袖加卡伯·禾依坦（1833—1914）的率领下，毅然迁回到故乡吉木乃乌拉斯特居住。迁回的牧民约800多帐(户)、数千之众。

1917年,沙皇白匪千余人入侵吉木乃。时任新疆当局吉木乃骑兵连连长、代理地方政务的张培元面对强敌,机智应对,广设疑兵,据理力争,终于迫使白匪军退去,捍卫了祖国的安全。事后新疆督办杨增新对张培元不战而屈人之兵大加赞赏,遂升他为团长。

1933年,马仲英所部之马赫英、马如龙率军攻占吉木乃,从事分裂活动。吉木乃名人沙里福汗·精恩思汗和哈萨克郡王艾林·精恩思汗等,率众协助新任新疆督办盛世才任命的阿山宣慰使包尔汗,进行了顽强抵抗,最后击败马匪军,将其驱逐至塔城。

1944年,有1600余帐、8000余哈萨克牧民和15万头牲畜,被迫迁移到苏联斋桑湖以东地区。流落异国他乡的牧人们思念故乡,弹着冬不拉哀哀地唱道:

没有下雨,没有下雪,
是奇异的风把我们刮到异乡,
我们离开了生我养我的故乡!
故乡本是水草丰茂的绿色湿地啊,
是他们逼着我们离开故乡!
啊,何时才能回到生我养我的故乡,
我日思夜想,心里发了狂……

在苏联,这批失去了祖国的哈萨克牧人,因天灾损失10万头牲畜,冻饿而死数百人。出于对故乡的强烈思念,他们终于陆续又带着牲畜和帐房返回到温暖的祖国,在吉木乃县定居。

早在新疆解放之前,吉木乃的哈萨克人就曾坚决反对乌斯曼的反叛分裂活动。1950年,新疆解放伊始,在国外帝国主义反动势力的策动下,乌斯曼匪帮胁裹大批哈萨克人在北疆地区发动叛乱。在整个叛乱过程中,吉木乃哈萨克人中没有一个人参与。

1962年,在中苏关系恶化的背景下,苏联对我国新疆进行颠覆破坏活动，在伊犁、塔城等地制造了数万余边民外逃的事件，此事在其他相邻地区也产生了动荡。但是在整个吉木乃县，却没有发生一例边民外逃的情况。吉木乃人对祖国的忠诚，又一次经受了考验。

吉木乃人反对分裂的爱国主义精神有着光荣的历史传统，他们忠于祖国的信念是十分坚定的。

这种对信仰的坚守精神，同样也表现在捍卫祖国的尊严上。

在吉木乃县140多公里的边境线上，有着不少哈萨克牧民积极担负了义务边防员的任务。从吉木乃口岸往南不远，乌勒昆乌拉斯特河畔有一座新落成的边境牧民定居点。宽敞、整洁的民居房一律漆红顶，上面都画着一面五星红旗，显得十分醒目。鲜艳的国旗昭示着祖国的自豪和尊严。住在这里的哈萨克牧民马合木提，就是守边员中一位优秀代表。

马合木提的父亲从部队转业后就担任了村里的护边员，曾多次受到有关方面的表彰。父亲去世后马合木提又接手了这项工作，担任乌勒昆乌拉斯特河我方一侧69~71号界碑，共有15公里的边界守护任务。每天，在放牧归圈后他顾不上休息，就骑上摩托车巡逻，一旦发现情况，立即向派出所报告。这次采访时，他就带我们来到界河边，钻过防止野猪的铁丝网，沿着他踏出的草间小路去查看界碑。他细心擦去界碑上的沙土，说，这碑上的油漆字迹要是剥落了，他就马上再涂上鲜红的新油漆。望着这一人高的始终完好无损的白色界碑，我不禁为马合木提忠于职守的爱国精神所感佩。

指着西边不远处山坡上的哈国边防瞭望塔，性格幽默的马合木提给我们讲了一个故事：

"那是个天黑风高的晚上，我在巡逻时发现了一个钻过树丛偷越国境的哈国人，鬼鬼祟祟的，抓住一问，原来是个想过来找人骗酒喝的老酒鬼！哈哈！"

父亲转业后，马合木提在此守边30年，今年他47岁了，将来还准备让儿子接他的班。在他的影响带动下，至今已有21位青年人参加了守边工作，共同打造祖国的钢铁长城。

乌勒昆乌拉斯特河畔的吉木乃口岸，是个有着百年历史的与苏俄进行边境贸易的通商口岸，曾一度名列我国陆地口岸货物进出口总量的第一。我崇敬地瞻仰了口岸前雄伟的国门和高高的瞭望铁塔，在中哈界碑前留了影。国门前，持枪站岗哨兵坚定而庄严的神情，检验出入国境车辆的边检人员的一丝不苟，都给我留下了深刻的印象。他们都在认真履行保卫祖国尊严的崇高职责。在边境双方会见的大桥上，随行的吉木乃人讲了个建桥的故事，很是有趣。20 世纪 60 年代修桥时，按规定中苏双方各自负担修建“会见桥”的一半。当时我国处于三年困难时期，修桥用的木料质量较差。奉行大国沙文主义的苏方企图羞辱我们，故意选用了大块木料修了另一半，以反衬我国的穷。近年，我们与哈方合议新修了一座双方会见的拱桥，桥的设计、建材和施工全部由我方承担，连桥栏杆也采用了我国仿汉白玉石雕，通体完全是一座中国古典式风格的水泥拱桥。而原来那座旧木桥址还完整地保留在附近，见证了那段难忘的历史。已开始富裕起来、可以扬眉吐气的祖国，用自己的慷慨大度，真正地维护了国家和民族的尊严。

在吉木乃县西南角边境的木孜陶冰山下，驻守着号称“冰山第一哨”的防边连。我们采风团怀着崇敬的心情前往采访。在曲折险峻的山道上，遇到了一辆给边防哨所运送物资的军用装甲车。领队的吕指导员问明情况后，就热情地邀请我们搭乘装甲车一道上山。大家愉快地上了车，感到这实在是一次难得的体验。

身材高大的吕指导员是山东临沂人，我对他说：“你姓吕，一定是兴周八百年的姜太公（吕尚）的后人！”这位军校出身的文学爱好者一听就笑了，说：“我们就是姜太公封地的人，姜子牙是我光荣的先祖。”我想，现在这位西周初年大军事家、政治家的后人，又担负起祖国西部守边的重任，相信他一定不会辜负英雄先祖的期望！

吕指导员兴致勃勃地带领我们参观了位于山顶的边防战士简易木

板宿营地，又带我们沿着由战士们的双脚踏成的寸草不生的尖石路，走向高山哨所。我们骄傲地在镌刻着“冰山第一哨”一行雄健大字的巨石碑前留影。年复一年，日复一日，迎着寒风，边防战士们就是在这人迹罕至、空气稀薄的边境山路上巡逻，为捍卫祖国的神圣和尊严，默默奉献着青春年华。云雾中，雄伟的木孜陶冰山在他们的身后闪烁。十几公里外的冰山放射出耀目的光芒，它与战士们的神情相互交映，是那么自豪、真诚而又庄严，令人感动不已，敬佩不置。我似乎懂得战士们精神的来源了！

感受着冰山的雄伟和守边战士们的豪情，我忽然联想起，曾读到的几位吉木乃县文化人写的散文随笔，感到其中总带有一些愧意，就有些感慨，觉得这么做大可不必。他们似乎总觉得自己故乡是穷乡僻壤，乏善可陈，没有挺起腰杆的资本，显得底气不足，这实在是一种认识的错位。故乡与家庭出身一样，个人是无法自由选择的。何况，吉木乃县难道果真就没有值得骄傲的地方吗？

不，吉木乃县境发现的大量3000年前塞人的石棺墓，遍布各地精彩的史前岩画，还有1000多年前突厥人的草原石人像，都昭示出它历史文化的悠久与辉煌。而哈萨克牧人多次大规模地由境外回归和众多守边人的英雄壮举，又为吉木乃人卓越丰厚的历史精神做出权威性阐释和充实延伸。只有建立在对故乡历史文化精神的充分掌握和透解上，才能真正热爱这方热土，自觉地为之献身。

在托斯特乡，就有这么一位老知识分子。他是曾被错打成“右派分子”的老教师沙里先生。沙里先生是个老革命，15岁时就参加了“三区革命”，新中国成立后一直从事教育工作，曾任乡中学校长。“反右”斗争中他受到不公正的处理，被开除公职后回到老家，受了20多年的委屈。1981年平反后不久，他即离休了，享受正县级的待遇。离休时，已80高龄的沙里老人，兴致勃勃地宰杀了一匹马请客，邀来众人与自己一起庆贺。在生活艰难、政治受歧视、心情压抑的境遇下，沙里老人却从不气馁，仍长期坚持对哈萨克族历史文化的研究。几十年来，他默默地辛勤笔耕，收集了大量文史资料，撰写了2700页文稿，记了487本读书笔记。目前他已整理出来9大卷，约100余万字的书稿，准备出版。

沙里先生如此热衷于研究哈萨克历史文化，既出于对故乡的挚爱之情，也来自对故乡历史文化的深刻理解。他从大量的历史文献和世代传承的口述资料中，探索1100多年来哈萨克历史文化的发展脉络，用大量事实论证出，吉木乃是哈萨克文化伟大的发源地之一。

沙里先生长期从事艰苦的学术研究是有价值的。他的关于吉木乃是哈萨克文化发源地的发现也是有意义的。望着他从大木箱中翻出的一大本一大本泛了黄的旧稿纸，我真切地感受到，老人并不妄自菲薄，他身上有种可贵的文化坚守精神。

吉木乃人无须自卑。

吉木乃有着整个阿勒泰地区所罕见的萨吾尔雪山和它的主峰木孜陶大冰山，还有驻守其上的冰山第一哨，有历史悠久的国家一类口岸，有整个阿勒泰地区少见的精恩思汉家族这样的杰出人物，有许多坚守本土文化的知识分子，有托斯特乡附近国内罕见的、比博乐石人沟更丰富、更能诱发人们放飞想象的神石城，这些都是别处所没有的自然和人文景观，有着开发的广阔前景。吉木乃人不需要自卑。

近年来，来自黑龙江省兄弟县市无私的对口支援，首家民营企业从哈国直接输入油气的大型油气产业园已在县内落地投产，而且流经县北的水量充沛的额尔齐斯河那悦耳诱人的浪涛声，已唤醒了吉木乃人对蓝色水源的希冀，一个大型的水利工程正形成于构思之中。吉木乃实现经济文化跨越式发展，大有希望。

更何况，吉木乃人所具备的特有的坚守精神，这是一种可贵文化精神，其凝聚力、爆发力更是不可估量。

我记起刘书记有句表态的话，他说：党既然派我来吉木乃任职，就要当个五年站着的书记，决不做苦熬五年的书记。这句话集中地表达了吉木乃人所特有的坚守精神。坚守，是吉木乃精神的内核。

告别冰山第一哨，与吕指导员握别下山的时候，我又深情地回望了木孜陶冰山一眼。突然间，我豁然开朗了，在这高高的冰山上，我终于发现了笼罩于吉木乃大地那道坚定、自信、执著的目光的真正来源了，原来那是雄伟的木孜陶冰山发出的强光！这是一只矗立天地间的巨目，黝黑的山体是它深邃的眼珠，银亮的雪峰是它灼目的眼白，黑白分明，对比强烈，在阳光的照射下，向吉木乃大地辐射出震撼人心的目光。木孜陶冰山是吉木乃精神的象征，这道目光吸附着、凝聚着吉木乃大地的精神矿藏，坚定、自信，友善、亲切而又有穿透力，既是一声嘹亮的呐喊，也是一句振聋发聩的提醒，将长久地响彻在吉木乃辽阔的大地。

木孜陶冰山那道慑人心魂的坚守目光，让我永远记住了一篇报告文学作品中一句包含哲理的箴言：

有一种信仰叫做坚守，

有一种坚守叫做忠诚。

2011年9月

精河行

精河——西部锁钥

过去去伊犁，赴博乐，多曾经过精河县，但均未停留，感觉中不过是一处不起眼的普通小县城而已。然而不经意间，乘着国家改革开放的春风，在新世纪里，精河县迅速崛起，业已发展成为北疆一处不容忽视的重镇，成为一枚不折不扣的丝路明珠。

之所以人们越来越看好精河，得力于它得天独厚的地缘优势。

古代人们出行多为步行或骑马沿驿道赶路，往往是三四十里一程，所以常沿路30里左右设一个驿站，用以歇脚和打尖，故“三十里铺”“三十里堡”等地名称谓极为常见。进入现代社会，人们出行则改为乘汽车走公路，一般半天行程就达到了数百公里。所以在上个世纪90年代以前，由乌鲁木齐西行，常在石河子、乌苏一带停车休息，这些地方就自然形成当时的交通枢纽或中转站了。进入新世纪，随着高速公路的大发展，汽车提速，人们出行的节奏也跟着提高了，过去一天的行程只需半天就够了。而精河，就恰恰位于现代行程停留的位置，成为人们中途休息的首选。著名作家赵光鸣曾说，近年他多次陪内地客人到精河投宿，每次都因旅馆客满遭遇闭门羹，不得不赶往前方站食宿，就反映了这种自然的选择。不久，随着精—伊—霍铁路的修通营运，还有乌—伊高速公路的开通，精河位于三条铁路和三条高速路交汇处，得天独厚的枢纽地位，将越来越显示出它的重要作用。一座新兴的城市，往往位于交通要道。历史的选择，时代的机遇，这是精河迅速崛起的必然趋势。

依山傍水建城邦，是古已有之的传统。不少北疆城镇傍依的河流多为季节河，一年大半时间里呈示给人的都是一道奢侈、宽阔，却又是干涸、丑陋、乱石遍布的河床。而精河，则有所不同，一条长年不断流的大精河绕城而过，精河县遂以得名。精河系由天山深处高山峡谷中流来的三条大河汇聚而成100多公里的长河。“精”，蒙古语义为“蒸锅”之意，奔腾激湍，白浪滔滔，水量相当充沛，将为工农业生产和大客流量提供源源不断的水资源。精河地域开阔，物产丰饶，拥有“两白加一红”的支柱产业，也为它提供了充足的物产资源。所谓“两白加一红”，即精河盛产棉花、湖盐和红枸杞。特别是精河红枸杞，无论种植面积还是果品质量，都远远超过名气很大的宁夏红枸杞，产量占到全国的一半以上，远销海内外，因而被国家农业部命名为“中国枸杞之乡”。只不过以往宣传力度不够，“养在深闺人未识”，不为国人知晓罢了。

精河也拥有丰富的自然和文化旅游资源。西边毗邻著名的赛里木湖，境内则有艾比湖国家级自然保护区、甘家湖梭梭林国家级自然保护区、哈尔克策山深处冬都金原始森林旅游区和巴音拉木都拉洪风景区、精河敖包景区等等，这些地方都是值得一游的好去处。土扈特部落东归的一支蒙古人，在精河保存的蒙古古歌长调，也是国内罕见的一种民俗文化奇观。城西的精河之滨，新近建成了一座规模可观的滨河文化广场，如烟的岸柳，掩映着宽阔、清澈的水面，湖光潋滟，雄伟的橡胶坝，长长的过江铁索桥，诸多现代化的游艺设施，都让人流连忘返，是颇适于人居的好去处。

但是，精河最具特色的旅游胜地，当属黑山国防教育基地。黑山要塞位于精河县城西南数公里处，紧靠铁路和高速公路，交通极为便利。它扼守在高山与艾比湖之间（艾比湖水量增大时，浩浩荡荡的湖水可直逼山脚）孔道上，是由伊犁谷地西来必经之处，可谓“一夫当关，万夫莫开。”这处军事要塞是上个世纪六七十年代国家拨巨资修建的大型国防工程。《木兰辞》中云:“朝辞黄河去,暮宿黑山头。”黑山,往往令人联想起军事重地的所在。出精河城往西行不久,只见数座威严险峻的黑石高山,拔地而起,雄视着荒野。群山腹地中暗藏玄机,开凿了四通八达、曲折蜿蜒、如同蛛网般的地道,指挥所、会议室、兵营、军械库、粮仓、瞭望所、射击孔、食堂、巨型水窖……应有尽有。进入其中,一股异常神秘的气氛,扑面而来。据说要塞可以隐蔽数万人的部队,一旦打起仗来,储备的战略物资可以坚持数月,是阻敌西来的一处极为险要的军事要塞。近年来,经有关军事部门批准,黑山要塞已向公众开放了一小部分地道网,交由精河地方开发,作为一处国防教育基地。这里如加大投入,精心设计,合理开发,极有可能建成一处在全国极具特色、极有吸引力的旅游景点。

精河县委书记是我当年新疆师范大学中文系的学生，这次邂逅而遇,很是欢欣。20 多年没有见面,他已成长为一位成熟、稳健、颇具人望的“百里侯”地方官了。接风宴上,他按照当地蒙古人的风俗,在歌声中为采风团的同仁逐一敬献哈达,执礼甚为隆重。临别时在宾馆吃饭的时候,我坐在他旁边,听他大谈精河的地缘优势、丰富资源和不可限量的发展前景,讲得滔滔不绝,头头是道,显得胸有成竹,十分自信。讲到如何开发黑山要塞时,大家提了许多建议,他听得眼睛放光,兴致勃勃。我说,由此看来,精河不失为祖国西部的锁钥了。书记没有回答,只是若有所思地望着天花板,似乎在思考着什么。我想精河所具有的这个新疆地理的,也是经济和军事上的新概念,一定引起了他的深思。一个宏大规划,也许已在他脑海里形成。

寻访“梭梭王”

祖国之大，无奇不有。几十年走南闯北的，我有幸见到各地不少的“树王”,的确大开眼界。在云南,我见过连绵上百米的榕树王;在河北易县，见过铁干铜枝的柿子树王；在河南登封嵩阳书院，见过气炸了肚皮的“将军柏”柏树王；在老家丹江边的香严寺，见过数千年的活化石银杏树王；在和田郊区，见过五百年的核桃树王和占地数亩的无花果树王。至于千年不死不倒不朽的胡杨树王，在南疆广袤的荒漠中，更是见到不只一回。每当见到这些历经沧桑的树王一个个拔地而起、雄伟粗壮、参天拂云的风姿，一种敬仰之情便油然而生，深感自然万物生命力之伟大、意志之顽强。但是，我做梦也没有想到的是，这次精河之行，竟然亲眼目睹了一株“梭梭王”！

梭梭，荒原上最寻常、最不起眼的小灌木，对于我这个在南北疆生活过几十年的“土著”来，最为熟悉不过了。记得当年在和田农村接受“再教育”时，曾多次进入塔克拉玛干大沙漠腹地打柴，常常大发神威，丝毫也不懂得“怜香惜玉”，挥起利斧，把它们一片一片连根带枝地砍将下来，因为它们和红柳柴都十分火旺耐烧。总之，那时根本不懂得梭梭柴的金贵，视如寻常草芥。当然，在荒漠上看到梭梭柴生长得很茂盛，青葱的枝叶能把好几座大沙包给覆盖了，外表与红柳丛又相差仿佛，也曾生出一丝感慨，不起眼的梭梭柴竟能在极为严酷的自然条件下与风沙、干旱、盐碱苦斗，挣扎着顽强地生存下去，为防风固沙做贡献，毕竟难能可贵。但是梭梭柴所展示给人的，多为歪七扭八，奇形怪状，卑躬屈膝，匍匐在地面上的窝囊形象。它们与色赤瘦硬、迎风挺立、花色瑰丽，远望如一片火红晚霞似的红柳相比，实在是大相径庭。因此在我的心目中，梭梭柴的形象已大打了折扣，无法与沙漠英雄树胡杨、红柳等等量齐观。所以文人们常爱去做《胡杨颂》《红柳颂》，而决不屑于去做什么《梭梭赞》之类。

但是，这次来精河，主人却告诉我们，要去甘家湖国家级自然保护区看那里生长的梭梭树王。梭梭，不就是爬伏于地的低矮的小灌木丛么？它怎么能称作“树”，而且还能称“王”？带着这样的疑问，我将信将疑地上路了。

甘家湖国家级自然保护区与艾丁湖大湿地国家级自然保护区相邻，占地面积 54667 公顷，十分开阔。其中白梭梭群落，约占保护区一半面积。白松梭梭属世界级珍稀荒漠植物，全世界仅土库曼斯坦共和国与我国精河地区才有大面积白梭梭群落存在，弥足珍贵。

汽车穿行在无边无际的梭梭和胡杨、红柳杂生的荒原中，不时能与蜿蜒而来的奎屯河相遇，一弯大水，丛生着芦苇、菖蒲，潇洒的白天鹅飞翔在岸边湿地上，为荒原增添了几多生气。路边，不少荒地已被开垦出来，种上了梭梭苗，并像伺候农间庄稼一样，施肥除草，甚至使用了先进的滴灌技术。主人一路上再三告诫我们，绝对禁止吸烟。沿途还见到几处高耸入云的瞭望铁塔，在警惕地巡观着保护区的火情。司机说，前年就曾发生过一次火警，甚至还惊动了中央，邻近几个县的人都出动了，好不容易才扑灭了那场大火。保护区不能生火做饭，所以我们的午饭都是随车从县上带来现成的冷餐。保护区的人们对于烟火的防范警惕，不可谓不严格；对于梭梭林的珍爱呵护，不可谓不精心。

但是绕行许久，仍没有发现什么“梭梭王”。一路上，生长茂盛的梭梭林，的确不再像以往沙漠中见到的那样，一律可怜地爬在地面上，瘦骨嶙峋，枝枯叶稀，委曲求全，如同佝偻的老人或软骨的病孩，而是大多主干分明地挺立着，枝叶青葱，精神抖擞，十分喜人。但是，看着它们那不过一两米高，仅有人的指头，至多有胳膊粗细的枝干，很难与粗壮的乔木胡杨、高挑的小乔木红柳相比，怎么能称得上“树”，而且还敢妄称“王”呢？陪同来的主人笑道：别着急，午饭后你们就能见到真正的“梭梭王”了。主人仿佛要和我们捉迷藏，设下悬念，把好戏留在最后。

午饭后，考察团沿着另一条线路穿行。沿途梭梭林明显地高大些了，匍匐于地的几乎绝迹了，甚至出现了粗如人腿、高达三四米的梭梭树。不经意间，车队突然停了下来。路边一块巨大的木牌上赫然写着“梭梭王”！伸头一看，不远处果然“鹤立鸡群”般地矗立着一棵高达七八米的大树，枝繁叶茂，十分引人注目。近看其坚实、粗壮的木质树身，两个人也搂抱不过来，竟与常见的胡杨、沙枣相类，只是细条状的树叶有着明显的梭梭特点罢了。主人说，它已有数百年的树龄了，如这样的梭梭树王，保护区里还有不少。于是大家惊奇地纷纷围上去，仰头瞻仰，合影留念，深为一路上自己少见多怪的大不敬而抱歉，称其为“梭梭树王”，的确名至实归。

荒漠中常见的小灌木梭梭柴，竟然长成参天的大树了，真个是耳听是虚，眼见为实。我记起《史记》上农民英雄陈胜曾发出的那句响彻历史长空的豪言壮语：“帝王将相宁有种乎？”原来梭梭并非灌木，实属小乔木。它本应生长为直立的大树的，只是荒漠的贫瘠、干旱和盐碱，更因人类长年肆意的滥砍滥伐，才使它们忍辱负重，被迫改变了自身的形象，成了混同于骆驼刺、芨芨草、麻黄草之类而备受蔑视轻贱。这是大自然的不公和人类的专横所致。梭梭自有长成大树的遗传基因，换了一种优渥的生存环境，无知的人类如果不来肆意摧残劫掠，它们就会像这里受到保护的梭梭树一样，无拘无束，自由生长，长成一株株参天大树，敢与胡杨、沙枣之属一争长短试比高。由此，我忽然联想到人类社会中，不少颇有天资禀赋的人，仅因或出生于穷乡僻壤，或家境贫寒，生存条件差，享受不到充分的教育；兼之人为的误解、歧视、压制、摧残、埋没和封杀，缺乏充分展示自己的人生平台，使他们失去了成才的机会，而沦为泯然众人。我为造化不公感到悲哀和感慨。生态平衡，机会均等，一视同仁，友爱宽容，无论自然还是社会，该都是多么需要的啊！

梭梭王以大树的伟岸身姿，证明了自身的真正价值。于是我怀着崇敬的心情，为这株英雄的梭梭树王画了一幅写生，让一个茁壮完整的形象、一个生机勃勃的生命，永远留在我的记忆里。

山顶有个好去处

我常想象，绵延数千里的中天山，就像一把画满了奇山异水的折扇，打开来，千山万岭，每一个褶皱就是一幅绝妙的画幅：明媚艳丽的阳光下，清新如滤的空气中，皑皑的雪岭、墨绿的云岭杉、奔腾的溪流、飞泻而下的瀑布、嶙峋的怪石、舒卷的白云、高空锐啸的雄鹰，平铺的如茵草场，点缀着洁白的帐房，散布着自由吃草的马、牛、羊……种种亮丽、生动的意象，以绝不雷同的构图和鲜艳的色块，绘成赏心悦目的视觉形象，令人心旷而神怡，惊羡而赞叹，我已经无数次地大饱眼福过了。

此次精河之行，我又一次享受了一顿视觉艺术的大餐，获得了一种全新的心身感受。我们来到天山腹地一个好去处——托里乡巴音纳木山顶草场——都拉洪风景区一游。

汽车开到半山腰就停下来了，剩下的路程需要攀登数千级石梯，方可抵达景区。新修的石阶绕行于云岭杉林和乱石之间，十分陡峭，千曲百折，更兼雨后湿滑，不到半个小时，连小伙子们都累得气喘吁吁了。幸好临时做向导的蒙古青年巴雅尔主动帮我提了行包，又折了一根枯树枝给我当手杖，很趁手，省力不少。我勉力低头蹭行。因为我凭经验就知道，都拉洪风景区肯定值得一游，否则就不会费力去修建这么一条"旅游专线"——攀山石阶了。不知爬了多少级石阶，也不知道拐了多少弯，终于来到一处稍觉平坦的山间小路，脚下是茫茫苍苍、云雾半掩的云岭杉林，不觉有些扫兴，这样的风景在天山深处不是随处可见的么？然而当我翻过一道土坡，突觉眼前一亮，竟差点惊奇地喊出声来！

这是一处开阔、平坦的山顶草场，足有四五平方公里大小，满眼是一派鲜亮耀眼的新绿。雨后的青草，深可没膝，草地上开满了五颜六色的山花，神采奕奕。其间散落着吃草的牛羊，还有骏马在草丛间奔驰，为草场增添了动感和生气。左右的峡谷中，云雾缭绕，远山若隐若现，奇幻神秘。天是出奇的蓝，云是出奇的白，周围茂密的云杉林为草地镶了一条墨绿色的边框，愈发显现出她那处子般的鲜亮和纯净来，美如一幅俄罗斯风景画家希施金笔下的油画，但绝没有那种阴郁的风格。这幅"油画"更有一桩奇处，在草场的尽头，突兀着几块壁立的白色巨石，均有数丈高，在绿树青草的衬托下显得格外的纯净如洗，白亮耀眼，无疑是这幅"油画"的画龙点睛之处，画题似可以直呼《白石草场》好了。大家立即兴奋地欢呼着，纷纷跑去攀爬、留影，忙得不亦乐乎。白色石壁上，有人精心刻绘了几幅美女图，仪态宛然，衣袂飘飘，大概是想模仿古人的岩画风格，以提升这里的文化品位。岩画的艺术构思固然不无创意，但太现代化了，人物造型既过于准确，线条也过于繁复，绝无先民们原始思维的痕迹，失去了史前岩画应有的那种童稚般简约、拙朴的古趣，有画蛇添足之嫌。

洪都拉蒙古语意为“温暖的草场”。巴雅尔说，他的故乡就在巴音纳木，因为这里周围群山环绕，冬天的风很小，气温较高，所以牧民们到了冬天也常留在这里放牧，不必辛辛苦苦转场下山。他还说，这处草场原是精河最后一位蒙古王大熙王的领地，他姥姥曾当过他的挤奶工，说王爷是一个大胖子，力气大得很。大熙王的儿子钢才新中国成立后参了军，立过大功，曾任博尔塔拉军分区司令，非常有名，人称“钢司令”。巴雅尔的话，唤起我关于这位最后一个蒙古王家族的想象。但是他说这处草场周围有高山环绕，却使我生疑。我环视寂静的草场四周，哪有什么高山的踪影呢？

正当我们围坐在蒙古包前草地上，品尝牧民刚刚出锅的油香子的时候，微风徐来，吹散了山谷中浓密的云雾，正前方，一座高耸入云的高山慢慢撩开神秘的面纱，显露出奇峭的真容！大家不由惊叫起来，几只山鹰也兴奋地在山腰间展翅高翔，发出惊喜的啸声。这座山异常高峻峭拔，高出云表，完全出乎我的想象，在我所到过的天山牧场中是十分罕见的。它应该是这座温暖的草场的守护神，堪称这幅天然的油画最出奇制胜的一笔，赋予画面以高远感、纵深感。巴雅尔说，这座高山叫哈尔克策山，意为黑山，是这一带天山的主峰之一。我连忙打开照相机，抓拍了这个镜头，然后又取出画夹子，为变幻莫测的云雾所半掩的黝黑奇峰，匆匆画了一幅速写。

温暖的草场给人印象最深的是它的开阔平坦和安详静谧。它背依高峻的奇峰，墨绿、挺拔的云杉林，突兀的白色巨石，蒙古包与袅袅炊烟，都为这块难得的山顶好去处提供了几乎所有的优美意象。但我觉得还有一桩美中不足之处，山无水而失其灵性，这里缺少山泉和溪流。

仿佛为了回答我的疑问似的，我听到了山间传来流水的轰鸣声，似在提醒我的无知和轻慢。是啊，有高山峡谷，就有激流清泉，山水，山水，高山流水本是伴生物，只不过它们在山脚下奔流，又被云雾所笼罩，刚才没有发现罢了。那天告别精河的时候，县委书记听我对巴音纳木赞不绝口，他就告诉我，洪都拉风景区附近刚好有座大瀑布，只是尚没有来得及开发。我想，要不了多少久，待高山瀑布开发出来，洪都拉这座天山深处的好去处，就十全十美了！

巴音纳木——洪都拉风景区，是天山画页折扇中一幅奇特绝美的画幅，我有幸投进了她的怀抱，获得一次难得的审美体验。

文已完，意未尽。兹赋七律《精河行》一首，以记此次精河之行的观感：

乌市西行第一程，盐山棉海枸杞红。
公主西来传美谈，巴图东归留遗踪。
长调古歌曲不尽，草原雪岭画难成。
黑山要塞锁雄关，堪与神州作镇城！

2008 年 7 月

温泉三章

东去的温泉河

在祖国新疆的西北边陲，准噶尔盆地西缘，有个美丽富饶而又祥和宁静的边境县份，这就是全国唯一用温泉来命名的温泉县。

温泉县是博尔塔拉蒙古自治州所属的三个县市之一，拥有9个乡、镇、场，境内还有兵团农五师八十七、八十八两个团场。在温泉河两岸生活着蒙古族、汉族、哈萨克族、维吾尔族、回族等8万余人。各族人民团结和睦，共同建设着和谐美好的家园。

温泉的地理位置十分突出，在地图上很容易找到。打开中国地图就会发现，被称为中国雄鸡翘起的硕大尾部的新疆西北边境，呈现出几个锯齿状的尖角。其中由北往南数第三个伸向正西方的尖角，就是温泉县之所在了。温泉县的平面地形呈横列的楔状，雄伟的阿拉套山和别珍套山在最西边的尖角处结合扭结，形成空郭罗鄂博山海拔4千多米的艾生雪山达坂。达坂上积满了厚厚的冰雪，插入西天的巍巍冰峰在阳光下熠熠闪光，冰雪水在山腰间融汇成一泓碧波荡漾的高山冰湖，这就是温泉河的最上游卡昝河主要的水源地。

在丰饶广袤的北疆大地上，天山和阿尔泰山系孕育着多条大河，但是它们大都自东向西流去，如额尔齐斯河、乌伦古河、奎屯河、伊犁河等。只有一条河与众不同，它与黄河、长江、淮河、珠江等著名的江河一样，向往着中华民族的中心地域，从西流向东，流向太阳升起的地方，这就是美丽的温泉河。

从地图上也可以看出，温泉河还有个特别的地方，就是它不曲不弯，不偏不倚，与地球的径线几呈平行姿态径直向东，大有重任在肩，不受任何诱惑或阻拦的样子，自在地、平静地向太阳升起的地方奔流而去。温泉河一路流来，沿途接纳了两岸数百条山溪和泉水，滔滔不绝奔流150余公里，最后在哈日布呼镇绥德村与它南边最大的支流鄂托克赛仁河汇合，水量随之大增，就成为博尔塔拉河了。博尔塔拉河流经博乐市、精河县，最后注入曾经的北疆最大湖泊艾比湖。卡昝河、温泉河、博尔塔拉河其实是一条河，通称为博尔塔拉河。温泉县人则习惯亲切地称纵贯全境的这条母亲河为温泉河。

温泉河水量充沛，最大流量高达120立方米/秒。河面宽阔，我曾步行穿越河谷十多公里，只见在茂密森林和大片湿地的掩映中，主河道中近一米深的河水汹涌奔腾，哗哗东去。两岸砾石遍布，河床最宽处几达百米，俨然就是一条大江大河的规模了。想象着夏季山洪暴发时波翻浪涌、排山倒海般的雄浑气势，那将是何等的壮观！

三山夹两河的温泉县，天蓝云白，水绿草青，雪山崔嵬，林带纵横，靠着周围高山的呵护，冬季漫长而不寒冷，夏季短促而不炎热，光热资源又丰富，雨量也适中，具有冬暖夏凉的特征，气候特别宜人。温泉河北边的阿拉套山，蒙语意为“多彩的山”，南边的别珍套山，意为“水草丰茂的山”，顾名思义，温泉的丰饶和美丽可以想见。两条姊妹河就像是两条金色的丝带，串联起两岸无数村镇和景点，在它们的滋润下孕育出大片茂密的森林、丰美的山间草场和肥沃的可耕地，物种繁盛，物产丰富，所以很早就吸引了人类纷纷聚集于此，创建家园，游牧耕种，繁衍生息。几千年来，塞人、月氏、匈奴、乌孙、柔然、汉人、西突厥、回鹘、葛罗禄、瓦剌、哈萨克、准噶尔蒙古、察哈尔蒙古等部族人，陆续出现在这块历史舞台上，共同创造了悠久的历史和灿烂的文化，历史遗迹众多，文化积淀深厚。如今，古墓葬、古民居群落、石人群、古岩画、古城址星罗棋布，遍布全县各地。如阿日夏特石人石堆墓群、阿敦乔鲁古墓群、岩画和原始民居村落遗址、乔鲁丁古尔古墓群、科克阿德尔根石围石堆古墓群、伊合呼斯塔古岩画、乌苏鲁别珍古岩画、耶甫德尔合宋元时期古城遗址、积福寺、夏日布日格清代卡伦遗址、乌斯图别克珍清代卡伦遗址，甚至还有古代海洋生物化石山、硅化木群落等等，可以开出一份长长的古迹名单，都记录着密集的历史文化信息，见证着先民们在温泉大地异常活跃的身影，传递着远古的回声，在温泉河两岸闪耀着奇异诱人的光彩。

据史籍记载，早在西汉神爵二年（公元前60年），温泉区域即归属中原汉王朝西域都护府。隋唐时期温泉区域再度回归中原王朝管辖，唐显宗三年（658年）在温泉境内建立双河都督府，后隶属大唐伊西、北庭大都护府节制，中央王朝对这里行使有效的行政权。元代至元元年（1264年），温泉地域隶属元朝阿里麻力中书省。清康熙四年（1665年），温泉又归属统一了中国的清朝中央政府管辖。18世纪中叶平定准噶尔叛乱后，自乾隆二十八年（1763年）起数年间，陆续奉清政府之命西迁的察哈尔营八旗官兵两批共2000余人进驻温泉一带守卫边境，并设立温泉设治局，加强了中央王朝对温泉的直接管理。民国31年（1942年），置温泉县治。中华人民共和国成立后，1954年，温泉县划归博尔塔拉蒙古族自治州管辖，从此掀开了历史新的一页。美丽富饶的温泉，自古就是祖国不可分割的一部分。2000多年来，东去的温泉河，始终都在祖国母亲温暖的怀抱中静静流淌，哺育着两岸各族儿女。

温泉县山山水水最大的奇特之处，是地热资源异常丰富，孕育出众多温泉，这正是温泉县得其名的缘由。在全国，发现有地热温泉的地方何其多，唯独人杰地灵的新疆温泉能获此殊荣，成为唯一以温泉命名的县份。由此足见此地温泉之多、质量之高、名气之大。温泉是造山运动使地质构造发生断裂所形成岩浆活动的产物，靠近岩浆活动的地下水温度上升，从缝隙处溢出地表，就形成了温泉。这些泉水含有多种对人体有益的矿物质和微量元素，水温常年都在摄氏40度以上，可医治多种病症，因而受到人们的青睐。温泉县已发现十多处温泉，目前已开发利用的有三处，一是县城附近的博格达尔温泉，流量最大，号称“圣泉”；一是鄂托克赛仁河上游莫生达坂下的鄂托克赛仁温泉，水温最高，号称“天泉”；一是哈日布呼镇以北的阿日夏特温泉，泉水从石板缝隙中喷涌而出，景象令人惊叹，号称“仙泉”。圣泉、天泉、仙泉三大温泉远近闻名，一到夏秋季节，便吸引了全国各地，甚至境外众多慕名者前来观光、洗浴或疗病，有时一天客人竟多达上千人众，果然是上天造化给温泉人馈赠的巨大福祉。我曾经过长途跋涉，来到鄂托克赛仁温泉洗浴。冰山下的天泉水温高达摄氏60度，水质滑腻而又清爽，“温泉水滑洗凝脂”，浸泡其间，舒服畅快莫名，感觉果然不同凡响，身体和灵魂由此得到双重的洗涤和净化。

得天独厚的温泉县，大自然赠予的奇珍异宝真是太多了，除了温泉之外，值得温泉人自豪的还能举出很多，例如，新疆最大的铜矿、钼矿，全疆最大的新疆细毛羊种畜场（呼和托哈种畜场），冷水鱼、玫瑰花、土豆三大农林渔产品出口基地，还有全国甚至中亚地区唯一的北鲵自然保护区，等等。

新疆北鲵是一种有尾两栖卵生动物，有着近3亿年历史的古老而珍稀的物种。它是陆生两栖动物的代表，因而也是陆上生物直接间接的祖先，对研究地球物种进化和演变的规律有着重要的科学意义。温泉境内阿拉套山海拔2200~3200米的山泉溪水草丛石缝中，是新疆北鲵迄今为止唯一的发现处。北鲵体长如人掌般大小，鸣声响亮如婴儿啼，状极可爱。它的生长对环境、水质、温度和食物链等自然条件要求十分严苛，而只有温泉县才具备这些环境条件，有关专家在此进行野外北鲵繁殖实验已获得成功。为了保护这一地球稀有的濒危物种，国家在温泉建立了北鲵自然保护区和北鲵馆，成为本地旅游一大亮点。

高白鲑、凹目白鲑、虹鳟、金鳟、大西洋鲑等冷水鱼是一种优质鱼种，蛋白质含量高，脂肪少，口感细腻鲜美。它的生长对水、温和营养物等无污染的自然环境要求也特别严格，而温泉县同样具备着上述优良的条件，因此国家在温泉建成了多个冷水鱼繁育基地和加工基地。温泉县所产的冷水鱼，据说最受挪威等对进口鱼类十分挑剔的北欧国家的欢迎，连同无污染、品质优良的玫瑰花和土豆，成为温泉县对国内外客户供不应求的三大绿色特色产品，也为国家创造了不菲的外汇收入。

温泉这方水土发现了不少健康长寿者，自然毫不奇怪。沙德克·叶里博森老人就是温泉县出了名的哈萨克老寿星。他生于 1900 年，于 2007 年无疾而终，享年 107 岁。沙德克·叶里博森老人 1955 年开始被选为自治区人大代表，曾任温泉县政协副主席，为革命工作做出了重要贡献。他性情开朗，生活简朴，当然更是由于温泉的好山好水好气候，延年益寿，才使他享得如此高龄，成为一名世纪老翁。

北鲵自然保护区、冷水鱼繁育基地和长寿老人沙德克·叶里博森，都以无可争辩的事例，充分说明温泉保存了现代社会中不可多得的原生态。它山好、水好、土好、空气好，没有受到环境污染的自然生态无可挑剔。每到春天，阳光明媚，惠风和畅，温泉河两岸便花团锦簇，嫣红姹紫，蜂蝶翻飞，成了花的海洋；到了秋天，艳阳高照，草原上骏马奔腾，羊群如云，田野上遍地金瓜，向日葵金光灿烂，棉花如银，土豆堆积如山，一派丰收景象。温泉大地大美大绿，是自然环境保存得极好的一块人间净土，最适合人类居住的乐土福地。当人们在华灯初上时分，漫步在宽阔、整洁、宁静、闲适的县城街道上，呼吸着散发着繁花馨香的清新空气，倾听着远处传来的潺潺河水声，望着满城绿树和红色小洋楼，真的有乐不思归的感觉。

山好水好的温泉，赢得了生活在她怀抱中的儿女们由衷的自豪和珍爱，他们要为她高唱赞歌，为保卫她而献出宝贵的鲜血和生命。于是，人杰地灵的温泉大地，发生过不少可歌可泣的传奇故事，也涌现了一批出类拔萃的人物。

温泉的历史上，最值得称道的大事件，无疑是 2000 察哈尔八旗蒙古人西迁的英雄壮举。18世纪中叶，清王朝平定了准噶尔和南疆大小和卓叛乱，统一了新疆天山南北。由于长年战乱，北疆地区经济凋敝，人烟稀少，边防空虚，“安得猛士兮守四方”，目光远大、雄才大略的乾隆帝决定调遣东北和华北的蒙古、锡伯、达斡尔等民族健儿，组成几路大军西迁，万里迢迢到新疆西北边境屯垦戍边。于是此项具有重大战略和历史意义的光荣使命，便降临到英雄的察哈尔八旗蒙古人身上。

察哈尔是早期生活在蒙古高原中部的一个蒙古大部落，“察哈尔”在蒙语中有“守边”之意，有着保卫边疆的光荣传统。察哈尔蒙古人世代相传，说自己的祖先是成吉思汗的亲兵，有“大汗护卫”之尊称。实际上，察哈尔是成吉思汗幼子拖雷统率的部落，元朝开国皇帝忽必烈则是拖雷的二子。因此，察哈尔部是成吉思汗真正的嫡系后裔，而不仅仅是所谓的“亲兵”。 察哈尔部蒙古人原来生活在今河北省西北部重镇张家口市附近一带的辽阔草原上，所以清朝至民国时期曾以张家口为省会建立了察哈尔省，甚至新中国第一个自治区内蒙古自治区的首府，开始也设在张家口，由此足见这支蒙古部族势力之巨，影响力之大。

察哈尔部蒙古人强悍骁勇，极善骑射，有“利剑之锋刃、盔甲之侧面”之称。清乾隆二十七年（1762年）和二十八年（1763年）分两批外调察哈尔部蒙古八旗的精锐官兵共2000余人众，称察哈尔营，告别家乡，携带家眷、帐房，并驱赶着大量羊只、马匹和骆驼，风餐露宿，长驱万里，前后三年，历尽艰难，从张家口西迁至博尔塔拉和温泉一带驻防，写下了一部惊天动地、威武雄壮的英雄史诗。

察哈尔部八旗官兵主要驻扎在今博乐、温泉、赛里木湖一带，肩负着安内攘外和放牧屯垦的双重任务。他们除了常年驻守20多处“卡伦”（哨所）、军台和巡逻边境之外，还兼事放牧大批牲畜，挖渠垦荒，陆续开垦了数千亩良田。在18世纪内忧外患事件频发、祸不单行的新疆，不论是在平定张格尔、大小和卓和白彦虎等内乱，还是粉碎外国走狗阿古柏匪徒或抵御沙皇俄国侵略者袭扰的战斗中，察哈尔部八旗官兵都表现得异常英勇善战，立下了不可磨灭的功绩，为保卫西部边疆建设新疆做出了巨大贡献。

开始西迁时，朝廷曾向察哈尔营官兵承诺，在新疆守边满50年后即可以返回故乡。察哈尔营蒙古人刚到新疆时，条件艰苦，人生地不熟，大家十分怀念离都城北京不远的故乡张家口。脚下的温泉河，也似乎带着勇士的心意，滔滔奔向故乡，流向东方。他们在流传很广的民歌《察哈尔八旗》中，向着东方遥远的故乡这样吟唱道：

徐徐升起的太阳，
在一片朦胧的烟雾里。
我们的故乡察哈尔八旗哟，
不知离这儿有多遥远。

冉冉升起的太阳，
在一片弥漫的云雾里。
咱们的家乡察哈尔八旗哟，
不知离这儿有多遥远。

我多么思念可爱的家乡，
可惜没有雄鹰的翅膀。
我时刻思念可爱的家乡，
可惜没有雄鹰的翅膀。

这种思乡的感情是深沉感人的，是自然的，也是可以理解的，谁不对自己的故乡怀有深厚的感情呢？但是，一旦当察哈尔人意识到自己为国家护边守土的崇高职责时，在看到这里同样是美丽富饶的地方之后，不到50年，他们就已爱上并融入了温泉这方热土，舍不得离开了。从此察哈尔蒙古人祖祖辈辈在这里扎下了根，这一住就是250年，温泉已然成为他们不忍离去的第二故乡了！

在温泉县城所在地博格达尔镇南的别珍套山下，新开辟了一处文化景区。高高的小山上有座雄伟的阿尔善敖包，山前广阔的草地上则是人们经常举行那达幕的地方。高高的敖包下方，屹立着一尊巨大的察哈尔八旗战士青铜雕像。威武豪迈的勇士骑在奔驰的骏马上，他背着太阳升起的东方，正是当年离别故乡，义无反顾地奉命西迁，为国家守卫西部边陲的雄姿。雕像顶盔戴甲，手持长矛，昂首挺胸，目视前方。他是在鸟瞰山下欣欣向荣的第二故乡温泉吗？是沿着绿树掩映的温泉河西望，警惕地注视着风雪迷蒙的边境线吗？铜像雕刻录着温泉蒙古人祖先不朽的历史业绩，也寄托着人们对英雄察哈尔八旗兵的崇敬和怀念。

乾隆年间，察哈尔营和锡伯营数千官兵西迁护边的英雄业绩，与十余万土尔扈特与和硕特蒙古人从伏尔加河流域东归的悲壮历程一样，都是发生在18世纪世界历史上的重大事件。一个是英雄东归，一个是勇士西迁，在中国历史和新疆历史上都是意义非凡，值得大书特书。过去由于种种原因，对察哈尔八旗西迁的历史壮举宣传得不够，远没有土尔扈特蒙古人东归那样声名显赫，甚至也没有同时西迁至伊犁河畔查布察尔的锡伯营那样广为人知。英雄的历史不能遗忘，如今，察哈尔营八旗官兵西迁已届250周年，对他们同样可歌可泣的历史功绩，是该大张旗鼓地进行宣扬的时候了！

值得庆幸的是，察哈尔营八旗官兵守土固边的伟大精神后继有人。温泉县是个边境县，有长达276公里地形复杂的边境线。温泉县各族人民自古就有保卫祖国的光荣传统，新中国成立后这一传统得到了充分发扬。军民团结如一人，试看天下谁能敌？在党的领导下，温泉各族人民一次次粉碎了境外敌对势力的破坏与挑衅，用顽强的意志在这里打造出一道钢铁的边防长城。在全县7个边防站中，1962年成立的卡昝钢八连无疑是一个光荣代表。卡昝钢八连驻守在海拔三四千米、空气稀薄的冰山下，每到冬天，大雪封山，几米深的积雪能把整个边防站大院子掩埋起来，边防站几乎与世隔绝，生活极为艰苦。因为山上风大，升国旗的旗杆常常被狂风折断，为了表达对祖国的热爱和忠诚，指战员们干脆便在营房院中修建一堵坚固的高墙，在整面墙上绘出一面巨大的五星红旗，象征着祖国永远在他们心中。为了祖国人民的安宁，指战员们战严寒，斗风雪，忍饥挨饿，日夜在人迹罕至的冰山上巡逻、潜伏，付出了巨大的牺牲。卡眘钢八连还发扬雷锋精神，为附近的农牧民排忧解难，做了大量的好事，深受各族群众的爱戴，被亲切地称为“卡政府”，也被兰州军区授予“民族团结模范连”的光荣称号。他们的感人事迹，在祖国万里边防战线上广为传颂，英雄集体的代表曾多次进京受到中央领导的亲切接见。指战员们创作的《钢八连连歌》常常在军营中响起，成为边防站官兵们的铮铮誓言：

自从我当上边防一兵
穿上了绿军装来到军营
老战友一个个言传身教
祖国在心中，人民在心中

每当我巡逻在崇山峻岭
牧民们邀请我走进帐篷
我心中激荡起鱼水情谊
祖国在心中，人民在心中

铁打的营盘流水的兵
卡眘河精神代代传颂
新一代子弟兵不辱使命
祖国在心中，人民在心中

我有幸在卡眘边防站参观过他们琳琅满目的荣誉陈列室，在著名的国旗墙前与战士们合影留念。当听到这支雄壮嘹亮的军歌时，不禁为英雄钢八连对祖国的忠诚和他们的无私奉献精神所深深感动。

生活在美丽富饶的温泉河畔，生活在和平宁静的家乡的人们是幸福的。他们怎么不感念故乡，要为她放声歌唱呢？于是在辽阔的草原上，在彩旗飘飘热闹的那达幕场地上，蒙古人唱起悠扬深情的长歌短调《江格尔传奇》《可爱的温泉河我的家乡》；在公园的树下，汉族人唱起了京剧和豫剧；在麦西来甫晚会上，维吾尔人弹起热瓦甫，唱起了《黑眼睛》《牡丹汗》；在阿肯弹唱会上，哈萨克人弹起冬不拉，唱起了《黑走马》……丰富多彩的文艺活动，是温泉人业余休闲生活中的一大特征。热爱生活的温泉人在用歌声祝福繁荣的祖国，赞美幸福的生活，讴歌富饶美丽的温泉河。在这里面，温泉县乌兰牧骑文艺队是其中突出的事例。

上世纪60年代，在周恩来总理亲自倡导兴起的乌兰牧骑文艺活动的影响下，温泉蒙古族文艺工作者率先在新疆成立了一支草原文艺轻骑兵——乌兰牧骑文艺队。40多年来，他们创作了《温泉河之歌》《米尔其格草原》《弓箭舞》等数百个深受人民喜爱的精彩节目，挖掘整理出600多首古老的民歌，先后为基层各族群众演出8000余场，观众累计多达30多万人次。如今，乌兰牧骑文艺队仍常年活跃在草原牧区，为各族人民送去精彩的节目。在扎勒木特乡草深没膝的草原上，我们就欣赏了县乌兰牧骑文艺队一台五彩缤纷的歌舞。九月的艳阳下，微微的秋风中，艺术家们奏起了悠扬的马头琴，那骏马般雄健的舞姿和天籁般深情的歌声，都使我久久难忘。骏马是蒙古人崇拜的图腾之一，是他们最爱赞颂的对象。浑厚开阔的长调《奔驰的骏马》这样唱道：

枣红色的骏马，是我儿时的伙伴，
父亲温暖的怀抱，是我生长的摇篮。

剽悍的骏马，昂首奔驰在草原，
洁白的毡房，有我无限的依恋。

父亲悠扬的琴声，伴随我长大，

敬爱的父亲，是我人生的灯塔。

浓浓的奶茶，系着母亲的思念，
遥远的毡房，装着父亲的期盼。

在温泉县各民族众多文艺工作者中，著名蒙古族音乐家曲代是一位佼佼者。

曲代，1957年生于精河县，却在温泉工作生活了30多年，被称为“阿日枂草原的音乐人”。早在内蒙古师范学院音乐系演奏班学习期间，曲代与著名的歌唱家腾格尔是同班好友。毕业分配到温泉县后，曲代长期随县乌兰牧骑文艺队跋山涉水，参加基层演出，曾任乌兰牧骑队队长8年，后任县文体局副局长。除了大量组织工作和亲自登台演奏之外，曲代还先后创作了60余首歌曲和舞曲，多次荣获全国大奖，在各地传唱不衰，如《母亲温泉》《温泉河之歌》《草原小骑手》《扎辫子的小姑娘》《友谊之曲》和《新疆北鲵》主题曲等。作品以鲜明的地域和民族风格，传达了对故乡温泉的热爱，受到各族人民的欢迎。正如他自己所说，他是一个为音乐而生的草原之子，作品凝结了他太多的情太多的爱。曲代的音乐创作，为温泉的文艺史留下了宝贵的财富。

唱红全国的歌唱家王宏伟，也是从温泉县走出来的文艺名人。他虽是河南籍人，却在驻温泉的兵团农五师八十七团场度过了自己的青少年时代。与曲代一样，他也对美丽的故乡温泉一往情深。王宏伟用他那宽广明亮的歌喉在《温泉河》里唱道：

故乡的大地托起了我，
父亲臂膀般的温泉河。
嫩绿的草原养育了我，
母亲奶水般的温泉河。

温泉河啊，温泉河，

常在我的心里流过，

泛起了思念的浪花几多……

王宏伟和曲代作为艺术家，他们对培育自己成长的故乡温泉感情是真诚的，是发自内心的。他们的歌声代表了温泉县各族人民的心声，是温泉这方热土哺育出来的艺术精灵。

人杰地灵的温泉的确是一个不可思议的地方，山清、水秀、富饶、美丽，空气清新纯净，环境宁静和谐，无论用怎样的形容词对她来讲都不为过。中国之大无山不雄，无水不美，但好山好水却又保护得如此洁净纯美，却是罕见的。我想，这一切，大半都是来自东去的温泉河的慷慨赠予。

在温泉的乡间道路上，常常会遇到骑马的蒙古族或哈萨克族牧民，涉过溪水，走过乱石遍布的荒草滩，不停地吆喝着，挥鞭驱赶成群的牛羊，腾起滚滚尘烟，牧羊犬在一旁奔跑着，威吓着，而太阳已落山，暮色苍茫。望着眼前这幅归牧图的意境，我记起《诗经》里的诗句来："夕阳西下，牛羊下来……"世世代代逐水草而居的牧民们的生活，毕竟还是相当简朴艰苦的啊！不过，党和政府已在尽力设法改变牧民们这种落后的生产生活方式了。在温泉河两岸，我见到一片片新落成的牧民定居点拔地而起，一律红顶白墙，宽敞舒适，排列整齐，远远望去，好似落在绿草地上的一朵朵红云，令人惊喜。

与全国所有地方一样，稳步迈向小康社会的温泉，也面临着现代化进程中的伴生物——生态失衡，环境污染。和谐、清洁、宁静的温泉大地，难道也可能被污水、废气、矿渣、噪音毁害殆尽吗？这也是不少有识之士所深深忧虑的。

不过，我知道，游牧民族自来有爱惜天物、敬畏天地的习惯，牧人们从来不在山坡草地上乱挖滥采，从不敢把污物扔进河水中，也不在河流上游洗衣洗澡，否则是要被责骂和处罚的。他们痛恨暴殄天物破坏生态环境的行径，有着与大自然和谐共处优秀的文化传统。在温泉，我听到好几位蒙古族或哈萨克族老人讲述灵蛇护佑山泉的几个神秘的传说。人们早就在博格达尔温泉水中发现常有青蛇出没,这在古籍中也有印证。清代曾流放到新疆的地理学家徐松在其地理学名著《西域水道记》卷五中就曾记载:“察汗扎海卡伦西(玛尼图西一百八十里)十里许有温泉,浴之疾已……有青蛇时浮水面。”这里所讲的,就是博格达尔温泉的青蛇。因此民间附会而出的关于温泉灵蛇的神秘传说,是有现实依据的。一个传说讲,有人想在温泉里洗衣服或排泄秽物,谁知刚这么一闪念,就会有灵蛇从水中游出,丝丝叫着,张开大口,吞出信子把恶人吓走。因此在温泉一带,就约定俗成形成了一种绝不敢污染圣泉的民俗禁忌。另一个传说说的是,前些年有人想扩大鄂托克赛仁泉(天泉)的出水量,谋取利益最大化,就派来好几个打井队带着钻机在附近到处钻井,结果打了几个月也打不出水来,钻机不是碰到坚硬的巨石,就是不时卡钻,甚至折断了钻头。于是有人竟想用炸药炸开石头,用这种野蛮的办法找新的泉眼。谁知,当晚就有灵蛇化成美女前来托梦,劝告他们上天给予人类是有定数的,不能无节制地索取,警告他们不要再胡闹了,否则就有生命危险。灵蛇这种警告一连进行了多天,结果把打井队给吓跑了。此后再没有人敢想来打井,天泉的环境得到了妥善保护,一直保持着洁净的水质和正常的出水量。

这几个故事传说很有意思,它借助灵蛇的出现,表明人们希望自然环境不要受到破坏,生态应该得到充分保护,否则违犯自然规律将受到报复性惩罚。我想,温泉的各族人民既然拥有维护生态平衡的传统,有环保意识的自觉。今天,在党的科学发展观的指导之下,大水大绿的温泉大地,滔滔东去的温泉河,就会避免生态灾难了。它将永远保持天蓝云白,水清草绿,为温泉人民带来持续发展和永久的福祉。

东去的温泉河,古老的河、文化的河、生态的河、温暖的河、祥和的河,我愿她水长清,河长流,山长青,树长绿,她将永远唱着幸福的歌,朝着太阳升起的地方,奔流而去。

母亲石下

在温泉县境众多古迹中，最使我心仪的，也最能诱发我想象的，当属被称为“阿敦乔鲁”的一处神秘的山坡草场了。

2011 年 9 月 6 日，我们文化采风团来到阿敦乔鲁考察，领导安排县文物局的宋俊荣女士陪同前往。宋女士是一位文物考古专家，对温泉的历史文化很有研究，为人热情，言谈却又十分谨慎。我想，这大概是出于职业习惯吧。路上她告诉我们，你们来得正是时候，北京来的中国社会科学院文物考古研究所考古队，今天刚好在阿敦乔鲁开始挖掘一座古墓，说不定能得到什么好消息。因此，我对此行充满了期待。

阿敦乔鲁在温泉县城西 47 公里处，位于阿拉套山南坡朝阳的一片起伏不平，而又开阔、肥沃的草地上，方圆约十几公里。正北，两座山峰的缝隙之间，可见远处冰峰突兀于蓝天之上，发出耀目的雪光；其西侧有察汗乌苏河（蒙语意为白水河）汩汩流过；东侧也有一条不知名的小山溪潺潺南流；正南下方，则是开阔的温泉河谷，于林带掩映中白浪翻卷的河水滚滚东流，哗哗水声不绝于耳。温泉河对岸，就是逶迤起伏、植被丰茂的别珍套山。阿敦乔鲁整个山川形势显得十分独特而优越，是一处气场饱满，水源充足，牧草丰茂的天然优良牧场。

阿敦乔鲁是温泉旅游者必到的景点。之所以远近闻名，是因为它是自治区级的重点文物保护单位，拥有极其丰富、集中而又神秘的自然景观和人文景观。在阿敦乔鲁一处自然冲沟和两侧的缓坡上，矗立着数量众多而密集的黑色巨石，挨挨挤挤，奇形怪状，在俯仰于风中的荒草衬托下充满了动感，产生一种强烈的视觉冲击力，使人震撼。黑色巨石堆垒成倾斜的几道长长的方阵，如万马奔腾，追逐驰骤而下，远远望去，像是一座黑影幢幢，征尘四起的古城堡垒。石头城中似乎正在发生一场激烈的战斗，刀枪并举，杀声阵阵，千军万马鏖战方酣，渲染出一种神秘紧张的气氛。走近了，才发现这些黑色巨石形态各一，足供人尽情展开想象：如狮如虎如豹，似牛似驼似象，也有如巨龙昂首，雄鹰展翅，白鸽飞翔。但更多的像是一队队膘肥体壮的野马，或聚或分，或立或卧，或引颈食草，或仰天长鸣，或奋蹄奔驰，栩栩如生，形神毕肖，耳畔似闻马蹄踏踏，令人心情振奋。农耕民族汉族人对城最感兴趣，就称这里为“石头城”；游牧民族蒙古人对骏马情有独钟，所以称之为“阿敦乔鲁”，意为“像马群一样的石头”。时间一久，阿敦乔鲁就成了这处神奇地方的地名。

如果再走近点观察，会发现黑色巨石上比较平整的朝阳面和顶部，刻绘着众多的岩画。古代先民的无名艺术家们，用尖石、箭镞或刀尖，以单线勾勒和通体加密等造型方法，在坚硬的岩石上刻画了大角羊、鹿、野猪、狗、狼、马等他们最为熟悉的形象。最大的一幅，集中刻画了 30 多头动物形象。岩画中也有张弓射箭的人物狩猎图和奇异文字及神秘的原始图形。岩画的各种动物形象大都造型准确，特征鲜明，线条粗犷有力、古朴凝重，有着很强的艺术概括力。尤其是大角羊，数量最多，刻画精细，形体大者长达半米多，而且特别注意对羊只雄强有力的那对弯角加以强调和夸张，长而锋利的弯角有的竟比羊只身体还要大，给人印象极深。艺术创造来源于生活和宗教，这种题材和艺术表现，大概与先民的放牧经济以羊为主和他们的羊崇拜理念有关。史前岩画在阿尔泰山系有着密集的分布，温泉县发现大面积的古岩画极多，而阿敦乔鲁岩画就是其中一个代表，分布在约 10 平方公里的偌大范围中，是新疆发现的最大的岩画区之一。这些史前艺术遗迹，从不同侧面反映了新疆古代游牧民族的社会生活风貌和古代草原文明的艺术水平。

但是，阿敦乔鲁最吸引人的，却是石马群最下方中心处一尊奇特的“母亲石”像。母亲石系由两块黑色巨石相依而成，高约 4 米，兀立于荒野之上，十分引人注目。巨石外形仿佛一位女性的裸体，有着一对硕大的乳房，健壮的下体镂空通透，可容数人低头出入，奇特的造型诱人遐思，启人敬畏。据说，当人们从她的下体虔诚地穿过时，会产生回到母亲温暖的子宫中重获生命的感觉，不期然间心中便升起崇敬母亲的圣洁感情，心灵得到一次净化。人们纷纷慕名而来，在附近堆起敖包，献上哈达、美酒和果品，然后从母亲石下匍匐而过，祈求福佑或怀孕生子，而且果然有求必应。据说有人到青海塔儿寺拜佛求子，当塔儿寺喇嘛得知他们是从新疆温泉赶来时，就奇怪地问，你们温泉就有母亲石，十分灵验，怎么舍近求远要来我们青海呢？由此可见，温泉阿敦乔鲁母亲石名声远播。据史载，温泉民间母亲石崇拜远自宋代就开始了，千百年来，各民族的朝拜者来此崇祀络绎不绝，母亲石以巨大的悲悯情怀，慷慨地降赐大福于民间芸芸众生。

于是，奇异的母亲石和她身后的石马群，诱发了人们的大胆联想和想象，演绎出许多传说故事。有个传说说，母亲石原是上天王母娘娘身边的宫女，因追求自由婚配和羡慕阿敦乔鲁草原美丽的风光而私自下凡，与牧羊人生下众多儿女后回不到天上，就化作这尊巨石，成为部落的图腾，继续护佑着子孙后代。还有个传说说的是，一天从阿拉套山上杀下来一支强暴的侵略者，他们要抢占肥沃的阿敦乔鲁草场。英雄的部落首领母亲率领儿女们英勇抗击，经过浴血奋战，终因寡不敌众，只好带着马群羊只向山下撤退。然而灾难发生了，母亲受重伤倒地不起，最后悲壮地死去，化成一块巨石坚守挺立在故乡的土地上。儿女们悲愤异常，纵马挥刀与敌人作殊死反抗，最后不幸全部战死。死后战士们和坐骑也一律化成黑色的巨石，守候在母亲身边。他们的化石至今仍保持着英勇不屈、奔驰拼杀的战斗姿态，以无言的愤怒控诉着强敌的残暴，这便是阿敦乔鲁石马群和母亲石的来历。这些故事传说反映了远古草原牧民对自己英雄祖先的深切缅怀，表达了对先辈保卫家园，反抗侵略，顽强战斗精神的崇敬。

不过，游牧民族之间的杀伐征战，毕竟是时间不太久远的事。石马群和母亲石的出现，将早得多，它们是远古时期人类出现之前冰河时代的产物。大量溶化的冰雪水从阿拉套山奔腾而下，把千百块巨石携裹下山，最后散落残留在这片草地上。石马群是大自然的鬼斧神工，所造就的一道雄奇壮美的自然奇观。

阿敦乔鲁石马群奔腾而下的万千气象，既然以如此魅力吸引着现代人的眼球，当然也会吸引曾经游牧在这片草场上的古代先民。说不定，这些物象奇观，正是他们要长期驻留于此繁衍后代的理由。那大片的阿敦乔鲁岩画就出自他们的大手笔，是他们的艺术杰作。而紧挨着石马群北侧山前的缓坡上，那分布着成片的充满神秘气息的古墓群、古村落遗址，更是先民们曾在这里顽强生存过的实证。这里背山朝阳，碧水环绕，草地开阔，遍地生长着没膝的菰茅、针茅、木旋花、蕉蒿等茂盛的耐旱植被，又有千姿百态的石马群可供欣赏，并为他们避风躲雨，提供充足的建筑石材，还有母亲石高大的形象在前方引领，发出精神召唤。对于还处于原始的母系社会，具有母亲崇拜和生殖崇拜理念的先民塞人来说，阿敦乔鲁实在是一处不可多得的、最适于放牧生存的美好家园了。

于是，阿敦乔鲁就留下一处偌大的古代居民聚落遗址。宋女士介绍说，据初步考古统计，这处遗址占地面积很大，多达近 10 平方公里，发现古墓葬、古民居遗址 80 余处，已被定为自治区级文物保护单位。

阿敦乔鲁古墓群是阿勒泰地区常见的古塞人的石围栏墓，有的用巨型片石围砌，有的则用较小的砾石围就，此外，还有少数石堆墓。石墓多为正方形，也有多边形，形状不一，各有特色，保存完好，外表连外行人也能一眼识别出来。据说有的石围栏旁还发现风蚀剥落严重的“石翁仲”残存，当是墓主形象的纪念物了。

古墓群的石围栏形制规格有特别巨大者，甚至采用了双层石围栏。最大的一座南北长 23 米，东西宽 17 米，还有一座长宽各 10 米，很是宏伟壮观。我猜想，那很可能属于德高望重、身份特殊的酋长长老一级的墓葬了。这些大型墓葬采用的石板大者长宽各 1 米多，厚 40 厘米，埋入地下仍高出地面三四十厘米。黄白色石板在绿草和蓝天的映衬下，十分显眼，如同一堵矮石墙，让人惊叹先民们在为先辈下葬时不惜费时费工与仪式的隆重。他们对先辈的这份感恩之情和对生命的珍重，让人感慨万千。

在离古墓群以北一公里多处的缓坡草地上，遗存着大片连在一起的砾石围圈。据宋俊荣女士介绍，从它们与墓葬保持了一定距离，石围圈又一个挨一个的分布情况来看，这很可能是一处古代民居群落的遗址，而且是几个家族以血亲为纽带组成的部落栖息居住地。据 1973 年第一次挖掘情况考证，这处古民居分好几个房间，还有大门、回廊等附属建筑。我站在遗址面前，观察着一圈圈保存着先民手印和体温的砾石，尽力想象着，房屋是片石墙、茅草顶？有没有羊圈、马厩、鸡埘？他们是怎样生火煮肉、披毡御寒、抵御熊狼等猛兽袭击的？不由思接千古，浮想联翩。

宋女士告诉我们，考古人员根据地表和形制分析，认为这些石围栏古墓葬和古民居址，是春秋战国时期游牧民族塞人的文化遗存，距今已有两三千年的历史了。

从古民居遗址下来的时候，绕过一片草地，我们看到几顶简易彩色帐篷，离帐篷不远，北京来的考古队员正在对一座古墓进行考古发掘。他们发掘的正是那座我猜想可能是酋长的特大型石围栏古墓，四周分为两层围着 40 多块厚厚的片石，足有半人多高。宋女士低声介绍说，从地表形制上看，这座石围栏墓的规格类型并不多见，十分典型，意义重大，所以上级领导决定进行试掘，今天刚好是发掘的第一天。只见十来个考古人员在石围栏里忙碌着，墓圈内足有 50 厘米多深的地表土已经被揭走，露出平铺的一层大石板。我们好奇地站在石围栏外，看到考古人员用撬棍小心翼翼地撬开石板，还有几位工作人员架起安装着照相机的长吊杆，准备随时拍摄影象资料。为了保证拍摄的图像清晰，他们一边向露出来的石板喷水，一边拍照。突然有人惊叫起来，原来正在吊装的石板断了！幸好，下面露出一副蜷曲的白色人骨架没有损坏，他们说可能是个陪葬小孩的骨骸，墓主还在下面。

挖掘工作还在有条不紊地进行着，我们等不及，只好离开了。宋女士说，这是在自治州境内进行的第二次大型考古挖掘，上级十分重视。考古队就住在那几顶帐篷里，发掘工作要进行好几天。她劝告我们说，你们不要随便问人家了，人家也不会随便告诉你结果，因为要对出土实物进行

我们在三台海子下车稍事休息。
山顶塔松是监视沙漠的瞭望哨,
护卫着苍翠的森林,芬芳的草地。

啊,是谁把一轮天镜遗落这里,
赛里木湖水映出我们满身的沙粒。
振作起精神来吧,抖一抖征衣,
莫让黄色的尘埃惊扰绿色的伊犁!

后来,回忆起初见赛里木湖的感受,我还写了一首旧体诗《过赛里木湖》:

霄宫遗落宝石蓝,挂向仙姝美颈间。
嫣然相逢先一笑:远来一路可平安?

40多年后的2011年9月初,一个秋高气爽,风和日丽的日子,我有机会乘车绕赛里木湖一周,再次亲眼目睹她那碧波荡漾、近似浑圆的全貌,从而强化了对她的美好印象。那天,我们文化采风团从县城出发,越野车涉过鄂托克赛仁河,翻越莫逊山口,迎面是一座如同影壁般的圆锥形小山。在小山那优美的绿色抛物线背后,就是一抹久违的、蔚蓝的、静静的赛里木湖了!此时空气异常清爽、湿润,似乎是完全透明的,赛里木湖的远山近水尽收眼底,特别清晰。放眼望去,只觉辽阔、高远的天地之间,只剩下两种纯净的色彩:长天与秋水一色——湛蓝;湖岸与群山相接——碧绿,忍不住要深深吸一口这富含氧离子的湖风,体味一下什么才叫做真正的恍入仙境、惊喜莫名、如痴如醉、心旷神怡!

在湖东南新辟的影视基地西夏王宫稍事逗留之后,我们就上车沿着90公里环湖公路开始绕湖观光了。于是,成吉思汗亲率20万铁骑西征的点将台、摇曳于碧波中的点点渔船、青葱一抹百里的西海大牧场、郁郁葱葱的松树屯、繁忙的乌—伊高速公路工地、湖西大湿地游乐场百人大帐房……诸多景点令人目不暇接,美不胜收,让我又一次重温、体验了一回赛里木湖那惊人的静谧和美丽。

在平坦、宁静的环湖公路上，为我们开车的是县文体局一位维吾尔族青年体育教练，他毕业于新疆师范大学体育学院，说起来也算与我有师生之谊了，因此言谈间很是亲切。三句话不离本行，谈起每年在赛里木湖举行的环湖国际自行车赛，他就如数家珍，眉飞色舞起来。我说，在这样满目青葱、空气清新的湖滨，在等级公路上蹬着高级赛车轻捷地飞驶，刷刷刷——风驰电掣，那是何等的潇洒、畅快，惬意，实在是一种享受呀！他听了摇摇头说，别看赛里木湖现在这样平静无风，波澜不惊，有时候却也是狂风大作，乌云密布，白浪滔天呢，赛车时要是遇到这种坏天气，运动员就要经受严峻的考验了！

经他这样一提，我猛然记起来，当年的确就领教过赛里木湖另外一副陌生的表情，甚至可算是恐怖可怕的面孔哩！

那是1991年暑假，我赶往伊犁去参加一个学术会议。清晨车发奎屯市时，天气不佳，一路上大雨倾盆，时断时续。快到赛里木湖了，遥望远山，艳阳高照，白云悠悠，猜想湖区定然是个风平浪静的好天气。谁知车子刚到湖边，就赶上一阵暴雨来袭，横空里奔驰着一列列低垂的乌云，像是非洲大草原上一群被雄狮追逐的黑色角马，黑压压的狼奔豕突，仓皇逃窜，边跑边把万千银箭射向沸水般的湖面。赛里木湖被激怒了，好似猛然跳进去无数只北极熊，万头攒动，掀起滔天白浪，似乎就要冲决四周的群山，夺路出逃。赛里木湖往昔的平静与安详，此刻已无影无踪，只觉得满目是乌云白浪、暴雨如注；充耳是阴风怒号、轰鸣嘈杂，惊心动魄，恐怖莫名。在这大自然气势磅礴、雷霆万钧的生命之伟力面前，我感到人竟是如此的柔弱、渺小和孤立无援！停车后，我不知好歹地还要下湖一看。谁知立足未稳便被扑面的气浪打了一个趔趄，紧接着拍天的巨浪如猛虎般张牙舞爪地扑上岸来，轰然一声砸碎在公路上，溅了我一身冰冷的湖水。我连忙狼狈地逃进车厢，连呼好险！这时，那满脑子的“天镜”啊、“宝石”呀、“珠泪”呀，统统都吓飞到爪哇国里去了。

10天后返回时我又路过赛里木湖，只见风和日丽，波澜不惊，它又恢复了昔日的恬静，安详地躺在那里，闪着媚眼，仿佛那天的种种凶险只是一个玩笑、一场噩梦。在湖边沙滩上，与上海著名学者徐中玉、钱谷融等老师合影时，我讲述了那天的险情，他们还不相信哩！我不由想，到底哪一种是真实的赛里木湖呢？是宁静温柔，还是躁狂凶猛？是“风日水边”的阴柔之秀，还是“真力弥满”的阳刚之雄？

于是，也便有了两种感觉、两种性格——两副赛里木湖的面孔。

两个赛里木湖其实是一个。只有见到过她那狂暴、雄强的动感之美，对比之下，对它静谧、温柔的另一面静态之美才能有更真切的感受，才能产生更为强烈的印象。反之也一样，两者合起来，才是一个完整真实的赛里木湖。

宇宙万物都有多重性。既然赛里木湖是天设地造的一个大自然的尤物，那么就应该同时具有父亲和母亲的双重性格。只不过人们往往只愿看到，或者一厢情愿地只去欣赏它那母性的阴柔之美的一面；而对那充满阳刚之气的父亲的性格却人为地忽略了。这是人们认识的偏执。还是周涛兄形容得好，赛里木湖是一种“思想”。我想，思想不仅是饱满深邃和宁静清澈的，它还应该是宏阔有力的，具有惊世骇俗的穿透力和排山倒海的震撼力，正如我曾经领教过的那样。

不过，把赛里木湖比喻成一种思想，又不免略嫌疏阔和抽象了。因此，我更愿把浑圆的赛里木湖比做一幅太极图，黑白两只阴阳鱼并容于一个统一的时间和空间里；一半动如猛士，一半静如处女，你中有我，我中有你，合二而一又一分为二，不断排列组合着和演化生成着无穷无尽博大精深的、关于宇宙万物的哲学思想。

2011年12月　改写

伊犁诗话

在一个人一生中，总有那么几个地方给他留下极深的印象，对他一生产生了许多潜移默化的影响。这种影响可以是政治思想上的，也可以是性格情感上的，也可以是审美意识、人生意识和人生态度等基本的价值观人生观上的。这些印象或影响有时是这样的牢固深刻，已楔入他的心理结构中形成一枚关于此地的“情结”，以至即使离开此地若干年后，也念念不忘于斯，偶有什么人或事的诱发，便立即唤起他深情的回忆和联想，不断地要向人讲述关于它的一切。20 世纪六七十年代在伊犁生活了 7 年之久的作家王蒙，曾这样写道：“回想和谈论我们在伊犁的生活，唤起并互相补充那些回忆，寄托我们对伊犁的乡亲、友人的思念之情，快要成为我和家人谈话的一个‘永恒’的话题了。不论什么时候谈起来都那样兴高采烈、感慨万端，不但历久不衰，而且似乎时间过得愈久、空间距离愈远，那时的生活反而愈加凸现和生动迷人。”这段动人的真情实话，可看做王蒙情感世界中那枚“伊犁情结”的一个有力佐证。同样，对于我来说，伊犁，也是一个使我几十年来一直魂牵梦绕的地方。

1964 年深冬至 1965 年夏季，我作为新疆大学师生“社会主义教育运动实习队”的一员，在伊犁农村生活工作了大半年，美丽的伊犁在我脑海中刻下终生难忘的记忆。1983 年，一个偶然的机会，出于对这段人生经历的怀念和珍视，我写了题为《伊犁杂忆》的一组诗，发表在《伊犁河》杂志上。古人说“诗言志”，情动于衷，发言为诗，算是兑现了一桩多年的心愿。

1998年春，我应邀到伊犁师范学院讲学（题目是“王蒙研究”，实际主要讲王蒙与伊犁的关系），又在伊犁住了一两个月，期间故地重游了好几个地方，几十年中人事沧桑，环境变迁，真令人感慨万千。最近为了备课和写作，重读了我与陈柏中先生前些年合作编选的《王蒙新疆小说散文选》一书，读着读着，不料竟勾起了我对伊犁的绵绵情思来。因年龄关系，容易怀旧，近年除了偶尔写点不准备发表的旧体诗外，极少写新诗，有些感受或冲动，大多通过散文随笔之类直抒胸臆地表达了出来。但我又想，如果以那组诗的创作为中心话题，将此前此后伊犁之游的情景联系起来，互相加以对照映衬，再引用上王蒙的纪实性名著、系列小说《在伊犁》中有关内容，穿插腾挪，也许会成为一段比较有趣的文字。寒假无事，不妨一试，题目就叫《伊犁诗话》吧。

伊犁的“哈娃”

在伊犁师范学院讲学月余，临别时一位哈萨克族教授问我，你对伊犁印象如何？我望着明净深邃的天空，不假思索地用维吾尔语答道：这里的“哈娃”最好。“哈娃”在突厥语系中包含着“空气”“天空”“气象”等意思，据说就是《圣经》中那个创造人类的“夏娃”的音转。将空气以人类祖先的名字命名，视空气为生命的第一要素，由此可见突厥语民族对人类生命须臾不可离去的宝贵空气是何等地看重。他们这种原创性的、十分朴素的“环保意识”，可谓古已有之，属于优秀而悠久的民族文化传统了。

正是这位哈萨克族老教授的提问，唤起了我30多年前初到伊犁时的回忆。

那是1964年深冬，我们新疆大学数百名师生，冒着漫天大雪来到伊宁县伊犁河畔几个公社，中文系的师生主要分配在英堂木天山公社。第二天天刚亮，我被冻醒了，便起身走出下榻的那座结满冰霜、五面透风的马厩草料棚（因当时阶级斗争的弦绷得正紧，刚进点，阶级阵营情况不明，一不小心住进坏人家里可就坏了，所以我们只好暂时与牛马为邻）。马厩不远处就是一座小土坡，踏雪登坡四下一望，只见雪野白茫茫一片，十分空旷、辽远，我情不自禁地伸臂扩胸做了几次深呼吸，想把吸了一夜的马粪牛尿味儿导引吐纳出去。早晨透明的空气竟是这般温润、清新，有说不出的惬意和舒坦，那美妙的感觉至今还清晰地留在我的脑海里。18年后，我在《伊犁河》发表的那组十分粗糙浮浅的《伊犁杂忆》，其中《三台海子小憩》一首，就表达了对伊犁的这种挚爱、珍惜之情。那小诗里有一节是这样写的：

啊，是谁把一轮天镜遗落在这里，
赛里木湖水映出我们满身的沙粒。
振作起精神来吧，抖一抖征衣，
莫让黄色的尘埃惊扰绿色的伊犁！

从1965年夏回校到1983年发表这几首诗，18年中我再没有来过伊犁。从诗中可以看出，所描绘的景色不是我那次途经赛里木湖去伊犁时的感觉，因为去时正是“雪满天山路”，冰雪覆盖的远山近湖是山水一色，混茫一片。我这里其实写的是夏天返校时所见，赛里木湖湖蓝草青，云白松翠，明丽异常，让我联想起新疆名画家李锡武先生那幅油画写生《赛里木湖畔》；而诗中的情思则又的确是去伊犁时所产生，实属一种“时空倒置嫁接移情”的艺术手法而已。现在想来，清新的空气就来源于大地绿色的植被，两者有着内在的联系，并不矛盾。诗的表现虽然不尽符合物理时间的真实和历史的真实，却基本符合心理时间的真实和艺术的真实。

1998年我重来伊犁，对这里新鲜空气又经过一回印证，感觉更为新鲜、强烈了。记得3月中旬离开乌鲁木齐时，天空阴沉着，飘着雪花；然而一个多小时后，当客机穿过茫茫云海，越过天山白雪皑皑的群峰，初春的伊犁河谷就跳入眼帘了。步出机舱，突觉眼前一亮，晴朗的蓝天、清新的大气扑面而来。我欣喜地想：又找回当年在英堂木的感觉了！不禁贪婪地吐纳了几口长气，让新鲜而充盈的氧气缓缓输入我的肺部、血液、大脑。

于是，五脏六腑像被彻底清洗了一遍，顿觉耳聪目明，浑身通泰，如醍醐灌顶，精神倍增。

这种本能式的直觉，大概与自己常年生活在空气污染相当严重的乌鲁木齐市，因而感觉反差巨大有直接关系。

随着城市经济的发展，城区成倍地扩展，乌鲁木齐市成了全国甚至全世界空气污染最严重的大城市之一，据说能排到全球前五名的位置。近年中央电视台开播了全国主要城市空气质量通报节目，污染的程度乌鲁木齐市每每拔到"头筹"，堪足"自豪"。一般空气污染指数超过100个指数时就已对人的健康构成损害了，但有好几次乌鲁木齐竟达到500以上，被称为"重度污染"，真让人惊心动魄。每到冬天，数以万计的大小烟囱和蚁群般的汽车，便争先恐后地向大气喷吐着滚滚浓烟和废气。于是不分晴雪昼夜，市区上空永远笼罩着一层灰蒙蒙的毒雾，阴晦、压抑，难得一见空中那明媚的阳光。沉重、污浊的空气异味刺鼻，就是到户外晨练也不敢敞开肺叶多做几次深呼吸，免得被呛住了嗓子。王蒙小说《心的光》中，那位伊犁宾馆招待员凯丽碧奴儿俗不可耐的姨妈曾嘲笑乌鲁木齐说，那里连麻雀都被煤烟熏成黑色了，倒也不算过分尖刻夸张。乌鲁木齐既然曾被称为"优美的牧场"，以常理论，从前的自然环境绝对不会像现在这么糟糕。然而，在我的记忆中，乌鲁木齐的冬季的确早已失去了她那原有的纯净与明朗之美，失去了她那如唐代大诗人岑参所描绘的"忽如一夜春风来，千树万树梨花开"的壮阔、明媚、热烈、亮丽的诗意了。

想不到，这次我在伊犁又找回了遗失多年对冬天的正常感觉，因此欣喜莫名。是的，得天独厚的伊犁降雨量既为全自治区之最，气候湿润，又远离沙漠戈壁，土肥水美，草地丰茂，林木华滋，工业污染也较少，所以即便是市区，这里的大气也显得十分纯净。我记起王蒙小说《在伊犁》中就曾描写过，伊犁维吾尔老农有一年四季爱在户外长时间活动，以便多"吃哈娃"的良好习惯。拥有新疆含氧量最高、质量最好的空气资源的伊犁人，经常要多多地"吃空气"以强身健体，延年益寿，自在情理之中。

但是这种反差仅只是生理上的感觉，从深层意义上讲，我回伊犁所产生的亲切愉悦之情，更多是一种心理的感受。因为我终于回到几曾思念的伊犁，可以从容地寻访故地，重温旧梦了！清新、温润、纯净的“哈娃”，不过是我心目关于美丽伊犁一种理念的象征罢了。

绿色的伊犁，银色的伊犁，我永远拂之不去的美丽梦境，改革开放以来也长足发展了，这是时代的进步，应该衷心祝福的。可惜现代文明对于人类生存环境的种种负面影响，也令人痛心地开始出现了。过些年我可能还要去伊犁看看，但愿那里的自然环境不要在新世纪里发生大煞风景的悲剧。我希望伊犁不要步乌鲁木齐的后尘，自毁形象。我希望绿色的伊犁大地永远是这么宁静而美丽，天空永远是这么蔚蓝而透明，连那珍贵的“哈娃”，也永远是这么纯净、温馨、清新而醉人。

英堂木的杏花

此刻，窗外是漫天大雪，连日污浊的空气变得清新多了，榆叶梅树枝上堆起半尺多厚晶莹的积雪。开学在即，为了给学生讲授《王蒙研究》课，我又读起10年前编选的那本《王蒙新疆小说散文选》来，一边不时望望窗外“千树万树梨花开”的银色世界，不知怎么竟又勾起对伊犁的绵绵情思来。我很想打开电脑为她写几句什么，题目不妨就叫《英堂木的杏花》吧。每到4月，窗前这丛榆叶梅花开的时候，艳红的花色，招展的风姿，不是极像当年伊犁英堂木村的老房东家院中那几树杏花吗？

那是1964年深冬，我们新疆大学中文系上百名师生，冒着漫天大雪来到伊宁县英堂木（维吾尔语意为“新墙”）天山公社。也许正是因了这机缘，在伊犁，最使我牵挂的地方，要算英堂木这座小村了。我前后曾在这座小村庄生活了4个多月，几乎走遍了她的每条大街小巷。英堂木在伊宁县东南方20多公里，就是王蒙在小说《爱弥拉姑娘的爱情》中称作“风大、偏远、贫穷”，并给痴情的小学教师爱弥拉姑娘一家带来小悲剧的地方。不过需要申明的是，爱弥拉姑娘的不幸与我们当时的社教运动并无干系。因为她的悲剧故事，是发生在一年多后的“文革”期间。

英堂木是以维吾尔人为主的一座普通小村镇。我的房东买苏木老爹年逾花甲，个子不高，面孔白皙红润，黑色眉毛很重很长，目光矍铄，说话中气十足，声音咕咚咕咚的，穿透力和节奏感都很强（甚至连痰也吐得老远老远哩），是村里德高望重的老贫农。女主人叫吐逊汗，她给我的印象是，一天到晚都在炕上叠被、扫地、烧水、做饭和洗碗，再不就是喂羊喂鸡，忙个不停，一边干活，一边习惯性“胡大、胡大”“巴郎、巴郎”“呜嘘、呜嘘”地念叨叹气，嘴上也不消停。原来大娘年轻时生的几个儿子都不幸夭折了，只剩下一个女儿，与丈夫住在邻村。因此在我的感觉里，二老对我的到来似乎怀有某种温馨的亲情。我抽空分别给他俩画了一幅国画写生头像，尚有七八分相像。二老郑重地贴在毛主席像下面，然后两人偷偷地拿眼与本人互相对照观看，表情很是怪异有趣。我猜想，他们一辈子也许都没有照过相哩，我这回总算拿画笔给二老“照”了一回相。说来也巧，二老的身世、性情和家境等情况，与王蒙当年在伊宁巴彦岱的老房东有许多近似的地方，所以当我研读他的系列小说《在伊犁》时，常有一种特别的会心之处。想象中，王蒙笔下的那位有着民间哲人风度的房东伊敏老爹，言行举止就该与买苏木老爹一个模样（甚至连膝下无子、个子矮小、不多言多语、爱沉思、有幽默感也都一样）。正是这种神秘而亲切的感觉，才成为我后来勉力完成专著《用笔思想的作家——王蒙》的一个直接的、比较隐秘的个人化动机。

“社教”运动第一阶段是“访贫问苦，扎根串联”。我的任务主要是编绘以本大队阶级斗争为内容的连环画，通过展览来发动群众揭开阶级斗争的“盖子”。买苏木老爹看着我终日爬在小炕桌上画画，十分辛苦，常露出关切、惊喜的笑容。不过有一次他却对我的画很不以为然了。只见他连连摇头，激动地吐掉嘴里黄黄的“纳斯”（牙烟），指着本村地主××××（名字现在我忘了）挺着大肚子用皮鞭毒打长工的画面，比划着说：“不像不像，

××××巴依不胖嘛，个子比我还小，瘦得很，麻秆一样，就像这根筷子一样，”说着他拿起炕桌上的木筷，敲敲旁边的矮瓷茶壶又说，“他老婆倒是胖得很，就像这把圆茶壶！”老爹的表情十分认真，这生动的比喻使我听得笑出声来。许多维吾尔老人天生都是幽默大师。买苏木老爹批评得很对，原来我根据常理想象，财主都是养尊处优、贪吃爱喝的家伙，就把那个地主画成一个脑满肠肥木桶般的大胖子了。然而实际生活中却恰恰相反，我犯了想当然的错误。后来我根据老爹的意见，把画改过来了。深夜，窗外北风呼啸，每当我在里屋煤油灯下画画的时候，吐逊汗大娘就“巴郎巴郎”地呼唤着，掀帘进来送奶茶给我喝。这感人情景后来也被我写进那组小诗中了，诗题为《深夜，阿妈端来一碗奶茶》，有这么一节：

门开了，吐逊汗大娘端来一碗奶茶，
“饿了吧，巴郎！”热气笼着满头银发。
一片纯真的母子情，在我心头荡漾，
捧起滚烫的奶茶，我眼里涌出了泪花。

为了安慰买苏木夫妇的孤寂，小外孙女肉孜万一直与他们生活在一起。肉孜万姑娘十一二岁，长得很漂亮，高挑个儿，肤色白皙，两颊绯红，常让我联想起李贺的“小白长红越女腮”之句。她的眼睛尤其亮而有神，长眉入鬓，天真活泼，最爱唱歌。冬天的早晨，我常与她一起带着小砍砍（斧头）和毛绳，拉着大爬犁，到土坡下的水渠中拉冰。这时她总是亮开嗓子，旁若无人地唱起歌来，什么《我们走在大路上》《打倒军阀》《社员都是向阳花》等，音色清亮、甜美，用翻译过去的维吾尔语唱得十分自豪而动情。

开春以后，我有空常同买苏木老爹一起照料屋后的小果园。3月底，当杏树刚刚绽出嫣红的花骨朵的时候，我被抽调到设在县城的社教工作团团部工作，离开英堂木了。6月底，我回到英堂木老人家里，正好赶上杏子黄熟，品尝了几枚，皮薄肉厚，味道酸甜，还真不错。不料老爹却说这杏子品种不好，他准备换种几棵；苹果却是好品种，甜极了，不过再过两个月才能吃上。但是到了8月初，苹果还只有青杏大的时候，我们便告别乡亲返校了。两个月后，买苏木大爷外孙司迪克（也就是肉孜万姑娘的大哥）考取了新疆大学政教系，成为我的校友。他来乌鲁木齐报到时给我捎来5个大红苹果，还特意说明这是他爷爷亲手从园中树上摘下来的。我十分感激老爹一家这番情意。后来，我就为此写了首小诗发表在新疆大学校报上。可惜不久就开始了横扫一切的"文革"运动，混乱中登着我那几首小诗的剪报没能保存下来。不过后来发表的那组小诗中，有我重写的一首《五个大红苹果》，诗中有这么几句：

平生没有尝过如此美味的佳果，
十多年了，仍觉异香满口、清脆蜜甜。
买苏木老爹，你老人家可还健在？
当年的小苹果树怕早已高过了屋檐。

于是此后30多年来，只要一想起伊犁，我眼前首先就闪出买苏木老爹那短小精悍的身影，闪出老爹的土屋小院、果园、甜杏和那几只红红的苹果，耳边也随之响起肉孜万姑娘那清亮悦耳的歌声来，总在想，将来无论如何得去英堂木看看他们。记得十几年前，也是在一个大雪纷飞的冬夜里，我忽发奇想，要写一个中篇小说作一番伊犁的梦中游，手法是想学学王蒙的意识流，题目是《积雪的土屋》，主人公就是我与买苏木老爹。可是由于开始没有构思好，只写了两万多字就写不下去了，此事我一直深以为憾。1991年夏，我曾陪华东师大的徐中玉、钱谷融先生等到伊犁参加一个学术会议，也因时间仓促没有机会重访英堂木。直到上次来伊宁讲学，时间充裕，终于实现了故地重游的夙愿。

唐诗云："近乡情更怯"，道出了一种古已有之的人之常情。那天车子快到英堂木乡时，我的心情特别激动，一直专注地观察公路两边春意盎然的田野和村庄，唯恐车速太快，那个令我牵肠挂肚的地方被一下子错过了。但是直到乡政府停下车，还是没有发现我所熟悉的一草一木、一墙一屋。在饭馆吃"大半斤"（拉面）时，年轻的董乡长见我一直迷惑不解，念叨个不休，便笑道："你们原来住的地方那是老公社，现在乡政府早已迁到土坡下面来了。”于是在我的请求下，车子又倒回去好几公里，好让我在土坡上搜寻记忆中的相思地。

大概因为能画几笔的缘故吧，我一向方位感较强，凭直觉，我似乎认准了我要找的地方，但又没有把握。正迟疑间，还没有忘却的几句维吾尔语派了上用场，我从几位聚集在村头商店前抽莫合烟晒太阳的农民口中得到证实，公路边十多米开外那段矮墙后面，果然就是买苏木老爹当年的土屋小院。我忙赶到大门口伸头看了看，可惜院中布局面目全非，房子也已易主，且主人外出了，无法进一步打听。问起买苏木老爹一家来，当年的小队会计、现任派出所所长和几位年纪大些的农民都说，老两口都早已先后过世了。此事本在意料中，我毫不感到奇怪。两位老人如果都还健在，怕都已年过九旬了。但人亡物在，往事依依，我仍不觉轻叹一声，有些黯然。又问起肉孜万姑娘的情况，说是她还在，嫁给一位能干、有钱，还会弹热瓦甫琴的司机，住在野马渡附近的巴依托海，生活还不错，已经带上孙子了。我不禁为肉孜万小妹庆幸和祝福。屈指算来，肉孜万也该有 40 多岁了。但我不愿想象已届中年的她现在的样子，我希望她永远还是我记忆中的那位漂亮、活泼、天真、爱唱歌、小天使般维吾尔小姑娘。

当向买苏木老爹故居回望最后一眼，准备告辞的时候，我差一点惊叫起来，原来几枝伸出墙外的杏花，花团锦簇，红艳艳的，正灼灼地迎风开得十分热闹而醒目！我很奇怪，刚才怎么就没有发现呢？莫不是老爹冥冥之中有知，此刻用怒放的杏花来唤起我的记忆，并对我这个“汉族大学生巴郎”，时隔 30 多年后终于能来看望他表示欢迎和谢意么？

“满园春色关不住，一枝红杏出墙来”“人面不知何处去，桃花依旧笑春风”。我不伦不类地记起这几句古诗来，心中悲喜交集，感到莫名惆怅。于是我连忙翻开速写本来，匆匆捕捉住眼前这动人的意象，然后又以土墙内的一片新绿和伸出墙来的一簇艳红的杏花为背景，在这片曾留有我生命印记和特殊情感的土地上，拍下一幅对我个人来说意味深长的纪念照。

巴彦岱的青杨

窗外，杨树枝条上吐出最初的几瓣嫩叶，我忽然忆起伊犁的青杨来，忙从书架上抽出《王蒙新疆小说散文选》，翻捡起来。

“高高的青杨树啊，你就是我们在1968年的时候栽下的小树苗吗……今天已经是参天大树了。”

“赫里其汗老妈妈，今夜您可飘然来到这里，在这高高的青杨树边逡巡？”

“亲爱的燕子们哪……当曙色怡人的时候，你们可到这青杨树上款款飞翔？”

“我将带着……青杨树林的挺拔的身影与多情的絮语……这巴彦岱的心离去，不论走到天涯海角……”

这些充满感情的诗一般的句子，是从王蒙1981年回到伊犁巴彦岱时，一气呵成的散文《故乡行——重访巴彦岱》中随手引出来的。这是一篇曾使美籍华人作家聂华苓女士读之感动得落泪的名作，可见巴彦岱的青杨在王蒙心目中占有多么重要的地位。它的倩影，似乎已经化作王蒙心理结构中那枚“恋疆情结”的一种意蕴极为丰厚的象征物了。

大概是杨树那高指蓝天、挺拔不屈的独特意象，常常博得作家们青睐的缘故，所以茅盾、茹志鹃、流沙河和碧野等，都曾留下吟咏赞美的名篇佳作。的确，在我的记忆中，那高高的青杨林是伊宁市（自然也是巴彦岱）最亮丽、最具特征、给人印象最深的一道风景线。记得1964年深冬时节，我初到伊宁市时，那一排排挺立于风雪中的钻天青杨的雄姿，就是伊犁给我的第一个惊喜和振奋。第二年春天，我先后在伊宁英堂木、吐鲁番于孜和巴彦岱等公社参加过植树劳动，基本树种也都是青杨。由此我和王蒙老师一样，对自己曾付出过汗水的、形姿优美，以特有的团队精神护卫着绿洲，因而能给人以某种安全感的伊犁青杨树，怀有一种特殊的感情。虽然1998年春我到伊犁师院讲学时（讲的正是“王蒙研究”），发现伊宁市近年来也和乌鲁木齐等地一样，从现代城市绿化和环卫的要求出发，春天爱扬起漫天白絮般杨花的白杨、青杨，已陆续被其他更为名贵、更具观赏价值的树种所取代。但在农村和市郊，这种成活率高、速生而实用的青杨树，仍属务实而怀旧的维吾尔农民情有独钟的树种，在房前屋后，村头路边照例种满了青杨。

于是，当我那次重新踏上伊宁市西北郊9公里处的巴彦岱镇时，那生长在新规划的居民点道路两旁和民居小院中开始泛绿吐叶的青杨林，挨挨挤挤、生机勃勃、茁壮挺拔，在明媚的春阳下仍然给我以强烈的印象，并时时唤起我动情的记忆。巴彦岱的青杨林，别来无恙乎？一个30多年前为你们挖过坑浇过水的汉族大学生，现在又来看望你们了！

1965年5月，我从“实习队”所在的英堂木，被抽调到社教工作团团部（设在建设中的伊宁新县城，时称吉里于孜），先后在吐鲁番于孜和巴彦岱公社等地筹办过“阶级教育展览馆”。在巴彦岱，我们住在公社大院旁一间大库房里，为时两月有余。正是在这里，我有幸邂逅了刚刚由自治区文联下放到这里当农民的王蒙，一位失意落魄的“右派作家”。说是“落魄”其实不算很准确，因为那时“文革”风暴尚未刮起，边境农村巴彦岱相对宁静，王蒙当时心情良好，甚至还兼任要职——二大队副大队长之职，曾有权参与处理过社员邻里间偷鸡摸狗等事宜。前几年我写了一篇追忆与王蒙结识交往的长篇散文《想起王蒙当年事……》，文后附了一首七言排律《赠王蒙》，诗的一头一尾有这么几句：

杂花生树燕子飞，萍水相逢乌孙地。
京华激昂红“少共”，边塞落寞灰布衣。
有缘得识春风面，无才描摹鸿鹄意。
删繁就简石成金，负重忍辱笑破涕。
……
妙言解颐庄亦谐，奇语洞烛幽与微。
春光唱彻心无憾，蜡炬成灰意未已。

历尽劫波成大道，徜徉文坛凭巨笔！

其中首句“杂花生树”，指我与王蒙相逢是那年的春天；而“燕子飞”是暗喻相逢地点在巴彦岱，因为“巴彦岱”在蒙古语中即意为“燕子飞来之地”——新疆北疆的地名有不少均为蒙语，包括伊犁和乌鲁木齐这些著名的地名。“乌孙地”，汉时西域的乌孙国即在今伊犁地区一带。“红‘少共’”，指王蒙不足14岁即加入了北平地下党。“灰布衣”系一语双关，我第一次见到王蒙，他真的就是一副地道农民打扮，一件灰布上衣，头戴一顶草帽。“删繁就简石成金”一句，是写王蒙曾修改过我收集整理的几篇贫下中农家史，删去了一些废话，变得精炼些了，所以是“点石成金”——据此，王蒙可以称得上我真正意义的老师。“负重忍辱笑破涕”自然是指王蒙彼时彼地的心境了……噫，往事历历在目，却已是近40年前的情景了！

如今，巴彦岱原红旗公社那座破旧的大院，已改建为一幢很气派的巴彦岱镇办公大楼，高四层，外贴白色瓷砖，窗明几净，今非昔比。楼前是312国道和大广场，广场四周是热闹喧阗的市场，店铺林立，车水马龙，熙熙攘攘，整个环境全变了模样。记得当年公社大门前的“皮里青”河水流量充沛，也很清澈，两岸长满了绿树杂花，我经常弯腰低头穿过浓密的树枝下到深深的谷底去洗衣服。但不知为什么现在河谷已经淤浅了，仿佛两步就能跨到河底似的。两岸光秃秃的也没有多少树，显得比较荒凉肮脏，连河水也变浑浊了(这可能与积了一冬天的冰雪刚刚化完有关)。当年感觉很是雄伟的皮里青河大木桥，已被旁边一座钢筋混凝土拱桥所代替……那些曾频频入我梦境的记忆，都已变得支离破碎或者面目全非。我心里有些失落，很不是味。唯有公路两旁和村庄里那些高高的、挺拔的青杨林是“风景旧曾谙”，在开始变暖的春风中摇曳着，向来访的故人招手致意。

走在巴彦岱镇十分规整、青杨夹道的村路上，去寻访看望王蒙的老房东阿不都·热合曼老爹时，我记起10多年前发表的小诗《伊宁的青杨》里的句子来：

扑面而来的，是茂密整齐的青杨，

花城伊宁，您给我多么强烈的印象！
晚风起处，响起串串热烈的掌声，
枝间小鸟轻捷地穿梭，织着深情的网。

挺拔健壮，让人想起哈萨克小伙，
亭亭玉立，又让人想起维吾尔姑娘，
于是，幢幢身影化作婆娑的舞姿，
琴声里，夜夜闯进我温馨的梦乡……

感情浮浅，表达直白，属于应该被淘汰的传统诗，但毕竟多少记录下我当时的一些真切感受。

谁知找到阿不都·热合曼老爹的房子时，老爹却外出了，只有他的老伴在家。于是几位热心的维吾尔巴郎便自告奋勇满村去找，不久果然找到了。急急赶回来的老爹亲切地把我们让进家里，脱鞋上炕就座，又指使老伴到外屋烧奶茶。老爹这三间新修的卧砖到顶的民房，据说还是前些年由王蒙出资翻盖的，开间虽然不大，但四壁要比通常的泥土墙平整光滑许多。不一会儿奶茶烧好了，老爹一一斟满了炕桌上的茶碗，请我们喝奶茶。我却不过盛情连喝两碗，不过那奶茶的味道远远没有王蒙在小说中多次称赞的那样好喝。我转念一想，是了，因为小说中那位饮茶专家兼烹调高手、美丽的阿依穆罕——生活原型即赫里其汗大娘——早已去世，现在替我们烧奶茶的大娘是老爹的第三位续弦了，可能烹奶茶的手艺较差。老爹80多岁了，身体还很硬朗，也难怪，拥有这样一位名闻全国的大作家儿子，自然是老人的精神支柱。老爹听我说近年曾多次见过王蒙，就说很想去北京看看王民（蒙），可惜人老了，走不动了，说着眼泪都快要流下来了。我只好拉拉老人的手，安慰了几句。系列小说《在伊犁》中，精干的小个子房东伊敏老爹被描绘成一位善良朴实、自守淡泊、清明安详，也不乏幽默感的具有乡村哲人风度的维吾尔老农形象，给人印象很深。我一边品茶，一边仔细端详眼前这位同样为小个子老人的面容，极力想从中找到我在读王蒙小说时的感觉。可惜我虽说稍通维吾尔生活用语，但远没有达到像王蒙那样，能够交流思想感情的程度，无法从老人现在的言谈举止中感受更多的东西。我与老爹夫妇在新房前花木扶疏的小院里合影留念后，就告别老爹出来。走了好远，回头还看到老人一家仍站在门口青杨树下，久久地向我们挥手。我知道，老爹是把我看成王蒙派来的代表来对待了。虽然我并没有接受王蒙老师的委托，更没有这个资格。

王蒙系列小说《在伊犁》或散文中一些人物的原型，此次巴彦岱之行中我有幸也见到了好几位。例如老爹的养子、曾与王蒙同床而睡的“弟弟”阿不都·克里木（即河南汉族孤儿部周安，王蒙当年还多次替他四处写信寻找亲人，果然在许昌某地农村找到了。后来部周安成家时，王蒙还当了证婚人），原大队支书阿细木·玉素甫，还有现任副村长金国柱（即小说中能与“好汉子”依斯麻尔较劲的王吉泰的生活原型），等等，这次都见到了。我们参观了部周安夫妇开办的粮油加工作坊，也为他与维吾尔族养父的不和感到不安。老书记阿细木还在铺满地毯的家中用香脆的油馓子招待我们。他自称享受国家退休干部待遇，晚年生活衣食无忧，十分感谢党和人民政府的关照。我们还站在伊犁河岸，远眺了金柱国在河边经营的村属企业——大片鱼塘，也分别与他们合了影。交谈的时候，望着他们那布满岁月风霜痕迹，但仍然健康、开朗的面孔，我总是耐不住与我原来心目中的小说形象一一做了对照比较，一边联想起我在专著《用笔思想的作家——王蒙》中，几个章节的有关他们的描述和论析。我遗憾地想，如果在写作之前先来一趟巴彦岱，与这些人物原型交谈一下该有多好！那样一定会收集到更有趣、更充分、更有分量的真实资料，专著也可能会写得更真切、更生动、更深刻些。现在，只好有待专著异日补充修改重版时再说了。

生活并不曾中断。改革开放的春风也给边远的巴彦岱人的生活和精神面貌带来了巨大的转机和变化。这些底层中平平凡凡、朴朴实实的农民，都在按照强有力的社会的和自然的客观规律，继续念着属于自己的

"生活经",劳动、挣钱,适应着自然,也改变着自然,与各种人周旋,繁衍着后代,一边呈示着人性之谜,演绎着特殊的人生,或富裕或结据,或达观或苦恼,或顺利或坎坷,悲欢离合,恩怨情仇,千差万别而又殊途同归,在命运的长河中继续奋力寻觅、浮游。他们那质朴坚韧的身影和精神风貌,让我又一次联想起与他们相依为伴、共生同长的青杨,巴彦岱那茁壮朴实、顽强挺拔的青杨来!

巴彦岱人谈起王蒙来,都很感激。正是通过《在伊犁》这部堪称中国当代文学经典的名著里,王蒙以其动情的文字和生花妙笔,一座极为普通的中国边境维吾尔乡村,才得以在全世界扬名;那里形形色色的人物和发生的故事已为广大读者所熟知。中国文学也应该感谢巴彦岱(连同它那高大、朴实的青杨树),因为这里曾收留过、保护过、养育过一位处于困境的中国知识分子,一个后来成为卓越的世界级的文学大师。王蒙也十分感谢巴彦岱,在这里他虽不无屈辱但还算平静地生活了整整 7 年。巴彦岱养育了他的生命,也为他的成功提供了源源不断的生活和思想情感资源,还有创作的精神动力。

2001 年秋,王蒙又一次回疆"探亲"。在一次与我的交谈中,王蒙不知为什么竟谈起伊犁的青杨来,感慨地说,乌鲁木齐的白杨树少了,伊犁的青杨树也比当年少多了!他始终没有忘掉伊犁,没有忘掉巴彦岱的青杨。巴彦岱,是王蒙一处特殊的精神家园。巴彦岱的青杨,就是伊犁——这王蒙心目中永恒的诗篇中的诗眼。

逝者如斯,往事如烟,风云变幻,人事沧桑,唯有这伊犁的天空和大地永存,唯有这滔滔伊犁河水长流,唯有这巴彦岱的青杨树常绿。

静静的野马渡

伊犁著名的野马渡,也是我印象颇深的地方。

野马渡现在地图上称作"雅马图",伊犁河、喀什河等大小三条河水汇集于此，水宽浪急，是离英堂木不远的一条南来北往的大渡口，北通伊宁、尼勒克，南抵巩留、新源、特克斯和昭苏等地，是伊犁地区的交通要冲。可是30多年前，它在我的心目中却是个可怕和神秘的地方。因此，我曾认为还是把它叫做“野马渡”为好，因为这个汉文译名能够保持一种充满野性的美感，更具魅力。试想，一个有成群野马出没的大河渡口，河水滔滔如万马奔腾，那该是多么诱人想象的地方啊！这使我想起乌鲁木齐市的妖魔山，（我在一首诗中称它为乌鲁木齐市地望的“中堂”）现在被改为“雅玛里克山”一样，都不约而同地把“妖”或“野”字改为“雅”。名字雅倒是雅了，却自觉不自觉阉割了它那原始野性的狞厉之美，取消了它耐人寻味的神秘感、历史感和文化底蕴，平平淡淡的让人看了听了，索然无味。

我之所以称野马渡是“可怕和神秘”的地方，是因为当年在那里发生了两件直接或间接与我有关的特别事件。

第一件实际上是我亲身经历的一场虚惊。那是1965年初春，田野和道路上的积雪已大半溶化了，工作组组长买买提明（当时任伊犁皮革厂厂长）让我到巴依托海调查一个材料，越快越好。那天早上拉起大雾，很冷，我就头戴皮帽，身穿光板皮大衣，脚蹬大毡筒，全副武装地上马出发了。外调材料是找到巴依托海工作队整材料的同学，没费多少事便很顺利地拿上了。我看看时间还早，就跟哈族向导少年艾肯商量，想到附近的野马渡看看，他同意了。谁知刚出村口，一条恶狗从路旁高高的房顶上突然“呜”的一声扑下来，把我的皮大衣领子扯破后滑到马下。我摔下来了，它还不甘心，仍发疯一样朝我狂吠猛追。幸亏马跑得快和大雾的掩护，我没有被追上。这场突如其来的袭击把我吓坏了，惊得出了一身冷汗，也败坏了去河边观光的雅兴。余悸未消中，我们赶到被厚厚的浓雾遮掩的野马渡口匆匆看了一下，又担心天晚赶不回去，就拨马折回英堂木了。因为漫天大雾的关系，关于野马渡我只有一个比较朦笼的印象，只感到河面很宽，河水汹涌翻腾着，打着漩涡，夹带着大块大块的冰凌快速地向下游冲去。河水拍击河岸的轰轰声和冰块撞击的嘣嘣声，从浓雾中传来，让人感到有一种排山倒海雷霆万钧之力，摧枯拉朽，势不可挡，惊心动魄。当时好像伊犁河大桥还没有修，挂在连通两岸钢索上的大渡船也停驶了。渡口上挤满了焦急的人马车辆，影影绰绰的，正不知有多少。也许正是这些朦笼的印象，野马渡才对我有一种神秘的诱惑，几十年后才务必要再来看看它的究竟。

第二件可就缺乏诗意了，那一件是人命关天的事。住在野马渡附近的政教系一位广东籍同学，春天，为了给贫下中农“五保户”学雷锋做好事，他到河汊的丛林里打柴火，一不小心让大水冲走了，几天后在下游几十里处才发现他泡胀的尸体。同学们知道后，都难过了好多天。这件不幸的事件更加深了我对野马渡的敬畏感。于是那匆匆的一瞥和同学的溺水，使我对于野马渡的记忆只剩下水流湍急、惊涛裂岸、横暴无情的印象。凭着这种深刻的印象，我在1983年那组诗中有一首题为《题野马渡》，这样描绘了野马渡的感觉：

既有草原奔放、粗犷的性格，
又有雪山深邃、冷静的思考，
在三河交汇处的野马渡，
巨浪真像万匹野马奔腾、呼啸！

青山阻断了姐妹河流的思念，
一朝相会，激情怎不像野火燃烧？
有谁对生活感到冷漠的时候，
请来这里吧，朝着野马渡远眺！

这种描绘，想象的成分更多，也有一些艺术夸张变形。虽然我也提到“冷静的思考”之类，但更多侧重于表现它充满激情的奔放、燃烧的那一面。而且，我当年对它朦胧之美的感觉一点也没有表达出来，写得比较直白。这种表现，其实是野马渡夏季天山上的积雪大量融化，山洪下泄，河水陡涨，奔腾激湍时情景的感觉。如果我改在其他季节来时，它们可能就是另一番景象了。

的确，我这回果然发现野马渡的另一面了。

在伊犁师院讲学刚一结束，几位朋友陪我专程到野马渡玩了一回，使我获得了对野马渡一种全新的感觉。4月中旬，正是春光明媚、惠风和畅，春暖花开，万物复苏的季节。野马渡一改当年的深藏不露，毫无保留地向我坦露出它的全部真容。茂密的岸柳杂树青草，渲染出一抹嫩绿的烟雾，衬托着蔚蓝的天空和悠闲的白云，春阳下显得色彩鲜明，分外迷人。我这才发现，野马渡的地望其实是十分开阔的，两岸多为平缓的土坡，重峦叠嶂的高山雪岭都离它较远，一律退避三舍，要为这位桀骜不驯、脾气暴躁的大河腾出一片足够的活动空间似的。此时金色的伊犁河水在异常宽大的河床上沉稳自信地畅流着，不急不躁，波澜不惊，却使人感到它气度雍容，大气磅礴，有着不容置疑的内在力度。只是当流过雄伟的伊犁河大桥那几座巨大的钢筋混凝土桥墩时，才激起几层细小的浪花，发出惊喜般的轻声议论。阳光下，无数白色的水鸟在河面欢快地鸣叫着，翱翔着，落下又飞起，更增添了河面的平和与妩媚。过午时分，宽阔的桥头上几乎没有行人，连过桥的车辆也极少，仿佛专门要创造一切条件来纠正当年我对它的偏至印象。周围是出奇的静，在寂静中，我背依大桥、河水和远山拍了照。寂静中，我还画了几幅钢笔速写。我感到此时的心境，与眼前宁静的野马渡和谐了，契合了，共鸣了。于是，怀着一颗崇敬、愉悦的心情，带着对野马渡一个完整的答案，踏上归途。

我明白了，那首诗对野马渡性格的描绘是不全面的，它只是我在特定的心境下对它特殊性格的一种人格化、情节化了的艺术审视和移情。它应该不总是这样急躁暴烈，它自有其宁静温柔的时候。当年我年轻，观察不细，雾中看水，对野马渡不安分的激情和野性之美更敏感，也更为欣赏，以致作了这种一厢情愿的想象。如今几十年过去，我已上了些年纪，对野马渡静谧安详的另一面也许更愿乐意接受了。其实，作为自然对象物的野马渡，本身可不管你人类的年龄或心境有何变化，它总是以永恒神秘而变化莫测的姿态来笑对人世间的一切，对所有来访者不偏不倚，都一视同仁，它没有必要对人特意矫情“作秀”。对人类来讲，它既有豪放雄强的动态之美，也有其优美婉约的静态之美，不一而足，风情万种。野马渡的名字是颇富于诗意的，好像著名诗人李瑛和周涛都曾写过野马渡。“横看成岭侧成峰，远近高低各不同”，角度层次有异，一千个人就应该有一千个野马渡。正因为它能向人们呈现出多种多样的复合的美，提供多种多样的思想暗示。野马渡和整个大自然一样，才具有如此永久的魅力，才会给人以多种多样的人生哲理与启迪。

为了与那首小诗的意旨略略加以区别，为了表现野马渡性格中的另一面，我不揣冒昧，套用苏联名作家肖洛霍夫名著《静静的顿河》和闻捷的长诗《复仇的火焰》第一部《静静的巴里坤》，特意为这篇命意浮浅小文命名为《静静的野马渡》，以表达我对野马渡、对伊犁的怀念和崇敬之情。

再见，英堂木！再见，巴彦岱！再见，野马渡！再见，伊犁！结识了你们，多次地走近你们，是我此生的一大幸运和乐趣。人生不能没有朋友，人生不能没有梦境，人生需要一个精神家园。你们不就是我真诚不欺的良师益友，永远不会结束的一串美丽诱人的梦境，一块朴实温馨、宽厚博大的精神家园吗？

2000 年 12 月于乌鲁木齐初稿

2004 年元月 8 日二稿于一个大雪之夜

走过石奎绿洲

6月中旬，由喀纳斯观光归来途中，我大部分时间都在车上闭目沉思，沉醉于惬意的回忆中，满脑子里都是残留的天风浩然、青山绿水的美好印象。忽然，迷迷糊糊中，感觉车子平稳起来，车速也快多了，沙沙的，公路变得开阔而舒适。一睁眼，已近黄昏，车子正行驶在乌奎高速公路上。左下方是浓荫一抹，条田万顷，诸多渠道、水库在苍茫暮色中明灭闪烁。车后有人说，看，那就是下野地！我心想，这就是著名的石奎大绿洲了。

所谓“石奎绿洲”这个地理概念，是我为叙述方便而随机命名的。主要是指准噶尔大沙漠西南，沿天山北坡奎屯、沙湾、石河子一线连绵不绝的大绿洲。可是说来惭愧，我始终没有深入到这片神秘的土地腹地生活过，印象比较浮浅；对其基层独特的社会结构、生活形态等更是不甚了然，只是朦胧中感到它是由多个农场连缀成片的大绿洲，汉族职工居多，盛产小麦、棉花和西红柿等；还有从种种传媒中得来的直观印象：早期的胡杨林、苇滩、地窝子、坎土曼、人拉犁、褪色黄军衣……透出一种苍凉悲慨，现在的大条田、林带、大渠、机耕、喷灌、飞播……颇具现代化大农业的气魄和规模。虽然如此，诸如农八师、农七师、莫索湾、车排子、下野地、一三几团、一四几团等等地名称谓，我还是颇为耳熟。我还知道，石奎绿洲经济区是新疆生产建设兵团基层团场最集中、最典型的地域，其经济总量当在整个兵团中占有举足轻重的地位，可以看做是兵团50年历史的一个缩影，是兵团白手起家、艰苦创业、成就辉煌的一个天然大橱窗。

走过欣欣向荣的石奎大绿洲，我心中充满了对屯垦戍边的几代创业者的崇敬，甚至自豪——为人类竟拥有如此惊人的创造力而自豪。

我不由兴奋起来，趴在车窗上一个劲儿地往外看，想象着，当年荒原上何处点燃了第一堆篝火？那战士们用赤裸双肩拉下的军垦第一条犁沟又在哪里？大诗人艾青可曾流连过前面这条高高的白杨林带？……望着，想着，某种惊异、敬畏的神秘之感也油然而生，究竟是什么缘故呢？

四野落了一阵小雨，凉风习习，驱散了暑热。身旁原兵团组织部副部长、著名散文家赵天益兄也深情地望着车窗外，搜寻着回忆中的历历往事。他早年由洛阳参军来疆，在这里度过了难忘的青年时代，传奇性的垦荒生涯也培育出他的文学才情。我又想起刚读过董立勃的长篇小说《白豆》，写的不正是发生在这里的荒原悲情故事吗？右手坐着老报人、散文家梁彤瑾，也是一位老石河子，正向我叙述当年在团场当卫生员的情景来。于是我扳起指头算起来，竟吃了一惊：从这片绵延数百里的大绿洲中，竟接连崛起了数十位作家和诗人，例如著名诗人杨牧，还有李瑜、石河、杨树、杨眉、秦安江、贺海涛、高炯浩、曲直、曲近、李东海等一大批新边塞诗人，著名小说家陆天明、朱定、安静、红柯、董立勃、王伶、韩天航、徐特生等，著名文学评论家韩子勇、著名散文家刘亮程、赵天益、梁彤瑾、晨颖、马涛，还有著名报告文学作家丰收……当然，中国当代桂冠诗人艾青也曾在这里蛰伏过20来年呢！我十分惊喜，这是一项中国当代文学史的新发现。这片亚洲腹地的大绿洲，半个多世纪前还是一片广袤、亘古的荒原，野兽出没，人迹罕至，根本谈不上什么文化积淀或文学传统，石河子因之被杨牧称之为“没有古迹的城市”。但是它何以有这般神奇的魅力，短时间内迅速聚起了一股如此丰盈饱满的文气，吸引了一批又一批文学青年在此汇集、积累、陶冶、交流、耕耘、成长，50年间卧虎藏龙，名家辈出，纷纷走出地窝子，走向全疆，走向全国，把众多沉甸甸的优秀的作品奉献给了读者，如艾青的《归来的歌》《雪莲》、杨牧的《复活的海》《边魂》《天狼星下》、李瑜的《战争与城》《黑罂粟》、杨树的《无愧的歌》《石河讽刺诗选》、秦安疆的《洪水》、陆天明的《桑那高地的太阳》、红柯的《西去的骑手》、韩天航的《重返石库门》、董立勃的《白豆》《静静的下野地》、刘亮程的《一个人的村庄》《赵天益散文选》、梁彤瑾的《紫色博格达峰》、丰收的《西上天山的女人们》、王伶的《月上昆仑》等等，还有国内影响很大的诗刊《绿风》等，都吸引了全国文坛的注意。多年来，他们的创作成就竟占了新疆当代多民族文学的半壁江山。在边疆一处不大的地域，络绎不绝地走出一个如此庞大的作家诗人群，这在全国也是不多见的文学奇观。石奎大绿洲端的是物华天宝，人杰地灵，堪称新疆汉语作家的摇篮，新疆文学的一块风水宝地！

我释然了，这就是石奎绿洲令我惊异、敬畏的原因！这里勿需对石奎绿洲作家群的形成进行天时、地利、人和等主客观因素的条分缕析。我宁愿相信这是一种综合力量的体现，而屯垦戍边历史精神的激励和兵团艰苦创业精神的驱动，可能是其中最根本的深层原因。文学创作活动，本来就是人类特有的一种文化精神现象。

轻轻地，我走过文昌帝君时时青睐的石奎绿洲，心里充满了由衷的景仰；我要带走它的一片云彩，分享一些沛然的文气；我要向这片从荒漠中开垦出来的文学大绿洲，脱帽致敬！

2004 年 11 月 16 日

走读细品巴里坤

说起哈密的巴里坤县来，我早在几十年前就已如雷贯耳了。20世纪60年代初，读了著名诗人闻捷创作的叙事长诗《复仇的火焰》之后，我就对诗中所描绘的“静静的巴里坤”风情之美想入非非。20世纪70年代初，在和田，我多次听到一位亲戚与他从乌鲁木齐来的石人子乡发小大发感叹说，咱们老家巴里坤青山绿水，到处都是青葱一片，该有多好，哪像这里，你看，一出门净是沙土荒滩……在地处沙漠腹地的和田生活久了，难得一见的是绿水青山，所以从那时起我就对巴里坤产生了一种美好的憧憬，以为那里一定是块风景如画适宜于生存的乐土。后来，陆续从巴里坤籍的老同学、老朋友，如吴孝成、张如中、王善国等人的口中，又印证了关于巴里坤的种种佳处来，于是愈加神往了。可惜一直与巴里坤缘悭一面。

不料从2011年元旦开始，三年来，因了特殊的机缘，我先后5次前往巴里坤考察、采风、访问，几乎跑遍了巴里坤的山山水水，还两次在松树塘马场住过七八天，绕着生气勃勃的三塘湖大戈壁转了一大圈，甚至雨后提着篮子穿着雨鞋进入东天山密林深处采了一回蘑菇哩！我与巴里坤，值是如此有缘！

哈密地缘上的奇特之处，是它系全疆唯一纵跨天山南北的地区。天山之南的哈密城与天山之北的巴里坤和伊吾县，在地貌、物候上截然不同，一为山北草原地带，一为山南干旱地区。从乌鲁木齐去巴里坤有两条陆路，一条是乘汽车经吉木萨尔、奇台、木垒，沿天山北坡穿越数百里荒原直达县城；一条是乘火车或汽车先到哈密，然后乘车北上，经险峻的盘山古道翻越天山，出口门子进入巴里坤大草原；近年翻越天山则多走寒气沟到口门子的新路，则更为便捷安全。由哈密去巴里坤无论走新路还是走古道，穿越天山都是一种惊险却又愉快的经历，行车或“跃上葱茏四百旋”，或傍山溪绕峭壁峰回路转，一路山溪如歌，云杉如屏，风景如画，行走在大自然长长的画廊之中，美不胜收。出了山口，扑入眼帘的，就是色彩斑斓的巴里坤大草原，如同巨幅油画，青绿的是牧草，墨绿的是山林，金黄的是油菜花，画面高处是雪峰、白云和湛蓝明净的长天，一望无际，开阔无垠，空气清新，令人心旷神怡。人们去巴里坤通常会选择经哈密然后北上这条路，我想，其中的原因一来是路顺，路况也较优，更重要的是，由木垒到巴里坤之间那漫长的数百里荒原景色，实在是太平淡无奇了。文似看山喜不平，经由哈密北上，人们迂回盘折穿过峡谷，在经历了天山南北反差极大的自然景观之后，豁然开朗，忽见一片平旷无垠的大草原，青葱一抹，猛然之间，人们自能获取一种意外的惊喜。

于是经过多次亲历造访，又读了有关的不少文史资料，我知道了，巴里坤南依天山，北接大草原，西临大湖，土地肥沃，农牧业发达，历史悠久，人文荟萃，既有新石器时代塞人王庭之遗址，亦为西域三十六国之一“蒲类国”之旧地，还是古丝绸之路新北道进入新疆的第一重镇，有历史上的“北疆锁钥”“新疆八大名城之一”“三大商都之一”和“万驼县”等等美誉别称。而闻捷在《复仇的火焰》中所描述的，解放初期我人民解放军在这里平息乌斯满匪帮叛乱的浴血战斗故事，也为巴里坤增添了诱人的神秘色彩。在改革开放的今天，它又以极其丰富的地下宝藏而成为新疆重要的能源基地和矿产基地，且因临近内地，交通方便，经济发展潜力巨大。巴里坤的青山绿水和民族风情之美，关于她种种密集的历史文化信息，无不令我惊喜不已，大开眼界，印象颇佳。一个人口不过十来万的小县，却物华天宝，人杰地灵，拥有如此丰厚而完备的自然和人文资源，又兼交通便利，这些各方面的优势在全疆县级单位中恐怕也是不多见的。

我既已频繁地走读了巴里坤，初步认识了巴里坤，又似乎欠了巴里坤县的诸多人情，是到了该以个人的视角来为巴里坤写篇文化随笔的时候了！

我对巴里坤第一个美好的印象，是她名不虚传的自然之美，感觉她的自然环境和物候条件接近于理想的完美。

一到巴里坤，扑面而来给人强烈印象的，是举首南望近在咫尺的东天山。只见山势雄伟，高插云端，自西而来，逶迤东去，一带很是整齐的原始密林郁郁葱葱地铺满了浅山，又继续攀上高山，如同一条长长的墨绿色巨龙盘绕在半山腰间，蜿蜒起伏，连绵不绝。奇怪的是，它们在山顶不长，在山脚也不长，只依恋于半山腰。原来，这里正是最适宜云岭杉生长的海拔高度（据说，适于云岭杉生长的海拔高度为2500至3500米）。密密匝匝的墨绿色林带远衬皑皑雪峰，莽莽苍苍，青翠欲滴，天风浩然，有时白云出岫，日影移过，明灭闪烁，煞是壮观，堪可入画。如巴里坤天山林带这样绵延数百里不断线的气势，在整个天山山脉的北坡中，似乎是不多见的景观。

其实在北疆，境内同时拥有雪峰、森林、草原、河流和湖泊的县份，总还有好几个。但是，这些大自然的恩惠，一般都离县城很远，乘车骑马往往需跋涉半日数小时方能抵近一观，可谓只可远望而不可近游。像巴里坤这样，长满密林的雄伟高山，距离县城是如此的近切，抬脚就到者，恐怕在全疆也就此一处了。无独有偶，更为难得的是，不仅青山即在城外，新疆三大草原之一、辽阔的巴里坤大草原也紧邻县城，与城区仅有一条马路之隔，尤能给人以满眼青葱的强烈印象。“天苍苍，野茫茫，风吹草低见牛羊”，这首有名的北朝民歌，据说就诞生在这里。而中国四大名马之一的伊吾马，也诞生于此。我在此曾数次骑马徜徉于草地中，晚风习习，于没膝的长草中遥望落日余晖，也曾登上高山草甸，背依塔形云杉俯瞰巴里坤大盆地，放眼望去，那雄浑、苍茫、开阔、辽远的意境实在令人难忘。说来极为凑巧的是，有人概括全新疆的地理特点是“三山夹两盆”，而巴里坤县的地理特点也恰恰是“三山夹两盆”，堪称是新疆地貌的缩影。它们由北往南依次排开的是：中蒙边界的北塔山、三塘湖盆地、莫钦乌拉山、巴里坤盆地和东天山，不过这“山”这“盆”都分别小了一号而已。所以巴里坤地貌特征十分明显，这便是她成为既是全疆距离天山雪峰森林最近的城市，也是坐落在大草原之中的城市。这还不算，古称蒲类海的巴里坤湖，有几百里方圆的浩大水面，也与县城相距不远，滔滔大河甘露川从容地由城北西流注入大湖，从古城墙或城楼上即可望到西北方它那片水天一色、云蒸霞蔚的浩渺的大水面了。雪岭、青山、绿水、大草原共同拱卫着巴里坤城，青葱一抹是巴里坤的底色，大水大绿使巴里坤成为一处天设地造的大氧吧，也为她增添了无穷的妩媚与灵性！而青山脚下的白石头风景区、松树塘风景区和鸣沙山风景区等等，也便成了哈密地区首选的旅游避暑胜地，对首府乌鲁木齐人甚至内地的观光客极有吸引力。

一个县份，既拥有如此之多的自然之美，已是得天独厚的幸运了，偏偏巴里坤同时又拥有众多的人文景观。

巴里坤给我第二个美好的印象，是她历史悠久，人文掌故丰富，地上地下的遗址和文物众多，文化积淀深厚，而且民族风情既丰富多彩，又独特浓郁。

巴里坤由其地缘、自然形胜和物产的种种优势，特别是她占有异常丰美的水草地，因而在史前时代，就成为以游牧民族为主体的先民们在此繁衍生息、放牧牲畜的首选地了。于是这里考古发现了多处部落的“王庭”，留下了巨大的、星罗棋布的塞人石圈墓。进入有文字记录的时代，她又成为东进中原王朝和中原往西入西域诸国的必经之地，是丝绸之路北线上一处至关重要的门户和要塞。从古至今历史上不同种族部落或王朝政权，为了争夺这处富饶丰腴而美丽的战略要地，不断在湖滨草原上爆发杀伐征战，并在此驻有重兵屯垦防守，上演了一幕幕威武雄壮的历史话剧。例如东汉时，敦煌太守裴岑曾亲率郡兵三千人，在巴里坤湖滨一举诛杀匈奴“呼衍王寿，斩首部众，克敌全师”。唐初，侯君集元帅部将姜行本在松树塘一带伐木大造攻城器械，为唐军破袭高昌城立下大功。盛唐时的北庭、伊西节度使封常清，在今巴里坤大河镇即建有伊吾军，由王维岳将军率领四千余马步军屯田驻守，以对付东北方来犯之敌。清朝乾隆时，准噶尔蒙古噶尔丹部发动叛乱，清军大将岳钟琪在巴里坤又设立大本营和后勤基地，为胜利平叛、统一西域发挥了重要作用。进入近现代，巴里坤仍为东疆军事重地，始终驻有重兵把守。明清时期数百年，巴里坤成为新疆与内地之间十分重要的物流集散中心，新疆的特产如驼马、皮毛、药材和干果，内地的丝绸、布匹、瓷品等日用百货，往往要在巴里坤进行交易或转输。到了当代，新中国成立之初，哈萨克匪首乌斯满在北疆发动叛乱，巴里坤又成为我人民解放军平叛的基地。此外，西汉的细君和解忧公主，东汉的名将班超、班勇父子，唐代的元帅薛丁山和名诗人骆宾王，明代外交家和旅行家陈诚等等，都在这里留下了行者的足迹，创建了不朽的业绩。依据这些史料史迹，足可以写出西域经济史、军事史、文化史中极为厚重的篇章。于是这一切，也便成就了巴里坤作为一座名副其实的历史文化名城。巴里坤地上地下的历史遗址、古建、历史文物，还有历史文献保存和民间流传的历史掌故，都实在是太多了，在天山南北，恐怕也只有吐鲁番、库车等屈指可数的几座城市才能与之媲美。漫步巴里坤大地，堪称三步一个历史遗址，一步一个传说故事。远古文化遗址有兰州湾子古塞人王庭遗址群落、东黑沟古塞人王庭遗址群落，散布于草丛间多尊怪异的突厥石人、唐代伊吾军屯田遗址大河唐城、清代镇西汉城和会宁满城的城墙与城楼、众多的烽燧烟墩、口门子古道、天山庙、岳公台、地藏寺、仙姑庙、清代粮仓旧址、古民居一条街……近百处各级重点文物保护单位星罗棋布，让人目不暇接。这里还发现了东汉时期的《任尚碑》和《裴岑纪功碑》、唐初的《姜行本行军碑》，以及分布于各处的数以万计的岩画等等，都是十分珍贵的历史文物，它们见证着、记载着、诉说着曾经发生在巴里坤的重要的历史事件。至于薛丁山三支神箭震慑部落酋长而一举定天山英雄壮举的发生地、薛元帅夫人樊梨花临战前更换战袍的换彩湾等等传说故事,都为巴里坤增添了神秘诱人的色彩。

与历史悠久和文化积淀深厚直接相关、互为表里的是,巴里坤的地域性民族风情独特、丰富而浓郁。她是新疆唯一的一个哈萨克族自治县,牧区居住着数万哈萨克族人。同时,她又是汉族人较早集中居住的县份,城市和农村里生活着世居的汉族人。所以,独特的哈萨克族草原文化和浓郁的汉族农耕文化,在巴里坤都有着充分的传承与展示,无论是在生活生产方式、价值观、语言、信仰、饮食、服饰、建筑、歌舞、居家、婚丧、节庆、习俗礼仪等各个层面上的文化,都有着各自鲜明的特点,并且相互尊重、相互交流映衬,共同为巴里坤打造出丰富多彩、和谐相处的民族风情之美。特别是巴里坤城乡所保持的汉文化,最为完整系统和深厚浓郁,在全疆所有的县份中屈指可数,这些方面也许正是巴里坤之所以魅力无限、人们流连忘返不忍离去再三光顾的原因。而要走读细品这些,则需要另一篇随笔来完成了。

至于巴里坤极其丰富的地上地下资源,其发展潜力巨大的经济前景,也为巴里坤的魅力,提供了物质上的支持。

据此,巴里坤给我的印象是,她是人类理想的栖息地之一。

当然,世上任何事物都不可能是十全十美的,总是有所缺憾的。巴里坤也自有她的不足之处,这就是冬季似乎过于严寒和漫长一些。记得我两次到松树塘采访时,都是在七八月间。此时新疆各地的麦子早已收割完了,而巴里坤广袤田野中的春小麦,还泛着青色,正在抽穗灌浆。此时的哈密已热得人们汗流浃背,晚上睡不着觉,而在松树塘,甚至到了晚上还得在房间里架上炉火才能驱寒入睡。因此,巴里坤年均气温低,光照不足,所以新疆著名的各种甜蜜的瓜果,大都不适合在这里生长。然而,尽管如此,巴里坤却能扬长避短,利用自己夏季气温低的优势,把自己打造成都市人趋之若鹜的避暑胜地;巴里坤又发挥冬季雪大冰厚冰雪期长的长处,开展冰灯游艺活动和丰富多彩的冰雪运动,变不利为有利,由地置异,显示出自己特殊的地缘魅力。

著名小说家赵光鸣先生曾说，新疆有两个县城风景优美，气候宜人，文化氛围浓厚，环境也很幽静，他愿意买屋居家，一个是博尔塔拉蒙古自治州的温泉县，另一个就是哈密的巴里坤哈萨克自治县。

他的感觉，也正合我意。

静静的，魅力无穷的巴里坤，是文化人理想的栖息之地。诗曰：

西入北疆第一程，唐风汉韵满边城。

苍山如海湖光好，走马草原似御风。

2013年12月

吐鲁番散记

我少年时来疆，在此生活工作了40余年，美丽新疆是我不折不扣的第二故乡。40多年来，我到过南北疆不少地方，但生命的轨迹却只有四个交点最为重要。这四个交点如果依据累计居住的时间来排列，乌鲁木齐最长，前后30余年；其次是和田，12年；再次是伊犁，差不多整整一年；最后就是吐鲁番了，约半年多。虽然时间不多，但以我对吐鲁番的印象深浅而言，却与其他三处不相伯仲，而且因空间距离近，重访次数最多，多年来我在心灵的屏幕上对她的点击率也最高。对前面三处留有我深刻生命印记的地方，我都先后写了不少抒怀追忆性的文字，唯独吐鲁番写得最少。对此，我一直抱有愧意。今年暑假有暇，不妨把几十年来有关吐鲁番的种种记忆，梳理一番，整理出几篇小文，以慰思念之情。

交河城美学

常听到一些从吐鲁番旅游归来的人说，那些古城旧址有啥看头啊，不就是一堆破土城烂房子么？真是白跑一趟。听得我只是摇头叹气，心里争辩道，当你们一旦得知这些破土墙破房子背后所隐藏的历史文化之谜和美学价值的时候，怕不会再这么说了吧。

新疆由于人文地理环境和气候的特异，地表遗存的古城遗迹颇多，如楼兰古城、民丰尼雅古城、吉木萨尔庭州破城子、乌鲁木齐南郊唐轮台故城、和硕张三守捉古城、巴楚九座宫殿古城、伊犁将军府惠远古城等等，不胜枚举。其中吐鲁番的高昌故城和交河故城，城区旧貌格局保存得相对完好，透露着密集的历史信息和文化信息，启人遐想。更由于近年国际上出现了一个“吐鲁番学”热，加上其地距现代居民区不远，交通方便，所以更加闻名遐迩，国内外考察访古旅游观光者络绎不绝。

但是比起高昌来，我更钟情于交河故城。

首先是历史年龄问题。尽管高昌故城规模宏大，曾为几个小王朝的国都，煊赫一时，但它建城却比交河要晚得多。当交河成为车师王国都城的时候，高昌还只是一处不起眼的屯兵之地，史称“高昌壁”。据历史记载，交河成为一国之都城，相当于中原战国后期，距今有2300余年了。此后匈奴王国、两汉王朝、麹氏高昌王国、唐王朝、回鹘高昌王朝、元朝等走马灯似的历朝历代都有王公大臣驻节于此，并派驻重兵布防。特别是唐初，曾一度在此设立西域都护府，成为中央王朝统治广袤西域的最高政治军事中心。直到14世纪中叶，交河城才毁于元朝王室叛乱的战火，变成一座废墟。在我国漫长的历史长河中，它在西域广阔的地平线上，连续以傲岸不屈的雄姿，屹立了1700年之久。而且与内地许多著名故城不同的是，交河城始终没有被历史尘埃所湮没，需经后人多方寻觅费力挖掘才得见端倪。交河一直就这样襟怀坦荡地裸露在光天化日之下，即使在此后的600余年中，历经日晒雪掩风吹水冲，它的城垣、官邸、佛寺和民居的建筑基础和主要街道仍历历在目，至今保持着城区的基本框架和风姿，实证着一个历史的存在，诱人怀想不已，堪称世界古城史上的奇迹。

在如此漫长的岁月里，交河一带上演了一幕幕威武雄壮的历史大戏。历代王朝为争夺这处丝绸之路上的交通要冲和军事要塞，发生了无数次血与火的鏖战。在烽烟四起、刀光剑影之中，待将士尸体填满沟壑，鲜血染红城下的河水之后，交河城头就变幻了一次新的大王旗。在历次成规模的大战中，最旷日持久的有两次。一次是西汉王朝与匈奴人之间著名的“五争车师”，前后打了50年。其最后一战发生在公元前99年，归顺汉王朝的匈奴贵族开陵侯率领汉军围攻交河，久攻不开，竟连续苦战9年，方取得最后胜利。正如唐代诗人李颀所感叹的："年年战骨埋荒外，空见蒲桃入汉家！"另一次发生在450年，车师前王伊洛之子车歇与围城的沮渠无讳争战，苦守交河8年，才弃城败走。一个是9年，一个是8年，足见攻守双方的坚忍不拔和战争的极端残酷，同时也说明交河城地位的重要和易守难攻的特别优势。这里所发生的一切，几乎浓缩为一部西域古代战争史，比起高昌城要丰富得多，也精彩得多。我曾想，如果有人想体验一下什么叫坚忍不拔，什么叫历史悲壮感，就该来交河故城一游，这里每一掬沙土、每一块卵石、每一棵草、每一缕风，都会告诉你它所亲历的一个惨烈的战事；那连绵不断的危城颓垣，那被烈火烤红了的残壁断墙，也会叙说昔日那天崩地裂惊心动魄的一幕。交河城中随处可见的那挺立不倒的墙垣，极容易让人联想起虽战死而不低头的将士们的伟岸身躯，通身凸现出一种威武不能屈的人格精神。

我看好交河古城，更因为它那独特的雄奇的形势地望。它建在一处呈柳叶状的突兀的土山上，北高南低，"河水分流城下，故号交河。"(《汉书·西域传》)四周全是肥沃的农田，登城或登塔眺望，四野尽收眼底。它建城的方式也很独特，是以土崖为城，凿岩成门，掘地为道，削土为墙，因地制宜，是世界城建史上一大发明创造。特别是它的所谓"城墙"，实际就是一堵陡峭险峻的天然高崖，只需稍事修补加固即成。四周悬崖绝壁高达20~30米，矗立半空，城门一关，在冷兵器时代自然是易守难攻。就是在平原上纵横驰骋、剽悍异常的骑兵，到此也只能望崖兴叹，奈何不得。虽然这块方圆不过0.5平方公里的弹丸之地，只因城中拥有众多数十米的深井(据不完全统计，至今仍保存有遗址150多眼，不少还能汲上水来)，更兼平日储存了丰足的粮草，兵马饮食无忧，即使被团团围困，固守几年等待援军也不成问题。本地维吾尔人称交河为"雅尔"，就是汉语"崖"的音转，足见古城四围的高崖陡壁拔地而起，对古人印象之强烈。这一切不能不引起我极大的兴趣和惊异。我也曾想，如果有谁想真正理解这边塞大地审美意义上的雄奇险绝，或者残缺之美，也请到交河一游。这里既是雄奇险绝的极致，也是残缺苍凉之美的经典，亲临实地，目光所及，定会使你产生心灵的巨大震撼，比闭门读上十部美学教科书还要顶用。

因此，交河成了我历次吐鲁番之行中必要造访的首选之地，谨掬一瓣虔诚的心香，来此奠祭寻梦，解读历史。每当我仰望交河城那高崖陡壁，徜徉城中长达300多米的中央大道，凭吊满目的断壁残垣，口吟李颀的诗句："白日登山望烽火，黄昏饮马傍交河。行人刁斗风沙暗，公主琵琶幽怨多。野云万里无城郭，雨雪纷纷连大漠。胡雁哀鸣夜夜飞，胡儿眼泪双双落……"于是，一股"前不见古人"的思古之幽情油然而生。遥想在那为西方大历史学者阿诺德·汤因比最为神往的中国大唐时代，诗人骆宾王和李白极可能到过这里；岑参也肯定来过这里，有诗为证："平明发轮台，暮抵交河城。"(《使交河郡》)"送君九月交河北，雪里题诗泪满衣。"(《送崔子还京》)。要知道我今天踯躅沉吟的地方，正是这些大诗人曾经留下深深脚印的悠悠古道啊！那时正值杜甫诗中形容的"忆昔开元全盛日，小邑犹藏万家室……九州道路无豺虎，远行不劳吉日出"的开元天宝年间的大唐盛世，交河之繁华当不亚于中原的通都大邑。那么，究竟是什么吸引了几位大诗人惊异的目光，牵动了他们的悠悠情思，使他们流连忘返呢？是威严壁立的城墙，还是宽阔笔直的中央大道？是城外山头上那警觉的烽燧，还是城外河中饮马嬉戏的戍卒？是掏土为屋的地下庭院，还是都护府那气宇不凡的官邸？是旌幡飘拂的佛寺兰若，还是尘土飞扬的演兵场？是店铺四溢的诱人酒香，还是绝色胡姬的舞姿妙歌？是胡商深沉旷远的驼铃，还是众语喧哗、幌子翻飞的市肆？……一切的一切，都无从知道了。

于是无奈中，我只好在自己创作的长篇历史小说《岑参》和《李白仗剑西域行》中，用合理的艺术虚构和真实的生活细节，描绘了交河城的历史风貌，叙述了侠胆义肠的骆宾王在交河街头与恶少械斗，描述了19岁的李白由蜀中仗剑西行，来到自己的出生地觅祖寻根，与儿时故友邂逅，并被迫自卫“手刃数人”；也讲述了岑参在此谈诗购剑，并与他的爱妾胡姬石小琬重逢的故事……暂且用我这支软弱无力的笔，尝试将唐诗中令我心仪已久的大诗人们的音容笑貌予以逼真地复制，使历史在这里可能发生的社会文化生活一幕幕场景还原，招回1000多年前曾在这里挥霍的繁华，让过往的一切在我想象的世界里获得一次虚拟式的重现，算是多少安慰了我对交河故城及其历史风云的景仰之情，也好部分满足我一颗好奇的诗心和审美意识的冲动。

我还要来踏访交河城的，继续搜寻它那断垣残壁下隐藏的丰富的历史文化信息，再次回到历史的岁月中漫游，去寻幽探胜，去与古代大诗人们作倾心的对话，好充实完善我臆想中的历史真貌。

时间将交河故城凝固成一座天然的历史博物馆，一部残缺不全因而百读不厌的无字古书，启人想象，具有永恒的魅力。

交河古城那巍然屹立陡壁高崖，是我心中一座不朽的历史丰碑、一部博大精深的美学巨著。

夏夜的桑树林

如果有人问我，你对吐鲁番什么地方印象最深？我的回答可能很奇怪，不是火焰山、葡萄沟或柏孜克里克千佛洞，也不是交河故城、高昌故城或苏公塔，而是原葡萄公社后掩映着大渠的那片平凡的桑树林；而且我岂止是印象最深，干脆就是感激涕零！

试想，当中国“热极”吐鲁番盆地炎炎盛夏季节，气温高达40多度，到处热浪滚滚，室外如炉火炙烤，室内如蒸笼聚气，连走路都会烫得双脚乱跳，人们被酷热的恶魔逼得无处躲藏，这般时候，试问什么才是你最渴望、能给你抚慰焦躁难耐的心呢？当然是树下渠旁一片难得的清凉，特别是清风阵阵、静谧的午夜时分。

1964年夏天，我作为新疆大学学生实习队的一员，来到吐鲁番搞“社教”，那年我读大二。中文系领导因为我的文字较好，还能画几笔，就安排我到筹办中的葡萄公社“阶级教育展览室”工作组担任文字编辑。组长是《新疆画报》社的白汝强老师，副组长是新疆艺校的席世荣老师，组员是轻工厅的林峰和艺校的刘维经老师，还有一位是艺校的学生，叫张俊文。东北人白老师画水彩，画风粗犷。席老师是雕塑家，有着浙江人的温文尔雅。四川人刘老师教素描，常光着肌肉发达的膀子边画画边吼西洋歌。林老师是位清秀的福建人，擅长年画，画风亦如其人。因为我自幼做着画家梦，遇到这么个机会，自然不会放过，便主动跟着诸位老师学起画来，居然长进不少。几位老师都曾奇怪地问我，你造型能力不错，为什么不学美术呢？我说本来是想考美术专业的，只是1962年高中毕业时全国艺术院校不招生，只得考中文了。他们听了很是惋惜。

公社“阶级教育展览室”设在一处库房里，因天气炎热，工作效率不高。幸亏老师们在火焰山公社搞过一个展览室，有经验，工作起来井井有条，有些画稿也是现成的，所以进展得很顺利。但是工作轻松却不能抵挡奇热的折磨，大家闷在小库房里面整天汗流浃背，头昏脑涨的，夜里也睡不好觉。我人较胖，特怕热，更是叫苦不迭。

“小夏，搬过来一起住吧，这里可有个凉快的好去处哩！”一天，席老师对我说。

过去，我与新疆大学的老师一起，住在工作团团部所在地的公社大院，吃的是“派饭”。现在听说有地方纳凉，又有机会多与画家老师们相处，就赶头毛驴驮着行李卷儿搬来了。

住下来才知道，原来出展览室后门隔一条沙石村路，就是一片绿油油的葡萄园，对面不远是一带墨绿的桑树林。浓密的林间，清澈的渠水汩汩奔流其下，泛着冷意，这就是我们避暑的圣地了。

于是工余的午后和夜晚，我们大部分时间在那里消磨。走出后门，一阵小跑，登上渠堤，直奔渠水。先用毛巾撩水冲了头、脸，便坐在渠边大鹅卵石上，然后背依桑树闭眼长吁一口气，那轻松、那惬意、那爽快、那滋味，真是无法形容。

这条渠实际是坎儿井的一段地上明渠，源自流经葡萄沟的那道雪山水。渠水经过上游地下坎儿井的冷却冰镇，自流而来，一路又受到桑树林带的呵护，因此特别清凉宜人。渠水足有两盘水磨的流量，清澈见底，叮叮泠泠，在渠底鹅卵石上不时激起堆堆小浪花，然后像温柔的小手一样按摩你的身心，于是阵阵袭人的沁凉便立刻传遍了全身。水渠地势比较高敞，穿过林木，清风徐来，捎来一番凉意。当然还要感激桑树林，正是它们挽起枝叶的顶篷，挡住了天上变成炽白色的毒太阳（便是到了晚上10点多，太阳不知为何还要赖在天上不肯下山，继续残忍地炙烤着焦卷的大地），造成了一块清幽的绿荫湿地。我常常带上速写本，观察远近的万千桑树。桑树林堪称五代同堂，老的粗壮有力，疤痕累累；小的亭亭玉立，姿态宛然，均依着渠水的滋润，长得枝繁叶茂；老的精神矍铄，桑叶乌亮竟比手掌还大；小的枝叶柔嫩，青翠喜人。桑树一身是宝：叶可养蚕，椹可食兼入药，树身粗枝可做扁担、坎土曼把、木叉，皮可制纸，荫可乘凉……于是我怀着感激之情，留下一本千奇百怪的桑树写生集。

这时候如能来点细雨就更好了。是的，我就曾有幸领略了几场吐鲁番十分罕见的夏夜微雨，那真是上天的恩赐。稀疏而粗大的雨点打在桑叶、葡萄叶上，蓬蓬作响，更增添了几丝凉爽的诗意，可惜不一会儿就停止了。

这时又适逢圆月一轮如何呢，岂不更妙？果然，硕大的满月，纤尘不染，似玉盘天镜般如约而至，逡巡于碧空；忽又被桑树林遮掩了，明明灭灭，闪闪烁烁，穿行在林间。我不禁忆起几句杂乱的唐诗来："明月松间照，清泉石上流""天街夜色凉如水，卧看牵牛织女星"，感觉那清冷的月光，就如撒下的细雨般清凉了。

哦，桑林、坎儿井水、晚风、微雨、明月，而且还有远处隐隐的歌声琴声飘过耳畔，种种意象翩然联袂而至，共同营造出令人销魂的意境，真是瑶池神仙也难得一遇的美的享受！

那隐隐的歌声琴声，来自不远处的麦西来甫晚会。

夏夜饭后，附近的维吾尔村民也来到桑林里结伴乘凉。不过他们不像我们只是静坐聊天，而是常常围成几圈举办麦西来甫。这种流行于维吾尔农村的民间文艺晚会，规模大小不一，但总少不了在热瓦甫、都它尔、萨帕依、达普、萨它尔、艾捷克等乐器的伴奏下，男女老少引吭高歌，翩翩起舞。维吾尔人刚会说话就会唱歌，刚会走路就会跳舞，能歌善舞是他们的民族天性，即使在以阶级斗争为主题的“社教”期间，也仍如此。离我们常待的地方不远，渠堤下，有一处较为平坦的麦场，便是举行麦西来甫的一处场所。小张同学爱热闹，提议走近点去看。近视眼席老师不同意，说过去也看不清，没有灯光，他们是借着天光演出的。林老师也说，保持点距离好，近看可能有些煞风景，不如在这里听，想象，距离产生美。于是我们便坐在远处倾听，用心灵去感受。

远处倾听着，想象着，那琴声歌声伴着阵阵欢呼，晚风中忽强忽弱，自有一种自由奔放的野性之美。歌声有熟悉的旋律，如电影《阿娜尔汗》《绿洲凯歌》，还有正风靡全国的《冰山上的来客》等优美的插曲，更多的歌曲却很陌生，后来才知道那叫《阿图什》《黑眼睛》《牡丹汗》等，多为表现男女爱情的曲子。然而不管是什么曲子，我都听出了一种很伤感哀怨的、企盼渴望的情思在其中流淌。维吾尔传统民歌中以伤感的爱情为主调，因而也最感人。一位出场率很高的男歌手特别出色，他一唱全场就自动静下来了。他唱《阿娜尔汗》和《牡丹汗》的时候，不知为什么我感到两首歌的旋律十分接近，都似乎在表达倾诉爱而不得的一种伤怀，极为动人，内中有种催人落泪的东西。现在想来，《牡丹汗》本是民间原创，也许《阿娜尔汗》正是汉族作曲家据《牡丹汗》改编的？男歌手的嗓音比不上几位女歌手来得清亮、欢快，他的声音有些沙哑似的磁性，但却有极强的穿透力和感染力，能传到极远的地方。他失恋了吗？很有可能，我联想起维吾尔著名诗人纳扎尔的爱情长诗《莱丽—麦吉侬》来，我感觉这就是一个现代的麦吉侬。他仿佛不是用歌喉在唱，而是倾注了全部的生命和情感在呐喊，在倾诉，来之于天籁，最能震撼心灵。那歌声伴着身边的夜风和脚下的流水，一瞬间竟改变了我心理和生理的感觉，感到一种前所没有的凉意从周身掠过，不寒而栗。到现在，偶尔忆起桑树林里那些夏夜，耳边便总是响起那位歌手熟悉的声音。我以为那是大半生最使我动情落泪的歌声！

1982年我发表过一首诗《啊，麦西莱甫》，就表达了在吐鲁番的夏夜里，所获得的这种对维吾尔音乐的感觉：

那是吐鲁番一个闷热的夏夜，
我被暑气驱赶到渠边小坐。
水是热的，连月光也是一团火，
空气被热力压得几乎板结，
我焦躁难耐，简直不知如何解脱！
忽然，耳畔响起悠扬的琴声，
如阵阵轻风，从我周身拂过。
琴声中，一位红裙少女翩翩起舞，
苗条的身姿如杨柳迎风摇曳，
飘飘纱巾仿佛兜满神奇的冰屑，
透过拥挤的桑葚，浓密的葡萄叶，
撒向渠水、空气、月光、沙地……
顿时没有了令人窒息的酷热。
我吃惊得睁大了双眼，
艺术有如此巨大的魅力，
竟能改变一个人的生理感觉！
于是，我走向了人声喧闹的地方，
从此成了一位麦西来甫的常客。

我成了一位麦西来甫的常客，
在这里常常忘掉了寒暑、饥渴。

在这里，人的思想升华了，
污染的感情得到洗濯，
扭曲的灵魂得到锻冶——
胆怯者，变得勇敢，
颓唐者变得振作，
迷惘时，给你希望，
痛苦时，给你欢乐。
歌舞，就是一剂良药，
能治愈精神贫血的沉疴。
这里是纯真的艺术境界，
有着书本上没有的精彩美学。
……

近年来，我曾多次有机会与友人在大都会星级宾馆中消夏。阴冷阴冷的空调，五光十色的灯光，猩红的地毯，舒适的沙发，冰啤、咖啡、玫瑰花，豪华的乐队，珠光宝气的歌星们拿着麦克风扭捏作态，一只手指着一无所有的虚空，放声作秀……我却枯坐着，终也找不回当年桑林、夜风、坎儿井水和民歌所带来的那种未经包装的纯真感觉。

真的，我再也享受不到吐鲁番桑树林中那样美妙的夏夜和那样动人的歌声了。那该是值得怎样珍视回味的一种生命体验和审美体验呢？

“只有沙漠上干渴的旅人，最懂得戈壁清泉的甘甜。”我记起维吾尔人这句著名的谚语来。

坎儿井

吐鲁番作为新疆一座历史文化名城，文化积淀深厚，名片颇多，而古代伟大的农业水利工程坎儿井，大概是其中最响亮、最诱人的一个，已然成为吐鲁番一道亮丽的风景线。

古称“井渠法”的坎儿井技术历史悠久，远自西汉时期即由关中地区传入西域，至清代则大行于世。在新疆，坎儿井不是吐鲁番的专利，南北疆其他地方也有不少，甘肃省农村也有使用。只是吐鲁番地区规模最大，多达近千条；长度最长，总计有5000余公里，纵横排列，遍布各地，如人体中蛛网般的血管，滋润着大片绿洲，因此最为著名。吐鲁番坎儿井的总长度，不仅与万里长城相近，还是京杭大运河的两倍，三者并列为我国古代三大工程。这三大工程作为我国古代文明的标志，有许多相似的地方。它们是一柄双刃剑：一方面功在当代，利在千秋，为国防、经济的持续发展做出了不可替代的伟大贡献，也显示了我国各族人民的聪明才智；另一方面，工程有着可以想见的艰巨性，人们为了修建它们，千百年来，一代又一代，付出了难以想象的代价，包括无数鲜血和生命。近年吐鲁番建成了一座规模可观的坎儿井博物馆，以丰富的实景、实物和图片资料，系统地展示了坎儿井特有的文化和辉煌的历史。伟大而艰巨的工程，极其简陋的工具，折射出历代坎儿井人的悲壮情怀，让人感慨万千。

坎儿井技术之所以在吐鲁番地区得到充分发展，是基于这里特殊的地理、地貌、地质和气候等自然条件。吐鲁番是世界著名的盆地，北部连绵数百里的高峻雪山，与南部低于海平面以下161米的盆地，南北距离不到60公里，形成巨大的落差，极有利于丰富的地下水汩汩自流；这里地层多为沙土和黏土及钙质土相胶结，形成厚厚的不透水层，从而保证了井水不致渗漏；这里又是中国的“热极”，夏季地表气温高达四五十度，空气干燥，加上多大风，戈壁上水源径流蒸发量极大。因地制宜，于是人们就运用坎儿井技术将水改由地下导流，从而趋利避害，为广大绿洲保证了充足的水源。上述种种条件，就为吐鲁番地区的坎儿井蓬勃发展提供了必要性和可行性。

我有幸与坎儿井有过几次亲密接触，但不知为什么，一想起它，就有一种莫名的伤感思绪，耳畔就响起隐隐约约的绝望无助的哭声。

1964年夏，我到吐鲁番葡萄公社参加社教实习。在去葡萄沟的路上，我发现路旁一座座高高隆起的土堆，沿着愈上愈高的戈壁排列着。正奇怪呢，人们告诉我那就是坎儿井的竖井，隔一段距离就留有一个，标识着坎儿井的走向。竖井是用来淘挖、修理地下渠道的，平时也可用于通风。不久，我就有机会到竖井旁参与淘井劳动了。说是劳动，其实不过是协助年纪大的社员，赶着毛驴，拖着长绳，通过安在竖井上的辘轴把井下的泥土沙石拉上来罢了。最艰巨的劳动，当然是冒着突然塌方的危险，下到十几米深的井下淘挖土方。我看到淘井工上井休息时，一个个都像泥猴似的，疲惫不堪。有一次，我还沿着地上的明渠钻进暗渠口，想一窥究竟。只见里面幽黑昏暗，迎面一股冷气扑来，不寒而栗，井壁犬牙齿互，水珠滴答，水势却很汹涌、清冽。正想涉水往深处走，却被几个社员拦住了，说是太危险，接着给我讲了不少新中国成立前坎儿井砸死人的悲惨故事。

那天，公社社教工作团为了发动群众，深挖阶级敌人，在公社大院举行了一个忆苦思甜大会。一群地富反坏右分子被民兵押到主席台前，排成一排，一个个低头缩肩的。领导和贫下中农代表依次讲完话后，博格达·阿不都拉同学就跑上去，挥着手，慷慨激昂地朗诵了一首诗。群众听后十分激动，台下响起一片怒吼："不忘阶级苦，牢记血泪仇！"博格达现在是新疆大学的文学教授，也是著名的维吾尔族诗人。他当时朗诵完下来就坐到我旁边，脸上还激动得红红的。我祝贺他的成功，问他刚才朗诵的是什么诗。他用不太熟练的汉语比划着说了半天。我替他整理翻译道："'坎儿井是巴依毒蛇吃人的口，吞噬了贫下中农的血和肉'，对不对？"他说：就是就是。我想这个比喻还比较巧妙。

大约就在几天后的一个傍晚，我与工作队一位维吾尔族同志（某县公安局副局长）和党校翻译锡伯族赵大姐一起，到一家贫下中农家吃"派饭"（社教时没有伙食，工作队成员就分组轮流到社员家就餐，称为吃"派饭"）。正吃呢，不远处传来一阵哭声，是一位妇女，抽抽咽咽，十分哀伤，然而却又不敢大声哭似的，有些压抑。房东大娘告诉赵大姐，那是邻居的女人在哭，她的丈夫挖坎儿井时发生塌方了，砸伤了两个社员，他头部的伤很重，现在还在医院里抢救，可能不行了。我们听了心情很是沉重，匆匆吃完，就商量应该去看看，安慰一下这个不幸的家庭。到了隔壁，民族副局长却停下脚步，说他有急事要去处理，让我们进去。我和赵大姐走进这座窑洞式的房子一看，里面黑乎乎空荡荡的，家徒四壁。一位中年妇女抱着吃奶的小巴郎掩面而泣。旁边两个小克孜也在流泪，炕上还躺着一位白发老大娘。看来，丈夫重伤，顶梁柱倒了，将会给这个家庭带来多么大的灾难。赵大姐动情地安慰了她半天。

第二天，赵大姐告诉我：你猜昨晚副局长为啥不同我们一起进去，原来受伤的社员政治有问题，他爷爷当过几天国民党时期的“乡约”（相当于内地的保长之类）。虽然爷爷新中国成立前就死了，他们的成分也是上中农，政治还是不清白。副局长怕受牵连，所以不便进去。赵大姐说的时候，颇有些不平之意。我听了，联想起自己的出身，也不能说什么，只是轻轻叹了口气。不久我就搬到阶级教育展览室去住了，受伤的社员也不知道最后如何。但那位妇女哀伤、绝望而又压抑的哭声，却时时响在耳旁，心里很不自在。

1969 年夏，我在和田又听到一件坎儿井“吃人”的事。一位很熟悉的新疆大学中文系学弟（其父还是博尔塔拉的副专员），分配到吐鲁番农村接受再教育，在掏挖坎儿井时不幸被砸身亡。他的遗孀后来是我在新疆师范大学的同事，在预科部给民族学生教汉语。一连几件不祥的事，使我对坎儿井产生了很复杂的感情，可以说是既恨又爱的矛盾心理 。

毛主席说过：“要奋斗就会有牺牲，死人的事是经常发生的。”这句话概括了人类历史的某种规律。于是，我想起孟姜女哭倒万里长城的传说，想起修阿房宫、始皇陵死了成千上万苦工的记载，想起修京杭大运河麻叔谋吃婴儿的故事，想起 18 世纪美国西部大铁路的枕木就是百万华工的尸骨排列出来的比喻，想到埃及修金字塔、修苏伊士、巴拿马运河的万千冤魂，想到成昆铁路、天山独库公路旁的烈士纪念碑……一项对人类、国家或民族有重大意义的工程，就一定要给众多的个体生命带来深重的灾难和痛苦吗？这真是一种历史的二律悖反啊！历史评价与道德评价，有时是相左的。

这些年来，我又多次到过吐鲁番，陪同客人多次参观过坎儿井。每一次参观，都令我经历一次复杂感情的折磨。坎儿井，伟大的坎儿井，为吐鲁番人造福万代的坎儿井，我该怎样对待你、评价你呢？

两座苏公塔

苏公塔又名额敏塔，是清代中叶吐鲁番郡王苏来满二世为纪念其父额敏和卓参加平定准噶尔叛乱的功绩而修建的一座巨型砖塔。塔位于吐鲁番城东南两公里处，以其“新疆第一塔”拔地而起的独特的伊斯兰式造型，已然成为吐鲁番市的象征。改革开放以来，经过多次修缮，面目一新，每日精神矍铄地迎来送往着海内外众多的观光客。

近几年来，我曾多次慕名寻访，但多为集体游览，来去匆匆，不暇细观，而且为了保护古建，按文物保护的有关规定，游客已不能进入塔体探幽揽胜了。每次来访，我总是怀着某种恍然若失的心情，狐疑地逡巡于其下，或者乘机向来自内地的客人卖弄炫耀关于此塔的博学：与美利坚合众国同龄、乾隆帝、维吾尔建筑大师依不拉音、通高 12 丈、造价 7000 两纹银……历历道来，如数家珍，其中不无新疆”土著人”那种“谁不说俺家乡好”的夸饰心理。但是，口中如此机械地复述着关于此塔的关键词和种种佳处，心里却不无惶惑：难道这就是我所见过的那座苏公塔么？我无法解释这种感觉的乖谬，是因为售票处的生意经破坏了诗意的游兴么？是因为经过整修，古塔被箍上了几条钢筋已变得陌生了么？是因为阳光下一切毫发毕现从而使塔失去某种神圣感了么？是因为自己步入中年，遂渐渐滋生出落伍者的怀旧情绪了么？都无从说清。“此中有真意，欲辨已忘言”，反正这塔已不是我想象中的那座了。那座塔，比眼前的这座迷人多了！

那是 1964 年夏天，正读大二的我，来到吐鲁番葡萄公社“社教实习”。

这天后半夜，我正在公社大院里呼呼大睡，忽然被人推醒了，原来是小色迪。他悄声贴着我的耳朵说："走，苏公塔！"

我记起来了，这还是前天商定的事。

小色迪是位附近维吾尔农家少年，十三四岁，圆头大眼，聪明活泼，会讲不少汉话。我曾在他家吃过半个多月的"派饭"，还给他全家画过几张写生头像，因此成了好朋友。他塞给我一把甜白杏和半块白高粱面馕，便带着我抄近路出发了。

天还黑着，路径不辩，凉风习习，清爽宜人，正是酷热难耐的吐鲁番夏夜最惬意的时分。我跌跌撞撞地跟着小色迪，涉过桑林夹岸、铮铮弹琴的水渠，翻越蒿刺满地、黑影幢幢的麻扎（坟地），便穿行在乌森森的葡萄园了。此时葡萄尚未完全成熟，夜气里却已弥漫着诱人的甜香。正走着，小色迪忽然不见了，一会儿又从前面葡萄墩下钻出来，手里提着两串熟透的无核葡萄。在这一望无边的葡萄园里，走夜路的人顺手摘尝几串，原也算不得什么。白杏早已落肚，我用带着露水的鲜葡萄就馕，别有一番风味。吃着，我想起鲁迅先生的《社戏》来，这小色迪真像那个偷了自家罗汉豆的聪明少年双喜哩！

"看，苏公塔！"小色迪忽然兴奋地指着前方喊道。

果然，迎面不远一座高阜处，苏公塔那黝黑的雄姿，像是一支硕大无朋的雪茄烟，以一种极其优美而有力的曲线，直直戳向苍茫的夜空，连星星也为它让出大片空间，躲得远远的眨眼。我有些激动，不由加快了脚步。

虽然苏公塔1957年就荣列自治区重点文物保护单位，但此刻比我想象的要残破多了。塔身固然大体无恙，塔下的礼拜寺却已坍毁大半，满院是一簇簇骆驼刺，倍感凄凉。幽暗的角落里窸窸嗦嗦，几个白胡子老头好像在做"乃玛子"，见有人来了，不知为什么似乎有些惊慌。那时正是阶级斗争的弦绷得很紧的时候，连社员们正常的宗教活动也不免受到影响。我心里直笑老人们胆小怕事。他们哪里知道，"同为天涯沦落人"，我也刚刚在学校里因几首"思想有问题，感情不健康"的小诗而受到批判；加上家庭出身不好，政治压力大，恰如惊弓之鸟，正处于情绪低落精神迷茫状态，哪能管到你们呢？小色迪可不管这一切，拉着我的衣角，绕过一块乾隆帝御赐亲题的大石碑，转到砖塔门口。

“让上么？”

“没人管！”说着，他就猫身钻进黑咕隆咚的塔门。

我顾不得许多，低头跟了进去。塔内伸手不见五指，充满了刺鼻的土腥味，像是进入一个莫测深浅的山洞，惊险而刺激。昏头昏脑摸着塔壁拾级而上，转了几圈，我才揣摸出此塔的构造来：塔中心是一个直上直下、下粗上细的圆柱体；塔体外壁则像一个大钟罩，倒扣在圆柱上。在圆柱与外壁之间，砌着一条阶梯盘道，我们就是沿着这螺旋形的盘道塔梯不断爬升。正爬呢，“噗噜噜”一阵怪响，面前立刻腾起呛人的尘土，我吓得惊叫了起来。头顶上小色迪扑哧一声，笑道：“鸽子嘛，怕啥！”

果真是一群野鸽子，扇着翅膀，从窗洞里飞出去了，一场虚惊也随之而去。我闭起双眼扑打着飞尘，心里直为刚才的失态而抱愧。

惊魂甫定，接着又往上爬，终于爬到塔顶了。我们兴奋地趴在一人多高的窗洞上朝外看，哈，真高！一轮失神而苍白的月亮又大又圆，像一面抛在空中的维吾尔手鼓，近在咫尺，伸手可弹。塔顶的风特别大，带着锐啸声钻进窗洞，塔身也随之晃荡起来，我不由退后几步。小色迪却一点也不害怕，把头伸出窗外，一手放在耳前，模仿着麦曾木(礼拜寺领祷人)呼唤早祷的声调，向着旷野高喊：“阿拉乎艾克拜尔——阿拉乎艾克拜尔——”清脆悠扬的声音传得很远很远，真是一个顽皮的巴郎子！

四野仍是苍苍茫茫，一片沉寂，不过已经依稀可辨出黑乎乎的树林、村庄，灰蒙蒙的土坡、村路了。晨风中传来叮咚叮咚咚的驼铃，异常清晰，苍凉而旷远，诱人遐思，是趁凉赶路的驼队吧！接着，几声最初的鸡啼，牵起几缕袅袅的炊烟，村野苏醒了。远眺天边黑压压海涛般的群山之巅，正泛出一抹鱼肚白，最亮处极为灿烂夺目，令人振奋不已！

我怀着某种隐秘的意外满足摸下塔来，数数阶梯，共是七十二级。白胡子老头们已经不见了，而天色已呈微曦。走出没有门扇的礼拜寺大门，小色迪兴致勃勃地唱起歌来了。我听出那是电影《绿洲凯歌》中的插曲，维吾尔语，嗓音清亮，还真不错。只是少年不知愁滋味，这首原本有些感伤的爱情歌曲，竟让他唱得流水般的欢快。我忽然想到，《绿洲凯歌》的故事原型，不就发生在距此不远的葡萄沟花园大队么？

归途中，我频频驻足，留恋地回头张望，苏公塔终于在视线里模糊了，消失了。但是，它那挺然翘然而又朦胧神秘的身影，作为一种前所未有的生命体验和审美体验的意境，永远留驻在我的记忆深层，连同那位小天使般的可爱的维吾尔少年纯真的友情，还有他那无忧无虑的歌声。

于是便有了两幅画面、两种感觉——两座苏公塔：一座是现实中的，庄严雄伟，游人如潮，清晰而具体；另一座是记忆中的，残破颓败，孤独落寞，凄迷而虚幻。前者使我隔膜陌生而敬畏，后者却感到亲近温馨而伤怀——也许与我当时特殊的心境有关吧，它是那样强烈地激起我感情的共鸣，而且随着回忆的不断加工，愈加凸现出它特有的魅力来。

我有时竟奇怪地想，为了永久保持那段美好的记忆，以后最好不要再去游览现在的苏公塔了。

葡萄荫房

在吐鲁番，最具地域特征的代表性实用性建筑是什么？我以为非晾葡萄专用的荫房莫属。或许有人会说，举世闻名的苏公塔不是公认的吐鲁番市的地标象征么？雪茄状的苏公塔具有典型的伊斯兰风格，挺然翘然，直插云霄，造型独特，堪称维吾尔人建筑的杰作。我还曾由一位可爱的维吾尔少年带着钻进塔身去揽幽探胜呢，但它毕竟属于宗教纪念性的古建筑，不是最常见的普及性的实用性的民用建筑——这正如北京最具代表性的民用建筑是普通的青砖四合院，而不是作为首都象征的那雄伟、壮丽的天安门或天坛祈年殿，也不是颐和园佛香阁和八达岭长城堞楼一样。

记得1964年夏在吐鲁番，给我印象最深的是，无论县城或乡村，到处都矗立着留有许多整齐孔隙的土坯建筑，多呈长方形，巨型方体蜂房似的高高矗立在各家各户的房顶或户外空旷通风的地方，远远望去，荫房那密密麻麻的万千孔隙，竟如同高楼大厦的窗户一般，高低错落的荫房，俨然纽约华尔街一排排林立的摩天大楼，气势雄伟，蔚为壮观。在城北十多公里长的葡萄沟两旁的山腰上，这种奇特的土坯房于团团绿树中，虚实相间，更是多得不可胜数，简直可以用挨肩接踵、鳞次栉比来形容了。开始我不明白这是干什么用的，后来才知道是专门用来晾制葡萄干的，被称作“葡萄荫房”。据当地维吾尔老乡讲，人们常见的红葡萄干是由阳光直晒而成，而比较高档的无核绿葡萄干则必须放进荫房，一嘟噜一嘟噜搭挂在木架上慢慢晾干，不能让阳光直接照射。荫房之所以多建在高敞处，是为了提高通风的效果。原来那闻名遐迩的晶莹剔透如绿宝石般的吐鲁番绿葡萄干，就出自这么因陋就简建成的土加工“厂房”。吐鲁番人因地制宜的适应性和创造性，使我十分钦佩和惊异。后来，为了实践“学雷锋，做好事”活动，我还帮花园大队一位老贫农“五保户”吐达洪在房顶盖了一座很小的荫房。我与几位同学又是挑水和泥打土坯，又是锯木上梁砌墙，忙活了好多天。从此我对荫房的结构和功能更熟悉，感情也更深了。事后我常常站在山坡上，远远望着全村的荫房群，仔细地寻觅其中它那不起眼的身影，骄傲地想，我总算也在葡萄沟留下了一座“立体的绘画”“凝固的音乐”！可惜因老人的住房地势低，通风不好，自留地的几挂葡萄晾在里面烂了不少。吐达洪老人后来只好改作了库房，我们算是白忙活了一场。

多年后，我有几次机会来到吐鲁番，又看到久违的葡萄荫房了，心情很是激动，可是仔细观察，却与我记忆中的感觉不太一样。怎么回事呢？原来建筑材料已经今非昔比，“鸟枪换炮”了，荫房大都由土坯改为红砖。用砖修的葡萄荫房平整、光洁，线条和色彩都较为舒服美观，似乎也更结实耐用，与新修建的砖混结构漂亮的新房也更协调，这些优势自不必说。

晾成的绿葡萄干质量如何呢？据当地人讲，比起土坯来砖吸热快，散热也快，通风透气性能稍差，这对晾制高等级葡萄干是很不利的。而我这个小文人更习惯于从文化品位上、从审美意味上去评价，秀气的红砖荫房比起不无笨拙的土坯荫房来，那原始的泥土味便损失了大半，心里不免漾起一种淡淡的失落。

改革开放以来，吐鲁番农民手头宽裕多了，不愿在整齐漂亮的新房之上或旁边，不伦不类地配以歪歪斜斜的简陋土坯荫房，现在多数改为砖砌的葡萄荫房。但有其利亦有其弊，凉制的葡萄干在色香味上不免要受些影响。我不禁联想起，西方人喜食的面包是手工烤成的而不是成批机制的，如同中国人喜爱吃饺子和面条，也还是手工擀的面皮为佳，那劲道和味道要远远胜于机器碾压而成的。

也许只是人们的习惯使然，或普遍的怀旧心理使然？但愿如此。

北京等历史文化名城，现在不少有识之士正在呼吁，要全力保护一批老的四合院等一类古风沛然、有着历史活化石之称的老建筑，避免旧城拆迁改建而致使古城的风貌荡然无存。吐鲁番也应该效法首都等地，采取必要措施，适当保护一批原汁原味的土坯荫房吧。

佛光山

拐过胜金口往西走两三公里左右，在火焰山腹地的木头沟右岸，就可以看到一座十分奇特的沙山了。那沙山呈灼目的赤白色，在周围或黑或黄的山岭的映衬下特别晃眼，真如一团极度白热化了的火焰在熊熊燃烧，蒸腾于峡谷之上，顿时让人感到天气是愈发地炎热难耐了，恍如进入古代神话传说夸父逐日中的“汤谷”。我不由好奇地想，举世闻名的火洲吐鲁番最炎热之处既然在火焰山一带，那么其烈烈的热源，就该是这座白热化的沙山了。它是八百里火焰山的魂魄和核心。

但是这座沙山最独特之处，并不是它那炽热的色彩，其特异的造型似乎更引人注目。只见它于寂静的深山峡谷之中,仿佛突然涌出的半轮旭日,是那样的饱满、充盈而热烈,其上部充满力度的半圆形轮廓线,就像是用圆规画出来似的,不曾有丝毫的偏斜和欠缺,体现了真正的"美满"。据吐鲁番当地人说,这座沙山沙质疏松,一下雨就立即渗入,所以不像周围沟壑纵横、皱纹密布的其他丑陋土石山那样,表面没有留下一点雨水冲刷的印痕,饱满而光滑。同时它虽说是一座沙山,但因背后有众山的挡护,不直接受风暴的袭击,所以不像常见的沙丘那样常常处于游移状态,多少年来一直岿然屹立不动,不曾有稍许损伤变形。这样,美满的造型,鲜明的色彩,加上稳定的身姿,就使它成为一种天设地造的"尤物",构成一处风水宝地的主体,充满了神秘感,令人怦然心动而有所思。难怪电视连续剧《西游记》要在这里拍摄外景,让唐僧孙悟空等师徒四人大汗淋淋,于烟尘滚滚中沿沙山一路奔来,并制成片头的精彩画面了。

而举世闻名的柏孜克里克千佛洞,就在这座奇特的沙山之下,木头沟之旁。

遥想1000多年前,高昌王国为什么要选择在这里建造这么一座规模宏大、气度不凡的王家贵族寺院,并陆续开凿出数十座佛窟呢?我想,除了这里有高大坚硬的土石崖可供凿窟,左岸有高峻的"万佛山"启人遐思,木头沟峡谷中一道流量可观的潺潺雪水可供僧众生活和工匠施工之需外,这座色彩与造型都十分奇特的沙山及其所隐含的种种神秘寓意,给人以某种吸引或启迪,可能是其中重要的动因:一、它光而圆,赤而白,可以视作一种硕大无朋的佛首的隐喻;二、它下有方形基座,上为穹庐形圆顶,类似当年流行于西域佛寺形制的放大,可作为寺院一个巨大而醒目的广告招牌,以招徕万千善男信女;三、它千万年来风雨不动,固若金汤,具有坚定不移的佛性定力,正好象征了佛的博大精神;四、每当黄昏时分,夕阳在它背后发出炫目的万丈光芒,无疑印证了佛法光大,等等。看来古人之所以选择在这里建寺凿窟,实在是费了不少心思的。

可是这座山却没有被命名,是一座无名沙山,也没有什么人在著作中提到过它。多少年来它就这么寂寞地枯坐在那里,倾听脚下木头沟流水的潺潺琴音,与对面的万佛山相对无语,同阅宇宙变化,人间沧桑。直到20世纪末,邀请我作客的著名泥塑艺术家、火焰山土艺园经理张光阁先生与我在一个霞光满天的黄昏,偶一回头间突然发现它那惊人之美的存在。于是我们虔诚相商,一致将它命名为佛光山,并打算将来在它前方最合适的地方立碑题字,作为此地一景,供游人顶礼膜拜,照相留念。

我与张文阁先生似乎将拥有为佛光山命名的"专利权"。一笑!

木头沟人家

这天是星期天,火焰山大漠土艺园的美工小赵和她的男朋友轮休,决定带我去看一个维吾尔族朋友。朋友叫帕丽旦,住在木头沟底,直线距离不过百米之遥,可是要从这几十米高的土崖上翻下去,再趟过正值洪水季节的木头沟,需费时一个多小时才能到她家。

我们很快就下到沟底了,帕丽旦家那林木掩映的农舍遥遥在望,没想到在这满目荒凉的深山狭谷之中,竟有一片泛着绿光的田园,真令人欣喜不置。小赵忽然指着前面高兴地说,不用趟水过河了。原来洪水把对岸一棵巨大的杨树冲倒了,刚好变成了一座横跨两岸的便桥。不用脱鞋趟过湍急的河水固然值得欣慰,但看到这样一棵足有数百年树龄的巨树被毁,又实在令人惋惜。我想起听人介绍过这木头沟名字的来历,想当年两岸还是森林茂密连绵几十里呢,可惜在一场惨烈的战争中,被一把火烧光了。这一小片封闭的绿洲,可能就是那场灾难中幸运的孑遗。

位于万佛山脚下的小绿洲十分肥沃,路旁疯长的野草竟有一人多深,高大的桑树也多有几人合抱不住者。要是在历史短促的美国,这些超过百年的老树恐怕早已被当做古物登记造册,编上号码,妥善保护起来了。转过小树林,豁然开朗,土地平坦,渠水环绕着菜地、果园和葡萄园,荫房、农舍和羊圈俨然,一派恬静的农家风光。我不由想起古人陶渊明笔下的桃花源来。帕丽旦闻声迎出来了，令我十分吃惊的是，她竟操着一口标准流利的汉话，如果不看长相装束，听话音完全是一位地道的南疆汉族少妇。帕丽旦30岁出头，面色红润，健壮而活泼，说话高声大气的。她原是库尔勒塔什店一家国营毛纺厂的工人，曾在汉族学校上到初中毕业，10年前退职回到库车老家，同一个农民结了婚。今年春天她才与丈夫、弟弟、妹妹、妹夫等6人结伴来到木头沟，承包了这片15亩的葡萄园，条件是每年给胜金乡上交5000元租金，10年为期。

我们坐在葡萄架下，吃着主人刚摘下来的新鲜葡萄，问她收入怎么样。帕丽旦性格热情开朗，说这里水土好，种啥长啥，只是刚来啥也不熟悉，估计今年只能落个三五万块钱；明年就好了，再承包上几亩葡萄，加上牛羊，收入个七八万不成问题。问她退职回乡当农民后悔不后悔，她爽朗地笑道，才不后悔呢，工厂效益不好，一个月才发100多块钱，连吃饭都不够。一边说着，她吩咐家里人分头去干活，听她那说话的口气，俨然是这个大家庭干练的主心骨、内当家。

中午时分，手脚麻利的帕丽旦为我们做了顿拉条子。她做饭的手艺很好，拉条子拉得又长又细又均匀，菜是素炒辣子、西红柿、豆角和西红柿炒鸡蛋，都是自家产的绿色环保食品，红红绿绿热气腾腾满满几大盆，但她却面有愧色地说，不知道你们要来，这里没有电，冰箱用不成，又是独门独户的一家，要不说啥也得弄点牛肉羊肉招待招待你们呀！

帕丽旦的丈夫买买提是个壮实英俊的汉子，不会讲汉语，只是对着我们憨厚地笑着，表示欢迎。他弟弟和妹夫们也都是年轻的棒劳力，我们那盘拉面才吃了三分之一，一抬头，就发现他们三位巴郎子风卷残云般的已将两大盘报销了。他弟弟离开学校不久，长发，牛仔裤，似乎有点时髦青年的味道。

这是一家被改革大潮卷到异乡僻壤打工的农民。他们虽然告别故乡，远离城镇，远离现代文明，偏处一隅，但半年辛苦半年闲，劳动强度不大却收入可观，亲戚间关系也十分融洽，实在是一种难得的宁静舒心、与世无争的生存状态。

告别了帕丽旦一家，爬到土崖上回看来路，在大面积狞厉的荒山和陡峭的峡谷夹持挤压下，那块绿洲和环绕它的木头沟，竟显得这样的孤单和弱小，我真担心它们什么时候被山石流沙给吞没了。可奇怪的是，刚才坐在荫凉的葡萄架下，怎么一点也没有这种不安全的感觉呢？

这大概是由于帕丽旦一家，还有那块生机勃勃的小绿洲所显示出来的顽强生命力和乐观自信的生活态度给人以感染吧，我想。

画佛像的感觉

幼时很喜爱绘画，对阎立本、吴道子、李思训、尉迟乙僧父子等古代人物画家，在寺院中画佛像的传奇故事十分神往。每次参观敦煌莫高窟、克孜尔千佛洞以及内地多处佛寺的佛像壁画时，望着那满墙色彩缤纷、线条飞动、造型各异、栩栩如生的佛祖、菩萨、天王、飞天等，不禁为古代不知名的画匠们的生花妙笔赞叹不已。心想，什么时候也能亲自在佛寺的墙壁上画上一两尊佛像，去体验体验古代画匠们的这一特殊营生呢？

直到1998年秋，应著名泥塑艺术家张文阁先生之邀，来到他在吐鲁番火焰山创建的大漠土艺园（在柏孜克里克千佛洞近旁，为新疆定点旅游基地）作客的时候，我才有了一次真切实践体验的机会。张先生有一个极富想象力的宏伟设想，就是要把新疆境内的千佛洞有代表性的佛像、佛画，在仿修的这座佛寺里集中复制出来，建成一所有一定规模的新疆古代造型艺术博物馆，向游人开放。实际上，他早已开始这么干了。土艺园里，一座新的景点——万佛宫，已经接近完工。大门和三大三小共六座方形基座穹庐顶仿西域古佛殿已初步建成，佛殿中墙壁上自地面到穹庐顶将全部画成佛像，成为名副其实的万佛宫。目前，在张文阁先生和他的助手们共同努力下，三座大殿的壁画佛像已完成了大半。进得下方上圆的主殿中，是仪态安详的释迦牟尼高大的彩色泥塑坐像，高达数米，正是文阁兄的大手笔。仰视佛祖周围高大空旷的穹庐顶,那壁上上千座造型不同的佛像便从不同的角度,一齐用庄严神秘的目光审视着你,令人恍如置身于佛国圣境之中,肃然起敬,屏气敛声,俗念皆忘。此时看到美工小赵和她的男友等正在脚手架上调色作画,我不禁技痒了,便自告奋勇想爬上去画上一幅试试。

20 年来很少提笔作画,也从来没有在有着一定弯曲度的墙壁上画画,又时时担心踩空了木板掉下去,左顾右盼,心犹惴惴的,总感到手中的叶筋笔不太听使唤。同时画佛像是有一套固定艺术程式的,而过去我几乎没有临摹过佛像之类,因此描画佛像五官、手臂和璎珞等饰物时,不知应该是用顺笔还是逆笔,所以不少线条画得不太匀直、光顺,交接处略显生硬,更缺乏必要的力度,心里对自己很是不满意。好在我实际上不过是在用红线条起稿子罢了,画坏了小赵他们再去做些修改就是了。就这样,我弓腰叉腿地站在晃晃悠悠的脚手架上画了半个多小时,累得腰酸腿疼(画佛像是需要恰到好处地使用腿力和腰功的),总算把两幅半人多高的半身佛像画成了。

画佛像的时候,我总在想,古代为佛造像的画匠们祖祖辈辈,年年月月,受苦受累,顶着高温,冒着严寒,终日爬在脚手架上(甚至要仰躺在脚手架上举臂朝上方画),这样专注于画佛塑佛,所为何来呢?我想,除了为了养家糊口的生计问题之外,最主要的,恐怕还是出于一种功德意识和宗教感情。这种情况,与欧洲的艺术大师米克朗哲罗等知名不知名的艺术家们在教堂里大画基督、圣母、天使像是一样的。而我现在则不然,纯粹是为了一时的兴趣而已。正是由于缺乏那么一种宗教的虔诚、忘我的精神和真挚、强烈的创作激情,所以我这次画佛像并不成功。至于技巧和体力等问题,还在其次。

1999 年 11 月

发现托克逊

新疆160余万平方公里广袤而雄奇的大地，可谓无处不美，即使不毛的茫茫沙漠或辽远戈壁，也自有其雄浑开阔、苍凉悲慨之美，无可替代。天山南北星罗棋布大大小小80多个县市，无论其贫富或地位轻重与否，或因历史悠久，或因文化昌盛，或因经济发达，或因矿藏丰富，或因山川奇秀，或因风情独特，或因某人某事某种特产等等，每个县市似乎都有不少值得本地人自豪和夸耀之处。它们相互补充、映衬，共同打造了新疆的丰富多彩，魅力无穷。有些县市，虽然由于平时媒体宣传的少，名头不响，似乎乏善可陈。但当你一旦深入其地，生活几天，向当地人做些了解，你就会发现它那似乎平凡的外表下，却隐藏着种种佳处，惊异之余，甚至会感到自己过去未免有些孤陋寡闻和轻慢了。

名不见经传的托克逊县，就是这样一个地方。

说起托克逊县来，其实我也并不陌生。进疆半个多世纪了，先后路过这里不下数十次，连它有名的拌面也吃过好几十盘哩。但均为来去匆匆，擦境而过，印象不深。也许是管辖它的历史文化名城吐鲁番市的名头太响，也许是它距离自治区首府乌鲁木齐市又太近，这样双重“灯下黑”的结果是，托克逊县往往被遮蔽和忽略了。

最近，我应县委宣传部和县文联的邀请，到托克逊县小住了几日，参观了不少地方，读了一些地方史志资料，果然就有一些惊喜地发现。托克逊县原来是一处“养在深闺人未识”的宝地，自有自己的几个“县宝”，还有它那特有的“驿站文化”，足可夸示于人，不禁产生了失敬之感，忍不住要为它写点什么了。

托克逊的“县宝”

在新疆师范大学文学院，我有一位十分要好的同事和朋友——维吾尔族学者阿不都·热苏鲁教授，他就是托克逊县人。记得有一次他用家乡名产白高粱酒招待我时，不无自豪地说，别看我们托克逊县不太出名，可是地下矿藏非常丰富，风能水能储量也很大，具有可观的经济发展潜力。他还说，除了高粱酒，托克逊还特别能出人才，前全国人大常委会副委员长铁木尔·达瓦买提同志，算是一位国家领导人吧？他就是我们托克逊人；另外，在自治区厅局级的领导干部中，我们托克逊也出得最多。阿教授这一席话，让我了解了托克逊出人才这一情况。这次从接我们来托克逊的维吾尔族司机师傅口中，也得到进一步的证实。一路上他都在自豪地介绍说，自治区某某厅长、某某局长、某某人就是我们托克逊县人，名字一举一大列，滔滔不绝，如数家珍。我知道，中国文学史上元代著名维吾尔族文学家马祖常，就是托克逊人，据说他还与北京中药名店“同仁堂”有些瓜葛哩！其实，就连阿不都·热苏鲁教授本人，不也是托克逊出的一位难得的人才吗？他系新疆民族学者中研究比较文学的开拓者，出了不少学术成果，可惜前些年过早地去世了。这一情况，没有别的解释，只能说明托克逊是一处人杰地灵的风水宝地。

在托克逊住下的当晚，县委宣传部副部长张涛同志和文联主席、作家钱宁龙同志等，就带我们去游了穿城而过的滨河湿地公园。原来发源于博格达雪峰之东、流量不小的托克逊河（也就是流经乌鲁木齐市达坂城的那条白杨河，古称白水）就流过市中心，是托克逊县的母亲河。滨河公园很大，绵延一两公里，十分气派，朦胧的灯光下，只见河面宽阔，听水声哗哗，流光溢彩，河风拂面，空气异常清新，栈道、亭、台、楼、阁、廊、桥、游船等，皆掩映于绿树青草丛中，成为托克逊县市民一处不可多得的文化休闲胜地。这座利用天然的一片大水域建在城市中心的湖滨公园，规模之大，游艺设施之全，在我们以干旱著称的新疆并不多见，我也只是在库尔勒市、阿勒泰市和精河县等处才有幸见到。这实在使我感到十分意外，也很惬意。水孕育着生命，也酿造了诗美，一座城市，有了水就有了灵性，托克逊人有福了！

第二天，我们又一一参观了郭勒布依乡托克逊河雅丹地貌、库加依回流奇观、盘吉尔塔格山“水系图”岩画和盘吉尔怪石林。这些各有特色的景点基本上都位于县城的北边，比较集中。

从县城沿平坦开阔的柏油路往北行驶半个多小时，就望到数以百计的黄土丘危立于倾斜的河谷中，鳞次栉比，接踵而来，令人惊奇不已。土丘一个个奇形怪状，如楼宇，如宝塔，如船舶，如毡房，如石林，如危崖，如奔马，如战车，如卧牛，如蛙，如龟……一尊尊肖形雕像，高低错落，千姿百态，色彩斑斓，令人目不暇接，浮想联翩。遥望土丘上千万年来由狂暴的风沙和洪水留下来的无数平行切割线，造成一种急速奔驰的动势和朦胧的神秘感，似闻风声水声和杀声不绝于耳，气势磅礴，撼人心魄，让人深深惊异于大自然的伟力和它的鬼斧神工。不远处有一土丘状如龟形，翘首向下爬行，约 10 米大小，头、嘴、眼、背、四足、尾俨然，惟妙惟肖。我们忍不住奋力攀登上去，围着它评头品足起来。据介绍，这处雅丹地貌绵延约 3 公里远近，共有 2000 多座形态不一的丘峰，大者长、高各达 20 米，相当雄伟。新疆的雅丹地貌较多，但多处于人迹罕至的偏远地域，如我曾观光过的克拉玛依乌尔禾雅丹地貌和哈密雅丹地貌，虽然分布面积大，种类繁复，但距离城市都嫌太远，前往观赏不便。位于托克逊河畔的这处雅丹地貌，则仅距县城 20 余公里，而且就在公路旁边，下车即到。它分布比较集中，丘峰彼此相距不远，站在公路边远望，影影绰绰，远近参差，尽在视线之中。此外，与新疆别处的雅丹地貌多为砂岩结构不同的是，它系由比较坚固紧密的泥岩构成，故不易遭外力所破坏变形。托克逊河雅丹地貌过去宣传得不够，知道者很少，如果将它拥有这诸多优势广为传播，将来慕名前来观光者肯定不会少。为此，我要把托克逊河雅丹地貌列为托克逊“县宝”之一。

看完托克逊河雅丹地貌，沿公路继续北行10余公里，在库加依镇附近，我们观赏了奇特的地理奇观——库加依回流。在一长排古杨柳树的掩映下，公路两旁明明地势很低的渠道里，奔腾的渠水却向着越来越高的“下游”畅流而去，仿佛被一种神奇的力量牵引着，毫不费力；而“上游”也没有任何能够提高水位或加力的水坝、闸口之类设施。俗话说“水往低处流”，这里的水难道真的具有超自然之力，能抗拒地球引力，反其道而行之往高处流么？真让人深感奇怪。我联想起不少地方公路上有“怪坡”的现象，停驶的汽车似乎会自动往高处滑行，这大概也是因为周围环境参照物特殊，给人们造成一种“视觉偏差”吧？不管怎么说，毕竟是一处奇特的自然景观，值得一游。

由库加依回流继续北行。正行间，库加依河谷左侧突然出现一堵7米来高的乱石悬崖，造型奇特，造成一个不小的气场，让人感觉这里似乎会有什么能给人以意外之喜的景点。果然，停车步行走到石壁左下方，就看到一方石碑，上题“库加依石刻岩画水系图——自治区重点文物保护单位”。

原来石崖顶部是一幅大型石刻岩画，刻在一块稍稍有些倾斜的巨石平台上，总面积约47平方米，规模可观。上面阴刻着深浅、粗细不一的线条，呈树枝状或水网状分布，最长者达3.5米，最深达7.8厘米，最宽者20厘米。线条中间还凿有众多大小、深浅不一的圆洞。据专家考证，岩画中的线条和圆洞分别刻画的是附近的水流河道、泉眼、自然水潭、渠道和坎儿井等。张部长他们在岩画上倒上清水，线条点画的颜色立即变得深重了许多，能够更清晰更有力地显示出来。专家们初步认定，这是一幅古人刻制的自然水系图，距今已有3000多年历史，反映了生活在这一带的远古先民们对自己生存的自然环境的认知水平和生存的智慧，如同能供群体阅读的一部露天的大书。据说，这件岩画水系图是世界考古史上的首次发现，既有艺术价值，也有科学文献价值，十分难得。岩画水系图对研究人类水利史具有重要的意义，算得上托克逊一件顶级的"县宝"了！

在石刻水系的下游处（在先民艺术家们看来，这里当然应该是水草丰茂的草原了），还刻有近50个野生动物和猎人骑马狩猎的画面，刻画出盘羊、羚羊、山羊等在草原上食草、饮水和奔跑，以及猎人纵马追逐的形象，逼真而生动，气氛紧张、热烈，反映了先民们当年真实生活的场景。

看完库加依水系图岩画，再往北行进，就来到堪称一绝的"盘吉尔怪石林景区"。怪石林位于盘吉尔塔格山，"盘吉尔塔格"维吾尔语意为"像多孔窗子的山"，光听名字就让人想象联翩。在方圆15平方公里的山梁上，布满了多孔通透而突兀陡立的赭红色怪石。怪石上如太湖石般的孔洞，往往连缀成片，最大者达两米多，可容人自由出入，穿行其间。千百座奇形怪状的立石，高者达十几二十米，其造型可让人联想成诸般动物、人物的天然造像群雕，如：马、牛、羊、骆驼、孔雀、雄鸡、长颈鹿、海豹、袋鼠等等，甚至可以发现有仙女、唐僧、孙悟空、猪八戒和八仙过海等神话传说中的人物形象活动其中，惟妙惟肖，如同开辟了一个林林总总的童话或神话世界，令人想入非非，游兴倍增。据专家考证，这片石林属于火山喷发后形成的石炭系火山岩山岳型石林，石质松软的部分已被逐渐风化了，留下千疮百孔的石林石质十分坚硬，便永久地挺立在山冈，演绎着神话或童话，供人们观赏，尽情地发挥想象，进行艺术再创造，兴味无穷。盘吉尔怪石林景区地貌独特，是国内至今发现的唯一一处火山岩风蚀石林区，可算得托克逊的第三件"县宝"了！

盘吉尔怪石林景区和库加依水系图案岩画，均属国内唯一的极富观赏价值的自然景观和人文景观，托克逊河雅丹地貌也很有特点。这几个景区，与乌鲁木齐市达坂城区接壤，距离乌鲁木齐市中心不过一个多小时的车程，各景点相互间路程也不远，且有柏油路面的省道连通，加上库加依回流奇观，还有附近的巴依托海湿地草原可供避暑，等等，这样，雅丹地貌、水系图岩画、怪石林、回流奇观和湿地草原形成了一组难得的密集型景区群，十分诱人。我想，好好规划，做好宣传工作，很可能打造成为“托克逊一日游”的精品旅游热线。

托克逊县的第四个“县宝”，应该是唐代天山县(军)遗址了。这处遗址与前述雅丹地貌等景点不在一个方向，在县城正西 67 公里处的阿拉沟口右岸。唐代开元中在这里设置了天山县，隶属伊西、北庭大都护府西州(州治在今吐鲁番高昌)管辖，并驻有一支约 5000 人马的大部队天山军。天山军与今巴州和硕县境的张三守捉城(属安西四镇都护府管辖)的数千驻军，一东一西扼守天山，互为犄角，相互策应，为唐代西域的军事重地。这处唐代遗址现存一座大型古堡烽燧，为自治区重点文物保护单位。由于附近没有发现其他较大型的城池遗址，估计天山县与天山军可能同在一处。

这处古堡，维吾尔语称“口塔什吐尔”，意为“石头垒成的烽火台”。古堡呈方形，占地很广，周长约 130 米，墙基厚 3 米，高 6 米。城堡开了东西两道门，门宽 2 米。门前各有一处 200 平方米的空地，可能是演兵场。古堡下临河谷峭壁，地势险要，宜守难攻。东墙内侧有土梯可拾级而上，便于登城巡视四周。西北角有一高达 15 米的石垒，垒内有房舍 6 间，里面平时可能住着瞭望敌情或点燃烽火值勤的军士兵卒。古堡建筑方式采用卵石加河浆砌成，中间插木棍加固，虽历经 1000 余年风雨，仍基本保存完好。由古堡沿河沟往西，每隔十数公里，就有几处石砌的烽燧废墟，估计当年沿阿拉沟一线设置了众多的烽燧，用于军事信息的传递，构成一道严密的防御体系。经过考古人员的发掘，在石垒的房间内发现有唐代借贷契约文书及戍卒的姓名，由此推断，此处遗址当为唐代天山县(军)所在地，或为其重要的附属军事设施。

盛唐时期伊西、北庭大都护府拥有近 3 万军队，分属五个主要部队：伊吾军、瀚海军、静塞军、清海军和天山军。目前只发现伊吾(在巴里坤大河镇唐城)和天山两个军的军营遗址，弥足珍贵。阿拉沟口天山县(军)的城堡,因地制宜,采用卵石加河浆砌就,在新疆古城址中也是不多见的。它对唐代军事、政治、交通和建筑史的研究具有重要价值,对于历史文化感兴趣者,也是值得一游之地,足慰思古之幽情。既然这里被定为自治区重点文物保护单位,其地望、规模、功能、建材、完好程度等等,又有不少可圈可点之处,那么我称它为托克逊历史文化的第四件"县宝",就有充足理由了。

托克逊的驿站文化

托克逊有上述我妄谓的四大"县宝",值得本地人自豪,是吸引外地游客的几大闪光点。托克逊还拥有相当丰富的矿产资源和水能风能资源。但是,所有这些均不足以充分体现出托克逊县所特有的地域文化特色。

什么才是托克逊县独树一帜的文化呢?我与同来的著名小说家赵光鸣兄讨论,最后一致认为唯有驿站文化和它附属派生的"拌面文化",才是它与别处决不会重复或混淆的文化特色。我俩还分了工,我试着写写托克逊县的"驿站文化",他写"拌面文化"。

历史长河形成的驿站文化,是在一定的历史背景下,由托克逊独特的地理位置和鲜明的历史角色所决定的。几千年来,统治托克逊一带地域的部落、政权不断易手变迁,你争我夺,战乱频仍,民不聊生。但在相当长的时间里,它却属于中原王朝(如两汉、魏晋、隋唐、元、明、清等)的有效管辖范围,处于相对和平时期。托克逊北依天山,南控南疆,处于南、北疆和东、西疆交通的必经之地。在古代,人们东经交河(崖尔城)去高昌、柳中(鄯善),西经银山道至焉耆、龟兹(库车),北经白水涧道到唐轮台(今乌鲁木齐)、庭州(今吉木萨尔),西北进阿拉沟翻天山赴伊犁,甚至南至若羌和楼兰,四通八达的古代通道都要经过托克逊地界。特别是白水涧(白杨河)道,山间峡谷并不算特别曲折险峻,路程也较短,是沟通南北疆和东疆最便捷的通道,即便是进入现代社会,也还是如此。兰新铁路、南疆铁路、连霍高速、吐乌大高速、修建中的吐库铁路和京乌高铁等，无不沿此天然孔道修建以跨越天山。托克逊位于连接吐鲁番、乌鲁木齐、焉耆等几个古代重要城市的中心，地理位置十分重要，堪称古丝绸之路中道上的一处交通枢纽（这种地缘优势仍然保持至今，交通繁忙的小草湖就是一个证明），再加上托克逊河、阿拉沟河的滋养灌溉，形成的大片草场和可耕地，自然引来了先民们到这里繁衍生息。查阅《托克逊县志》可知，至今已在全县境内发现包括山国（汉代西域36国之一）和唐代天山县在内的十多处古城遗址，也发现了包括阿拉沟口古堡烽燧在内的十来处烽燧遗址，可谓古代遗址星罗棋布，随处可见，足以证明古代人类在这里活动十分频繁，是从古至今人类重要的栖息地。这些，就为作为交通大枢纽的托克逊准备了充足的人力和物力支撑。

由于作为交通枢纽托克逊在古代交通史上的地理位置如此重要，因政治、经济、军事和文化活动的需要，大量的人群经此东进西出，南来北往。古代人们上路，多为步行或骑驴乘马，所以每日的行程不多，于是托克逊就被自然选择为最佳的停息中转地。因此，在这里设立足够数量的能为旅行者提供食宿和通行方便的驿站，便成为必要。托克逊县名的含义，按一般说法是来自古突厥语数字“九十”之音译，人们传说由外地迁来90户人家，成为此地最早的居民，托克逊因此而得名。还有一种说法是，“托克逊”在突厥语中有“站下”“停住”的意思，人到了这里，就该停下来休息食宿了，换句话说，托克逊就是驿站的别名。托克逊又有“九台”之称，我认为，这个“九台”就包含境内有9座大型驿站或营盘的意思。由此可见，托克逊之名从一开始就与“驿站”有着不解之缘。

据2005年版《托克逊县志》介绍，在托克逊县境内发现了十来处比较完整的驿站（营盘）遗址，如：阿格布拉克4号、5号、6号驿站，郭勒布依乡驿站、苏巴什沟1号、2号、3号驿站、布干驿站、阿克塔克驿站等。这些大大小小的驿站多为清代设置，时间不长，所以保存得比较好。在驿站遗址里，可以看到石砌的院落，院中空场，间数不等的房间，以及火炕、炉灶、馕坑、马厩、烟道等遗迹。在房间里，经发掘，还发现了文书、契约、行军日记碎片，还有铜钱、彩陶碎片、铁马掌、铁钉、垃圾、马粪等地表遗物。有的驿站内外，还有瞭望哨台或碉堡等遗址，都见证了当年托克逊驿站文化的兴旺。我翻阅过新疆不少县志，像托克逊县这样，驿站遗址在境内发现如此之多，如此集中，还是比较少见的。

托克逊境内发现的驿站多为清代所建，而时代更为久远的驿站，大都湮灭无存，或被后人在原址上重建了。但是历史上最著名的一个驿馆，在古代的文人诗文中多曾提及者，当属唐代银山道上的银山驿馆，即今日的库米什（维吾尔语即为“银子”）。库米什截至上个世纪80年代，仍然是乌鲁木齐去南疆途中常需留住食宿之处，是历经有千余年历史的大驿站，由此可见，托克逊驿站文化历史之悠久。

需要指出的是，据常识可知，遍布交通线上的若干城镇中往往就设有较大的驿馆，甚至较大的烽燧，其实也都可以为旅人（特别是官员和军人）提供食宿服务的，它们实际上也承担了驿站的功能。托克逊历史上的驿站文化，在这里同样得到体现。

于是，托克逊以自己特有的地缘优势，逐渐形成了自己的驿站文化体系。除了战乱的年代，交通中断，托克逊四通八达的交通线上，行走着南来北往、东进西出的各个国家、不同民族、身份各异、形形色色的官员、军人、使者、商人或他们的驼马队，星罗棋布的大大小小驿站便成为经济文化交流的中转站，承担着人流和物流的重任。从现存的文献史料上看，汉代名将班超、唐代高僧玄奘、唐代大边塞诗人岑参、明代外交家陈诚、清代名臣纪晓岚、林则徐等，都曾在托克逊境内的驿站驻过马，留过宿，有些还留下了他们吟咏托克逊的诗文、楹联等。这些古代诗文与在遗址中出土的历史文物相互印证，成为记载托克逊驿站文化宝贵的文献资料。

大唐天宝年间，大边塞诗人岑参第一次出塞任安西都护府（驻龟兹，今库车）掌书记时，曾多次留宿银馆驿，并留下了一首著名的边塞诗《银山碛西馆》：

银山峡口风似箭，铁门关西月如练。

双双愁泪沾马毛，飒飒胡沙迸人面。

丈夫三十未富贵，安能终日守笔砚？

诗中音节响亮、形象鲜明地描绘了库米什的自然风光和物候特点，诗人也借机抒发了自己建功边塞的雄心壮志。据吐鲁番出土文物，岑参当年留住交河郡（距托克逊不远）驿站时，曾有马料帐保留至今。文物中记载，与诗人交往的还有一个交河驿站的健儿（马夫）名叫陈金。我在长篇历史小说《岑参》中，还让这位陈金后来成了岑参第二次赴西域任职时的贴身随从。

外交家陈诚于明永乐八年（1413 年）经托克逊进阿拉沟赴伊犁，写下《过打班》（“打班”当为当时驿站之名）等诗，也表达了不辞劳苦，远涉异域，为国效力的决心：

四月阴山雪未消，山行犹若涉岩峣。

才逾马道穷三峡，又摄丹梯上九霄。

西日衔山胡地冷，南天极目故乡遥。

书生不惮驱驰苦，愿效微劳答圣朝。

清代“故土新归”，新疆重新回到祖国的版图后，直到民国年间，往来托克逊的官员文人就更多了，与托克逊有关的诗文不胜枚举。

清道光时迪化直隶州知州成瑞诗《苏巴什沟》，表达了于峡谷之间纵马奔驰的豪情：

百里长沟一线天，乱流奔注两崖间。

行人莫惮山川阻，好趁春风快加鞭。

清道光二十年（1845 年），民族英雄林则徐在赴南疆途中，留住托克逊行馆时，为乌鲁木齐都统惟勤派到托克逊修水利的贬官黄冕书写了一幅蕴联，表现了两人相遇边塞的情谊：

西塞论心亲旧雨

东山转眼起停云

清光绪年间，1875年，左宗棠率大军收复新疆时的幕僚施补华，于清明节这天行军至托克逊，作了《题苏巴什驿壁》两首诗，描绘了征战的艰苦：

万山尽作僧枯槁，沙尘三月焉耆道。
春风先我出关来，不傍荒崖生寸草。

茨墙土屋息征骖，一榻聊谋客睡酣。
正过清明好时节，新莺旧燕满江南。

民国初年历任叶城、墨玉、巴楚等县知事的邓缵先，文学造诣颇高，过托克逊时曾作《宿库木什驿》(库木什为库米什的不同音译)一诗，描述了旅途观感：

身如投宿鸟，叫侣入芦花。
故国几千里，荒村三两家。
霜寒迷白荻，风急惊黄沙。
骨相何渠瘦，吟诗感物华。

上面的古人诗作，可归入托克逊驿站文化之驿站文学中去。限于篇幅，本文无法引用更多的此类诗文。

千百年来，就在托克逊逐渐成为西域重要的驿站过程中，也形成了它独特的驿站文化。这种驿站文化，包括了我们前面或多或少提到过的历史文化、军事(烽燧)文化、经济(商业)文化、驿站文学和艺术、驿站建筑文化、驿站器物文化、驿站制度和人际关系文化、驿站娱乐文化、驿站饮食文化等等，形成了一个完整的系列。其中饮食文化，就包括独特的托克逊拌面文化——方便于旅途人们快速进餐的美食。历史悠久、色香味形俱佳的托克逊"拌面文化"，早已名扬全疆了！

文已完而意未尽，兹赋一绝，以记此次托克逊之游：

首府南行古驿站，博峰白水绕秋田。
美食拌面高粱酒，十里湖风好入眠。

2013年10月

和硕大印象

蜿蜒起伏的干沟，古代被称作银山道，它穿行于中天山山脉的峡谷地带，是沟通南疆、北疆和东疆的一条天设地造的天然大孔道。这条通道很可能是远古的先民们，沿着天山山脉的千峰万壑，在历尽千难万险寻找生存家园过程中的一个地理大发现。几千年来，无数冒着严寒酷暑穿越天山、东进西出、匆匆蹣行的古人们，终于用双脚踏出了这条荒凉的悠悠古道。进入现代社会，人们又沿着这条古道修建成千回百转的公路。我曾多次乘车经过满目荒凉的干沟，每次经过这里，想象着古人们顶风冒沙、披星戴月、忍饥受渴、牵着驼马长途跋涉于此的情景，心中便油然而生出一种思古之幽情和苍凉悲慨的情怀。

这次应邀来和硕县采风，由乌鲁木齐出发南下时，才发现当年曲折斗行、怪石林立的干沟公路已经过彻底改造，建成若即若离的左右两条双行线的省道公路，车辆于其上往来单向行驶，比以前更为便捷舒适和安全。路两旁也似乎多了一些绿色植被甚至流水，感到不是那么荒寂、单调了。大巴飞驰，峰回路转，翻过山顶一到库米什（唐代在此建有一座驿馆，叫银山馆，大边塞诗人岑参还曾为它写了好几首诗呢），下山时眼界突觉开阔而宽平，干燥的空气骤然间变得湿润了，一望无边的绿色和硕大草原一下子扑入眼帘，令人一见倾心。我知道，这是博斯腾湖（在唐代它有一个很怪的名字：敦薨薮，亦称西海）及其周围大湿地的无私馈赠与慷慨恩赐。

说起博斯腾湖滨的和硕大草原，早在20世纪50年代，当我读到新边塞诗奠基人闻捷的《天山牧歌》时，就知道它的大名了。草原的静谧，新生活的喜悦，牧民们的豪情，青年蒙古人的纯真爱情，通过诗人的清词丽句都表现得十分诱人，诗中散发出一股清新的青春气息，使我顿生神往之情。然而在新疆生活了50年，虽曾多次乘车路过，却始终没有机会深入向往已久的和硕草原腹地一游。现在，这个遗憾终于得到补偿了！

广袤的新疆大地，辽阔豪迈，山川雄奇，大水大绿，无处不美。此次和硕之行，马不停蹄地几乎走遍了和硕的山山水水，感受尤为新奇、强烈。和硕地理位置十分优越。它背依巍峨挺拔的天山，脚踏浩渺无际的博斯腾湖，堪称一处丰饶、富庶的形胜之地。和硕是南北疆的交通枢纽，乌库高速公路、314国道横贯其中，而吐库铁路也即将建成通车。这种优渥的区位优势，加上肥沃的土地、适宜的气候和丰饶的资源，引来了众多国内一流企业纷纷入住。近年来，乘着改革开放的春风，和硕在重视发展传统农牧业的同时，也加大了对地方工业的支持力度。如今已建成以甘草、葡萄、辣椒和番茄为原料的深加工、高科技附加值的企业多家，开发出与食品、医药、化妆品等有关的系列产品，远销国外，有的还在全国同行业中处于领先地位。其规模、效益和前景均很可观，成为和硕极具特色的产业。这些产品因其特有的性能和色彩，而被戏称为“红彤彤”“甜蜜蜜”的事业。我们先后参观了金硕植物添加剂有限责任公司和瑞峰葡萄宜庄有限责任公司等企业，听着负责人充满自信的介绍，望着座座高大的厂房、先进的现代化机械设备和琳琅满目的产品，不禁为和硕经济的腾飞感到兴奋。

与此同时，和硕也依托种种资源优势开发出一系列颇具特色的旅游景区，旅游业也红红火火地发展起来了。金秋9月，宁静的县城街道两旁，盛开的波斯菊灼灼地射出璀璨的金光，漫步宽阔气派的大道通衢，徜徉于已初具规模、气魄宏伟的扎雅·班迪达大型文化主题公园，聆听蒙古主人演奏悠扬的马头琴，高唱醉人的长调祝酒歌，瞻仰红色旅游胜地——天山深处红山核武指挥和试验中心旧址，于博斯腾湖滨著名的避暑景区金沙滩和银沙滩逐波戏浪，还有惠曲乡自然奇观神秘的红蝶谷、那音克乡新石器时期古墓群、巍峨的唐代张三守捉城和汉代四十里大墩烽火台遗址……都让人流连忘返，深深地感到和硕的开阔丰饶、历史悠久、文化积淀深厚和旅游资源丰富，更为蒙古人的古朴民风和慷慨豪爽、热情好客的性格而感动。

我们还参观了数处牧民移居点。为了改变高山牧区因缺水和畜牧超载的困难，和硕县人民政府实施了分批安排牧民搬迁下山，在城镇定居的民生工程。移居的蒙古牧民人均分给土地10亩，住房64平方米。除家具外，房内的水电、厕所、装修和电视机均由国家或驻军资助。移居的牧民开始改学种地（主要种植打瓜）和打工，收入不错，教育和医疗也有了保障。虽然尚需一个习惯的过程，但比较当年山地草原上艰苦的传统生活方式来，牧民们的感觉毕竟是舒适多了。有些老牧民还留恋传统的生活，就在院中撑起了恋旧的蒙古包，让传统的与现代的两种生活方式并存，也是一道有趣的风景。历史在无可阻挡地前进着，千百年来逐水草而放牧的和硕特蒙古人，终于开始告别传统的生产和生活方式，享受到现代化的福祉。我衷心祝愿他们。

在和硕采风，深深感到这里社会稳定，气氛祥和，蒙、维、回、汉各族人民团结和睦，亲如一家，人们安居乐业，到处呈现出一派欣欣向荣的喜人景象。我深深体会到，民族团结的确是国家统一、经济发展、人民幸福的前提和保证。最近见到传媒报道，和硕县农牧民人均纯收入今年已突破6000元，提前一年完成了“十一五”目标。这一切，都昭示着号称“天南第一县”的和硕社会进步，百业兴旺，正朝着小康社会的目标阔步前进。

在和硕采风的日子里，获得的信息密集，感受纷繁，我总想选择出一个关键词来概括对和硕的总体大印象。后来终于捕捉到了，这就是“大”：博大、雄伟，开阔，雍容，大山大水大绿大气派。我联想起蒙古族著名文化学者孟驰北先生曾说过的话：我们蒙古人比较有大气，因为它曾入主中原，创建过横跨亚欧大陆的人类历史上空前的大帝国，因而涵养出一种贵族式的大胸怀、大气派。我想原因可能就在这里了。和硕地域辽阔，是漠西厄鲁特蒙古人最主要的聚集地和中心地带，来自光荣先祖的遗传基因所形成的气魄宏大的文化精神，也熏染得和硕大地通体呈现出一种宏伟的气势来。其实，“和硕”从蒙古语音译的县名中恰巧有一个汉字“硕”，无意之中就包含着“大”的含义。为了记录下这个强烈感觉，回到乌鲁木齐后，我就给一直拨冗带领我们采风的和硕县人大常委会巴德满主任书写了一副对联：“天南祥和地，湖北丰硕乡——题赠天南第一县和硕，”表达了我对和硕人民的深情祝福。

称和硕天南第一县，她是当之无愧的。由乌鲁木齐出发，翻越了绵亘千里的天山山脉，进入中国第一大盆地塔里木，踏上号称“天下第一州”的巴音郭楞蒙古自治州地界，遇到的第一个县份就是和硕。但这个地理学上的概念，仅仅是“天南第一县”最浅层次的诠释。实际上，和硕县的山川形势、自然资源和人文景观都能给人以一种雄伟、博大的感觉。这里的历史地理有许多值得大书特书的地方，有些在全疆乃至全国都是绝无仅有，独树一帜的。

和硕的历史十分悠久。在北部深山之中那音克乡著名的古墓群，开阔的河床旁，鳞次栉比地布列着新石器时期游牧民族塞人数以百计的石圈墓葬，大量的出土器物传递着史前文明的密集信息，证明和硕草原数千年前就是古人类选择栖息的丰饶家园。和硕居于新疆地理的中部，扼守南北疆咽喉地带，是进入天南的第一处军事要地。这里古城连绵，烽燧相望，自古是兵家必争之地，战事频发。和硕是我国西汉时期西域三十六国之一的危须国所在地，在惠曲乡至今还保存着危须国国都的一段城墙，记载着它当年曾威震一方的雄姿。据《大唐西域记》载，危须国有 4900 人口。这个数字说明，它在当时人烟稀少的西域当属一个重要的大国。和硕县原治所在地乌什塔拉镇，历来就是重兵把守的军事重地。唐至元代在乌什塔拉镇不远处建有十分有名的张三守捉城，规模宏伟，驻兵多达数千之众，周围是阡陌纵横的屯田。博湖之滨旷野之中有座汉代四十里墩烽火台，也在此镇界内，与张三守捉城遥遥相望。值得欣慰的是，这两处遗址城垒高耸，目前都保存得基本完好。就这样，城池、军垒、屯田和烽遂相连，构成古代一整套严密完备的军事体系，在和硕都有着完整的展示。进入现代社会，20 世纪 50 年代，党中央于和硕天山深处选址建设了世界闻名、具有神秘色彩的红山核武指挥试验中心，无数科技人员和我军指战员，在极其艰苦的条件下，刻苦攻关，终于成功地引爆了我国的第一颗原子弹和氢弹，实现了新中国第一代领导人研制“两弹一星”的宏愿。和硕大地为人民共和国的统一和强大做出了不可磨灭也无法替代的伟大贡献，理所当然地被称为“中国第一盾”。和硕战略地位之重要，由此可见一斑。如今，红山核武指挥试验中心已完成它光荣的历史使命，连同很有纪念意义的居住过张爱萍等好几位将军的“将军楼”，已移交地方，正开辟成一处颇具特色的红色旅游景区，每天吸引着无数来访者，前来缅怀共和国捍卫者们的创业精神和伟大功勋。

和硕县原为焉耆县东区，1946 年始设县。时间虽然不长，但据以命名的“和硕”却历史十分悠久。它来自于名列厄鲁特蒙古四大部落之首的和硕特（其他三个部落分别是准噶尔、杜尔伯特和土尔扈特）。和硕特部落的先祖为成吉思汗之弟哈布土哈萨尔，属成吉思汗的嫡系，地位很高，是当时维系厄鲁特蒙古四部联盟的“丘尔干”（会盟）的“达尔加”（盟主），统领四大部落诸事务。和硕特部落所属的地域辽阔广大，包括今巴州一部和乌鲁木齐市一带的广大区域，势力和影响甚至达到甘肃、青海和西藏一带。当年，和硕特部落首领的牙帐设于博斯腾湖之北的和硕大草原，当和硕特蒙古巴图尔们的骏马驰骋于天山南北时，今天的自治区首府乌鲁木齐一带只不过是它的后花园——“优美的牧场”而已。和硕人告诉我，如果登上和硕城北天山山脉的高峰黄山，就能看到孟克山和乌鲁木齐之东的神山博格达峰。它们都是高耸于群山之上海拔四五千米的高山巨人，白雪皑皑，高插云表，以威武挺拔之躯睥睨群山。三座雪峰遥相呼应，仿佛一群高山巨人在云天之上聚会,“欲与天公试比高”,蔚为壮观。需要指出的是,和硕还曾长期拥有面积位列全国第六、新疆第一、浩瀚无涯的淡水湖博斯腾湖及其周围广袤无垠、水草丰美的和硕大草原。背依雪山冰峰,俯瞰大湖草原,和硕的自然景观十分辽阔壮美。割博斯腾湖及其西南地域设立博湖新县,还只是1975年的事。

一个历史悠久的民族,必然会创造出自己灿烂的文化,推出自己的文化代表人物。和硕特蒙古人在漫长的历史进程中,形成了一系列体现着和硕特独特民族文化风情的传统节日:祖拉节、白年节、麦得尔节等。其中祖拉节又称“点灯”节,是和硕人最重要的传统习俗节庆之一。蒙古古历的十月二十五日刚好是冬至节,这天被蒙古人称为“太阳回来的日子”,因此也就把这天作为计算每个人年龄的标准,从当天开始增添一岁。每当祖拉节临近时,家家户户都要用芨芨草缠上浸了酥油的棉花或羊毛做成许多灯芯,在蒙古包或家门外东南方百步左右的地方用石头堆起一座小敖包祭台。阴历十月二十五日冬至这一天晚上,人们恭恭敬敬地把酥油灯芯置于台上,从长辈起依次点燃,并向祭台叩头祭拜,然后沿顺时针方向环绕三圈。节日的草原之夜,到处火光通明,灯盏闪烁,灿若星汉,景象十分壮观。节日期间亲朋好友都要相互宴请,喝祖拉茶,共度佳节。近年来,这一节日又加进盛大的歌舞文艺表演,大家在喜庆欢乐的气氛中相互祝福平安吉祥,庆贺一年的丰收或胜利,表达美好心愿。祖拉节是和硕特蒙古人重要的传统节日,类似汉族人过的春节,历史悠久,仪式独特,内涵丰富,已被列入国家级非物质文化遗产名录,正在积极申报进入世界级非物质文化遗产名录,而和硕也就成为“祖拉节”的故乡。这不,正当我在写这篇文化随笔的时候,又读到《新疆经济报》一篇消息,报道说,11月23日(阴历十月二十五日)夜,一台规模盛大的电视文艺晚会《祖拉的故乡——和硕》在和硕成功举办,气氛热烈,盛况空前。看来,“祖拉节”这份优秀的民族传统文化遗产,在和硕已得到真正的传承和发扬。

和硕既是“祖拉的故乡”,也是“龙驹的故乡”。这里有一个优美的民间故事传说。1775年,17万原来长期生活在伏尔加河流域的土扈特和和硕特蒙古人,为了反抗沙皇俄国的侵略、欺凌,毅然冲破敌人的围、追、堵、截,不惜流血牺牲,历尽千辛万苦,终于回到了祖国的怀抱,显示了伟大的爱国主义和英雄主义精神。清政府热情地接待了忠于祖国的东归英雄们,乾隆皇帝特旨将和硕特的将士们安置在和硕草原。由于东归途中人畜伤亡惨重,一对和硕特老牧人只剩下孤零零的一匹骒马。他们天天牵着骒马来到博斯腾湖边,哀哀地向上苍哭诉,祈求神灵赐给他们一匹小马驹。这天,忽见汹涌的湖水中跃出一条神龙来,落地后化作一匹雄健俊秀的骏马。那匹龙马与老牧人的骒马像久别的情人,亲热地交颈相吻……不久,骒马怀孕了,为老牧人生下一匹漂亮的小马驹来。望着可爱的小马驹,老牧人笑逐颜开,把它亲切地称作小龙驹。这匹传奇的小龙驹,后来就成了中国名马之一“焉耆马”的祖先。这个动人的神话传说,很快就在和硕特蒙古人中流传开来,自豪地称自己美丽富饶的和硕大草原是“龙驹的故乡”。蒙古是一个爱马、崇拜马的民族,这个神话传说,是依据蒙古人传统的审美理想对自己英雄历史的深情追忆,表达了对大自然的敬畏和感恩之情,也寄托了蒙古人对美好、和平生活的祈望。龙驹的传说故事,是蒙古族“东归文化”的一个组成部分,可以看做是和硕特蒙古人的创世史诗,具有深邃的文化内涵。

和硕大地堪称物华天宝,人杰地灵。那音克古墓群、危须国遗址、张三守捉城遗址、四十里大墩烽火台遗址、红山核武指挥试验中心遗址、厄鲁特蒙古四大部落之首和硕特封地、东归英雄传奇、文化大师扎雅·班迪达、国家级非物质文化遗产“祖拉节”的故乡、龙驹的故乡、金沙滩、银沙滩、红蝶谷……和硕大地上这些不胜枚举的自然地理和人文历史中得天独厚的资源,无论是在历史的空间广度和时间纵深上,还是在文化品位和精神内涵上,都可圈可点,具有不可替代的位置,足以证明:和硕在新疆,甚至中国的历史上都占有重要的一席之地。在全疆,如和硕这样同时拥有如此丰厚而全面的人文和自然资源的县份也许为数并不是很多。和硕是祖国西北地区一颗耀眼的戈壁明珠，一个蕴藏着巨大资源的风水宝地，也是一方正在开发的热土，不失为自治区一个历史文化大县。难怪和硕人每每谈到这些的时候，都显示出不由自主的骄傲和对未来的自信。和硕的大气，有着足够的自然与人文资源的坚强支撑，是建立在有充足底气基础之上的，这就是它总体上会给人以雄伟、博大而又厚重、雍容感觉的原因。

于是，生活在名副其实的天南第一县的蒙古、维吾尔、回、汉等 8 万和硕各族人民，怀着对辉煌历史的由衷骄傲，继往开来，迎着改革开放的春风展翅高飞，正团结和谐、精神振奋地谱写着新世纪的辉煌！

2009 年 10 月

大哉，博斯腾湖

蔚蓝、蔚蓝、蔚蓝、蔚蓝……

碧绿、碧绿、碧绿、碧绿……

瑰红、瑰红、瑰红、瑰红……

金黄、金黄、金黄、金黄……

大巴车沿着黑色的环湖公路，左盘右旋，忽上忽下，一直向东南方向轻捷地行驶。一路上，湖风送爽，景色宜人。车窗外，8月明亮的阳光下，蔚蓝、碧绿、瑰红、金黄……万紫千红，色彩斑斓，争先恐后地跳入眼帘。车回路转，移步换景，美不胜收，如行山阴道上，令人目不暇接：左手，在奔跑着万千朵白云幻化成骏马羊群的蓝天下，是一湖好大好大的蔚蓝色水面，浩浩渺渺，一望无际，清澈澄明如处子的眸子，波光潋滟，我脑中立即记起范仲淹名篇《岳阳楼记》中的句子："衔远山，吞长江，浩浩荡荡，横无际涯，朝晖夕阴，气象万千……"而满眼醉人碧绿的，是湖畔上的芦苇、菖蒲、芨芨草之属，高大挺立，密密丛丛，以绿色的豪迈战阵铺向天边。中间杂以一簇簇瑰红的红柳，铁杆铜枝，神采焕发，正是红柳花怒放的季节，开得分外喧闹，光艳夺目，红花绿叶倒映在水中，姚黄魏紫，如同色彩明丽的画廊。右手则是蜿蜒起伏的沙丘，金黄耀眼，有几道细沙甚至一直铺向湖边，形成一处处天然的沙滩游泳场。沙丘上，则遍布胡杨、梭梭、骆驼刺之属，间以喜人的青葱之色，驱除了黄色的单调乏味。大巴车忽然直下，逼近湖岸停下了，依窗而望，可见轻风逐起层层细浪轻抚着金色的沙滩，卷起一轮轮白色的浪花。依稀有衣着艳丽泳装的弄潮儿在水中逐波戏浪。远处，更有渔船在湖心往来穿梭，正打捞出一网网活蹦乱跳的鲜鱼。近岸处，成群的牛羊，如朵朵白云撒落在无边的青草地。间或有天鹅、白鹭、鸿雁和水鸡群集于草丛水边觅食，忽又振翅惊起，翱翔于湖天。耳畔似有一曲蒙古牧人悠长、浑厚的嗓音，在湖面上缓缓飘过，是呼麦，是长调？该是在为水禽们优美矫健的舞姿伴奏吧！

好一幅生命力蓬勃的大湖盛景啊！万类湖天竞自由，为眼前这一泓大绿大水，增添了无穷的灵性和诱人的妩媚。此时此景我甚至完全忘了，包围在大湖四周的无边的大沙漠，正虎视眈眈觊觎着这一湖罕见的大水……

壮阔的博斯腾湖！

多彩的博斯腾湖！

诱人的博斯腾湖！

生命的博斯腾湖！

早在上个世纪50年代后中期，读到新边塞诗代表诗人闻捷的《天山牧歌·博斯腾湖滨》时，我就深深为诗中所描写的博湖绮丽风光和蒙古牧人的豪爽性格所吸引、所陶醉，心中充满了对神秘博斯腾湖的向往。如今，我终于有缘走近她那慈祥、宁静、宽阔、博大的胸怀了！中途休息时，我忍不住赤裸了双脚，踩着松软的细沙走进清澈的水中，尽情享受她那略感清凉的湖水温柔地抚摸。和硕特蒙古族曾在民歌中深情地唱道："来到辽阔的博斯腾湖，就像回到母亲的身旁。"是的，我仿佛一下子年轻了60岁，变成一个幼婴，幸福地依偎在母亲那丰满宽厚的胸膛……

"八月湖水平，涵虚混太清，气蒸云梦泽，波撼岳阳城……"大巴沿着湖滨整整奔驰了大半天，也只不过绕了大湖的东南角一隅，我记起了唐人孟浩然写洞庭湖的名句，情不自禁地在心里赞美道：大哉，博斯腾湖！

的确，博斯腾湖给我最强烈的印象，就是她的雄浑、博大。

我自来有一种地图癖，喜欢看地图，画地图，研究地图，对着五彩地图浮想联翩，想入非非。有一次我在观看中央电视台天气预报时，突然发现在黄色的、偌大的新疆地理版图中，唯一显示出来的那块喜人的蔚蓝，就是博斯腾湖。她像一枚闪光的蓝宝石，镶嵌在辽阔版图地理中心偏东一点儿（其实，人的心脏不也是在人体向左胸偏了一点儿吗？），每当见到她的蓝色倩影，心里就蓦地升起一阵惊喜，就会报以欣慰的微笑。蔚蓝色的大湖，唤起我湿润的希冀和油然而生的豪情。她就像一颗强劲的心脏，依托雄伟的天山，在新疆大地的胸怀中有力地搏动，以充盈的血液和勇迈的气魄，哺育了辽阔而丰饶的焉耆——和硕大草原、大湿地，阻止了骄横的塔克拉玛干大沙漠肆意北扩，向广袤无垠的南北疆辐射出强大的生命力。

博斯腾湖蒙古语称为“腾格斯鄂漠”，意为“上天的大海”。博斯腾湖是大自然对新疆大地的伟大馈赠。她的幅员辽阔，号称我国第六大淡水湖，更是我国最大的内陆淡水湖。博湖人自豪地说，就是把整个香港特区搬过来，也装不满我们的博湖哩！她以宽阔的襟怀含蓄了天山北麓巴音布鲁克万千条水系的水源，沿着开都河、马拉斯台河等大河，一路奔流而来，汇聚成一座整个西北地区罕见的浩大水面。巴音布鲁克，不正是蒙古语“丰富的泉水”的意思吗？据专家考证，远在隋唐时期，博斯腾湖的面积就已达1300平方公里，现在大湖略有萎缩，东西长约55公里，南北长约25公里，仍经常保持在1000平方公里左右的宽阔水域。湖水平均水深10米，最深的海心山附近达20余米，汇水总量超过100余亿立方米。一泓大水使博斯腾成为调节新疆中部地域水量、湿度和气候的功能强大的自然之肺。联想到被世界第二大沙漠塔克拉玛干大沙漠重重包围的险恶、地理位置严峻，降雨量稀缺，蒸发量巨大，博斯腾湖这一深厚伟力和无量功德，就愈加显得难能可贵了！

博斯腾湖形成今天如此浩瀚的大水面，据专家考证，不过4000来年，历史并不长。我国古籍称之为“敦薨薮”，又称“西海”。我在长篇历史小说《岑参》中，还让这位生性好奇的唐代大边塞诗人，于军机匆倥之中忙里偷闲，来到“西海敦薨薮”乘独木舟游玩了一番。为了看到远飞的天鹅，他差一点掉进湖水中，受了一场虚惊，我与十分崇敬的唐代大诗人开了一个小玩笑。博斯腾湖开始形成于第三纪，属于中新代凹陷陆相沉积地带。由于印南亚次大陆板块北移，与欧亚大板块相挤压碰撞，造成天山山系隆起，山体扇形皱褶被年复一年的冰雪水冲刷，致使焉耆盆地整体陷落，形成了最初的湖面。除了博斯腾湖，新疆其他几个有名的大湖泊命运都不佳。进入上个世纪中期，罗布泊上游由于来水减少，水分蒸发量又惊人，加上人类过度开发，逐渐萎缩以至完全干涸了，在新疆东部偌大的版图上，留下了一只巨大的枯萎、干涩、丑陋的耳郭。它和它身旁的古楼兰，被历史遗忘在漫漫风沙之中。在吐鲁番盆地的中心，作为中国最低地的艾丁湖，湖水不知什么时候消逝得无影无踪，湖底朝天，在太阳的炙烤下被干裂的盐碱硬壳所覆盖。在天山以北遥远的巴里坤湖，还有阿拉套山之南的艾比湖，这些在古代都是堪称大水面的湖泊，也告别了往昔丰盈的身形，尘沙四起，频频告急，为苦苦挽留最后一湾浅浅的水量苦苦地挣扎……唯有天山之南的博斯腾湖，却“风景这边独好”。它不仅存活了下来，并且由于自动拦蓄聚集了来自上游更多的来水，始终保有着充沛的一湖大水，从而历史地取代了曾一度浩瀚无垠的罗布泊，成为新疆最大的湖泊。

的确，博斯腾湖是十分幸运的。她与我国西北干旱沙漠地区众多没有出口下泄的尾闾湖明显不同，上游既有以开都河为主的流量很大的诸多水系，西南方的下游又有出口的孔雀河，滔滔奔流数百公里，一直流到台马湖。开都河流经幅员辽阔、人烟稀少的巴音布鲁克大草原、大湿地，是一片极少受到污染的水域。由于博湖北有大河注入，南有大河下泄，不断稀释了湖中的盐碱成分，从而保持了湖水的纯洁度，于是博斯腾湖就成为一个始终处于流动状态的大湖，一个水质洁净的大湖。古人云：“问渠哪得清如许，为有活水源头来”，又云：“流水不腐”，这一切得天独厚的自然环境和自我调节的能力，有力地保证了博斯腾湖有着既永不枯竭，又能不断更新的优质水。

物竞天择，适者生存。水是地球生命的源泉，是农牧业的命脉。有了一湖品质优良、温度适宜的大水，博斯腾湖便吸引、滋生、繁衍出多种多样的生物群落。唐人早在1400年前编就的《隋书》中，就盛赞博斯腾湖有“渔、盐、蒲、苇之利”。于是博斯腾湖便孕育出了天山南麓最大的草原——和硕大草原，最大的湿地——和硕滩，也便培育出中国四大芦苇生产基地之一，形成了全疆最大的渔场，在大湖的周边发育出数以万亩计的宜耕农田，盛产稻米、小麦、玉米、棉花、西红柿和辣椒等，也培育出中国五大名马之一——焉耆优良走马，成了天鹅、鸿雁、白鹭、水鸡等水禽家族乐不思归的栖息地。博斯腾湖更以它放大了的湖体效应，整体性地发挥了博斯腾湖盆地的气候调节作用，为维护湖区生态平衡、促进盆地周围的经济和文化发展产生了巨大影响。上述几个“最大”，雄辩地标示出博斯腾湖在新疆经济文化上举足轻重的显赫地位。

博斯腾湖还有一种奇特的生物现象，就是湖区从来没有发现蛇的踪迹。所以生活在博湖的人类、牲畜、鱼类和水禽，无论在湖边还是下水活动，根本不用担心受到蛇类的袭击。其中的原因，有多种猜测，有人说是博湖地区冬天过于寒冷，有人说是博湖一带土壤中含碱量较高，也有人说食物链存在缺失，所以都不宜于蛇类在此生存。其实，探究湖区无蛇的原因是不必要的。蛇在人们传统观念中是一种阴毒、残忍的冷血动物，是自然界无情的杀手，是阴谋、邪恶的象征物，这里之所以没有它们的踪影，我更愿意是神仙、菩萨的神力所致，或者竟是西天取经的唐僧在此施法祈福的结果。他们要保佑博湖的宁静、祥和，不让邪恶之物染指。博斯腾湖，原来是座吉祥的大湖。

随着动植物繁盛的足迹，人类也纷纷闻讯迁移到博斯腾湖滨创业安居。远古的塞人来了，汉唐时期的汉人来了，蒙古人来了，维吾尔人来了，回族人和其他各兄弟民族的人群也相继来了，在大湖的周边逐渐聚集了百多万人群，形成多民族和谐相处的聚居地。人们在这里修建城垒戍楼，屯垦戍边，安置毡房，筑路盖屋，放牧牛羊，耕种稼禾、棉花、菜蔬，撒网打鱼，引卤晒盐，建立工厂，逐渐成为大湖的主宰。人类作为万物之灵长，也便在这里创造出独特的灿烂文化。

这里是汉代西域三十六国中大国之一危须国的属地。

这里是安西都护府重镇焉耆的后花园。

历史上这里本来就是蒙古和硕特部落的主要栖息地。1771 年,作为土尔扈特蒙古人东归的先锋部队，由大首领恭格率领的 2700 名和硕特蒙古勇士,历尽千难万险回到祖国,后被清廷分封到博斯腾湖滨的和硕草原驻牧,成为繁衍壮大蒙古和硕人的有生力量。从此,和硕人扼守在南北疆的咽喉地区,为维护中华民族的统一和国家领土完整作出了历史性贡献,为中华民族族史写下了壮丽的一页。

这里是蒙古族经典音乐长调的流传地,更是唱遍了世界的蒙古民歌《鸿雁的故乡》的诞生地。

这里是 17 世纪蒙古族文化大师扎雅·班迪达生活过的地方。

这里蒙古族延续着也创造了自己的节庆日“点灯节”和“开湖节”,以奇异风俗文化吸引着八方来客。

这里是中国四大名马之一焉耆马的祖先——蒙古人视为神骏的小龙马出水之处。

这里是新中国在 20 世纪 70 年代最后一个新建立的县(1971 年 4 月 20 日)，是唯一为有效管理一座大湖泊而在当时专设的最年轻的行政单位,而且是经周总理亲自批准的。

这是中国唯一一个湖水几乎占了一半面积的县份。

这里有进行尖端国防科技研究试验的基地,日夜为保卫伟大祖国铸盾砺剑,威震四方。

这里有全国最大的西红柿生产和加工基地。

这里是中国四个最大的芦苇产地之一,因此诞生了别具特色的地方民间工艺新品种——苇画。

这里有全疆最大的渔场。

这里有全国最大的野生睡莲基地。

这里有西北地区最大的扬水站。

这里有全疆最大、最优良的湖滨游泳场——金沙滩、银沙滩。

这里正在依靠资源优势，打造着新疆最大、品类最齐全的旅游胜地。

……

哦，博斯腾湖真是一座天设地造的聚宝盆。前后几次虔诚地寻访，我几乎已经围绕大博湖步量了一圈，拜谒了它的倩影。我也终于走进了博斯腾湖宽广的胸怀，感受了它色彩斑斓的全貌，嗅到了它清新怡人的气息，体悟了它特有的体温和脉动。在全国、在全疆能有几个地方保有如此得天独厚的可再生的自然资源？太少了！博斯腾湖的丰饶、厚重、博大和雄浑，使我震撼；它所持久维护的最适于人类居住的原生态，更使我兴奋。

迎着清爽、湿润的夏风，我长久地伫立在大博斯腾湖岸边，仔细谛听白云与湖水的絮语，观赏湖风中珍奇的水鸟们飞越辽阔的芦苇荡，一任浪花溅湿了我的鞋袜裤脚，浮想联翩，思接千古。博斯腾湖能够永远保持这一湖丰足、清洁的大水，保有这万千繁盛的物种么？它可能会无法抵御人类的无度索取、过度开发和自然环境的恶化，而变成可悲的罗布泊第二，或者大西北的洞庭湖么？不会，因为人们已汲取了以往的经验教训，懂得维护自然界生态平衡的必要性、紧迫性，建立了科学的发展观，树立了可持续发展的理念，因而变得更加理智和聪明了！

吉祥如意的博斯腾湖——上天赐予的一泓大水大绿，清澈的湖水波光粼粼，正在用沉稳自信的波涛传递着上述的信息。

啊，大哉，博斯腾湖！

2010 年 9 月

大湖小品

博斯腾湖是上天和雄伟天山给新疆大地的伟大馈赠。它水面辽阔，碧波荡漾，号称我国第六大淡水湖，它不与流往海洋和境外的大江大河相连通，更成为我国最大的内陆淡水湖。博湖以宽阔的襟怀含蓄了天山北麓巴音布鲁克万千条水系的水源，汇聚成一座西北地区罕见的浩大水面。一泓大水大绿使博斯腾湖不仅成为调节新疆中部地域水量、湿度和气候的功能强大的自然之肺，灌溉了周围千万亩良田，也养育了物种繁多的生物群落，诞生了极具地域和民族特色的文化，堪称新疆引以为傲的一座聚宝盆。兹选取博斯腾湖几种常见的平凡事物，试撰大湖小品八章，以小见大，以表对大博斯腾湖的敬意。

芦苇

小时候，读到毛主席在《反对党八股》中引用的一副对联："墙上芦苇，头重脚轻根底浅；山间竹笋，嘴尖皮厚腹中空。"不知怎么，竟对芦苇产生了不太好的印象。但是随着年龄的增长，对芦苇这一新疆随处可见的多年生禾本科生物的了解，我才发现这不过是一种艺术夸张和偏见。实际上，索取甚少、生命力极强的芦苇是一种很有实用价值的植物。它不怕盐碱、干旱、沙荒，随遇而安，在条件十分严酷的地方，照样能扎根发芽，茁壮生长，可谓"野火烧不尽，春风吹又生"。丛生的芦苇，具有保护水资源和水土流失的双重作用。春天，它的茎叶嫩芽是牲畜喜食之物，成熟后则是人类传统的燃料，还可用来编席织帘。芦苇既是用于造篱、修墙、苫盖房顶廉价的建筑材料，更是造纸的优良原料；甘甜的芦根既可食之救荒，清凉解毒，又能入药治病；至于修长的茎秆，可用来制成芦笛吹奏乐曲……芦苇可真是浑身是宝，无一不是人类有用之物。除了物质价值，芦苇还具有精神层面上的价值。每到春天，它以自己青葱之色染绿荒凉、丑陋的沙漠，秋天，则以风中飞舞的白色芦花、金色芦叶鼓荡出荒原的律动，别是一番风景。中国传统绘画中，常以“芦雁”作为题材，于残败、苍凉、悲慨、肃杀的秋景中传达出一种顽强的生命力，创造出很高的美学意境来。至于河北白洋淀和江南沙家浜著名的芦苇荡，更成为掩护抗日英雄、消灭敌寇的天然屏障，让人油然而生敬意。

现在，在博斯腾湖，我又见到可敬的芦苇了，而且是铺天盖地、连水接云、无边无际、汹涌起伏的芦苇林。

1400 年前成书的《隋书》，就盛赞博斯腾湖有“渔、盐、蒲、苇之利。”可见博斯腾湖盛产的芦苇，就曾给了古人很深的印象。博湖的水土大概特别适于芦苇的生长。由于上游来水充足，携带了大量泥沙，长期液积而成的三角洲不断向湖心推进延伸，湖水逐渐变浅，地下水随之上升，就为水生植物，如芦苇、芨芨草、菖蒲等提供了得天独厚的生长条件。千百年来，芦苇自生自灭，在水边化成肥沃的腐殖质，形成巨大的芦苇墩，芦苇于是便愈加茂盛地繁衍开来。在博斯腾湖西南和西北，特别是西湖区沼泽地带发育成大片大片的芦苇，挨挨挤挤，密不透风，布满了数万亩沼地、港汊和湖湾，如茂密的丛林，如雄伟的城墙，往往连绵数十里也望不到边，景象十分壮观。有资料表明，博湖的芦苇 1960 年以前曾多达 80 余万亩，现在仍保有 70 余万亩，是全国四大芦苇产地之一。

与人们常见的芦苇不同，博斯腾湖的芦苇不仅面积大，长得极其茂密，而且特别高大粗壮，一般能长到 3 厘米粗细，六七米高，最高者水上水下加起来竟有 10 米以上，有三四层楼房那么高，真是不可思议！据统计，全湖年产芦苇量多达50万吨。然而在1980年代以前，博湖的芦苇资源在本地利用率并不高，所以从河北、河南、山东、陕西来的数以十计的调苇队，每年定期来博湖割苇，通过铁路运往内地做深加工。甚至在人烟罕至的大芦苇塘纵深处，“文革”时期竟成了不少身份不明的流浪者隐藏谋生之地。天高皇帝远，一些人犯法事件时有发生，由此引发了声势浩大的剿湖事件，一度震动了全国，并直接诱发了新建博湖县统一管理博湖的动议。

如今，以芦苇为原料从事编织、造纸等加工业，已成为博湖县一大支柱产业。为保证这一自然资源的可持续发展，近年博湖人开始试验人工培育种植芦苇，成效显著。

聪明的博湖人既拥有极其丰富的芦苇资源，也从河北省白洋淀引进了制作苇画的工艺，已能批量生产，供应市场。民间手艺人于每年12月前后，下湖割取水下生长的苇子（因其节长而质软，有韧性），经过泡、磨、烙、剪、刻、烫等多道工序，制作成一幅幅精美的苇画，技艺精湛，风格独具，内容既有传统的绘画题材，也有现实题材。苇画美化了人们的生活，成为博湖一绝。

博斯腾湖的芦苇，可称得上是取之不尽用之不竭的可再生自然资源，得天独厚。芦苇在保护自然环境，为人们提供奇特的旅游景观的同时，也以自身丰富的经济价值和文化价值为博湖人造福。索取甚少的芦苇，平凡而伟大的芦苇于博湖人也，可谓功莫大焉！

芨芨草

在博斯腾湖与芦苇伴生，并能与之比美的，是芨芨草。

芨芨草又称“白草”，因其一到秋冬时，茎叶枯干呈纯白色，于旷野中白得亮眼，故名。唐代大边塞诗人岑参名诗《白雪歌》开头两句“北风卷地白草折，胡天八月即飞雪”，写的就是芨芨草的壮美奇观。这是一种在新疆较湿润的荒野处最为常见的多年生禾本科植物，依靠深入地下的根茎繁衍生长，生命力极强。村民居住区到处都是芨芨草，村庄外则随处可见芨芨滩，每至春夏间，四野碧绿的芨芨草竞相发蘖拔节，一兜一兜的，挺拔茁壮，很是精神。乌鲁木齐附近有地名叫做“芨芨槽子”的，足见其生长十分普遍。古人们习惯将芦苇和荻草并称为“芦荻”。但遍布于内地水边的荻草，在新疆却十分少见，不知何故。其实，芨芨草与荻更为接近，都是丛生，叶、杆细长坚挺，花碎而色紫，杆茎不像芦苇那样中空，是实心，而且芨芨草的茎秆比荻草还要坚实得多。但是，博斯腾湖湖区生长的芨芨草与众不同之处，是它们生长得特别高大、茂密。记得1979年秋我第一次造访博湖时，就为沿湖畔绕行数里仍望不到边的芨芨草大吃一惊，更为它长得足有两三人高，把紫色的花穗如旗帜般飘扬于半空而深表惊讶。也许与平时能画几笔有关吧，望着迎风摇曳的芨芨草那挺拔、潇洒的身段线条，我忍不住注目大半天，在脑海里描画它那乱叶纷披的动人形象。

芨芨草既是一种优质饲料，也常被人们用作建筑材料和燃料，还可用于编织帘、筐、绳、长笤帚等多种生活生产用具。用它编成的草帘，特别结实、细密而匀称。与芦苇一样，芨芨草是人类朴实的好朋友。

前年在和硕县采风时，我听当地蒙古族人自豪地说，博斯腾湖一带生长的芨芨草，其长茎特别粗壮者，可以用来制作军用箭杆。清朝时，他们的先辈就常常把用博湖生产的芨芨草制成箭杆向北京进贡，曾受到乾隆爷的褒奖和赏赐。

我在博湖发现过几兜特别高大的芨芨草，吃力拔下几根青色的长长的顶花茎秆来，竟有小拇指般粗细，相当坚韧结实，掂在手中，沉甸甸的，端起来瞄上一眼，笔直、顺溜，果然好箭，名不虚传！我心里赞道。

鱼

有水就有鱼，鱼儿离不开水，鱼水不可分。

海阔任鱼跃,博斯腾湖水域辽阔,水质颇佳,饵料丰富,水温较高,极适宜于鱼类的生长。古籍《山海经》称:“敦薨(即博湖)之水多赤鲑(尖嘴鱼)。”《汉书》说:“焉耆近海水多鱼。”《隋书》载:博斯腾淖尔有“渔、盐、蒲、苇之利”,有“鱼两种,大者可逾十筋(斤)”。清代第一大才子纪晓岚也是个美食家,发配新疆时在赴了一次鱼宴后题诗道:

凯渡(开都)河鱼八尺长,分明风味似鲟鳇。

西秦只解红羊鲊,特乞仓公制脍方。

清人曹麟开也在其诗《鱼》中赞美道:

万壑争从淖尔输,渭干河水汇开都。

细鳞巨鱼天生脍,那减松江五尺鲈。

可见博斯腾湖鱼的美味早已闻名于世,渔业历史十分悠久。

博湖本土生的鱼类不多,只有扁吻鱼(俗称大头鱼)和裂腹鱼(俗称尖嘴鱼)这两种产量较高的经济鱼种。1979 年,在博湖我曾见到有人捕到数十斤重的大头鱼,两人合力提起来足与人等高,见所未见。不过自 20 世纪 60 年代初开始,博湖从外地(阿瓦提渔场等处)引进新的鱼种,特别是 20 世纪 60 年代后期自治区大力推行“北鱼南调”的移殖工程,从额尔齐斯河和长江流域等处,引来鲤鱼、鲫鱼、草鱼、鲢月、鳙鱼、青鱼、鳊鱼、鳟鱼、鲂鱼、贝加尔雅罗鱼(俗名小白条)、拟鲤(中白条)、赤鲈(即著名的五道黑)等几十个新鱼种,投放进博湖,累计多达数千万尾,从而使博斯腾湖的鱼类种群结构发生了巨大变化,产鱼量也随之大大增加。现在,博湖土生的鱼种大头鱼已不多见了,鲤鱼、鲫鱼、贝加尔雅罗鱼(白条)、赤鲈(五道黑)等“喧宾夺主”,已成为湖中的主要鱼种,遍销于南北疆。

新中国成立前,博湖的渔业很不发达,年产鱼不过区区几十吨,20 世纪 60 年代初也不过年产 500 吨左右。经过半个多世纪的建设发展,博斯腾湖周边已建成了多个渔场,组成专业捕鱼队,并能建造渔船,进行较大规模的机械化捕鱼作业,年捕鱼量已超过 3000 吨,据说最多时一网能打出 40 吨鱼,装满了 10 辆大卡车。

博斯腾湖丰富的渔业资源，已吸引了来自江苏、湖北等地的渔民，他们长住于此进行捕鱼作业，同时带来了先进的捕鱼技术。博湖人因地制宜，还创造了“开湖节”等富有民族和地域风情特色的民俗文化。每年春三月，人们齐聚于湖边，载歌载舞，以隆重的祭鱼仪式破冰捕鱼，吸引了海内外众多观光客前来庆贺同乐。

自 1981 年开始，为了充分利用湖水资源，发展多种养殖，博斯腾湖又从舟山群岛、杭州、太湖等地引进了沼虾、青虾、河蚌、蟹、牛蛙等水产。从此，人们在博湖不仅可以品尝各种名贵鱼类，还能吃到地产的虾、蟹、蚌、牛蛙等美味了。

的确，在博斯腾湖滨，我就有幸品尝过一席博湖全鱼宴。厨师们展示才艺，以数十种鱼虾为原料，采用煎、炸、烧、烹、蒸、烩、熘、烤等多种多样的烹饪手艺，调制成数十道色、香、味、形各不雷同的鱼料菜肴，水陆杂陈，香气四溢，摆了满满一大圆桌，让我这个“海参鱿鱼认不全”的小文人，大开了眼界，大饱了口福。

我惊异于博斯腾湖这大自然的娇子丰厚的慷慨馈赠，也敬佩博湖人的宽阔胸襟和他们那精湛的饮食文化创造。

焉耆马

蒙古人是博湖县的主体民族，蒙古族崇拜的图腾是狼、灵鹿和骏马，特别是马，更是近代马背民族蒙古人特别敬重、珍爱的尤物。博湖和硕特蒙古人唱道：

在那沙木河流域，黄马两岁就出了名，
无论给我多少金银，绝不转卖给他人。

在厄鲁特的部落里，黄马的高大出了名，
无论给我多少金银，绝不转卖给他人。

跑得飞快的黄马，从不喝那不洁的死水，

跑得飞快的黄马，从不加入那零散的马群。

——《跑得飞快的黄马》

博湖蒙古人与生活在整个焉耆盆地的和硕特部落蒙古人一样，焉耆马是他们的光荣创造，也是他们最大的骄傲之一。

中国有五种名马：蒙古马、伊犁马、青海马、伊吾马和焉耆马。这五种名马，或长于奔驰，或长于负重，或挽力巨大，或耐力超强，或长于快走，特长功能不一，各有千秋，无分高下。焉耆马则最擅长小步快走，是优秀的走马。

历史上曾长期管辖博湖的焉耆是古国名，博湖地区古称焉耆盆地，所以要用来为本地出的名马命名。实际上，所谓焉耆马的诞生地不在别处，就在博斯腾湖滨水草丰茂的大草原，现多在博湖县境。据博湖蒙古人讲，博湖周围草原的水草特别丰茂，但却因水多而土地松软，马匹在沼泽地上寻找青草吃，必须小步快走，否则一不小心就容易陷进泥沼之中，动弹不得。冬天，马匹又要沿着结冰的湖面去寻找草料，在光滑如镜的冰上行走，也必须小心翼翼迈着小步，否则容易滑倒或因用力过大而将薄冰踩裂而落水。适者生存，是自然界的铁定规律。于是长期在这样环境中生长，焉耆马养成了它们擅长小步快走，而且走得十分稳健的习性，于是小步快走就逐渐成为焉耆走马的天赋功能特征。

关于焉耆马的来历，和硕特蒙古人中还有一个版本，这就是龙驹的传说。

那是 1771 年，世界历史上发生了一起惊天动地的大事件，在伏尔加河沿岸已生活了 140 余年的土扈特和和硕特蒙古人，因不堪沙皇俄国统治者的侵略、欺凌，出于追求自由和独立的民族天性，在土扈特首领渥巴锡大汗的率领下，毅然发动了反抗沙俄、回归祖国的大规模武装起义。17 万英勇的蒙古人拖儿带女，赶着马匹牛羊，一路浴血奋战，冲破了敌人的围、追、堵、截，历时半年，历尽千难万险，行程一万多公里，终于回到了祖国的怀抱。可以想见，东归的征程是极其悲壮的，开始起义时 17 万浩荡大军，归来时只剩下 7 万余人了，马匹牛羊也几乎损失殆尽。东归英雄英勇顽强的精神和对祖国的无比忠诚，真是可歌可泣，他们用生命和鲜血书写下了中国蒙古人光辉的历史篇章。东归的英雄们受到清政府的热情欢迎，1775 年，乾隆皇帝特将一方刻有“勇敢和忠心建立政权的和硕特之王”的大银印，赐予和硕特盟长，并把新疆焉耆盆地博斯腾湖沿岸辽阔肥美的大草原，封给了和硕特部落，供他们重建家园，休养生息。

由于东归途中人畜伤亡惨重，一对和硕特老牧人只剩下孤零零的一匹骒马，无法传宗接代。老夫妇于绝望中，只好天天牵着骒马来到博斯腾湖滨祭拜天地，哀哀地向上苍哭诉，祈求神灵赐给他们一匹小马驹。也许是这对善良的老牧人一片真情和赤诚感动湖神了吧，这天，忽听横空一声霹雳，天空霞光万道，湖水汹涌，于白浪滔天处跃出一只金光四射的神龙来。那条神龙落地时立刻化作一匹雄健俊秀的骏马。那匹龙马与老牧人的骒马像久别的情人相会，欢愉异常，咴咴长鸣，相互亲吻交颈，然后双双奔向湖畔没人深的草丛……不久，骒马怀孕了，为幸运的老牧人生下一头漂亮的栗色小马驹来。望着可爱的小马驹在草原上扬鬃奋蹄，活蹦乱跳，往来驰骤，老牧人喜笑颜开，把它亲切地称作小龙驹，从此开始了幸福的新生活。

这匹具有传奇色彩的小龙驹，后来就成了中国名马之一的“焉耆马”的祖先。

龙驹出水处——白鹭洲

说起焉耆马的祖先——小龙驹的出水处，这里又有一个传说。

人们传说，那对期盼小马驹的和硕特蒙古老夫妇，就生活在位于博斯腾湖东南方湖滨一片肥沃的水草地上。

这片草原的林木水草特别丰茂，从岸边到近水中，层次分明地长满了郁郁葱葱的红柳、芦苇、芨芨草、菖蒲和各类肥美的青草。那对善良而孤独的老夫妇，每天带着他们的骒马穿行于草地中，向大湖和苍天哀哀乞求，赐给他们一只小马驹，直到有一天横空一声霹雳，天空霞光万道，湖水汹涌，于白浪滔天处跃出一只金光四射的神龙来……

大概是因为这片丰茂的草地食物众多，水质洁净，气候温和而少风，又是小龙驹出水处，是一片特别灵验祥和的福地，所以众多水鸟便纷纷飞来觅食、栖息、做爱、繁衍后代。它们中既有长颈的水禽天鹅、鸿雁、野鸭、鱼鹰、水鸡，也有长腿尖嘴的涉禽仙鹤、鸬鹚、鹭鸶等等。它们在这里或振翅高飞，或引颈长鸣、相互嬉戏打斗，热热闹闹，熙熙攘攘，俨然一处水鸟的天堂。敬畏自然的蒙古人爱骏马，也爱鸟类，鸿雁是他们常常用来起兴歌唱的自然界朋友。著名的蒙古民歌《嘎达梅林》《鸿雁的故乡》等都是如此。博斯腾湖是传遍了世界的民歌《鸿雁的故乡》的原唱地之一，歌中深情地唱道：

灰色的小鸿雁哪，
在芦苇湖里快乐地戏游。
远方的客人来到我的家，
我们一起欢聚、畅饮，永不分手！

纪晓岚也有《苇桥》一诗，咏叹苇湖中的水鸟：

葭苇丛生野水边，土桥古径尚依然。
雁群及自苇中起，西向飞飞入远天。

可能是由于这里白鹭来得尤其多，飞翔迈步的姿态又非常优雅的缘故，于是人们就给这片水草丰茂的大沙洲起了一个颇有诗意的名字“白鹭洲”。

如今，博湖县旅游局已在白鹭洲背后高高的沙山上修建了一处豪华的宾馆。“欲穷千里目，更上一层楼”，登上宾馆前方的大平台，居高临下，放眼北望，只见水天一色，气象万千的大博湖壮阔的美景尽收眼底。近处是花团锦簇、色彩缤纷的绿树青草，覆盖了伸向水边的大沙洲。微风起处，树丛草滩中现出低头吃草的牛马羊群，忽又飞起各色水鸟，呀呀鸣叫着冲向蓝天。数十只白鹭，颠着两条细细的长腿，扇动着有力的翅羽，翩翩起舞，十分养眼，让人联想起“晴川历历汉阳树，芳草萋萋鹦鹉洲”（崔颢）和“三山半落青天外，二水中分白鹭洲”（李白）的幽深意境来，更使人想象当年龙驹出水时的壮观景象。据说，天气特别晴好时，还能望见对面北岸夏日的游泳胜地金沙滩和银沙滩呢。白鹭洲高高的沙山上，是新开辟的登高观湖的极佳处。

龙驹出水处——白鹭洲，真是个富于诗意的景点。

莲花湖情思

其实，莲花湖才是观赏水鸟的绝佳处。

在博斯腾湖诸多生物群落中，我最心仪的有三种，一是铺天盖地的芦苇林，一是高大茂密的芨芨草，第三个，就是莲花湖的野生睡莲了。

位于博湖西的大片湖区中，有着全国最大面积的野生睡莲生长地，据说有数万亩之多。“毕竟西湖六月中，风光不与四时同。接天莲叶无穷碧，映日荷花别样红”，这是宋人杨万里描绘杭州西湖荷花的名句。但那是经过千百年人工养殖的莲荷，是按照人类的诉求模式而精心改造驯化的。要想看看真正原生态的古莲是什么样子，就应该亲自来莲花湖一游，去领略那一望无边的莲叶荷花“无穷碧”和“别样白”，那里有西湖等内地荷塘所没有的天然野趣。

在遮天蔽日的芦苇林深处，有一道长长的木栈桥伸向湖中，走过栈桥，穿上救生衣，登上游览快艇驶去，眼前展开的就是一望无际的幽深水域。在迎风摇曳的芦苇林掩映环护中，野生睡莲连缀成片，一直铺向天边。莲叶皆为圆月形，重重叠叠，挨挨挤挤，如万千鳞片排列漂浮在水面。叶片呈粉绿色，偶有红色的叶筋勾描其上，8 月的阳光下毛茸茸地闪闪发亮。叶片比寻常的荷叶要小，只有菜碟那么大，但却平展展的，自由舒展，不像人工种植的荷叶那样故意翻转卷曲起来，扭捏作态。她们不假任何修饰，坦坦荡荡面对人们关注的目光，毫无矜持之态，连叶上留驻的晶莹的水珠儿，也是无拘无束地自由滚动，带着从不设防的赤诚。

莲叶间托出星星点点的莲花，皆如酒盅般大小，小巧精致，洁白如玉，花朵中间不经意地点缀着桂红的花蕊，轻轻颤动着，散发着幽香，令人一见倾心，顿生爱怜。她们不像一般人工栽种的荷花那样浓艳和张扬，开得放松、随意，自然而清纯，这才是真正的出污泥而不染、天然去雕饰呢。

我知道，原生态的野睡莲，不是为了讨得人类欢心而生于斯长于斯。千百年来，她们就是这样按照自己的习性平静地生活着，吸收着深水下的营养，承受着阳光雨露的爱抚，装点着湖面，不需要人们来打扰自己。

于是我很为快艇驾驶员的野蛮动作而揪心，一再请求他们开得慢些，轻些，不要惊动了正在安眠的野睡莲们。然而，驾驶员似乎不懂得怜香惜玉，在表演欲的驱动下，不时加大油门，左盘右旋，突突地吼叫着，飞速地、放肆地在莲花湖中纵横驰骋，螺旋桨搅起飞溅的浪花，扑向酣梦中的野睡莲，还有她们那无辜的、娇嫩的小花……可是，出乎意外的是，野睡莲只是轻微地晃动几下，不一会儿又复归于平静。她们扎根深水地层，底气充足，些许风浪，奈何不得她们！

莲花湖的水极富营养，水温又适宜，鱼儿们扎着堆儿游，野睡莲们可着性子长，芦苇、菖蒲之属也长得特别茁壮、出挑，这里自然成了水鸟的天堂。在高高的苇梢间，不时有成群的鸟儿盘旋飞掠，于是我渴望近距离观赏到它们那美丽轻捷的身姿。

驾驶员终于听从了劝告，让快艇轻轻地靠近睡莲，贴着连绵的莲叶慢慢滑行。我低头凝望水下，惊喜地看到睡莲柔韧的长茎在水中缠绕摇动，看到青鲤、黑鲫和白鲢们在叶茎间悄然无声地穿行。忽然，在左手不到四五米远的叶片上，两三只褐色水鸡正悠闲地走来，一步一探头，专注地寻觅着可食的草虫。它们仅有婴儿拳般大小，迈着麦秆般的细腿放心大胆地踩着叶片，如履平地，步态是那样轻盈，像时装模特儿走在T形舞台上。我很惊奇，不知道那薄薄的叶片何以能承受住它们的体重！正当我想更靠近些时，水鸡发现了我，扭头望望，又不动声色地转身踱远了。它们走得很慢，并不担心我会赶去追它们，因为知道我身上没有它们那样的绝世轻功！

我有些失望，同行者却喊叫起来：快看，那边的白鹭！果然，离快艇左舷不远处，耸起于睡莲叶丛之上的菖蒲草墩上，两只银色的鹭鸶在依偎交颈——是对贤伉俪吧？近了，连它们圆眼长喙都历历在目了！我心里说，快点快点，再靠近些，让我看个清楚。白鹭呀，不要害怕，我不想伤害你们，只想亲近一下，你看我们不都是赤手空拳么？然而白鹭并不信任我，夫妇俩猛地一前一后展翅飞起，嘎嘎叫着，惊起不知藏在什么地方的雁群，扑愣愣，也一齐窜往远处的芦苇林。

鸟类的先辈都曾领教过弓箭和猎枪，对人类的警觉，早已积淀在它们的集体无意识中了！

人类啊，还是收起你们索取无度、贪婪无忌的私心，真正学会与大自然万物和谐共处吧！

不过，在莲花湖，我毕竟还是近距离地观察到水鸟们灵巧的身形倩影了，这些精灵们！

博湖深处的莲花湖，野性的莲花湖，物种的天堂，让人难以忘怀的游览胜地，绝无仅有！

2010年9月

天山深处的丰碑

几十年来，我曾到过天山南北许多地方，唯有位于天山深处一块十分神秘的去处，最令我向往和感念。

这个敏感的地方，曾经属于我国最高级别的机密，也是敌对势力最感兴趣、最感惧怕之处。于是在很长一段时间里，天上间谍卫星穿梭般地日夜前来监视偷拍，地面的远程火箭和水下的潜艇导弹也虎视眈眈地瞄准。而在整整半个世纪之前，1964 年 10 月 16 日，正是从这里发出指令，数百里外的靶场上随之发出了让地球也要抖三抖的一声怒吼。共和国成功打造了自己坚强的现代化盾牌，也在天山深处矗立起一座书写着忠诚奉献、艰苦创业的精神丰碑。

也许是出于一种特殊的缘分，2009 年秋和 2011 年春，我先后应和硕县宣传部和解放军马兰基地文联的邀请，有幸两度来到这处神往已久的国防圣地，进行访问采风讲学，满足了极大的心理期待，也受到了心灵的感动和震撼。本来，我很想写写这些亲切感受，但一直没敢动笔，唯恐把握不好，亵渎了这个题材。今年，是我国第一颗原子弹试验成功 50 周年，是该尝试写写她的时候了！

沿 314 国道，由托克逊往西，穿干沟，过库米什，翻越天山，出乌什塔拉镇不远，往右手看，就能望到一条油亮发光的柏油路伸进大山深处。那里，在蜿蜒起伏的山峦背后，就隐藏着被称为“神州第一盾”的红山基地。

红山基地位于和硕县境天山腹地一片开阔的山间草原，那音克河欢快地流淌着，仿佛在为这片光荣的土地唱着一首永远也唱不完的英雄赞歌。我与新疆作家采风团文友们一道，怀着由衷崇敬和急于破解谜底的心情，拐过山口，沿着寂静无人、荒草没径的石子土路，漫步走在这片神奇诱人的土地上，心中升腾着无尽的感慨和奇异的想象。哦，看见了，那一堵赤红色的山崖下，一丛绿树掩映之中，有几座异常朴素的红砖两层小楼依次排开，发散出一种神秘而威严的气息。可惜它们被一道铁门与道路隔开，无法进去一探究竟。向导说，这就是有名的"将军楼"了。曾任国务院副总理兼国防部长的张爱萍上将等好几位开国将军，当年就住在这里运筹帷幄，坐镇指挥，决胜于千里之外。不远处，现在已改建成那音克乡政府的宽敞大院子，当年可是一座杀声震天的演兵场呢。再往前，路两边，远远近近坐落着多处红砖宿舍楼群，墙上还残留着当年的标语口号："祖国高于一切""提高警惕，保卫祖国""严守秘密""万无一失"等赫然在目。其间还穿插着食堂、商店、托儿所、学校、医院等，当然都是当年驻军的后勤服务设施，这里俨然就是一个小社会。只是这些建筑里的主人现在都已经迁走了，四周长满了荒草，墙上落满了尘土，结满了蛛网，显得空空荡荡。远处丛林山丘背后，隐约有不少大型的建筑物的身影，是指挥部，是实验室，是车间，是锅炉房，还是曾经挂满标语、人头攒动的大礼堂？如今也都已是人去楼空，默默无言地矗立于荒草杂树之中。只有当年指战员们在河旁路边栽种的杨柳，依旧茂密而茁壮，如团团绿色的烟雾，在风中摇摆着万千青翠的枝条，在殷切迎候着一列列衣着绿军装的年轻人出操打靶归来。它们清楚地记得，战士们总是精神饱满，迈着整齐的步伐走过那座宽阔的水泥桥。桥下，湍急的河水哗哗流淌着，似乎仍在为战士们平时爱唱的军歌伴奏："日落西山红霞飞，战士打靶把营归……""学习雷锋好榜样，忠于革命忠于党……""毛主席的战士最听党的话，哪里艰苦哪里去，哪里艰苦哪安家……"歌声雄壮嘹亮，乐观开朗，响彻晴空，唱出了那个时代人民战士的心声。这里的一切，一山一石、一草一木、一房一梁，似乎仍在回响着当年这样的歌声，还有来自北京的无线广播、激动人心的集结号、整齐有力的口号声。它们也无一不在怀念当年从这里进进出出的老老少少的军人，铭记着四五十年前，这里曾发生过的那些神秘、紧张，牵动着北京、台北、华盛顿、莫斯科和整个世界神经的历史事件，也留下了诸如聂荣臻、张爱萍、钱学森、邓稼先、朱光亚等一大批“两弹一星”功臣元勋们坚毅自信的面容和紧张匆忙的身影，连同基地广大指战员们的智慧、心血、眼泪、汗水和不朽的脚印，还有在遥远的罗布泊靶场上，那一朵陡然升空的奇异蘑菇云，和随之传来的那一声震撼世界的春雷炸响！

早在上个世纪50年代中后期，冷战时代，为了打破超级大国的核垄断、核讹诈和核威胁，为年轻的共和国打造一只威力无比的现代化盾牌，毛泽东主席和党中央高瞻远瞩，审时度势，果断地做出一项伟大的战略决策：“我们也要造出原子弹”，发展中国自己的“两弹一星”。共和国的卫士们，有必要掌握一种战略性盾牌，来保卫中国这个古老而又年轻的泱泱大国，永远保持强大独立而不被侵犯，并且成为维护世界和平的一支中坚力量。于是，在偌大中华人民共和国的版图上，在幅员辽阔的新疆中部，位于和硕县一片水草丰茂，地形隐蔽却人迹罕至的山间草原，不期然间，进入到共和国第一代领导人惊喜而又审慎的视野！

荣幸的和硕县没有错过这次历史的选择，它是一块天设地造却又不负众望的风水宝地！

和硕县是新疆巴音郭楞蒙古自治州的一个大县，北依巍巍天山，南濒中国第一大内陆淡水湖博斯腾湖，背山面水，形势险要，扼守进入南疆的咽喉，为进出南北疆的锁钥，被称为“天南第一县”。这里地域广袤，草原开阔，土地肥沃，水源充足，历史十分悠久，很早就有人类在这里繁衍生息了，先民们生活的遗迹随处可见。进入有文字记载的年代，和硕县域成为我国西汉时期西域三十六国中大国之一的危须国所在地。和硕县在历史上所拥有的重要地位，它的险要形势和独特的地理位置，决定了它自古以来就是一处军事战略要地。这里古城连绵，烽燧相望，旧时战事频发，是兵家必争之地。和硕县原治所所在地乌什塔拉镇，历来就是重兵把守的军事重地。唐至元朝几百年间，在此附近即建有十分有名的张三守捉城，城区规模宏伟，驻兵多达数千之众，城周围则是阡陌纵横的屯田，是中央王朝扼守天山南道的第一道关口。博湖之滨旷野之中，有一连串烽火台，其中著名的汉代四十里墩烽火台，与张三守捉城遥遥相望，规模巨大，残高至今仍达4米。这样，和硕一带，城池、军垒、屯田和烽遂相连，构成古代一整套严密完备的军事体系。

1949年，中国历史翻开了新的一页，而和硕大地的英雄史诗仍在继续谱写。由于地理位置特殊，似乎与战争脱不了干系的和硕，又被党和国家的最高决策层发现了，圈定了！红山基地，注定要为新中国的历史立下不可磨灭的特殊功勋。

为了完成党中央、毛泽东主席赋予的这项事关中华民族的前途和兴衰的历史使命，从1958年开始，大批科学家、工程技术人员和解放军指战员，纷纷告别大城市，别妻离子，受命秘密开赴天山深处，在戈壁荒漠上安营扎寨，投身于一场紧张而神秘的战役。无数科技人员和指战员在当年物质生活十分艰苦，而且与世隔绝的条件下，隐姓埋名，忍饥受冻，顶风冒沙，打破技术封锁，争分夺秒，刻苦攻关，冒着生命的危险反复试验，终于在1964年和1966年先后成功地试爆了我国第一颗原子弹和第一颗氢弹，实现了新中国第一代领导人研制“两弹一星”的宏愿。而这场“神秘战役”——核武器试爆的指挥中心和试验中心，就是这位于天山深处的“红山基地”。和硕大地为提高我国国防力量和国际地位，为人民共和国的强大、独立、完整和尊严，做出了不可磨灭也无法替代的贡献，理所当然地被称为“中国第一盾”。

当听到向导解说红山基地有“中国第一盾”的称号时，采风团文友们因理解不同而发生了争执。有人提出异议说，核弹连同运载它的火箭导弹，是典型的进攻型尖端武器，杀伤力巨大，从外形到功能都应该称之为“矛”或“箭”才对，怎么反而称为“盾”呢？别的文友则解释道：虽然核弹是进攻型武器，但我国早就率先向全世界庄严宣布，主张全面禁止核试验，销毁核武器，不搞核扩散，并且承诺决不首先使用和对无核国家使用核武器。这就说明，对我国来说，它首先是一种自卫性质的威慑力量，警告敌方理性对待，令其害怕遭到核报复而不敢在战争中采用核武器。虽然世界上几个拥核大国的核武库中，都拥有能数十次、数百次毁灭对方和世界的核打击力量，但如果两头怕，都不首先使用，那么实际上就等于放弃了核武器。因此，对我国来说，核武器实际上已经改变了它的进攻性，成为我们手中有备无患用以防卫的“盾”。我同意这种理解，就补充说，美国对他的盟友爱说“核保护伞”，我国也对乌克兰等无核国家申明了核保护的义务，也都包含着这个意思。经我们这样解释，大家的认识就统一了。

看完原基地的环境和主要设施之后，我们又来到宏伟的八一水库大坝继续参观。这里是红山基地的基本水源地，一泓清澈的大水正在脚下泛起粼粼的波光，似乎又要向我们叙说当年这里曾发生过的那一桩桩动人的故事来。突然，同行的唐本奇大校边摘下高倍近视镜失声痛哭，边用手绢擦拭着眼泪。本来，一路上他一直都在静静地走，默默地看，很少与大家说话，显得心事重重。刚才在深山更深处的基地小型实验靶场参观时，望着当年承受过核爆炸的厂房和碉堡的废墟，我就发现他曾几度哽咽又止，躲在一旁似乎不忍心细看。现在，看来他是实在抗不住了！男儿有泪不轻弹，只因未到伤心处。我想，唐大校是个身高一米八几的大块头，又自幼在部队长大，感情不会这样脆弱，如此动情，一定事出有因。唐本奇大校是高能物理学博士后，现为西安某军事科研单位的高工。前些年他曾战胜绝症，创造了生命的奇迹，并且根据自己这段刻骨铭心的生命体验，创作了多篇小说发表在《人民文学》上，反响很好，是位很有成就的部队业余作家。他早年在红山基地度过了青年时代，在这里留下了太多太多深切的回忆，也是研制“两弹一星”的有功之臣，所以才如此动情。他对红山基地的特殊感情，是我们这些走马观花的来访者根本无法体会的。此刻，他一定回忆起当年在这里与战友们摸爬滚打，共同战斗，一起生活的场景来了。他们为了那项惊天动地的伟大业绩，付出了自己的青春、血汗，甚至生命。如今，当年一起奋战的战友们都陆续分手，天各一方了，今天来到空无一人的基地遗址故地重游，物是人非，睹物伤情，自然勾起他酸甜咸苦辛五味俱全的复杂感情来，难怪唐博士会如此激动地潸然泪下，泣不成声！

大家不由得上前安慰他，无不为唐大校的崇高情感所深深打动，但也因此加深了对这块非凡土地的理解与尊重。是的，曾经为之奋斗流血牺牲的地方，留下了自己鲜活生命印记的地方，总是那样让人一往情深，永难忘怀。唐本奇大校的恸哭，是自豪，是珍视，是欣慰，也是青春无悔；有感激，有怀念，有追忆，也有一抹淡淡的怅惘，可谓百感交集，表达了所有曾在红山基地战斗过的军人共同的感情。

这处为新中国国防事业立下不朽功勋、长期充满神秘色彩的军事设施，在完成了庄严的历史使命之后，全部场地和建筑已移交地方管理，成了和硕县一处新开辟的重点文物保护单位，被称为红山核武器试爆指挥中心（简称红山基地）遗址。目前，这里数十幢旧建筑已开辟为爱国主义教育基地，成为国内仅有的、极具特色的红色旅游胜地。基地旧址红山下，小河旁，绿树丛中，那数座建于20世纪50年代的简易红砖小楼，被人们亲切地称为“将军楼”，它以极其朴素的身姿，将成为一个典型的代表性符号，见证着当年军工系统的将士们可歌可泣的难忘岁月，铭刻着他们的卓越功勋，传颂着他们的不朽精神，正吸引着越来越多的怀着无限崇敬心情的旅游者。

联系当下我国面临风云突变的国际环境，红山基地的历史功勋愈加显示出其长远意义和现实价值。我曾想，多亏50年前红山基地的指战员们艰苦创业，为祖国打造出威震敌胆的一系列强力盾牌，使百年来积贫积弱、屡受列强欺侮的中国人得以扬眉吐气，挺直了腰杆。经过数十年的改革开放，我国经济繁荣，综合国力大增，迅速跃居为世界第二大经济体，实现了和平崛起，伟大的中国梦正在变成现实。这辉煌的成就，竟使一帮仍持冷战思维的人妒火攻心，咬牙切齿，他们拉帮结伙，处心积虑，妄图孤立围堵我国，必欲使我国重新回到往昔贫穷落后，软弱无能，随意被劫掠、被肢解的可悲境地。但是，时代不同了，伟大的中国人民已经站起来了。而且我们已经拥有足够的智慧、经验、实力和潜力来应对一切挑战。而红山基地曾经的成功，不仅为中华民族傲立世界民族之林平添了一股豪迈的底气，更为今天实现伟大民族复兴的中国梦，浇注了一块宽厚坚实的基石。

我国第一颗原子弹试验成功已经 50 年了，这是一个标志性历史事件。我想，曾经发生过的一切场景都可能变更或消失，但是，艰苦创业、对祖国忠诚、无私奉献等这些最有价值的人文精神，却在任何时候都永远不应该被遗忘或变异。望着阳光下照耀着的红山基地旧址，我忽然感到，眼前承载着也见证着人民战士忠诚奉献、艰苦创业等不朽精神的群山，已经变成矗立在天山深处的一座精神丰碑，魅力无穷，直插云端。它一定会把这些宝贵的思想财富传播向四面八方，薪火相传到子孙万代！

2014 年 2 月

千里画廊若羌行

早就有个梦想，环绕浩瀚塔克拉玛干大沙漠走上这么一圈。但是半个多世纪过去了，我只是由库尔勒经喀什，再东行至和田、民丰安迪河，走了大半圈，大漠东端的若羌、且末一带，竟缘悭一面，存在一个大缺口而没能圆梦。记得大学同学杨宏志讲过，1968 年，他刚分配到若羌时，全县不过几千人，通知群众开会就在大十字敲钟，一敲全县城人都听见了；领导让他到中学工作，说那里校长、教师和工友一应齐全，不过，暂时就他一个人！其荒僻寂寥之状可见一斑。因此，若羌一带僻远闭塞，黄沙弥天，人迹罕至，在我的印象中似乎成了一个地理死角。我正在修改的一部长篇小说中，有两个章节恰是写当年唐朝大军与吐蕃人“血战播仙（位于且末与若羌之间）”的，但因不曾亲临实地考察，地望场景描绘失真，我一直不太心甘。

不料，最近一个偶然机会，巴音郭楞蒙古自治州民营企业家、河南老乡许松江先生相邀，我去了一趟若羌。

我们乘坐越野车从库尔勒出发，高速向东南疾行。所经 208 国道现在已修成高等级柏油路，平坦开阔，除了中途吃饭和休息拍照费去两个多小时外，行车仅用了 4 个半小时即赶到了若羌县城。许总说，过去去若羌，440 多公里土路，乘车要在风沙中颠簸十几个小时，可受罪哩！

208 国道大体上是沿着塔里木河左岸修成的，与大河若即若离。虽然不时要穿越戈壁沙漠，但由于大河周期性洪水漫灌的恩赐，路两旁绝大部分都生长着胡杨林或红柳丛，因此并不感到荒凉和寂寞，与我原来想象的大相径庭。

“现在去若羌正是时候，10 月中下旬，是看胡杨林的最佳时节，遍地金黄，可壮观了。”同行的刘昆黎先生对我说，他曾任巴州文化局长。

是的，在千姿百态的原始胡杨林中穿行，万千铁铸般的树杆高擎起经霜的树冠，如一顶顶金伞张开，或赭红、或金黄、或深绿、或绛紫，赤橙黄绿青蓝紫，厚重茂密，远近铺开，层次分明，在灿烂的秋阳照耀下，衬托着晴朗的蓝天，万紫千红，分外辉煌，竞相扑入眼帘。这是胡杨林一年一度的狂欢节，也是一次隆重精彩的谢幕仪式。大漠的英雄树们仿佛要在严冬濒临树叶脱尽之前，尽情地释放出自己蓬勃旺盛的生命力，以充分展示顽强不屈的英雄本色，好把生命最美好最亮丽的一面刻印在大漠的画册上。望着车窗外光彩夺目的奇景，我不由陶醉了！

据有关资料称，生长于塔里木河沿岸的胡杨林占全世界胡杨林的百分之八十以上。我曾有幸到南北疆多地观赏深秋的胡杨林，如伊吾、轮台、巴楚、泽普等地，那里金色的胡杨林都很有名，有的还名列联合国教科文组织颁布的世界自然遗产名录，往往给人们留下强烈的印象。但是我感觉都不如这次若羌路上，任你穿行千里原始胡杨林依然连绵不绝，真个是秋色斑斓远接天，如同长时间滑行在一条色彩河流之中，更如在一道千里山水画廊里畅游，令人目不暇接，美不胜收，惊叹不已！

好像不愿让长时间单调的画面造成审美疲劳吧，公路两旁不断转换布景，一会儿有暗红色的红柳墩闪过，一会儿条田和挺拔的白杨林带出现了，接着倒映着天光和大地秋色的水库、湖泊、河流和大片湿地等等异样地貌也陆续接踵而至，更有种种飞鸟啾鸣着展翅掠过画面……多样的形象、色彩和音响穿插变化，不时给人以意外的惊喜，真个是“万类霜天竞自由”！但是，总体感觉上，仍然是长长胡杨林所带来的满眼金黄。高贵热烈的金黄，是深秋胡杨林色彩的基调，这是一种成熟饱满的色彩，也是喜庆丰收的色彩！塔里木河流域的金胡杨，举世罕见，堪称新疆的一帧大名片。

途中，一条红砖路忽然出现在柏油路旁，如同一条暗红色的地毯铺向天边。原来是废弃的一段208国道。红砖路正中矗立着两座石碑，分别刻写着“吉尼斯纪录——世界最长的国道红砖路”“自治区重点文物保护单位”等字样。据说这里是一段沙漠“翻浆路”，春夏之际车辆极难通行。于是在1966年，政府组织2000余名北京知青和其他有关人员一起开赴荒漠，就地取材烧砖铺路，历时7年先后用去6000多万块红砖才修成这段130多公里的路段，从而改善了通行条件。可以想见，当时在物资、技术和设备都极差的条件下，人们肩扛手搬用笨办法修路，要付出多么艰辛的劳动啊？现在保留了这段3公里长的红砖路，真实地记录了历史，是一种特殊的文物，它见证了若羌人不屈不挠的艰苦奋斗精神。我站在纪念碑前，不禁感慨万千。

黄昏时分，我们带着满眼喜庆的金辉和对前人感恩的敬仰之情，进入秋意盎然、华灯初上的若羌县城。

这是一座开阔大气的小城。林立的高楼掩映于茂密的树木之中，街道整齐宽阔而又清洁宁静。就在这个小城内，竟然有一个很大的文化广场和一座设计现代、藏品颇丰的博物馆！享誉世界、曾经在古丝绸之路上大放异彩的古楼兰国和它辉煌千年的楼兰文化，就在若羌县境内！“愿将腰下剑，直为斩楼兰”“黄沙百战穿金甲，不破楼兰终不还”，我立即记起这些脍炙人口的唐代边塞诗中的名句来。若羌，拥有多么得天独厚的历史文化资源哪！

宾馆吃饭时，年轻的县委常委、宣传部简部长不无自豪地介绍说，若羌过去的确地处偏远，贫穷落后，自然条件极差，是全疆最贫困的几个县之一，但现在人们对若羌却是另一种认识，号称“天下第一县”，不仅占有世界最大县级行政单位的幅员，面积达22万平方公里，还拥有全国第一的特大型钾盐矿，近年更培育出被习近平总书记称赞过的参枣，利税增加几倍，农村人均收入过万，一跃而进入全疆最富裕的县市之列。另外，若羌机场即将完工，设计中的纵横两条铁路和两条高速公路也将分别在若羌交汇，届时若羌将成为东疆的交通枢纽，重现当年古丝绸之路南道交通重镇的风采自是指日可待，在中央“一带一路”的伟大战略格局中，占据举足轻重的地位。我听了，联想起老同学当年的境遇，反差之大，竟有霄壤之别，不禁为若羌县变化巨大和近景辉煌，为祖国改革开放的伟大成就感到鼓舞振奋。

20世纪60年代，许总在若羌阿尔金山饿着肚子挖过渠，受了很多苦。改革开放初期，他率先带领焉耆七个星乡的村民外出打工，逐渐成长为一位成功的、有远见的农民企业家，创立了巴州著名的企业——七星集团。近年他决策企业转型，毅然抽出五亿资金在第二故乡若羌投资兴办种植业和参枣深加工业，一个可循环的绿色大产业链正在形成，前景可观。许先生又是位有着强烈人文情怀的企业家，自幼喜爱历史和文艺。他有感于历史上若羌地区众多绿洲邦国都因内乱或自然灾害而纷纷毁灭，便与对楼兰历史文化素有研究的刘昆黎局长合作，创作一部长篇历史小说《羌都·公元前》，以便让人们记取历史教训，加强民族团结，消除不安定因素，维护国家统一，实现新疆的长治久安。出于对第二故乡的挚爱之情，他们在文学上的努力是有价值的。这次我们一起来若羌，一个目的就是要对一处神秘的古城遗址进行考察。这处遗址位于若羌瓦石峡镇西南方数十公里处，既是他们小说中汉代“羌都”所在地，也当是我小说所描绘的唐代播仙镇原址。

考察路上照例是胡杨金黄，红柳赭红，田野无垠，秋水泛波，晴空下20公里外的阿尔金山白雪皑皑。我们来到红柳墩丛中，趟着流沙寻访古城遗址。望着随处可见的或黑或红的古陶片，捡拾出人头般大小的古人冶炼铜铁的烧结物，听着知情人介绍：这里本来是条宽阔的大河，不知何故改道了，后来也干涸了；某年日本人来这里买走一套完整的古石磨；某年在这里发掘出大批箭杆、箭镞和累累尸骸；某年在沙包下发现被烟火熏黑的断壁残垣和古代的玻璃制品……遗址的种种物象，传递着密集的历史信息，使我感受到弥漫其上的浓郁的文化氛围，想入非非，油然而生发出一种思古之幽情。这里当年该是一片人烟辐辏、和平繁荣的绿洲啊！曾几何时，均湮灭于荒漠之中了！是毁于环境恶化的天灾？还是惨烈的战争人祸？此刻，许、刘两位先生和我一样陷入了沉思。无论如何，这次实地考察纠正了我原来的想象，回去如何修改小说，心中有数了。

返回库尔勒途中，千里金色胡杨林的浓烈色彩再次让我陶醉了一番，眼睛又不够用了。许松江先生为了消除大家的疲劳，又开始播放他特别喜爱的豫剧光碟来。“有多少女英雄，都把那功劳建”“帅字旗，高入云，斗大的穆字震乾坤”“我的大老爷呀，恁听奴细诉那冤仇”……常香玉的慷慨激昂，马金凤的高亢嘹亮，崔蓝田的低回婉转，尽显大师们的声腔风采。我平昔也很喜欢听听豫剧，乡音乡调，家乡地方戏最能抚慰我思乡之愁了。“一声何满子，双泪落君前！”越野车风驰电掣般前行，听着让我每每动情的家乡戏，望着车窗外色彩斑斓的秋景，不由吟出一首七绝来：

沙掩古城待细读，胡杨千里画中游。

更闻参枣原生果，一路乡音到羌都。

2015 年 10 月 30 日

加依村的天籁之音

生活里怎能没有歌?
没有歌,生活就是荒凉的沙漠,
灰蒙蒙的天空挂不起半片云朵;
生活里也不能没有舞,
没有舞,生活就是干涸的湖泊,
浪花溅不起七彩斑斓的光波,
那将是一个怎样死寂的世界!
……

这是我30年前发表的一首诗《啊,麦西来甫》中的句子,追忆了1964年在吐鲁番葡萄公社那个闷热的夏夜,观赏一场麦西来甫后的强烈感受。想不到,将近50年之后,我有机会参加自治区作家采风团,在新和县塔什艾日克乡观赏了几场民间艺人表演的精彩歌舞,银髯飘飘,舞姿婆娑,让人难忘;我还在依其艾日克乡加依村参观了"萨孜其"(乐器制作匠)们制作的琳琅满目、名目繁多的维吾尔民间乐器,聆听了他们讲述关于乐器的传奇故事,他们还用自己手制的都它尔琴即兴演奏,"轻拢慢捻抹复挑",并引吭高歌,声震梁屋。听着听着,我感到过往的感觉又突然复活了,"如听仙乐耳暂明",古老悠远的旋律,厚重质朴的音流,诱人遐思的远古回声,如聆天籁之音,使我又一次受到心灵的震撼和灵魂的洗濯。我感受到民间艺术的辉煌伟大,领略了民间艺人身上所蕴藏的巨大艺术创造力，读到书本上学不到的艺术史和精彩美学！

更何况，为我们表演的民间艺术家决非一般，他们是被国家文化部命名为“中国民间艺术之乡”的塔什艾日克乡里几位顶级民间老艺术家。并被列为国家级非物质文化遗产项目、依其艾日克乡加依村民族乐器制作技艺的“文化传承人”，都是从不曾离开过土地和坎土曼的农民。这是没有经过任何包装和炒作的原生态音乐，天籁般的乐音使我享受到一顿最地道、最本原、最草根，充满浓郁乡土气息的艺术盛筵！

这种情况使我十分惊异，为什么新和这个南疆很不起眼的小县里，竟然接连涌现出一个国家级的艺术称号，一个国家级的非遗项目，两位自治区级的文化传承人？常识告诉我，但凡某种水准高、影响大、特色鲜明的文化艺术，其滋生发展必然有特殊的原因，有其悠久的历史传统。它们来自于深厚的文化积淀，决非无源之水、无本之木，在一夜之间突然间冒了出来。像加依村如此有知名度，极有特色的民族乐器制作技艺，一定有其传奇性的传承历史。

几天来，我怀着极大兴趣聆听了艺人们的生动讲述和历史文化专家的精彩介绍，参观了县龟兹文化博物馆，踏访了多处古城遗址，研读了几种研究新和历史文化的论著……密集的信息扑面而来，应接不暇。

“养在深闺人未识”的新和，竟然有如此厚重辉煌的历史文化！

这就是孕育催生新和民间艺术肥沃的文化土壤。

地方政府十分重视，要下大力斥资挖掘、扶植、打造新和县的民间艺术，要把它们连同它们的代表人物一起，推向全疆、全国，推向全世界！

他（她）们才是龟兹古乐舞的正宗传人呢！

这才是源远流长的龟兹古乐舞地道的遗响。

龟兹厚重半新和

位于却勒塔克山之南、渭干河之西、塔里木河之北一片河网绿洲地带的新和，建县时间并不长。20世纪30年代之前，它只是库车县的西乡，因此，它本是古龟兹大绿洲重要的组成部分。这里，拥有东汉定远侯班超曾坐镇、魏晋时期龟兹国都和世界级文化名人鸠罗摩什出生地的玉奇喀特（意为“三道城”），有古丝绸之路上的雄关柘厥关，有唐时防御吐蕃人北侵的通古斯巴什（意为“九城之首”）等数以十计的古城、古佛寺、古石窟、古烽燧遗址，被称为世界罕见的古城遗址密集地域。这里荣获了上海大世界基尼斯总部颁发的“汉唐时期屯田遗址最大规模的县”证书。这里留下了唐代高僧玄奘西行取经的不朽足迹。这里有林则徐奉旨考察南疆水利途中借宿的“托克苏托玛回庄”（托克苏即新和县的原名，托玛回庄即在今加依村一带）。上个世纪，考古学家在玉奇喀特古城址先后发现了“李崇之印”（李崇为东汉时期最后一任西域都护）和“汉归义羌长印”（汉朝中央颁授给西域兄弟民族首领印信）两件十分贵重的大铜印。毫无疑问，新和县地处古龟兹国的中心地带，仅此两件弥足珍贵的国家一级文物，就雄辩地证明，新和县确系“汉唐重镇、龟兹故里，班超府治”的结论。

因此看来，过去把新和县排除在外，“库车等于古龟兹”的流行看法，显然过于武断或偏颇了，至少是不全面的。长期以来，由于库车县人口繁盛，地位显赫，名播遐迩，结果就把偏处一隅的新和县笼罩在自己的阴影中，严重地遮蔽了。仅从上面十分简要的史实介绍即可看出，古龟兹数千年来所发生的诸多惊天动地的历史文化事件，至少有一半就在新和县地界上演。由此我联想到，我国十三朝古都洛阳历史悠久，文化积淀极其丰厚，但如果细究起来，其史迹、古迹却有一半都发生在后来才划分出去的孟津县，所以当地人要自豪地宣称：“古都洛阳半孟津。”有人开玩笑建议说，让新和与库车打打擂台，看看在历史地位上孰高孰低。那倒无此必要，我以为倒不妨以孟津的情况为参照，提出一个新说法，即“龟兹厚重半新和”。我想，这个提法恐怕不会有多少人反对吧？现在，是该拨开重重迷雾，撩起面纱，还历史以真相，让默默无闻的新和走出被遮蔽的角落，抖落尘埃，向世人展示出她那诱人光彩的时候了！

库车——新和大绿洲孕育出的古龟兹文化,博大精深,源远流长,对广袤西域和中原的影响都十分巨大而深远。其中龟兹乐舞可以看做是古龟兹文化最核心、最优秀、辐射力和生命力最为强大的一部分,是龟兹文化的一朵艺术奇葩。令人欣喜的是,古龟兹乐舞没有变成文化的“活化石”,它们并没有随着时光的流逝,永远被夹在图书馆古旧的书页里,定格于却勒塔克山中为数众多的佛窟壁画中,仅供人们怀想和膜拜,而是幸运地走进现代,活跃在今天的民间,成为《新和赛乃姆》《新和十二木卡姆》套曲中的基本音乐元素,演变成中国“民间艺术之乡”塔什艾日克乡高亢的歌声和优美的舞步,转化成加依村乐器“乌斯达”(匠人)们手中那令人惊叹、精彩绝伦的绝活!

加依村民族乐器制作技艺成功申报国家级非物质文化遗产项目,是一项具有标志性的文化大事,意义十分重大。加依村众多家庭作坊运用传统工艺手工制作的乐器,凝聚着历代歌舞艺人的心血和智慧,是古龟兹乐舞文化的重要载体。通过众多民间艺术家口耳相传,经由他们之口之手,古龟兹乐舞文化的精神,它那鲜活的生命力,它那历久弥新的艺术魅力,连同那众多优美动人的传说,正在新和县日新月异的现实生活中流布繁衍,再展辉煌。

关于乐器的传奇

上面简要地晒了晒历史文化背景资料,下面就该进入正题,讲述新和县加依村民间乐器制作的史诗性故事了。

依其艾日克乡加依村是一座外表极为普通的维吾尔村庄,位于县城东北仅两公里地,人多地少,资源匮乏,经济比较落后,农民并不富裕。几百年前,加依村还是胡杨、荒草丛生的一片湿地荒原,渺无人迹。有一天,四个圣人拄着拐杖从北方经过长途跋涉来到这里,他们要去寻找一处适于生存的“泼斯坦”(花园)。晚上他们走累了,就把手杖插在一片沙地里睡觉。梦中，他们听到先知启示说，如果你们插在地里的手杖能发出芽来，变成一片树林，那就是你们应该留下生活的地方。天亮后，他们惊喜地发现，插在地里的手杖竟然都长出嫩绿的枝芽来。他们高兴极了，就决定遵照先知的旨意，在这里安家落户，开荒挖渠，引水种田，繁衍子孙。他们看到这里临近宽阔奔腾的渭干河，土地肥沃，水源十分丰富，就称为“托克苏托玛”，意为水源丰足之地。这四位神秘的圣人也就成了加依村人的祖先。四个圣人陆续去世后，安葬在村边胡杨林中的一处高阜处，受到后人的礼拜祭祀。麻扎庄严肃穆，周围胡杨萧萧，渠水潺潺，护佑着他们的后代子孙。圣人的四座坟茔至今仍保存得基本完好，只是原来其上还建有一座宏伟的拱拜斯穹顶，可惜在“文革”时期被造反派毁坏了。

四圣人中一位圣人的手杖是桑木做的，成活后，逐渐繁衍成茂盛的桑树林。也许由于出自圣人之手，来历非凡，也许由于加依村水土条件特别优渥，那手杖化成的桑树性能有别于其他地方所产，木质坚实致密，年轮纹理美丽，非常适合用来制作乐器。制成的乐器声音悠扬浑厚，传得很远，音色也特别悦耳动听。据说，中原乐器工匠历代高手们制作古琴时，最讲究的用材都要选择生长于河南兰考县一带沙土地上的泡桐（也称梧桐）树，制成的古琴质量最佳。新和县加依村生长的特殊桑树板材，就为后来成为远近闻名的维吾尔民间乐器之乡，准备了得天独厚的物质条件。加依村之所以荣膺“新疆乐器手工制作第一村”，绝非偶然！

加依村的“萨孜其”大多不识字，没有文化，甚至也不懂乐理不识乐谱，对乐器制作史和制作工艺的了解掌握多为口传心授，没有任何文字记载，所以当地何时开始制作乐器的确切时间，已无可考证了。“萨孜其”们说，听老辈人传说，大概在300年前，加依村来了阿比孜·卡里和热希兄弟俩，他们不知从什么地方学会了乐器的制作技艺。当他们发现加依村的桑木质地特别优异时，就开始用来制作乐器，结果声名远播，遂被人们尊为乐器“萨孜其”的祖师爷。这样几百年传承下来，加依村就逐渐成为远近闻名的乐器制作中心了。

关于乐器的种种神异故事,加依村民间有许多传说。

一个传说是,从前,这里的人们主要以打猎为生,平日人们吃完黄羊肉后,就把羊肠子随手扔到地上。后来发现,黄羊肠子晒干后变成长长的细丝,用手一弹,竟然发出金属般十分美妙的声音。于是人们便把干羊肠子加工制成乐器上的琴弦。这种纯天然的工艺材料,人们至今还在采用。

一个传说是,很久以前加依村的乐器制作高手玉素甫·艾合买提兄弟俩,不知为什么冒犯了专横的国王,被打入地牢。谁知这时公主刚好在准备婚礼,忽然听到地牢中有人在弹奏都它尔琴,弹得特别好,听得入迷了,就请求父王放他们出来为她在婚礼上弹琴伴奏。国王答应了。隆重的婚礼持续进行了40天,兄弟俩也一连弹奏了40天。最后,公主完婚了,令人惊异的是,那新郎不是别人,换成了英俊的玉素甫·艾合买提。

一个传说是,一位"萨孜其"精心制成了一件最为得意的都它尔琴。这天,他弹起琴来,悠扬动听的琴声立刻震响了大地,传上了天空,人们便像受到什么魔法一样,围在都它尔琴旁如醉如痴地唱起歌跳起舞来,三天三夜也不停息。美妙的琴声也让天上的飞鸟着了迷,纷纷扑下来,竟然一只只撞死在琴弦上……

诸如此类关于乐器的动人传说还有很多,无一不是"萨孜其"们借助神话传说,对自己精湛乐器制作技艺进行大胆想象和尽情赞美。这既是对自己人生价值和制琴技艺的美化与肯定,也是一种朴素生动的关于乐器历史的创世说。没有神话传说的民族史,是一部缺乏想象和活力的冷冰冰的历史。也正是这些神话传说,为加依村的乐器文化增添了诱人的情趣和奇幻的色彩。

琳琅满目的民族乐器

维吾尔民间乐器丰富多彩,种类繁多,成龙配套,自成体系。主要种类属于弹拨乐器的,有都它尔(2弦)、弹拨尔(5弦)和热瓦甫(5弦)等;

属于弓弦乐器的，有热捷克（4 弦）、萨塔尔（10~12 弦）等；属于吹奏管乐器的，有唢呐、笛子等；属于打击乐器的，有达甫（大手鼓）、冬巴克（小手鼓）、纳格拉（铁皮鼓）等；此外还有扬琴、沙巴依等等。种种乐器，经过“萨孜其”们巧夺天工的精心选料、精心制作、精心绘图装饰，最后制成一件件共鸣洪亮、音色绝佳、造型奇特、曲线优美、线条流畅、装饰华丽的精品乐器，不仅成为人们得心应手、抒情达意、追求真善美的利器，也往往变成有着丰富文化内涵，令人赏心悦目、爱不释手的工艺品了。

这些形制不一、长长短短、音调不同、音色各异的乐器家族，或独奏，或合奏，或齐奏，音响效果各有其妙，甚至只用唢呐和纳格拉两种响器，就可以组成一支十分热闹喜庆的乐队。当然，数十种乐器组合进行交响，如举办大型麦西来甫晚会，或木卡姆齐奏时，葡萄架下，溶溶月光中，只见鼓乐齐鸣，演奏者一个个鹤发童颜，银须飘拂，神采飞扬，伴以老喉嘹亮，手舞足蹈，红裙飞旋，笑语喧哗，场面更为宏大，气氛愈加热烈，五彩缤纷，那真是一个生命力得到充分张扬、令人热血沸腾的艺术殿堂！

加依村的“萨孜其”高手们，主要制作的乐器是都它尔、弹拨尔、热瓦甫和萨塔尔等。当你一进到各家“萨孜其”用地毯布置得富丽堂皇的乐器陈列室时，那上百件挨挨挤挤靠在墙上或吊在房梁上的色彩斑斓的精美乐器，一定立即吸引住你的眼球，会让你深感惊讶和震撼。不过，在乐器的阵列中，最多的还是如同一只安着长长细柄大木瓢似的都它尔琴。都它尔琴是维吾尔农民中最常见、最普通的民间弦乐器。“萨孜其”们说，一是制作都它尔的工艺相对简单。那只大木瓢状的音箱（共鸣器）不像弹拨尔、热瓦甫和萨塔尔需要在整块木料上掏挖而成，而是用十几条事先经烘烤加工好的木条拼接而成，再安上一米多长的细长弦把就基本大功告成；而且琴弦仅有两根，所以费工费料无多，短时间即可制成一把。二是都它尔的社会需求量最大。因其只有两根弦，演奏的技巧容易掌握，价格也便宜，所以在农村最为普及，需求者极众，一般维吾尔人家中都有一两把都它尔琴。而且都它尔琴似乎特别受到民间女性演奏者的喜爱，常见到农村维吾尔妇女抱着一把长把子都它尔琴铮铮纵纵，自弹自唱，陶醉而忘我。比较而言，弹拨尔、热瓦甫和萨塔尔等，演奏技巧的难度就高得多，“曲高和寡”，加上价格较高，需求者自然也就少了。

乐器制作的工艺程序很复杂，大致要经过掏挖、拼装乐器下部瓢状或半球状的音箱雏形，粘贴音箱板（那音箱板一般都是从内地进来的泡桐木，而热瓦甫则需蒙上蛇皮、羊皮）、安装弦把、弦轴和琴弦，经过音准调试后放置音品、弦码等配件，然后再进行打磨、抛光和上漆等一整套工艺流程。最后是对乐器外部进行工艺绘图和装饰包装，最讲究的，镶嵌在一件乐器外面的各色骨质饰件竟多达上万片！对乐器打磨、抛光、上漆和装饰等等，是近代才增加的新工艺，古人们制作的乐器都是对原木稍作刮削，比较粗糙、原始，没有现在这么豪华、亮丽，但感觉却比较古朴、本真，别有一番沧桑的韵味。

难度最大的是音箱的选料和制作，这是决定一件乐器成败的关键性工艺。制成一件弹拨尔、热瓦甫或萨塔尔的音箱，选用的是桑树（桃、杏、梨木也可用）的中段无任何节疤、糟朽、虫蛀的木材，往往一棵桑树的树身只能制成两只音箱。制作音箱时要对毛坯用特制的弧形长锛子小心翼翼地进行准确掏挖。这不仅是力气活，也很讲究技巧，弄不好就前功尽弃。都它尔的音箱虽然是用木条拼装而成，但掌握木条的弯曲弧度也颇具技巧。“萨孜其”们说，一件乐器质量的好坏，有经验者待音箱雏形初步完成后，在手中轻轻敲敲听听，就能判断个八九不离十。遇到完美的音箱毛坯，就特别刻意，细心加工，把它制作成一件满意的精品。再就是调准音后安置音品和音码，也是一种特别的技术。“萨孜其”们都是演奏乐器的好手，虽然多不识乐理，但利用丰富的实践经验和特别灵敏的耳音，就能够十分熟练地调准音域，制成一件合格的乐器来。

都它尔、弹拨尔、热瓦甫和萨塔尔等维吾尔民间弦乐器，从外形、演奏方法和功能上，都可以明显看出它们与佛窟壁画里古龟兹乐舞中乐器的承继关系。对此，不少西域历史、文化史和艺术史专家，如谷苞、周吉、周菁葆、霍旭初、鲍自斌、刘金明等先生，都曾引经据典进行过充分论证，言之凿凿，极有说服力，此处不赘。正如一位维吾尔老音乐家说的："汉族的琵琶、胡琴和我们维吾尔族的都它尔、弹拨尔、热瓦甫和萨塔尔等，是一个妈妈的孩子。"意思是它们都来源于西域，此语不差。

唐代大边塞诗人岑参，曾在轮台（今乌鲁木齐市南郊乌拉泊古城）城头上即兴写了一首著名的边塞诗《白雪歌送武判官归京》，诗中描绘了奏乐饮宴的情景："中军置酒饮归客，胡琴琵琶与羌笛。"清代民族英雄林则徐流放新疆时创作的《回疆竹枝词三十首》中，有一首很可能就写于他曾借宿的加依村，诗中描绘道："城角高台广乐张，律谐夷则少宫商。苇笳八孔胡琴四，节拍都随击鼓镗。"这些古人的诗作，都不约而同地提到了多种古代西域民间的乐器，让人感到亲切、惊奇和感慨。祖国各族人民的艺术传统真是源远流长，自古至今也不曾中断。

文化艺术自来就是多元的，是超国界、超民族、超语言的，具有巨大的开放性、包容性和融合吸收的强大功能。加依村流传至今的维吾尔民间乐器，既是古龟兹乐舞的直系后代，也在其发展过程受到中亚诸国乐舞文化的影响。也正是这种与时俱进的包容性和吸融性，才保证了它旺盛的生命力。

加依村的"萨孜其"们

最后，应该讲一讲加依村几位"萨孜其"的传奇故事了。

制作乐器的材料都是物质的死东西，只有加进了制作者人的因素，运用悠久的传统工艺，投入"萨孜其"们的心血和巧思，才能为其赋予浓郁的文化色彩，才能增添其鲜活生命和诱人魅力。到了这个时候，民间乐器及其工艺才上升到"非物质文化遗产"的层次。

加依村是名副其实的"新疆乐器手工制作第一村"。在依其艾日克乡，全乡能歌善舞、长于演奏乐器的村民，男女老幼竟有 1700 余人，业余从事乐器制作的农户则多达 136 户，而加依村就有 105 户，占了全乡的四分之三，刚好是全村210家农户的二分之一。也就是说，加依村有一半农户兼事乐器制作，其群众性、普及性由此可见。加依村还成立了民间乐器制作协会，有会员360余人，其中有两位被授予自治区级“文化传承人”，被称为“乐器王”。全村每年制作销售各种民间乐器数以千计，产品畅销南北疆、区内外，甚至于国外，每户乐器销售年收入少则8000元，多则4万余元，初步形成了规模化文化产业。为了支持全村70位民间文化艺术传承人集中精力进行乐器制作，县政府采取了三级补助政策，每人每月补助130元至210元不等。其中，努尔冬·尤努斯和艾依提·依明两位是自治区级的“文化传承人”，自治区还另有特殊补助，两级政府补助相加，每人每年领取的补贴多达5000余元。“萨孜其”们坚持在种地之余，以家庭作坊为基本生产方式从事传统的乐器手工制作，拒绝工厂机器制造、批量生产，因而顺理成章地被遴选为国家级“非物质文化遗产保护项目”，为自治区和新和县赢得崇高的荣誉。最近，浙江省丽水市对口支援加依村“民间乐器文化园区”已经破土动工，占地数十亩，内设乐器制作示范室、乐器产品展览室和大型乐舞表演场地等。这将是一座系统展示维吾尔民间传统工艺的窗口和平台，不久即可建成，向国内外客人开放。

在加依村，怀着极大的好奇和敬意，我们先后采访了4位比较著名的维吾尔民间乐器“乌斯达”。

47岁的努尔冬·尤努斯是自治区级的“文化传承人”，可谓“家学渊源”。祖父尤努斯·阿凡提是位乡村知识分子，新中国成立前曾在学校当过老师，所以被称为“阿凡提”（维语先生）。因为他有文化，早年学到了乐器制作的精湛技艺，又传给了儿子司马义·尤努斯，是加依村现代民间乐器制作的第一代传人。第二代司马义·尤努斯在村子里广为授徒，加依村的乐器“萨孜其”大半都是他的徒弟。看上去精明自信的努尔冬·尤努斯，属于第三代传人了，由于是家传，技艺高超，弟子满天下，在全村拥有很高的威信。他以自己的手艺和名望，改善了家庭的经济状况，快速致富，买了摩托坐骑，建成了一座开阔、漂亮的庭院，大门高敞，可进汽车。最近，努尔冬·尤努斯接受了由自治区教育厅联系的一份大订单，带领10个徒弟，三个月内赶制了700件乐器，出售给阿图什一家文化单位，收入不菲。尽管如此，努尔冬·尤努斯仍未脱离农业劳动，我们到他家采访的时候，他正在村头给承包的果园浇水呢！

同为第三代“萨孜其”的艾依提·依明，57岁，也是自治区级的“文化传承人”，也属于家传。爷爷在新中国成立前就学会制作热瓦甫，父亲也学会了乐器制作的手艺。艾依提·依明从1973年起，就跟着爷爷和父亲学习这门手艺。虽然不识乐谱，但他的乐感很好，凭着超常的记忆，能弹奏许多维吾尔民间曲子，所以做的乐器质量较高，很受欢迎，常有外地客商慕名前来收购，每年有三四万元的乐器销售收入。前些年他用销售乐器的收入，偿还了因治病欠下的数万元债，走上了小康。“文革”期间，上级要割“资本主义尾巴”，他不敢公开制售乐器，只好用晚上偷偷地制作，然后跑到外地巴扎上，以每件5~10元的贱价出售。为此艾依提·依明常受到批判，甚至与人发生肢体冲突而受伤。他因专注于乐器制作，常常在外地流浪，不大顾家，有过五次失败的婚姻。最后，还是以他乐器制作和演奏的技艺收获了真正的爱情。20年前在沙雅县一座水库上，他用琴声赢得一位比他小19岁的姑娘的芳心。姑娘名叫孜牙·旦木，自幼喜爱歌舞，两人由音乐牵线，一见倾心，终于结成恩爱夫妻，上演了一出因都它尔琴而促成的爱情佳话。现在，孜牙·旦木成了他制作乐器的好帮手。

41岁的肉孜·巴吾冬，当属加依村第四代“萨孜其”。他因患骨结核病，眼睛也曾因车祸受伤，不能下大田劳动。后来跟父亲学习乐器制作技艺，两年后就独立开家庭作坊，招收徒弟。如今他制作的乐器销路很好，每年有两三万元的收入。他有一定文化，识谱，有较高的乐器演奏水平，早年曾到克拉玛依等地舞厅里演奏乐器，甚至还能自己创作和演唱歌曲。这些素质和阅历，就使得他眼界开阔。他在自己制作的乐器上贴上绘有五弦琴图案的商标，印上电话号码，表明他已有了开放的商业眼光。肉孜·巴吾冬也有过一段浪漫的爱情经历。20年前因都它儿琴弹得好，15

岁的少女悦然木·巴克爱上了他，两人不顾家人反对，竟然私奔到外地。现在悦然木·巴克也成了他制作乐器的助手。

在采访肉孜·巴吾冬的时候，我们听说他在家里曾为解放军总政歌舞团著名维吾尔族歌唱家克里木弹唱过，受到来访的克里木的赞扬，就请他为我们也弹唱一首歌。肉孜·巴吾冬听了，毫不推诿地上了炕，坐在地毯上熟练地弹起都它尔，并用浑厚敞亮的歌喉，充满激情地唱起来：

每当弹琴就想起了你，
一有苦恼就把歌来唱。
有爱人的地方是天堂，
没有爱人我就很忧伤。

我一直爱着一个姑娘
姑娘却一直看我不上。
啊，要我爱你有多深，
你才能当上我的新娘？

当然这是一首爱情歌曲，但我们何尝不可以把它理解为一位真诚的农民艺术家，执著地追求理想、追求艺术的心中之歌呢？

37岁的塔依尔·艾合买提大概算得上加依村第五代“萨孜其”了。他很聪明，悟性高，跟师傅只学了两年就开始“另立门户”，与妻子联手独立开业。虽然是初出茅庐，但因有文化，思想解放，技艺又不错，每年已有2万余元收入。

“新疆乐器手工制作第一村”加依村，有着说不完的传奇。党和政府正在加大力度，上下齐心，发扬传统，要努力把我国建成一个文化强国的当下，加依村和它的民间乐器必将会谱写出新的传奇来！这正是：

龟兹厚重半新和，遍地遗迹故事多。
桑木琴中翻古韵，加依村里听新歌！

2012年3月

图木舒克访古

题记

应农三师文联盛情之邀，在春意盎然的 5 月，我有一次图木舒克市之旅，期间虽饱受长途跋涉之苦，却又享用了一顿文化套餐，收获颇丰。

尽管是平生第一次走进这片陌生的沃野绿洲，但由于 30 年前，我曾在同为南疆地区的和田生活多年，所以这里塔里木大沙漠边缘地带的地貌植被、山川景物、房舍田畴和风土人情，竟都是这般熟悉。我仿佛回到了生活了 12 年的第二故乡，感到说不出的亲切和兴奋。特别是有机会近距离地接触兵团团场基层连队，亲眼目睹了兄弟民族屯垦职工丰富多彩的现实生活，对我这个常年封闭于书斋中的小文人来讲，实在是大开了眼界，更是一种难得的人生经历。

图木舒克市给我最突出的感觉，是既古老而又年轻。说古老，是它有着数千年的垦荒史和开发史；说年轻，是它仅有数年的建市档案。当地的土著塞人和羌人，早在新石器时期就在这里开发定居了。进入有文字可考的年代，作为古丝绸之路的必经之地，图木舒克则镌刻着汉代名将班超、唐代高僧玄奘、唐代名将高仙芝、清代重臣林则徐等和早期屯垦将士们的不朽足迹。这片肥沃的绿洲留下了一代又一代塞、羌族后裔，与先后光顾此地的汉人、粟特人、西突厥人、吐蕃人、回鹘人、蒙古人和刀郎人共同开发的业绩。在漫长的历史中，不同种族，不同文化在这里冲突、渗透、交流、融合，培育出独具特色的叶尔羌亚文化，上演了一幕幕可歌可泣、威武雄壮的历史话剧，共同谱写出辉煌的历史篇章。20世纪50年代初，党中央一声令下，十多万各族屯垦战士，奔赴叶尔羌河畔亘古荒原，进行了改天换地的英勇战斗。他们踏着先民们开发的足迹，发扬光大祖先艰苦创业的屯垦精神，在茫茫荒原上开荒造田，挖渠引水，共建和谐美好家园，展示出各族人民团结奋斗、自强不息的顽强生命力，继续谱写着人类源远流长、灿烂辉煌的文明史。因此具有厚重的历史文化积淀，古老而年轻，还有混血的优势文化所展示的创造活力，就成为图木舒克市最显著的特征。

几天来，我们先后参观了图木舒克市区、五十团、五十三团、五十一团、小海子水库、伽师总场、四十九团，马不停蹄地走遍了城市、连队、村镇、田野、荒漠、河流和湖泊。一路上，开阔平坦的大条田、望不到边的茂密林带、四通八达的柏油路、波光粼粼的水库、拔地而起的楼群和厂房，连同数不清的古城、古寺、古墓、古渠道、古屯田、古烽燧、古窑址，还有顽强的原始胡杨林、旺盛的红柳丛、优美动人的故事传说、古朴奔放的刀郎歌舞……纷至沓来，接踵而至，都给了我难忘的印象。古老厚重的历史和迅速变革的现实，在这里自然链接，深厚的文化积淀和各民族屯垦战士艰苦创业的开发精神，在这里交相辉映，共同演奏出一支人类生命力和创造力的交响曲。这一切都构成了强劲的冲击力，使我激动，使我感奋。新奇的意象、浓郁的色香、昂奋的音响，极大地激发了我强烈的写作冲动。我想，即使表现的内容多为东鳞西爪，文字亦显浮浅粗糙，也一定要把自己感受最深的抒写出来，与读者交流，方不辜负此次难忘的图木舒克之行。

鹰脸突出的地方

我有“地图癖”，一接到采风的通知，就翻开地图寻找要去的地方。这次也一样，在地图上寻找图木舒克市的地理方位，以便预知行程路线。可是尽管我借助高倍放大镜，查阅2002年版的大型新疆地图册，仍然找不到图木舒克的踪影，不禁十分奇怪：图木舒克，你在哪里？新疆广袤大地古迹众多，在全国名列前茅，我是知道的。我过去有幸寻访过吐鲁番古高昌壁和交河故城、和田尼雅古城、吉木萨尔北庭都护府破城子、乌鲁木齐南郊乌拉泊唐轮台古城和伊犁将军惠远古城的遗址，而大名鼎鼎古楼兰城也时有耳闻，唯有这座图木舒克却闻所未闻，它又该是怎样一座城市呢？

等到从喀什市出发，在赶赴目的地的路上，同行的东道主农三师副政委付爱琴女士和历史学家李恺先生告诉我，图木舒克市系2002年经国务院批准，2004年才挂牌建立的城市，所以即使一些新版地图，也还来不及标注，真可谓中国最年轻的城市之一了。但是这里历史却很悠久，是一座古迹遍布的地方，更是自汉代以来就开始重点驻兵屯垦的地区，并一直延续到清代，先后留下众多先民屯垦的遗迹。百闻不如一见，你亲临实地一看，就知道了。于是，我对此行充满了神秘感和期待。

水是生命之源，依山傍水建城邦，自是古人们的自然选择。纵观人类几大文明体系发祥地，多为大江大河所孕育，诞生于河流交汇的肥沃之处。特别是由河网密集而形成的三角形冲积扇地域，往往成为人类文明的摇篮和滥觞。尼罗河三角洲之于古埃及文明，西亚两河流域之于古巴比伦文明，印度河和恒河之于古印度文明，黄河、渭水、洛水与汾河交汇处之于华夏文明等等，莫不如此。而处于水量充沛的喀什噶尔河和叶尔羌河之间河网密布地带的图木舒克，自然也孕育出了源远流长、生机勃勃、独具特色的叶尔羌亚文化。这里既是古代西域三十六国之一郁头国所在地，位于古龟兹国与古疏勒国长期对峙、争夺的接合部，战略地位十分重要，更是古丝绸之路上的一处重镇，历来是兵家必争之地，拥有厚重的历史文化积淀，堪称一方古老而又神秘的土地。这里土地肥沃、水源丰沛，气候适宜，物产丰富，极适合人类居住。当地人说，每到夏秋季节，发源于喀喇昆仑山深处的这两条大河，往往长河横流，洪水泛滥，浩浩荡荡，如同脱缰的野马，横冲直闯，甚至很快就冲出河床，溢满了这里所有的深沟槽地，滋润了大片的农田和原始胡杨林，成为叶尔羌垦区取之不尽、用之不竭的水源。故此地人民有一种说法：跑一年水，种三年地，只消一次大洪水，就能保证三年农作物的丰收。在叶尔羌支流夏河，一次就出土了 30 多条古木船的残骸，足可想见当年大河奔流的盛况。

于是丰富的水源，涵养得此地植被繁茂，人烟辐辏，经济繁荣，自属当然。的确，这次走访图木舒克垦区，纵横数百公里，放眼一望，在那纵横交织、宽阔的河道两旁和浩浩洪水反复冲漫过的地方，长满了高大茂盛、无边无际的胡杨林。而道路两旁，林带高耸，渠网如织，护卫着成片成片的平坦大条田和郁郁葱葱的果园。田野上麦子、棉花正在茁壮生长，果园里累累硕果，丰收在望，垦区的现代化大农业已初具规模，真令人欣喜不置。无垠的荒野上，古城、古居民点、古寺院、古墓葬、古驿道、古驿馆、古渠道、古垦田、古烽燧、古码头、古窑址的废墟……更是随处可见。在众多小型博物馆（室）中，陈列着大量古人使用过的生产生活用具、古文书、古佛像、古官印、古兵器、古干尸、古陶片、古纺织物、古钱币和古船的残片，都见证着这里曾经所拥有的繁华景象，让人惊叹，让人感慨，让人浮想联翩。名不虚传，古老而神秘的图木舒克，是一座“养在深闺人未识”的历史名城，更是一座潜在的文化大市，我为自己的孤陋寡闻深感羞愧！

一个地域或城市的命名，往往蕴含着丰富的历史文化信息。图木舒克有什么含义呢？东道主告诉我，图木舒克是突厥语，意为“鹰脸突出的地方”。地名很是奇特、怪异，也颇为费解，但给人印象却极深。

我想，所谓“鹰脸突出的地方”，不就明明指的是雄鹰那长而尖、带钩的鹰嘴么？当地知情人对此有两种解释。一种是指河流交汇处三角洲的形状。两条大河所培育的大绿洲，像一具楔形的鹰嘴，突进、镶嵌到白茫茫的荒漠之中。我想，那一定是某位古人站在高敞处，俯视鸟瞰叶尔羌大绿洲时所获得的强烈印象而做出极有创意的命名。另一种解释是专指“唐王城”所在的图木舒克山。那雄伟、峻拔的山势可能从某一特殊角度去观察，极像一喙雄鹰突出的尖嘴，刺向蓝天。比较起来，我倾向于更富审美意义的后者。作为空中无敌的强者、威武霸悍的猛禽，雄鹰是游牧民族狩猎时最好的助手，甚至也是他们崇拜的神物甚至图腾，以雄鹰的形象为自己的故乡命名，当是最佳选择。如果我们把整个图木舒克垦区大绿洲视作一只展翅飞翔的雄鹰，那么图木舒克山既作为这座城市标志性的市山，就该是雄鹰昂起的头部；那突出的凌厉的鹰喙，自然就成为最具典型意义的意象了。图木舒克市为庆祝建市而摄制的电视艺术片，就题名为《雄鹰展翅》，其寓意恐怕正在于此。

为适应经济文化迅速发展的需要，经国务院批准，新疆生产建设兵团在南北疆各大垦区中，已先后建成了几座著名的中心城市。如建市最早的农八师石河子市和农七师奎屯市，历史已久，名播四方。它们连同近年批准的农六师五家渠市、农十师北屯市、农一师阿拉尔市，都是百万屯垦战士用辛勤的双手在白纸上画出的最新最美的图画，充分展示了兵团建设的辉煌成就，标志着兵团的屯垦事业进入一个新的历史发展阶段。上述这几座从无到有、崛起于亘古荒原上的戈壁新城，都有一个共同的特点，即虽然经过半个世纪的开发，在经济文化上取得了骄人的成绩，但却缺乏丰厚的历史文化遗产。正如著名新边塞诗诗人杨牧，在其抒写名气最大的石河子市的诗中无奈地形容的“这是一个没有古迹的城市！”然而建市不过数年的图木舒克市，却与众不同。它没有历史缺失的遗憾和自卑，地上地下随处可见的古迹，使它拥有骄人的历史文化资源。而且，提到常令兵团人自豪的“军垦第一犁”的始发地，从地理位置和物候特征来看，说是位于北疆的石河子市未免有些牵强，而处于“春来早”的南疆地区的农三师所属的垦区，倒是顺理成章。因此，要说文化建市，图木舒克具备了得天独厚的优势。图木舒克市的各级领导和十多万各族屯垦战士，为自己拥有悠久的历史而自豪。因此，在市区初具规模的文化广场上那一系列文化设施，还有各团场博物馆（室）里那琳琅满目的出土文物，都着力突出这一特征。图木舒克市继承发扬历史文化精神，厚积薄发，后来居上，建成一座生气勃勃的经济文化大市，自是指日可待。

图木舒克，穿越历史的风云，崛起于叶尔羌大绿洲的年轻雄鹰，凭借厚重的历史文化底蕴所提供的强大后劲，在改革开放的和煦春风里，即将在南疆广袤、浩瀚大地上空，展翅飞翔，越飞越高！

九座宫殿雄姿

图木舒克之行，使我最感震撼的，是古城九座宫殿的雄姿。

20年前，在阅读著名作家张承志的象征体小说《九座宫殿》时，看到描绘南疆兄弟民族农民在荒野中怀着崇敬而又茫然的心理，挖掘古代遗存“九座宫殿”的情景，我就好奇地想，这座神秘的“九座宫殿”究竟在新疆什么地方，为什么会这样吸引这位中亚历史文化学者出身的作家的注意？然而始终没有答案。直到这次来到图木舒克市，这才知道，启人想象的“九座宫殿”竟然在这里，并且有机会亲眼一睹它的雄姿。

“九座宫殿”（维吾尔语为托库孜萨来依）是建于图木舒克山上的一座十分雄伟的古城址。古城址位于图木舒克市东北10公里处，依山而建，城西部建在山上，东北部和南部则建在山下平地上，这种城市布局在古代极为罕见。古城南临一片开阔地带（喀什噶尔河一度流经于此，亦为古丝绸之路必经之地），与对面的包尔其克山成犄角之势，东依苍苍茫茫大沼泽湿地（现已改造成大片农田），山势峥嵘，居高临下，易守难攻，极为险要。城区规模十分浩大、壮观。全城分为内城、外城和大外城，三城相互连接、呼应。城墙多由石头和泥土夯成，高大雄伟，曲折蜿蜒，势如蟠龙，至今尚有部分城垣高高地屹立在半山腰上，城上马首俨然，南北城门依稀可见，令人想见它当日恢宏的气势，更让人联想起万里长城那不凡的气概。由于在城中发现有九座形似寺庙的建筑遗址，当地维吾尔群众就称之为“九座宫殿”，并沿用至今。到了清代，当地打柴的老乡在废墟中发现了大量唐代古钱币开元通宝，人们就又称之为“唐王城”。

其实，这座威严的大城历史十分悠久。它始建于西汉时期，早于唐代近千年。根据城内外出土的大量文物和文书资料，结合历史文献，考古专家普遍认为,这座大城就是西汉时期西域三十六之一的郁头国所在地,隶属于当时实力强大的龟兹国的势力范围。它作为一座桥头堡,凭险与西南方大国疏勒国对峙。东汉初,图木舒克被疏勒国一度攻陷,在此建成盘橐城(《汉书·西域传》上有记载)。汉明帝十六年(73 年),名将班超率部经营西域,曾在此驻兵 17 年,为中原王朝统治西域做出了伟大的贡献。到了唐代,这里成为安西都护府所辖的鱼头(亦称尉头、郁头)州所在地,唐代高僧玄奘西行取经曾经过此地。《旧唐书·高仙芝传》则称之为"握瑟德城"。安西副都护高仙芝率大军西征大小勃律时,曾驻军于此,并作为重要的后勤补给基地。唐代大边塞诗人岑参,当时正在高仙芝幕府中任主簿(相当于秘书长),他很有可能也随军到过这里。可惜他的不少边塞诗都遗失了,否则我们今天一定会读到这位大诗人描绘"九座宫殿"壮美的诗作呢!"安史之乱"后,唐朝国力受挫,此城数度为吐蕃人占领,但大部分时间仍在唐王朝有效管辖范围,经济文化得到更大规模的开发。于是,图木舒克"九座宫殿"古城作为丝绸之路上一处军事重镇和交通关隘,存在了 1000 多年。进入宋元时期,这里为蒙古人察哈台部所占领,当时人们普遍信仰佛教。直到 11 世纪前后,这里发生佛教和伊斯兰教的宗教战争,对峙上百年后方被迅速崛起的信奉伊斯兰教的喀喇罕王朝所攻陷,城破被毁。战火过后,挺立于图木舒克山上 1000 多年的繁华古城,从此变成了一片废墟,逐渐被人遗忘。其湮没的原因,与由于环境恶化而被迫遗弃的楼兰、尼雅古城等不同,而与不幸毁于战火的高昌壁、交河城或吉木萨尔破城子的命运相类。

时间到了 19 世纪末 20 世纪初,腐败、愚昧到极点的清政府,正处于如马克思所形容的"如死人"一样没有知觉,任由列强肆意劫掠。西方探险家斯文·赫定、伯希和、斯坦因、勒柯克等人纷纷闻风接踵而至,稍后日本军官橘瑞超和野村荣三郎、俄国语言学者马洛夫等人也窜到此地活动。他们如同苍蝇见血一般,打着考古的旗号,有恃无恐地在图木舒克古城址一带疯狂淘宝。他们有的空手而回,有的则满载而归。其中伯希和最为幸运,在此挖掘了两个多月,先后盗走数百箱古文物运至欧洲。在被他们盗走的大量文物中，包括有着“东方维纳斯”美誉的几尊美丽绝伦的佛像头，具有极高的历史和艺术价值。现在，这几尊珍贵的佛像头还陈列在法国吉迈博物馆东方部里。这些西方探险家回国后凭借丰富的出土文物，纷纷撰写中国西域考古的著作，出版了《图木舒克》《亚洲腹地》《中亚晚期佛教遇址》等书，极大地震惊了西方学术界，被称为世界考古大发现。沉寂千年的图木舒克遂为世界所瞩目。

西方学者在中国西域考古的大发现，唤起了中国学者的警觉和注意。1929年，我国考古学家黄文弼先生首次来到“九座宫殿”，发掘出大量珍贵文物。新中国成立后，我国考古人员又在这里陆续发掘出众多汉唐时期的文物，仅收藏在自治区博物馆的就有4000余件，具有极高的历史考古学价值。这里堪称古丝绸之路上屈指可数的历史文化宝库。于是，图木舒克“九座宫殿”，理所当然被国务院批准为重点文物保护单位。

随我们采风团一起来的历史顾问李恺先生，就是图木舒克历史考古的权威专家。上个世纪七八十年代，他多次冒险进入图木舒克腹地考察，取得了一系列考古成果。这次他不顾年老体弱，提着拐杖和随身不离的酒瓶子，兴致勃勃带着我们考察了九座宫殿。讲起图木舒克的历史来，他如数家珍，有满肚子的故事。他指着危立的古城垣和山崖上残留的释迦牟尼石造像，动情地讲解了这里的种种趣闻。他说当年这里的文物多得数不清，一脚就能踩出好些汉、唐铜钱来。伯希和来此，用马鞭子随手一捅，就捅出一尊“键陀螺”式具有希腊——佛教风格的小佛像，大喜过望，随之下了在此贪婪盗掘的决心。李老先生也曾在古佛寺的废墟里发现一只彩色佛像的半条腿，竟有一米多高，水桶般粗细，则这座佛像之大、佛寺的雄伟和金碧辉煌可想而知。可惜的是，由于“文革”期间缺乏管理，附近村民风传这里发现了金银财宝，便纷纷前来乱掘乱挖，许多文物都被破坏、流失了！讲到这里，李老先生不禁遗憾地摇头叹气。

但是九座宫殿古城依托高山风雨不动的雄姿，是任何人也无法撼动的。它在古代丝绸之路上的重要价值也是泯灭不了的。它雄踞于高峻的图木舒克山上，见证了数千年来发生在我国西域辽阔疆域上的历史风云，它伟岸的雄姿也永远刻印在我记忆深层，将不断地接受我的顶礼膜拜。如今随着图木舒克的建市，它将继楼兰、克孜尔千佛洞、高昌、交河、尼雅、吉木萨尔破城子等古城遗址之后，作为图木舒克市一座历史文化饱满丰盈的象征或标志，一处熠熠生辉的文化闪光点，将倍加受到珍视重视，正吸引着日益增多的学者专家和旅游者前来朝拜、考察、研究和观光。

拜谒谒者馆

在考察的路上，李恺老先生一直在念叨什么“谒者馆”，一提起来，他那紫棠色的脸就兴奋得更红了。可是由于我从未有过这个概念，加上他那含混的临洮口音，我听着如坠五里雾中。后来才知道，我们此行是要到《新唐书·地理志》中多次提到谒者馆实地踏访。而这座丝绸路上著名的、也国内仅存的谒者馆遗址，正是时任喀什地区文管所副所长的李老先生在上个世纪 80 年代初根据当地村民提供的线索，经过多次实地考察挖掘后才证实的，这是图木舒克历史研究的一大成果。他撰写的《探秘唐代谒者馆》一文，曾在国内外产生广泛影响。

我国唐代是当时世界上版图最大、国力最强的东方大帝国，唐太宗李世民甚至被称作“天可汗”，拥有极高的国际威望。当时四方诸国纷纷派遣使者来长安朝觐，有的甚至留在长安做官。大批中西亚商人也带着驼队，满载着货物，穿行于丝绸之路。唐王朝也以海纳百川的胸怀与各国建立了良好的关系。长期的国际交往，合作共赢，极大地促进了世界经济文化的发展，增进了各民族的友谊。我们今天从唐代大画家阎立本所绘制的美术作品中，还能看到各国使者拜谒唐太宗时宏大、隆重的场面。西来的路上，多为沙漠戈壁，水源奇缺，为了方便西域各国与长安往来络绎不绝的使者和商人，唐王朝就在沿途各地设立了许多馆驿，供给往来人员歇息、食宿，类似今天的交通招待所或宾馆。所谓“谒者”，就是指由中西亚各国远来拜谒东土大唐的使者。据史籍记载，位于图木舒克的谒者馆是从安西都护府（龟兹）到郁头州途中必经之地，也是规模最大的一处。这类谒者馆或驿站现在多已被流沙无情掩埋，踪迹难觅，所以一旦发现这处大型馆驿的遗址，其对研究古丝路历史的重要意义，自是不言而喻。

越野汽车艰难地行驶在沙丘连绵的荒原上，车辆有好几次就陷入了浮沙，进退两难。荒原上遍地流沙，有时连胡杨、红柳、芨芨草的影子也极少见。万里无云，初夏的艳阳无遮无挡地烘烤着大地，炽热难耐，阵阵干热风尤为炙人，不由让人联想起当年使者、商人们跋涉的极度艰辛。但是一旦发现路旁堆积的古代陶片，远望如一片片红云一样覆盖在沙地上，我们就兴奋起来，像是荒原上发现了一眼清泉，顿时忘记了路途的劳累。因为我们感受到了历史的陈迹，近距离地触摸到古人生命的信息。

看到路旁遍布陶片，李老先生就来劲了。他喝了几口随身带的小白杨牌白酒（先生嗜酒如命，须臾不可或缺，为了怕人引起注意，就把白酒装进矿泉水瓶子里进行伪装——这老人可真有趣），兴致勃勃地讲解起来。他说只需听听敲陶片的声响，就能判断出是唐代的还是汉代的；唐代的清脆，汉代的沉闷，因为烧窑时火的温度不同。汉代生产力低下，温度达不到，陶器的质量就远不如唐代。我也好奇地捡起几片红色或黑色的陶片，轻轻相击，果然清脆动听，丁零之声如鸣佩环。这是历史的遗响，我庆幸自己有机会穿越时间隧道，倾听到千多年前传来的大唐音韵。

有人问为什么此处堆集的碎陶片如此多，李老先生就讲起故事。

原来，这就是传说中的“罐匠城”所在地。当地维吾尔人传说，在“龙山”与“白依白尔山”之间，有座很大的客栈。由于往来的使者和商人旅客众多，生意兴隆，就逐渐形成了一个较大的部落“尉头部落”。部落首领把属下人分成九个小部落，各分一处领地，从事不同的生产活动。其中第三个小部落分配到这一带，紧靠古丝绸之路交通要道，专门制作陶器制品。据说一位名叫芒拉苏吉的工匠，手艺最好，制作的罐子坛子远销印度、波斯等地。陶器除了用于生产生活之外，还将火药装进陶罐造成武器，威力强大，使敌人不敢来犯。后来敌人想出条毒计，从上游放下滔滔洪水，淹没了“罐匠城”，这就是现在这里到处都是洪水淹没的痕迹和遍地陶片的缘由。讲到这里，李老先生有些难受，原来他想起给他讲这个故事的老朋友哈迪尔汗已经过世了。当年，正是在哈迪尔汗老人的启发和帮助下，李老先生才找到这座“谒者馆”，有了这个考古大发现。

另一处陶片堆上，几个年轻人正专心致志地忙活着什么。原来他们在用各种形状的陶片拼凑成一口大罐子，罐体胸径足有一米左右，俨然是一口大水缸。李老先生说，这原本就是一口大水缸的碎片，几十年前，他在这一带就发现了几十口比较完整的大水缸，每隔一段路就埋着一口，古人在里面盛满了清水，供当年旅行的使者商人渴了饮用，可惜现在都已被流沙掩埋了，找不到了！我想，当年当地人们考虑得还真周到，堪称“人性化服务”了。由此可以想见当年这里人来人往，旌旗飘飘，骏马奔驰，驼铃声声，丝绸之路上该是多么繁忙啊。李老先生说，到了这里，谒者馆也就快到了。我们乘车又走一段路，在一片起伏的沙包面前，越野车再也不能往前行驶了。李老先生走下车，登上一座沙包往前一望，忽然高兴地喊道，看，远处那座高高的黑色佛塔下面，就是谒者馆了！

果然，越过前方几座黄得耀眼的大沙包，青色的天幕上，一座兀立的黑色小土山赫然在目！

俗话说，望山跑死马。我们虽然能望见佛塔的身影，估计也有两公里远，真的要走近它，也是相当困难。采风团中，好几位都是年过花甲之人，中间要翻越十来座逶迤起伏的大沙包，正午的骄阳射在白沙上，强光刺得人睁不开眼，跋涉于烫人的沙丘之中，一步一陷，委实艰难。但是目的地遥遥在望，大家还是相互鼓励着，努力低头蹒行。在吃力地攀登大沙包时，我不禁联想到，古代的“谒者”们，为了朝觐大唐天子，为了一睹长安的繁华，不惜万里迢迢，顶着漫漫风沙，忍着饥渴，长途跋涉，赶往谒者馆小憩。说不定当年唐玄奘西行取经经过这里时也曾咬牙坚持，匆匆赶往谒者馆呢？我们今天难道就不能以他们那种虔诚精神和顽强毅力，前往拜谒“谒者馆”吗？想到这里，我不觉忘却了酷热和劳累，加快了脚步。

当翻越最后一座大沙包时，那座灰黑色佛塔就近在咫尺了。大佛塔的塔基由黏土夯成，塔身用土坯砌垒。作为谒者馆的陪护或标志物，已经坍塌的佛塔现在仍有10多米高，巨人般地睥睨着脚下的沙包起伏的大荒原，仿佛在回忆着往日香客如云的盛况。我们纷纷攀上去留影纪念，以证不虚此行。但是李老先生却忧心忡忡地坐在一旁。他看看我画的速写，不满地摇头说道，“我是决不会爬上去的，我实在心疼啊！当年，这座罕见的大佛塔还保存得较好，现在来访者不加怜惜地随意爬上爬下，已塌下去三分之一了。你们都不懂得保护文物的重要，比风沙破坏性还要大！”老学者的专业道德和文物保护意识使我惭愧，也使我敬佩。

佛塔周围，当是谒者馆或传说中“罐匠城”的遗址。同行的农三师文联主席、青年作家谢家贵说，谒者馆的发现，确证了图木舒克在丝绸之路上的重要地位。经过李老师他们当年的测定，谒者馆位于东经79.7度，北纬40.11度，属于今天农三师五十一团地界，西南方距郁头州遗址25公里。谒者馆遗址很大，共约三四平方公里，这座佛塔遗址可能是它的中心主体建筑，周围依稀可见有一圈约一平方公里的城区遗存，甚至可见两米高的土台，当为城门遗迹，具有中原建筑风格。因此这里与其说是“馆”，不如称作“城”。城内城外地面上遍布着几十座制陶窑址和炼铜作坊遗址，破碎的陶片、废铜渣堆得像小山一样。这里出土了大量文物，足以证明当年有着发达的制陶、炼铜、冶铁、纺织业，甚至还能制造玻璃，令人吃惊。至于农业、畜牧业和园艺水果业的生产规模，就更不用说了。当时生活在这里的人们信仰佛教，通用龟兹文，但明显受汉文化影响巨大，曾出土大量“龟兹大钱”“龟兹榆夹钱”和“龟兹五铢钱”，唐代的“开元通宝”和“乾元通宝”，也极常见。谢主席曾陪李老先生多次考察谒者馆，他的介绍使我感慨万分。可惜这里当年林立的佛寺、偌大的馆舍、琳琅满目的手工作坊，喧闹的街区车水马龙、驼铃叮当的繁华景象，大都已掩埋于沙丘之下，无从觅迹了。我们只能站在佛塔下面，追寻这座丝路重镇的蛛丝马迹，凭吊这方历史文化的沃土，仔细倾听远古的回声。

不知为什么，也许是要规避这方历史文化的圣地，为它腾开生存的空间，佛塔周围，几乎没有一棵胡杨或红柳。不过，我终于在沙包下惊奇地发现一株生长得特别茂盛的红柳，占地面积足有两间房子大小，强壮、茂密、青翠，精神灼灼，与黄沙构成鲜明的对照。

我想，这株孤独而葳蕤的红柳，可能是谒者馆的精气所化，它要守候着谒者馆，正以一种不屈的身姿与严酷的环境抗衡，确证着一种坚忍、顽强的生命力。

悠悠古道通往远方

采风团车队来到一处古迹考察，地名叫做色斯库托克，又称“羊达克库都克”。我知道，后者在维吾尔语中是“苦水井”的意思。

李老先生带着我们走进路边一大片建筑废墟，指着被挖得坑坑洼洼、乱七八糟的地面说，这里原有唐代一座大佛塔，早已坍塌了，旁边是一排古代驻兵的兵营，另一边是驿站，后来改成饭店了。店面很大，几十年前这处饭店还能供路人打尖、住宿，现在因为公路改道，行人稀少，已变成废墟了。他又带我们走上一座颜色发黑的大土堆，说，可别小看这座垃圾一样的土堆，这可是累积叠压式的文化层，不同的文化层层次分明，十分珍贵，出土的文物从汉、唐，一直到清代的都有。我们仔细察看了一番，除了星星点点的灰烬、陶片、兽骨、破布条外，什么也没有发现。内行看门道，外行看热闹。虽然我们看不出什么，也能感觉出这的确是古丝绸之路一处重要的驿站，正散发着密集的历史文化信息。

我站在高处环顾四周，这是一处高敞的小土包，下临一条干涸的河道，两岸长满了次生胡杨林和一丛丛红柳，呈出一片新绿。李先生说，那片胡杨林背后，就是叶尔羌河的一条大支流，洪水期水量很大，洪水一来，这条小河就蓄满了水。古代的驿站总是要建在附近有充足水源的地方，这是个常识。图木舒克地区古烽燧遗址残留不少，沿着交通要道，每隔十多里就有一座。烽燧住着一队戍卒，用以盘查、通讯和军事报警。有人在一座大烽燧附近的库房废址里还发掘出大量面粉，可见清代中前期国力强盛时，战备物资储备得相当充足。此前，我们曾考察过阿克一号烽燧，它系用红黏土和胡杨红柳树枝夯筑而成，三米见方，周围也发现大量陶片。烽燧虽然顶部坍塌，现在还残留有四米多高，历尽千年风沙，巍然屹立于荒漠上，似乎仍大睁着警惕的双眼，履行守护古丝道的重任。烽燧和羊达克库都克驿站应当是有联系的，甚至可能就在同一条路上。只不过旧路多被流沙掩埋，我们的行进路线不完全是沿着原有的古道罢了。

望着这座古代佛塔和馆驿的遗址，我忽然想到，40 年前分配到和田时，不是也乘车走过这条古老的大路吗？那时喀什正在搞武斗，交通中断，我们是经巴楚县南下绕道而行的。我是否也曾在这座路旁小饭馆里歇息打尖？原来这里也曾留着我的生命印痕啊！只不过整整 40 年了，印象已经模糊，我已认不出它来。现在，不期然间，我又与它相遇了！

李老先生似乎看出我的疑问，就说，这座驿站就是紧靠古代丝绸之路旁建立的，林则徐当年乘坐高轮马车来南疆考察，就经过这里。他朝小河对岸的胡杨林一指说：看，那不就是原来的老公路吗？

我朝他所指的方向一望，果然就在胡杨红柳掩映处发现一条蜿蜒的大路，若隐若现地通往远方。李老又说，这条路可不简单，足有 2000 年历史了。从汉代起，东来西往的人就是走这条路到中亚，进长安的，是古丝绸之路的正途。现在的南疆公路和铁路，已移建在天山脚下，并非沿着古丝旧道修建，而是往北、往西移动了很远。古代，这片荒原可都是河流纵横，水草丰美的大绿洲，丝绸古道大多穿行其中。后来塔克拉玛干大沙漠大肆扩展，绿洲萎缩，沙进人退，道路也跟着往后撤了。我好奇地穿过河床，走上大路观察。由于近旁林木茂密，又系碱土路，路面没有浮沙，踏在上面感觉很坚实，还依稀可见旧车辙和牛羊新鲜的印迹，原来它并没有完全死亡。我不禁激动地浮想联翩了。

2000年的丝绸古道，南去疏勒，北通龟兹，班超率奇兵走过这里，唐三藏西取经行走过这里，高仙芝带领雄师西征走过这里，林则徐考察南疆时走过这里（在五十一团团部附近，就保留着林则徐当年住过的老土屋），解放军挺进喀什的大军穿行过这里，最初的农三师军垦战士也是沿着这条路走来，然后融进两旁无边的荒野……旌旗翻飞，脚步踏踏，车声辚辚，马鸣萧萧，汽车和拖拉机的马达轰鸣，胡杨林曾为他们欢呼，叶尔羌河曾为他们歌唱，春阳为他们送暖，秋月为他们照明，这条古道当年是何等地喧闹，上面叠印着多少沉重有力的历史足迹啊！然而现在，却寂寂无闻地被遗弃在这人迹罕至的沙包、胡杨林中……

望着眼前通往远方的悠悠古道，我神驰魂飞，联想起许多。多少年来，人类错误地认为“人定胜天”，不加节制地垦荒造田，向大自然拼命索取，又不注意环境保护，结果破坏了生态平衡，遭到大自然本能的报复。大片绿洲连同其中的丝绸古道只好被迫放弃，付出了沉重的代价。蜿蜒曲折的悠悠古道，似乎象征着人类历史行进的路线。现在人类聪明多了，已接受历史的惨痛教训，树立起科学发展观，懂得要合理开发利用自然资源的必要性，与大自然和谐共处。我相信，随着图木舒克市的建立，通过科学规划，用不了多久，这片已蜕化成荒原的片片绿洲，一定会重新崛起，呈现出一派清水环流，绿树成荫、阡陌纵横、生机勃勃的怡人景观。这条叠印着历史的脚步、但已被遗弃的古道，也会得到重新启用。它将作为一种沧海桑田的象征，一头连接着厚重的历史，一头通向美好的未来，以崭新的英姿，再现昔日的辉煌！

文已完而意未尽，兹赋七律一首，献给古老而又年轻的图木舒克市：

丝路悠悠复漫漫，胡杨半掩古屯田。
风沙夜月汉时垒，驼马晓星谒者馆。
四十姑娘泣鬼神，九座宫殿壮河山。
欲将旧画翻新图，瀚海雄鹰翔九天！

2008年7月

和田八记

序

1968年国庆节的前一天，我离开乌鲁木齐市一所大学赶往和田地区报到；12年后，我又回到乌鲁木齐另一所大学里任教。大学生——农民——小职员——大学教师，历史在我的生命史上画了一个大圆，一个无法解释的命运怪圈。

在回到乌鲁木齐后这15年中，我陆陆续续胡乱涂鸦写下100多万字杂七杂八的东西，但很少是关于和田的。这倒不是因为我翅膀硬了忘了“娘”，更不是那段平凡经历不值得一写，而恰恰是那段经历太珍贵了、太难忘了，几次提起笔来又放下，唯恐这些宝贵的素材被我掉以轻心给糟蹋作践了！十几年来我时时都在怀念那座偏远的小城，怀念那里的一草一木一山一水，怀念那些艰辛忧伤而又朴素充实的日子。和田的风物故事，不知多少回闯入我悲欢交集的梦境。一个人一辈子能有多少个12年呢，尤其是在那青春期里最宝贵的年华？

和田12年里我大部分时间是在浑浑噩噩中度过的，如今已到了“知天命”之年，仍一事无成，常感到岁月蹉跎，余年无多，想起来真是追悔莫及！但在那段整个国家民族都在受难的非常年代里，人们又能做些什么呢？所幸的是，虽然生活状况我无法选择，但是却能选择一种比较健康的生活态度，于无所事事中努力保持人性的纯正，在艰辛平凡的生活中活出几点意义，这又使我回忆起来有几丝欣慰。我以一颗真诚的心对待了那段生活，而生活也没有欺骗我。于是不自觉中，我得到和田大地的抚育，我接受了底层劳动者们的恩惠，我渐渐成熟了，由一个自卑柔弱的青年，成长为自信坚定的中年汉子。现在当我重新回顾和田那段平凡的日子，感受就大不一样了，即使是痛苦的回忆，也是一种温馨神往的享受，即使是一件不起眼的琐事，也有叫人怦然心动的美丽。我很感激和田，再不为她写点什么，就太对不住收留我、养育我、教育我12年的第二故乡了。和田，那是值得我永远追忆的一个情感支柱、一座丰饶的精神故园。

于是我决定不揣冒昧，试着模仿唐贤柳宗元先生的散文系列名篇《永州八记》的总题目，记下关于和田的回忆。

夜阑人静，面对电脑，和田当年的种种事象思绪，也便从遥远的、风沙迷蒙的记忆屏幕背后，纷纷跳了出来……

之一：和田的树

初到和田绿洲，给我印象最深的，是她那遮天蔽日的白杨林带和田野上一簇簇硕果累累的果树。

当你穿过沙尘四起、难以觅到生命踪迹的茫茫无边的大戈壁，终于从令人几乎窒息绝望的灰黄色地平线上，突然发现冒出的一团团墨绿色的树影子时，那强烈的反差所唤起的喜悦，给人感觉简直就是惊讶了！也许你正怀疑这是不是幻觉或者“海市蜃楼”呢，车子就把你带进一片绿色的海洋，气温刹那间就降下来了，空气也变得清新湿润了。你在沙漠中长途跋涉时变得有些麻木的思维和躯体一下子就被激活了，仿佛体内注进一股新鲜的生命力。绿洲，绿洲，这个时候，你才真正认识到什么叫做新疆的绿洲，那被荒寂的沙漠戈壁构成的瀚海所包围、所分割、所侵蚀、所威胁，却生长着繁衍着无数顽强生命的绿岛！

在和田几座大小不等的绿洲里，生长着新疆平原上几乎所有的树种。这里除了最常见也最醒目的白杨、青杨之外，还有榆、桑、柳、槐、柏和沙枣，而绿洲边沿和戈壁深处，则有大片大片生命力极为顽强的红柳、梭梭和胡杨；果树种类则更为齐全，可谓应有尽有：核桃、桃、杏、梨、苹果、葡萄、石榴、无花果，甚至还有新疆其他地方十分罕见的樱桃和梅子。春天，那田边地头一团团、一簇簇色彩斑斓、云蒸霞蔚的千树万花，烘托出一派春意盎然的动人景象，是乌鲁木齐等北疆城市绝对看不到的。而从6月直到金秋，由黑桑白桑、杏子开始，各种瓜果便络绎不绝，陆续上市，五颜六色堆满了街道两旁，香甜四溢，其新鲜的程度和价格之低廉，也是其他地方少见的。我幼时在故乡中原地区，青少年时期在乌鲁木齐，吃到的瓜果品类都十分有限，只有到了和田后才算大饱了口福。记得我刚到于田县时，只需花一毛钱便可进入果园，放开肚子吃个够——当然现在和田也步入商品经济社会，这种好事再也不会有的了。在吐鲁番、库尔勒和伊犁，我分别吃到过那里名闻遐迩真正地道的葡萄、香梨和苹果，其实和田这些水果的滋味并不稍逊于三地，只是和田地处边远，交通不便，新鲜的水果运出不易因而不出名罢了。只是唐诗中提到的"空见胡桃入汉家"之核桃，因果壳厚实，便于远途运输，所以颇有名气，连北京毛主席纪念堂前绿地，就栽种着几十棵和田人敬献的核桃树哩。

说起来也许很奇怪，新疆许多"树王"不是生长在雨量相对充足、土地比较肥沃的北疆，而出在和田！例如"核桃王""无花果王""葡萄王""胡杨王"等。和田"葡萄王"当年只是耳闻，在几年前的电视中才看到报道，画面上浓荫匝地的葡萄架下，白发银须的葡萄王主人自豪地介绍说，这株葡萄每年可收获几千斤，他们祖辈享用了好几代呢。策勒县努尔乡的"无花果王"我亲临现场目睹了，茂密肥硕的叶片、盘根错节的枝条足足覆盖了大半亩地面，令人叹为观止。和田近郊春花乡有名的"核桃王"，我则从不同角度画过几张写生。巨树独自屹立于田野上，枝繁叶茂，高达十数丈，虬枝四展，气势宏伟，意态雍容。树干好几个人都搂抱不过来，中有一大空洞，连我这素称健壮的身子也可轻松爬进去从树中腰洞口钻出来。据说此树已有500余龄,属明朝“遗老”,饱经沧桑,但至今仍未呈老态,每年尚可挂果七八千颗核桃哩!而“胡杨王”则是据周涛先生介绍的。他曾在和田大沙漠深处,看到一株据称有800余年高龄的胡杨树,十来个人都围抱不住,树冠高插云天,遮盖了数亩地面,而周围则寸草不生,只有它孤零零地生长在那里,与亘古的大沙漠对峙,望之深感其顽强生命力之惊人。之所以诸多“树王”能够汇聚于此地,我想这大概是与和田堪称历史悠久和发达的农业有很大关系,加之和田的土层异常的厚,纬度低(和田位于北纬37度线上,我曾好奇地比照过地图,纬度似与河北邢台市差不多),日照无霜期长也是其原因。和田老乡有句不无自豪的说法是:“只要引来水,你就是往地里插上一根大车轴也能发出芽来!”此话不算过分夸张。我多次参加过那里的植树活动,感到挖树坑十分容易,种下的树木存活率也比乌鲁木齐高多了。清人肖雄有一首诗曾这样赞咏和田道:“东走长途瀚海边,平开沃野是于阗。六城烟雨生金玉,鸡犬桑麻世外天!”和田古称于阗,想来即便是古代,和田也堪称一片富庶的绿洲。改革开放以来和田十分重视发展林业,防沙治沙和绿化成绩都很为可观,国家林业部门多次在这里召开植树造林现场会,立体化大农业已初具规模。第二故乡的变化,真令人感到欣慰。

我之所以要在这里对和田的树木大唱赞歌,其实与我在和田一段难忘的情感经历有很大关系。

我是在别无选择的情况下被分配到和田的。

1968年7月,在“史无前例”的“文化大革命”高潮中,姚文元的大文《工人阶级必须领导一切》发表了,“臭老九”知识分子完全变成罪恶的代名词。我清晰地记得,那天是晚饭后走在新疆大学文科球场上时听到这条广播的,当时的第一感觉是:杀气腾腾,不寒而栗!我们是1966年就该毕业分配工作的,留校参加运动已延误两年之久了,早已被无休止的“派斗”搞得心灰意懒,巴不得早一天离开到处工事林立、千疮百孔的母校去参加工作。由于出身不好,加上分配时我不在学校(外出参加为庆祝自治区革命委员会成立绘制毛主席宝像的活动），和田，这全班没有一个人报名去的“鬼地方”就摊给我了。但是因为毕业志愿书上我原来没有填报任何志愿，只写了“毛主席挥手我前进”这句表示最最最革命的决心的话。一言既出，驷马难追，这时候也不好再说什么，只好认命。同时于无奈中，我渐生一种“置之死地而后生”的决绝心理。于是在同学告别聚会上，我故作旷达豪迈地宣布了一句“阿 Q”式的宣言：“咱们 10 年后再见！”，便负气登上了南去和田的长途汽车。

谁知踏上漫长的南疆路，越走越远，越走越荒凉，我这才意识到我踏上的是怎样的一条人生之旅！长达六七天的风尘颠簸，我越来越灰心绝望了。“黑五类”加“造反派”，双重的政治出身不好，远离故乡千万里，没有亲人朋友，初恋的女友也因我的“狗崽子问题”离我而去……我是一个被遗弃、被流放的罪犯呀，孤身一人，在这茫茫大沙漠里我将怎么生活下去呢？我自负在校学习成绩优秀，能诗善画，满腹才学。虽然李白曾自慰说“天生我才必有用”，但你一个入了“另册”的“吃屎分子”，在这里又能派什么用场？人家能放心使用你么？在这黄沙接天的地方，迎接我的将是怎样一种厄运呢？谁知风尘仆仆地赶到和田，专区也不能留，又被再分配到 200 公里外的于田县报到。在搭乘一辆去于田的邮车上，我像散了骨头架子的死狗一样仰躺在邮件上，望着灰黄阴沉的天空，望着灰黄死寂的旷野，我似乎觉得乘的不是什么汽车，而是颠簸在汪洋大海里一叶迷失方向的小木舟，就要被压下来的灰黄的滔天浊浪所打翻，沉没了！塔克拉玛干——进去出不来。我这精力旺盛却尚没有来得及充分施展的年轻生命，难道就这么毫无作为地永远消失在这偏远荒寂的沙漠了吗？我这一把无人关心的烂骨头将来就要掩埋在这里，化作骆驼刺的肥料了……想着想着，不觉流下了冰冷的眼泪。我曾在后来的一首诗中这样描绘当时的心情：“虚妄的激情已同红卫兵袖章一道褪色，个人的前途也和祖国一样变得迷惘”。“男儿有泪不轻弹”，那该是我平生第一次为个人的不幸命运而流下的孤独的眼泪吧！

忽然，坐在前边的那位年轻的维吾尔族押运员唱起歌来，好像是电影《阿娜尔罕》中的插曲（或者是民歌《牡丹汗》？），歌声高亢，充满感情又略带一点感伤。我被小伙子的歌声深深打动了！歌声尚未停歇，在我的眼睛上方，那顶铅块似的沉重压抑的天空突然消失了，代之而来的是青绿金黄相间、跳动着青色光斑的白杨树叶，在结实有力的枝条支撑下，密匝匝地扑入我的眼帘！白杨树以它那斑斓耀眼的色彩和挺拔遒劲的线条，绘出一幅流动变化的、构图饱满、生气勃勃的油画，奏出一支雄浑奔放的彩色交响，向我发出一种极为辉煌、振奋人心的生命力的呐喊。我的心灵被震撼了，霍然坐起，这才发现邮政车已驶进一条林荫大道，大道两旁好几行一眼望不到边的粗壮的白杨，如参天巨人般地挺立着，枝叶交互，遮天蔽日；树下渠水潺潺地畅流着，如热瓦甫欢快的琴弦；街头人群熙熙攘攘，万头攒动，衣着五光十色的维吾尔农民正在兴致勃勃地赶"巴扎"呢，原来我们进入到一座绿洲的腹地了。在这热闹的气氛中孤独感一下子消失了，我的情绪变得兴奋起来。"生活多么广阔，生活像海洋，/ 哪里有生活的地方，/ 哪里就有快乐和宝藏……"我记起何其芳先生那几句鼓舞人心的诗句，似乎也感到自己"轻轻地从年轻的琴弦上，丢掉了忧伤"。我自我安慰道，这里同样有快乐的人群，多彩的生活，也有众多如白杨这样茁壮蓬勃的绿色生命，为什么我就不能在这片沃土扎下根来，顽强生存下去，变成一株拂云参天的大树呢？

这时候，大道两旁的白杨林带愈加的浓密了，我感觉身子似乎被这一团团浓绿溶化了。我想象自己慢慢变小了，变成了一个襁褓中的弃婴，被迅速退去的大潮远远掷向这偏僻荒凉的一角，像一块肮脏的泡沫，像一只断了线的破风筝，飘飘荡荡，无所归依；而和田绿洲，这时却像一位宽厚仁慈的母亲，伸出毫无嫌弃的有力双手，把就要掉进深渊的身子接进她那温暖柔软的臂弯，放进一只绿色的摇篮里，轻轻地摇着，唱着"摇篮曲"，并用她那粗糙的手指擦干我的眼泪。我感到了自己的体重，也感到了母亲的体温。母亲收养下孤儿般的我，即将用她那并不宽裕、也有些苦涩的奶汁哺养我了……

于是,我决定了,就在这里生活下去!

遥远的和田绿洲, 那生长着无数充满倔强生命力的绿树的瀚海绿岛,是我再生的母亲。她慷慨无私地领养了我,抚育我整整 12 年,我从一个柔弱虚脱的青年,成长为健壮自信的中年人。和田毫无疑问是全国有名的偏僻、贫困地区,但有道是“儿不嫌母丑”“涓滴之恩,便将涌泉相报”,我怎么能不由衷地感激她、赞美她呢?

之二:和田的土

能够哺育出无数参天大树的大地,一定拥有深厚的土壤。

和田的土壤是异常深厚的。记得初到和田, 刚走出汽车踩在陌生的土地上,就吃了一惊:街上浮土足有半尺深,一下子鞋子就陷进去了,搞了一脚一裤子的土,然而到一块硬地方,顿顿脚,也就干净了。也许是由于千万年来漠风所刮起的尘土陆续被绿洲的卫士们——一排排林带挽留下来的缘故吧,它们越积越厚,终于形成现在和田绿洲深厚的土壤。我想这种情况,大概与内地北方黄土高原的成因颇有些相似之处。

我曾在乌鲁木齐红山和南公园植过树, 参加过几个工程奠基,“社教”时也还在现在的乌鲁木齐县二宫乡犁过地,往往在满是碎石子的地表没有挖上 10 厘米, 薄薄的土层下丑陋的鹅卵石和粗沙子便暴露出来了,让人很是丧气。前年秋天,我有一趟杭州西湖之游,在离世界一流风景区西湖不到 200 米的栖霞山下,工人们正在挖土施工修路。谁知就在这“山外青山楼外楼”、号称“人间天堂”的江南锦绣之地,表面林木华滋,桂香十里,一尺多厚的土层下竟也是红黄相间的硬石僵土,工人们抡着十字镐挖得十分吃力,令人殊感意外。回想和田大地,土层之深可谓“得天独厚”的了! 和田农民使用的农具,最主要的就是有名的坎土曼,身兼铁锨、锄头、镢头而三用——那里是根本用不上内地少不了的镢头、钉耙之类的。农具的发明创造一般是因地适宜的，我想这大概就因为和田土地没有碎石子和僵硬的土块，而多为松软、深厚的沙土地的缘故。我曾在和田参加“深挖洞、广积粮”。在挖防空地道施工中，你往下就是深挖10米、20米，也还是松软、湿润的沙土，从遇不上一粒石子或死硬的僵土，挖地道时轻松多了。这不能不让人赞叹惊异于和田土层之深之厚。

说起和田的土来还有一大好处，就是从不沾衣裳，即使沾上轻轻一抖就掉了，避免了许多洗涤之累，绝不像乌鲁木齐的尘土那样，见人亲得很，硬赖在身上衣服上不肯离开；穿一件干净的白衣服上一趟街，回来就变黑了，讨厌得很。和田的厚土，虽然属于肥力不高的所谓荒漠土，但却是没有被污染的净土，是可亲可爱的善解人意的土，更是孕育旺盛而质朴的生命的土！

不知为什么，我总觉得这深厚的土壤能够涵养出纯朴、浑厚的民风和淳厚、善良的民族气质，与我国北方黄土高原一样。和田维吾尔农民便具有这种“黄土高坡”厚土般的民风和气质，一想起和田那深厚的土地，我就联想起那里身穿粗布长袷袢、骑着毛驴弹热瓦甫的维吾尔农民，也就联想起头包羊肚子毛巾、手扶牧羊铲高唱“信天游”的陕北农民来，总觉得善良纯朴的他们之间有那么一种一脉相承的相近相通之处。在和田不论在大路还是羊肠小道上，一遇到上了点年纪的维吾尔人，他们便很有礼貌地让出路来，恭立路旁，微微弯腰，双手抚胸致礼。看到这些白须拂胸的老人向年轻的自己致礼，很觉过意不去，因为我只不过是个接受“再教育”、出身又不好的学生而已！如果你偶尔进入维吾尔农民家中，往往被当做“贵客”接待，主人倾其所有慷慨招待，其实你原来不过是想要一碗水解解渴罢了。初到和田时，你只需花一毛钱，便可进到果园里吃个肚儿圆；上街买点东西吃，杏子是吃完后数杏核，据杏核多少付钱，付完钱还可以捎上一把杏子；烤肉则是论钎子付钱，如果遇到心术不正的人，吃完把钎子埋进沙土里，卖烤肉的也不会斤斤计较——真是“童叟无欺”、朴实厚道的人民啊！回到乌鲁木齐后，常有一种令人伤感的失落，见到当年尚十分朴实的同学老乡，每每一本正经地教训我说：“哼，现在人情值几分钱一斤啊！”，世风浇薄如此，让人有恍如隔世之感。当遇到现实生活中一些阳奉阴违、钩心斗角、阴险狡作、卑鄙无耻的丑恶现象，我就感慨万千，不由怀念起和田那种纯朴宽厚、真诚无欺的人际关系来。

1972年，我为了创作一部叙事长诗《库尔班.·吐鲁木》(后来终于因种种原因失败了，仅在报刊上发表了部分章节)，曾到于田县红旗公社体验生活，在库尔班老人所在大队住过一段时间。这位当年要骑毛驴上北京，从而与历史伟人毛泽东之间曾发生过联系的具有传奇色彩的全国著名劳动模范，仍然自觉保持了劳动人民的本色，年近九旬的人还不忘参加集体劳动。我至今记得，有一次老人向我伸出他那厚茧累累的双手，抓住我的手摸了半天，等到摸出我的手掌也还留有一些硬茧时，才满意地笑了，连连点头称赞道：亚克西、亚克西卡德尔(好干部)！老人就是用这种最朴素的方式表达了底层劳动者的价值标准。这个生活细节给我的印象极深，它对我始终是一个人生的启示、一个思想的警钟。作为一个突出代表，库尔班老人身上体现了和田维吾尔农民最典型的性格、深层文化心理和感情特征。我觉得老人就像是和田土层深厚的大地上，生长的一株质朴坚韧、而又充满理想主义精神的老树的精灵——将来有机会我一定要用一种全新的眼光，重新挖掘一下当年那段生活体验，从民族深层文化心理结构的角度来写一写这位传奇的维吾尔老人。1975年冬，我在策勒县参加农村“路线教育”工作团时，曾听到一位异常朴实本分的大队支书这样批评一个有多吃多占行为的小队长：“胡里麻唐的事情不行嘛，你占了便宜，旁人就吃要亏。队上的粮食、钱就这么多，你都‘白克’拿回房子，那社员们就剩不下多少了，这不连偷人东西的贼娃子一个样子嘛！”语言十分质朴，却道出了一个深刻的生活道理，给我印象极深。别看和田维吾尔农民生活得相当穷苦，住的是“笆子墙”泥巴屋，一年到头穿一件破袷袢，喝的是涝灞水，吃的是包谷馕、“乌麻什”，“沙枣桑葚半年粮”，但却保持了我国农民值得珍贵的传统美德，他们的胸怀像和田大地的厚土一样宽厚深广，他们的心灵像玉龙喀什河水一样纯净透明。生活在社会最底层的人，与深厚的大地母亲最亲近的人，往往是人性没被异化的品格高尚的人，这是我在和田生活了12年最深刻的体会。

和田的厚土，给了我底层劳动者踏实坚定的人生意识和人生体验，涵养了我维吾尔农民那种浑厚质朴而又正直坚忍的性格，这对我此后的人生道路得益匪浅。我有时就想，我能够在当前商品经济大潮里保持清醒头脑，没有为其负面效应所左右，变得口是心非、心浮气躁、圆滑世故，乃至势利刻薄，钻进钱眼里出不来，能在自己所喜爱的事业中锲而不舍，一步一个脚印，取得点滴成绩，就得感谢在和田渡过的那12年艰难踏实的岁月。我十分庆幸，自己生命之根的一半，已深深扎进那里的厚土之中了！

和田的厚土，是一种稳健安详的心态和坚实质朴的人生。

和田的厚土，宽厚仁慈的祖母，我忘不了您，也永远感激您！

之三：和田的水

我自幼有一种“地图癖”——爱看地图、画地图。1968年9月中旬，当我接到分配到遥远的和田通知后，第一念头，就是去查看地图。

早就听说，南疆干旱少雨，和田尤甚，可是大比例尺的地图，却给了我一丝安慰。原来和田地区7个县，几乎每个县都濒临着一两条河：桑株河、喀拉喀什河、玉龙喀什河、策勒河、达玛沟河、克里雅河、尼雅河……于是我在绝望之中又抱着一个湿润的憧憬和安慰来到和田。和田是专区所在地，又是被两条大河环抱的绿洲，想来不会太干燥吧？然而据说是专区单位不留大学生，又被再分配到于田县。反正已别无退路，只好硬着头皮去于田县报到。到于田的第二天一大早，我就兴致勃勃地赶到城东，去寻找地图上所标示的从昆仑山逶迤北来的那条若断若续的蓝色曲线——克里雅河。结果很是令人失望，哪里有我想象中波涛滚滚的河水哟！只见淡淡的晨雾中，克里雅河宽大的河床上，几条细蛇般的溪流，在乱石缝里艰难地流淌着，好像就要断流了似的。那是深秋的10月，河边稀疏的柳树开始落叶了，一片感伤的灰黄。

于是，和田地区缺水的印象，就便深深地刻在我的意识中了。此后，种种经历更加印证了我的判断。首先是我从乌鲁木齐带来的雨衣、雨靴到这里似乎就从不曾用过；其次，是严重的吃水问题。在于田县某农场接受“再教育”的那一年多中，饮用的全都是当地人称之为的“涝灞水”。随地挖一个土坑，与水渠连通，灌满水，这就是所谓涝灞了。遇到缺水时，一两个月也不一定能换一次新渠水，只好饮用日益变浑变黑的泥巴汤；到了冬天，天寒地冻，连涝灞水也吃不上了，就需要到数公里外的渠里刨冰，用麻袋背回来放进锅里慢慢加热化了吃用，真是滴水贵如油。在策勒县，几乎全城的人畜共用一条渠水。人们从渠里挑回两桶黄泥巴汤，然后细心捞出草棍羊粪蛋等杂物，再用明矾把泥沙沉淀下来，经过这一整套净化工艺之后，才可以放心饮用。后来总算是调到和田城里工作了，谁知在这专区所在地，饮水情况也并未见好转。我所供职的电影公司原来那口花木扶疏的涝灞里，有时竟能漂出一层暗绿或赤红的菌类，加上时有癞蛤蟆和不知名的虫子在其中出没浮游，令人很不放心。然而大家无由选择，仍旧照吃不误。入乡随俗，慢慢地我也习惯了。下乡劳动或画写生时，学着老乡们的样子，把坚硬似鹅卵石的包谷馕往水渠上游一扔，待它泡软后慢慢漂过来再捞起，带着细沙吃下去，倒也香酥可口，就着葡萄干和核桃仁吃得津津有味。

在和田农村劳动，最艰苦的莫过于大田浇水了，尤其是堵水口子，那简直就是一场拼死的搏斗！在我的记忆中，和田农村许多斗渠支渠毛渠的闸口都十分简陋，处于“原生”状态。临到浇水了，便临时派人分头去砍树、砸桩、割草、挖土，一切齐备了，然后准备堵水。记得在于田某农场一次春灌，由于干渠水口太宽，水流又急，我们十几个小伙子，奋战十来个小时，先后砍了六棵碗口粗的沙枣树，连续发起五次集团“冲锋”，却始终未能制服桀骜不驯的大水。最后还是附近几位维吾尔老乡过来帮忙，跳进水里才算把水口子堵上。堵完水人都变成了泥猴，累得都趴下了。据说，新中国成立前常有巴依（财主）把名叫“托乎提”“吐尔逊”（维语均意为“站住”、“停住”之意）的长工推进洪水里作为堵水的坝基，看来这绝不是为了宣传剥削阶级的罪恶而夸大其词。那次堵水“战斗”，对我的印象实在太强烈了，深深感到水的可怕、水的重要和用水的艰难。

缺水，这恐怕是和田历史上经济落后的一个重要原因。千百年来，和田人在同自然斗争中常常归于失败，“沙进人退”是随处可见的严酷事实。在民丰、洛浦、皮山、和田等地的沙漠深处，我曾怀着思古之幽情凭吊过几座被黄沙湮没的古城废墟。那坍塌委地的佛塔、枯干皴裂的木桩、散落满地的红色陶片、依稀可辨的被流沙淤平了的古渠、枯死而千年不倒的胡杨树……都在沉默地诉说着一场场触目惊心的自然大劫难，唤起了人们苍凉的慨叹！1000多年前唐玄奘写下的《大唐西域记》里，所记载的如“瞿萨旦那”等和田地区诸多繁华喧闹的城镇和庄严的佛寺佛塔，如今安在哉？早已沉沦在肆虐冷酷的漫漫黄沙之下，化作了一团团千古之谜。古丝绸之路南道，在黄沙的威逼之下已向南退却了上百公里，春夏之交遮天蔽日的沙尘暴，仍紧追不舍地驱赶着座座沙丘，向绿洲发起频频袭击……这一切该是多么值得深思的人类悲剧啊！

水，宝贵的水，生命的源泉，农业的命脉。千百年来，历代和田人民为了发展绿洲经济向大自然夺取水的使用权，曾进行了前仆后继、艰苦卓绝的斗争。整个和田的历史，也可以说是征服水、利用水的斗争史。但是，长期以来由于统治阶级的腐败，科学技术的落后和生产水平的低下，人们无法主宰自己的命运，去同大自然作有效的斗争。然而如果要说和田真的缺水，其实又很不确切。在和田地区的南缘，那高耸入云的一长溜皑皑昆仑冰川雪峰，就是一座硕大无朋、用之不竭的天然固体水库，每年都有大量的冰雪水奔腾而下。每至炎热的夏季，你从皮山东行民丰，沿途会遇到无数道滔滔洪水，脱缰野马般地在千里戈壁中横冲直撞，翻卷着，喧哗着，吞没了所遇到的一切，最后又在塔克拉玛干大漠深处消失了。而当汛期过后，若干大河又只剩下涓涓细流，大小水渠渠底朝天，大地又变得干得冒烟。年年如此，周而复始。和田，缺乏的不是水源，而是驾驭水、利用水的人才、技术和资金！面对昆仑山那可望而不可即的耀眼的雪冠，我常常陷入苦思冥想之中。我曾忽发奇想，构思过一篇科幻小说，设想如果能利用原子能把从昆仑山到喜马拉雅山的西藏高原炸开一条走廊，让印度洋的暖湿流畅通无阻地不断进入塔克拉玛干大沙漠地区，从而彻底改变南疆干旱的气候。那么偌大的塔里木盆地，就将成为我国、乃至世界罕见的大粮仓了！可惜这只不过是一种根本不可能实现的幻想。

我曾想，大禹、李冰父子等人的业绩，其实是历史的必然产物。他们的使命便是集中群众的智慧，变水害为水利，为人类造福。在和田我就见过许多这种大禹式的人物。我曾结识过两位水利局的专家，他们都是电影公司的邻居，20 世纪 50 年代分别由四川、湖南水利院校毕业来到和田，在水利战线上奋斗了 30 多个春秋。在我的印象里，他们好像很少居家，大部分时间都是在水利工地上奔波。回家时就总是风尘仆仆，黑瘦黑瘦。我不知道他们都参与设计建造了哪些水利工程。但是当我看到宏伟的排孜瓦提水电站的雄姿，看到桑株河水库气势非凡的拦河大坝，看到银亮的干渠长剑般地劈开青灰色的大戈壁，看到遍布和田绿洲大地上蛛网般的支渠、斗渠、农渠、毛渠……看到绿荫列阵的防风林带，看到庄稼叶片和鲜红苹果上晶莹的水珠时，我便想到了他们，就仿佛看到他们和千千万万兴修水利的勇士忙碌的身影和匆匆的步履。而那瀚海中座座水库上的粼粼波光，那盘绕于和田绿洲千万条水渠翻起的耀眼浪花，分明就是他们智慧和生命在闪耀。在他们的身上，体现了人类在同大自然作斗争中所显示出来的前仆后继、不屈不挠的“愚公精神”。听说这两位邻居后来都已走上水利部门的领导岗位了，我预祝他们和他们的同事，还有千千万万水利勇士，在和田的地图上，增添更多更长的蔚蓝色线条，在和田广袤的大地上画出更新更美图画！

1990 年春节，我回到和田探亲，又喝上久违的和田水了！虽然来去匆匆，没有机会拜会多少亲友，但是我已明显感到第二故乡和田经过 10 年改革开放后的巨大变化。自来水在城镇已经十分普遍，电影公司院里那口我曾挑过无数次水的涝坝,早已平掉栽上了果树,它当年的形象只留存在我画的风景写生集里了。当然,这只是现代文明进程在偏远城乡一个小小的例证罢了。但是我也知道,和田那些远离城镇的穷乡僻壤,人们仍然在喝着肮脏、浑浊的涝坝水,这是经济文化发展不平衡的暂时现象。最近,在中央领导的直接关怀下,全国各地和海外人士纷纷慷慨解囊相助,捐赠了大批资金支援和田地区打井——和田的地下水并不缺呀!和田人即将告别千百年来饮用“涝坝”水的悲惨历史,将从根本上解决所有和田人民吃水难的问题,这是百万和田各族人民的福音。

记得那次回和田时,端起故友为我沏的香茶,我忽然想起20多年前我曾奋战过的于田县某农场那座分水口,现在也不知怎么样了,可能改建成水泥大闸口了吧?只需一个人,轻轻转动一下启闭机,水就乖乖地按照人的意志改变了流向……我还想起1980年春,我曾画过写生的桑株水库那座大坝,听说也早已竣工了,潺潺渠水正滋润着万亩良田。桑株河上游有一座小小的水文站,门口还有一条东摇西晃的铁索吊桥。在桥头,我曾与一位年轻的水文工作者交谈了几句。我问他,这里生活很苦也很寂寞吧?小伙子淡淡一笑,没有正面回答,只是望望昆仑山上蓝得出奇的晴空说:这里空气倒是很清新,水质尤其好,清甜极了……我听懂了他的弦外之音。是的,正是由于广大水文水利工作者艰苦的劳动和辛勤的工作,才会有农业的丰收,经济的发展,人们才能有充足、清甜的水喝。我又喝了一口朋友沏的清茶,觉得格外可口,比起北京、上海、乌鲁木齐等大城市里那漂白粉味极浓的水来,要香甜、清淳多了。美不美,乡中水嘛!

之四:和田的风

和田没有孤立的风,风和沙总是分拆不开(如果不说狼狈为奸的话)的伙伴。初到和田的人,一提起四五月间的大风沙,特别是那遮天蔽日的黑风,就谈虎色变。我在和田生活的那些年,就曾多次经历过这种令人心悸的黑风——强沙尘暴。

毕竟由于和田那几片绿洲太弱小了，包围着它们的世界名列第二的塔克拉玛干大沙漠又太强大了。这种危机感住在绿洲心脏里也许意识不到，如果你从和田机场刚起飞的飞机舷窗上向下看，和田绿洲的渺小感觉就更加明显。它就像电影电视镜头中鸟瞰茫茫太平洋上一座小孤岛一样，让人时刻担心她会被汹涌的浪涛所吞没——高空上看，浩瀚大漠里那连绵无尽、汹涌起伏的灰黄色沙丘可真像是滔天的浪涛啊！大沙漠似乎不能容忍绿洲不知天高地厚的轻慢与挑战，一到每年春夏之际便大发雷霆之怒，和田绿洲几乎面临灭顶之灾。刚才还是风和日丽、春光明媚、百花盛开、杨柳如烟的艳阳天，突然之间，风起青苹之末，从东、南、西、北四面八方掀起阵阵狂风，带着对绿洲的“深仇大恨”，鞭击着流动的沙丘如驱虎赶豹，又挟裹起大量滚滚尘沙，射出万千金箭，铺天盖地，怒吼着，威吓着，疯狂扑向宁静的绿洲。于是大地震颤了，树林披头散发前俯后仰，飞鸟躲进危巢，牛羊鸡犬惊慌逃散，家家关门闭户……我与家人面对突如其来的一场无法抗拒的灾难，蜷缩于斗室中，束手无策，相对失色，无可奈何地听候上苍的处置。天色霎时间就暗了下来，阴阳颠倒，白昼逐渐变成了黄昏、黑夜。沙尘暴像下雨一样，嗖、嗖、嗖，沙、沙、沙……无情地倾泻在田野、路径，钻进人家的门窗，湮没了水渠，铺满了水库和涝灞……

一场风灾过后的损失是沉重的。土地干裂了，禾苗枯焦了，树拔屋掀……只有人，却很快从短暂的惊恐和余悸中清醒振奋起来，迅速拍打干净身上的沙土，走出屋外，重整被暴虐的风沙席卷横扫而过的绿洲。他们已经习惯了，他们懂得一年一度的风沙只是大自然的一种间歇性的“癫狂”，一切不过是暂时的例行公事。几天风暴过后仍然是风和日丽，大地仍是那么青葱和宁静，远山仍是那么巍峨和安详，渠水照旧潺潺地流淌，白云照旧悠闲地漫游……仿佛刚刚过去的一场恐怖和灾难，只是一场噩梦而已。虽然风沙给大人们的脸上新刻下几道皱纹，但是人们却变得更加从容和坚定了；巴郎克孜们则像徒然长大了几岁，开始成熟了，他

(她)们又开始唱起自由欢快、无忧无虑的歌来。千百年来,祖祖辈辈传下来的充满浪漫自信的遗训是:“乌斯曼(一种描眉的草)掉了眉毛还在;河水流过去石头还在。”是的,一切甚嚣尘上的邪恶势力,终究不过是过眼烟云、历史上的匆匆过客。与大风沙反复较量过的和田人,拥有足够的心理承受力,他们更掌握了大自然的规律:狂暴的风沙其实威力是有限的,它们并不能改变人类在地球上已经创造出来的一切,包括浩瀚的塔克拉玛干大沙漠周围那片片圣洁的绿洲——人类顽强生命力的象征。于是千百年来人们与风沙争斗的结果是,一部分绿洲被黄沙吞没了,而新的绿洲又出现在沙漠的前沿,一年比一年繁荣扩展,直向荒漠的纵深腹地挺进延伸,而和田人的意志也被打磨得更加顽强和坚韧。而且,人们过不了多久就会惊喜地发现,经过一场骇人沙尘暴的炼狱和洗礼,天空更加湛蓝澄净,昆仑山的雪冠更加璀璨夺目,渠水奔流得更加欢畅,绿洲更加精神抖擞,苍翠欲滴。没有天昏地暗风沙的映衬对比,哪有这清新明丽的赏心悦目呢?那千树万树杏花梨花桃花苹果花,被风暴强制性的授粉之后,虽然花残色褪,却已经暗暗孕育出米粒般大小甜蜜的幼果来,预兆着一个硕果累累的金秋丰收!这,也许就是那场灾难,给予和田人的一种意外收获和精神补偿吧?这正是生活中最朴素的历史辩证法。

和田那一场场黑风,很像是人类经历过的一场场劫难。它也许是大自然故意给人类安排的一种特殊的考验,一声严峻的棒喝:好汉留下来,懦夫请走开,和田不需要眼泪!

和田12年的风沙,漂白出我最初的几根白发,在我的额头上琢下几道岁月的印痕。但是却纠正了我的浮躁和怯懦,磨炼出我足够的意志力、承受力和强健的筋骨,也给了我一副稍稍洞悉世事的眼光和比较开阔雍容的胸襟,教会我用稚嫩的双肩挑起成熟的人生重担。艰难坎坷是生命价值的确证。灾难对于怯懦者来说是无情的坟墓,却往往又是强健者胜利的阶梯和丰碑。我想,平静如一潭死水般的生活,是最乏味的生活。没有经过惊涛骇浪、雨暴风狂的人生,是最贫困的人生。谁说和田4月狂吼的风沙,完全是值得诅咒的对象呢?

之五:和田的雪

窗外又在落雪,已是3月底了,乌鲁木齐仍是大地冰封,一派严冬景象。大雪飞舞着,似乎要给已被污染的雪地一点粉饰似的,以保持冬日的凛冽与庄严。

近几天中央电视台报导说,和田地区和整个塔克拉玛干大沙漠今年都下了好几场瑞雪,为多年所罕见。这使我想起几年前的那场大雪,那场温润的、晶莹的雪,那场和田少见的大雪。

1990年春节前夕,我们全家回到了阔别10年的和田。大年初二,鞭炮声中迎来了一场纷纷扬扬的大雪,和田城霎时变成了一个玉砌粉妆的琉璃世界,为节日增添了喜庆的气氛。天晴后,放眼郊外,宇宙张开一幅硕大无比的银被,覆盖了远山、戈壁和田野,往日的荒凉和丑陋统一于一种晶莹的纯净。天也出奇的蓝、出奇的静,田野上纵横交织的白杨林带挂满了一树树梨花,似巨笔在蓝天上抒写着神秘的诗……这一切,都给了我由衷的喜悦和无限的遐思。连日来踏着松软的积雪,我匆匆穿过大街小巷,去寻找捡拾当年的记忆当年的梦。

和田的确变了,市区扩大了许多,拓展的马路旁林立起不少现代化的新建筑,还有公共汽车、街心花园……一切都显示着,10年前还是寒碜、局促的塞外小城已初具现代城市的规模了。祖国10年改革开放的巨大步伐,在这座十分边远的小城里也回响着振奋人心的足音。正在勘探开发的塔里木大油田的壮丽远景,也为和田人带来了美好憧憬和自信。尽管如此,城市建设的新变化毕竟还是表面的,并未超出我的想象之外。但是,我却强烈地感受到另一种变化,让人觉得是那么新奇、亲切和舒坦。是什么变化呢?我终于发现了,是色彩、阳光和空气。

我在和田生活了12个冬夏,和田的冬天给我的印象是一种萧瑟和破败，色彩单调，天空阴沉、灰黄，空气干燥、污浊，路上浮土盈寸，连树木也是满身尘埃。到了夜晚，家家户户伸出千百座小烟囱像怪物的烟斗一样喷云吐雾，呛人的煤烟笼罩了全城。如果你去了一趟关内或乌鲁木齐再回到和田，一定会觉得满目萧然，心情郁闷，并且照例要口干舌燥好几天。不料这次回来，却全然没有这种不快的感觉。街道两旁青葱的柏树绿化带，一座座色彩斑斓的崭新建筑，还有满街不停涌动着的五光十色的人群，都一改往昔单调、沉闷的灰黄。天空晴朗，阳光明亮，照耀着洁白的雪，闪烁着晶莹、喜人的光。尤其是潮润、清新的空气，更令人心旷神怡。晚上骑车穿行于宽阔的马路，晚风习习却无些许寒意，真有说不出的舒适和爽快，禁不住要深深吸几口温馨的夜气，去领略这醉人的早春气息。

我知道，这一切多半仰赖那场大雪的馈赠。纷飞的雪花，像是一架巨大的空调机和加湿器，为大气滤去了尘沙，送来了温润，也迎来了明媚的阳光。尽管和田电视台称这场大雪给交通、输电带来诸多不便，但是我却打心眼里感激这场大雪，因为它给了我关于和田一种全新的感受。当然我更要感谢和田百万农民，是他们多年植树造林的伟大成就，改变了和田的小气候。这场大雪就是老天给他们长年辛勤劳动的应得报偿吧！

的确，那年春节这场妙不可言的大雪，是和田多年未遇的。但是在远山、在戈壁如此大风雪并不少见。我忘不了1968年冬天初到和田时所遇到的第一场大风雪，那是一种严厉的苦涩的印象。那时我刚到于田某农场接受“再教育”，为了煮猪食，我和几位同学冒雪赶到大戈壁上割芦苇。东倒西歪的芦苇上落满了冰雪，一不小心镰刀打滑了，刀尖划破了我的左手拇指，鲜红的血滴在洁白的雪地上，让我触目惊心。这是我滴在和田土地上的第一滴血，印象特别深刻。不久，我们又冒着零下20度的严寒，乘坐马车进戈壁深处打了几天红柳。因路远无法返回农场，天黑以后就在沙包底下过夜。睡觉前，大家先在被沙包所环抱的低洼处挖一个深坑，再割来一大堆骆驼刺点燃起红柳柴，待冲天的火焰萎缩成一片红炭火，浓烟散尽，就在剩下的炭火上铺上厚厚一层沙土，然后在上面打开行李，钻进被窝。前半夜燥热得浑身流汗，好容易睡着了，半夜又被冻醒了。费力睁开眼睛一看，呀，大家几乎被霜雪掩埋了，连头顶着的皮帽子也结着白花花的冰霜！那霜雪，连同荒漠中惨淡的月光和掠地锐啸的北风，造成了一种异常凄厉恐怖的意境，至今回想起来仍不寒而栗。也许正是那场初到和田的雪给我的印象太深的缘故吧，这场春节的温润、美丽的雪，才使我感到如此亲切和动情。

和田的雪，大自然的雪，本身并无什么善恶、亲疏的区别，区别的只是人的主观兴致和特殊的心境。20 多年前，对于和田来说，我是一个陌生的异乡人，经过 12 年的安家落户，我已变成一个地道的和田人了。以致后来一旦听到有人奚落、鄙视和田，骂和田人是“卡巴克”（葫芦，顽固、没脑子之意）的时候，就很不服气，忍不住要为和田辩护：哼！我们和田有哪点不好？和田出过大画家尉迟乙僧、出过库尔班·吐鲁木、出了司马义·艾买提哩！我们有和田玉、和田地毯、和田丝绸，就是水果也许比伊犁的还要好吃得多呢……和田已然成了我不容别人随意贬低的第二故乡。记得当年新疆大学的一位出身北京名门的同学，回到北京后为了显示自己的“高贵”，千方百计回避在新疆、在阿勒泰的那段经历，似乎那是他一种耻辱的印记。对此我有点大惑不解，英雄不问出处，人的一生有顺境也有逆境，能够证明自己价值的，并不是你“光荣”的出身和不凡的经历、名位，那不过是不值一文的身外之物罢了。真正的价值是自己留在历史上深深的生命印痕，是才华、人格和意志共同浇铸的业绩。我在一首诗中曾这样写道：“故乡哟，不就是洒下泪水和血汗的土地，/ 故乡哟，不就是留下痛苦和欢乐的地方？”我大概永远不会避讳和田那段给了我众多痛苦、屈辱和欢乐的经历。故乡的一切，对于她的儿女来讲，都是亲切、温暖的。无论是 20 多年前凛冽的雪，还是那年春节温馨的雪，对我都是有价值的人生密码，都是我生命不可分割的一部分，都值得我永远珍视、回味和思索！

此刻，窗外依然飘落着北疆的雪，而不久前和田那几场大雪已化作汩汩的春水渗入地下，准备给万物以美好的祝愿。现在是 3 月底了，根据我当年在和田画下的不少杏花、桃花的写生画上的落款时间，我想，和田此时已是桃红李白，杨柳如烟，春意盎然了。我又想，那一处处灿若明霞的花海，定是那几场大雪精灵的化身。

您好，和田的雪！

之六：和田的山

和田最突出的地理特征是什么？也许人们一下子回答不出来。根据我的观察，并不是那座座绿洲与漫漫黄沙相对峙的奇观，最突出的特征应当是向南而望，东看不到头，西看不到尾，横列的那一长溜高耸于云天之外耀眼的昆仑雪冠！

有雪山冰峰的地方，在全国当为数不少。但大概没有一个地区如和田这样，是整个北部面临虎视眈眈、伺机南侵的大沙漠，而整个南部却背靠一条东西走向的常年积雪、不动声色、安之若素的昆仑山脉。昆仑山古代亦称 “葱岭”——那耸立天外的无数雪山冰峰，就像是一捆捆白葱一样。清人肖雄的诗“东走长途瀚海边，平开沃野是于阗……”形容得不差。有“世界屋脊”之誉的昆仑山山势雄伟，连绵不断，长达几千公里，西边与喀什地区逶迤北转的喀剌昆仑山相纽结，向东则一直延伸到青海、甘肃省腹地，终于孕育出祖国几条伟大的河流：黄河、长江、澜沧江、怒江。黄河长江被称为中华民族的母亲之河，但若要寻根溯源，昆仑山则应被称为“父亲之山”了！喀什至和田一线的昆仑山高度相差无几，呈锯齿状，平均海拔都在五六千米以上，如横空出世的一条巨龙，“飞起玉龙三百万，搅得周天寒彻”，让人顿生景仰之情。世界 7000 米以上的高山总共不过十来座，但仅昆仑山系就有公格尔山、慕士塔格山、公格尔九别山、慕士山等五六座，挨挨挤挤，并肩而立，是高山巨人们聚会角力之地。乌鲁木齐东面倒有一座雄奇的雪山——天山主峰之一的博格达山，但海拔也只有 5000 余米，孤零零地俯视着周围不起眼的低矮的小雪山。阿克苏地区地形与和田刚好相反，北靠天山，南面大漠，但是天山高度起伏较大，平均海拔也远不如昆仑山。背依拔地而起、雄伟高峻的昆仑，和田绿洲这才有持无恐地敢于向茫茫塔克拉玛干大沙漠发起挑战。昆仑山是和田绿洲的父亲，它呵护着儿女，威严而又仁慈。我遥望它的时候，常常油然而生出一种崇高感、敬畏感，同时也产生了安全感和踏实感。“靠山”，汉语中这个词造得何等准确、传神！

在和田的那些日子里，每当无风晴朗的清晨，或者月光皎洁的夜晚，我常常一个人久久地凝视着南天半空里那道耀眼的雪冠，思接千古，心游万仞，浮想联翩。“横空出世，莽昆仑，阅尽人间春色……”毛泽东主席曾这样赞颂过它。共工为争帝位失败而怒触不周之山，天倾西北，女娲在这里炼五色石以补天。姜子牙、哪吒在这里修炼过仙术。在那天风浩然的山间瑶池畔（注意：古代传说中的瑶池，其实是在昆仑山，而非乌鲁木齐市之东天山的山腰间）。王母娘娘盛筵招待过周朝穆天子，三闾大夫屈原曾想象登上昆仑“食玉英”，忠于爱情的白娘子为盗仙草曾在山上与鹿鹤二仙童大战过一场……这座自古盛产美玉的著名仙山，曾流传过多少动人的神话传说啊！我有幸能够朝夕与之相对，该是多大的福分哩！据说昆仑山是南亚次大陆板块北挤亚洲大陆板块而形成的一座年轻的山脉，怎么头上过早地覆盖了白发？冰清玉洁的额头又为什么皴裂成那么多的皱纹？它永远以一种坚忍的姿态屹立在那里，仿佛在期待着什么、守候着什么。哦，“千山之祖，万水之源”，昆仑山是为了护卫自己的儿女——脚下片片绿洲免受大沙漠的侵扰而愁断了青丝愁白了头的。她用血汗和乳汁化作“弱水三千”去滋润大地，却消瘦了筋骨凋落了朱颜！我还曾奇怪地想，古代大外交家班超在山下孤胆与匈奴人奋战的时候，把蚕种藏在发髻里远嫁于阗国国王的“东国公主”初来此地的时候，隋唐时期高僧法显和唐玄奘迈着困顿的脚步相继走过这里的时候，古于阗国大画家尉迟乙僧告别故乡奔赴唐都长安的时候，他们也曾像我这样深情专注地望过昆仑山的雪冠吗？他们从中获取了什么人生的启示和鼓舞呢？那皑皑雪山冰峰上面，究竟都有些什么，神仙？佛祖？剑客？雪人？美玉？灵芝？……

可是空自面对昆仑“晶莹雪”，苦思冥想12年，我始终没有能够登上它那白雪皑皑的山顶一饱眼福，索解出它的秘密。在于田县劳动的时候，我曾有过到位于数千米雪线之上的玉石矿探幽揽胜的念头，然而终因惧怕艰险和高山缺氧而作罢。我也曾骑着毛驴沿着皮山县桑株河谷上行几十公里，直到“鹰嘴岩”岩画考察，但据说那还只是昆仑的浅山区呢。巍峨雄伟的昆仑，可望而不能及，对于我仍然只是个诱人的梦想。我白做了12年的和田人！

不过这也好，巍巍昆仑留给我的，永远是一个高接云天的雄姿，一尊力与美的雕像，一种美妙的意象，一幅诱人的画面，一抹神秘的诗意。我曾以《昆仑采玉》为题写过诗，其中一首题为《雪冠》的诗这样写道：

一队云中急速行进的银盔
一柄闪烁勇敢和自信的宝剑
南天沉重的铅色中
为人生亮出——
一道不懈征服的横杆

是缄默的大自然
一句冷峻的提醒
是发自灵魂深处
一声啼血的呐喊
甚至也是——
一条惩戒惰怠的皮鞭

困倦了的时候
颓唐了的时候
朝昆仑山看一眼吧
只消那么——

轻轻的，轻轻的一眼

这大概是我对昆仑山雪冠的一种浮浅的感悟，一条幼稚的解读。

的确，十几年的遥望、凝视、观察和想象，昆仑山那雄伟高峻的山体，尤其是它那一长溜耀眼刺目的雪冠，曾激起我无尽的遐想。达摩祖师在嵩山“达摩洞”面壁10年，把自己的身影印到石头上了；我“面山”12年，由于心不诚意不坚，更因素乏“慧根”和顿悟力，无法将自己渺小的身影留存在昆仑山石上，不过昆仑山那巍巍雄姿却深深地刻印在我的心里了。直到已离开它15年后的今天，依然时时闪耀在我的眼前，雄峙在我的胸中。在我新疆师范大学的“抱朴斋”的窗口，我能时时望到神山博格达雪峰，它常常勾起我对昆仑雪峰的美好回忆。我曾写过一篇散文《消逝的画幅》，即表达了面对它时的种种感受。但我写的时候，其实是按照当年昆仑雪山给我的深刻印象来比照的。在和田那12年，我主要干的是画电影广告、收电影票、下乡收购粮食棉花等，用非所学，无用武之地，心情一直欠佳，失落、迷惘，甚至绝望等坏心绪时时来袭。好几次我就想“破罐子破摔”，打打麻将，胡侃大山，遂波逐流，庸庸碌碌了此一生算了！多少熟人朋友不都是这么生活的吗？然而，是昆仑雪冠不时以它那刺目的寒光提醒我，向我发出某种灵魂拷问和精神召唤，给我以鞭策、激励和鼓舞。于是我又振作起来，读书、写生、作画、练字、写作，于无奈中追寻打捞属于自己的人生价值，终于免于沉沦，无愧于人生。

是的，昆仑山和它那耀眼的雪冠，对于我来说就是一条惩戒惰怠的皮鞭，一道召唤我进行不懈征服的人生横杆。

有时我甚至想，昆仑山装进了我的心胸，它那耀眼的雪冠所赋予的无可替代的精神感召力量，才是我和田12年人生的最大收获哩！

之七：和田的驴

驴是人类按照自己的愿望，塑造出来的“驯服工具”的典型。

驴之为物，历来是被人所轻贱、所嘲笑的对象，例如汉语中的“蠢驴”“蹇驴”等称谓，还有三国时的诸葛亮之兄诸葛瞻的脸因太长，大名竟被人调侃式地写在驴脸上的故事。至于唐代大文人柳宗元笔下“黔驴之技”“黔驴技穷”的讽刺寓言，更是流传千古，家喻户晓，成为一句使用率颇高的成语。西方的童话故事中，例如格林童话也有许多关于嘲笑“蠢驴”的内容。平心而论，驴的形象是不太惹人待见的。它长相粗鄙、笨拙、委琐、丑陋，连粗鲁难听的吼叫也令人讨厌。它既没有骏马的矫健潇洒，萧萧长鸣，四蹄生风，也没有牯牛的雄壮威武，宽厚质朴，力大无穷。它默默无闻、畏畏缩缩地生活着，以自己坚忍和温驯的性格，任意为人们所驱遣，所鞭笞，忍辱负重，显得奴性十足，“驴格”至贱。文人不屑赋诗，画家不来题咏——直到大画家黄胄先生另辟蹊径，大画特画毛驴为止。黄先生一反旧例，用他那泼辣遒劲、极富表现力的笔墨，挖掘出毛驴身上潜在的独特美质，塑造出众多活泼可爱的毛驴的艺术形象，可谓独具慧眼。他在一首画驴的题画诗中由衷地赞美道：“其形偃蹇其质赣，不事笑脸奴颜，那得长舌呢喃引玩怜，傲世间。粗粝不厌，高楼不攀，坎坷其途，任重道远。”表达了画家一种独特的人生态度和审美情趣。

开创当代大写意人物画的国画大师黄胄先生，其艺术成就当然不只是专事画驴的大家，但他大写意的驴，纵横涂抹，造型准确，生动传神，艺术境界直追徐悲鸿大师的奔马，的确是别开生面，前无古人的。而他笔下的毛驴形象又与和田地区有着不解之缘。早在新中国成立前的20世纪40年代，梁先生就到过和田等地，画过大量维吾尔人的生活速写。20世纪五六十年代他又多次到和田、喀什地区收集创作素材。和田可以看做是他一个重要的生活基地和艺术创造的支点，维吾尔老人、姑娘和千姿百态的毛驴是他画中最常见的艺术形象。20世纪70年代，他那幅《百驴图》长卷就是他画驴艺术的一幅集大成之作。奇怪的是，天下的毛驴多得数不清，为什么黄先生对和田的毛驴情有独钟呢？

这个问题，如果你能到和田看一看就明白了。

初到和田的时候，放眼一望，村边地头，巴扎上，街道旁，到处都可以看到毛驴灰黑色的身影。它们或是驮着比身体大几倍的柴草粮食肥料吃力地移动，或是拉着坐满了妇女巴郎、装饰鲜艳的毛驴车煞有介事地来回奔跑，或者骑着个白须老人拖着双脚慢悠悠地走村串巷，或者三五成群摇着尾巴围在渠边树下啃着小草树叶……随处可见的毛驴和毛驴车，可以说是和田村镇的一大景观。据统计，新疆毛驴多达二三百万头，堪称家畜里一个大家族。在南疆农村，几乎维吾尔农民家家都有一两头毛驴，有人曾开玩笑比喻道，这个比例与北京人拥有自行车的情况差不多（指20世纪70年代）——毛驴对于维吾尔农民的作用的确与北京人的自行车十分相当，故和田维吾尔人称毛驴为“吃草的自行车”。毛驴善良温驯，任劳负重，环境适应能力特强，生活条件要求极低，不易生病，繁殖迅速，既能拽车拖犁驮杂物，又能踩场拉磨碾米当脚力，因此成为南疆维吾尔农民生产和生活中不可多得的得力助手。南疆的村路多为虚松的沙土路，不宜自行车行驶，而毛驴则十分适宜，因此它作为一种稳妥可靠的坐骑，深受老人和儿童的喜爱。我过去害怕骑马，但从不怕骑驴。在和田我骑过好多次驴用以代步。小巴郎告诉我，骑驴要骑到屁股上，不要骑在腰上，这样驴跑起来才不会觉得颠。我一偏腿刚跨上驴后屁股，不用督促毛驴就自动得、得、得地小跑起来，根本不用担心摔下来，因为毛驴个头小，我只要伸直腿双脚便可触到地面。毛驴的踏实可靠性足可信赖性若此。毛驴的忍耐力十分惊人，我曾亲见一个维吾尔族小伙子往毛驴背上驮红柳柴，装了又装，几乎把毛驴给埋上了还要装。毛驴支着四条腿一声不吭任他装，装好后它勉强支持着向前挪步，一步、两步……最后终于坚持不住倒了下来。也许就是和田毛驴这种索取者少、贡献者大的奉献精神，它吃苦耐劳、坚忍不拔的品质，还有这位维吾尔农民的好朋友那老实本分、憨态可掬、有时也不乏活泼天趣的形象，才使得画家黄胄先生情动于衷，忍不住要拂纸泼墨，为毛驴传神造型树碑立传了。

毛驴不仅有上述种种可贵的优秀品质和广泛的用途，它还一身都是宝。驴的毛、脂、蹄、胃都可入药，尤其是皮，熬制成的“阿胶”更是名贵的补品和妇科良药；驴的肉多蛋白而少脂肪，味道鲜美，故内地民间有“天上的龙肉，地上的驴肉”之谚语，可惜新疆人似有禁忌不习惯食用它。20世纪70年代初，和田粮油肉供应困难时，我曾吃过几块邻居卤好的驴肉，果然名不虚传。据邻居说，他们用5块钱买下这头驴，吃了十来天的肉，驴皮还卖了3块5毛钱云，堪称物美价廉。

和田毛驴的佳处可谓多矣，对人的贡献可谓大矣！

造化万物林林总总，千奇百怪，利弊共存，丰富复杂，不能强求一律。人类不能对自己的动物朋友过分求全责备，又要它具备无可挑剔的俊秀外形，又具有内在的种种美质。即以骏马而论，其俊逸形象和龙马精神固然值得人们称道。但是马，特别是名贵的骏马却有难以伺候的弊端，料要精，病也多，时不时地还要要要“贵族脾气”，给你来个“下马威”。“又要马儿跑，又要马儿不吃草”，这只能是一种自相矛盾的二律悖反。因此，毛驴外形之蠢笨，叫声之难听，就可以被其众多的优点所抵消，忽略不问了。

如此说来，我尽可以来一篇《毛驴颂》《毛驴赞》或者《毛驴赋》了，但是我却没有这个情绪。不知为什么，看到和田的毛驴，我就不禁想起老诗人臧克家先生的名诗《老马》来：“总得让大车装个够，/ 它横竖不说一句话。/ 背上的压力往肉里扣，/ 它把沉重的头垂下……” 毛驴们在人类的皮鞭加草料软硬兼施的长期调教下，已变得异常的“温良恭俭让”了，其祖先们所具备的桀骜难驯的野性之美早已荡然无存。它被人类阉割得毫无性格棱角，毫无反抗争强的心性，完全沦为人类为所欲为的“驯服工具”。一把干草一盆水，这就是它辛苦一天的报偿。它活着的唯一目的和价值，似乎就是服服帖帖地听从人类的驱遣和利用而已，它已没有任何自主性了！我自幼就十分喜欢徐悲鸿先生笔下的奔马，曾临摹过不知多少遍，但是对黄胄先生的毛驴却不怎么喜欢。尽管我非常佩服他在表现毛驴时炉火纯青的笔墨技巧，尽管他是以我的第二故乡和田的特产毛驴为模特创作的，我却没有临摹过完整的一幅。这原因，大概是徐先生的奔马多为旷野中无缰的野马，自有一种自由自在的雄放潇洒的野性之美，而黄先生的毛驴却大半是用绳索束缚着，被人骑着、拉着，鞭打着或压着重物的不自由的形象，让人感到莫名的悲哀和怜悯。

在和田听到过藏北阿里地区跑车的司机们讲，当他们驾车在海拔4000多米的昆仑山高原谷地行驶时，常常会发现一大群一大群野马似的野物在那里或觅食吃草，或奔跑驰骤，一旦看到它们视为有生命、善奔驰的汽车开来，就要一展健蹄，较个高低，进行长距离拉力赛。这群野物在车队不远处排成“一”字纵队或“之”字队形，姿态优雅，奔跑得极快，闪动的四蹄腾起滚滚尘烟，颇为壮观。直到它们超过了汽车，从车头前骄傲地绕过去，这才停下来用胜利者洋洋自得的神色目送汽车远去。有人说那不是野马，昆仑山根本没有野马，而是野驴。“那些野驴，个头大，跑得快，又争强好胜，”司机们大笑道，“哪像和田那些不争气的龟孙毛驴子，一头头又蠢又笨，个头长得就像不会咬人的狗，真是辱没先人了，哈哈！”后来，我看过有关著作，知道和田的毛驴并非昆仑山中的野驴驯化的，其祖先应为非洲的野驴，驯化后经丝绸之路传到新疆，又传至内地。尽管如此，昆仑山高原上的野驴仍然属于和田毛驴近亲祖先。与和田温驯的毛驴相比，它们在天风浩然的大自然中自由无拘地生活，保留着高大雄健的身材、轻捷有力的四肢和不甘落后的竞争天性，又该是多么幸运啊！

只有当毛驴们于半夜时分，突然扯起喉咙，用吓人的嗓门昂昂大叫起来，声震旷野，人们这才想起它们早年驰骤于高原荒漠时的英雄本色；也只有在毛驴们偶尔毫无顾忌地把胯下那大得惊人的物件伸将出来，与四条腿鼎足而五，人们才懂得它们也是一种有生命、有性灵、有自己强烈本能欲望的活物！那是毛驴遥远的种族遗传而来的原始生命力，在睡梦中从压抑中释放了出来，或是大漠的风把远古积淀的潜意识冲动唤醒，终于得以宣泄了吗？和田毛驴们往往以最丑陋的形式显示着自己的种族本色，愈是如此，我则愈为之感到深深的遗憾和无尽的悲哀……

之八：和田的玉

在这组散文的最后，我要诚惶诚恐地写写美轮美奂的和田玉了。

和田玉可以说是和田最值得引以为骄傲的特产了。古书上说："金生丽水，玉产昆冈。"和田玉历史极为悠久，据研究已有上万年的资历了，且质地最好，名闻遐迩，堪称全国之冠。我曾在和田地区二轻局和田玉展室里，看到玻璃柜内红色金丝绒上，陈设和田玉的样品，恰如一块块或纯白或嫩黄或碧绿的凝脂，温润光洁，晶莹美丽，令人爱不释"目"，久久不忍离去。古书上形容和田玉说："白如截脂，黄如蒸栗，红如鸡冠，紫如胭脂，黑如点漆……"这远道出了和田玉美之极致。在墨玉、和田和洛浦三县组成的大片绿洲有三条河：喀拉喀什河、和田河、玉龙喀什河（河的名字本身按维吾尔语本义就都与玉石有关），分别盛产黑玉、绿玉和白玉。和田的特产不少，如和田地毯、和田丝绸等等，但都不如和田玉这么独一无二，别无选择，登峰造极，亦不可再生、再造和仿制。

我以前总闹不明白，毫无实用价值的玉石，为什么自古以来被人们推崇备至呢？古语云："黄金有价玉无价""玉比其德"。人们可以视黄金为寇仇，把它骂得狗血喷头，但对美玉却奉若圣洁神物，诚惶诚恐，不容些许亵渎。中国道教中宇宙的最高统治者称为"玉皇大帝"；夏禹王即位时手捧至高无上的所谓"奉之以圭臬"的圭臬，其实就是玉石；皇帝国王要以玉石治"传国之玺"，冠之以玉冕，饮之以玉盘、玉斗、玉筷、玉碗，佩之以玉带、玉环、玉镯、玉坠、玉珠，乘坐的是"玉辇"，持之以玉笏、"玉如意"，调兵遣将要以玉符，赐臣僚极高奖赏以玉器，连死后也要穿上"金缕玉衣"……至于普通庶民百姓，也以拥有一两件玉器为最高愿望。或以为玉器具有"僻邪""镇妖"、验毒之神效，但也只是一种观念性质的，并非从世俗性功利目的出发。后来读了一些美学著作，这才恍然大悟。人类之所以需要不能吃不能喝的艺术，主要是出于一种高层次形而上的精神需求和满足。对于玉器的渴望珍视也当作如是观，所以有"玉有九德""玉精神”“宁为玉碎，不为瓦全”等说法。玉石的色、泽、质、形，还有它加工琢磨时之匠心之艰难，还有它那不可重复的一次性的辉煌，都充分体现了人的美学理想、道德理想和人自身的价值。至真至善至美的玉石，则是人的本质力量的对象化，可以看做是艺术的，也是美学和伦理的一种十分完美的最高级的珍贵象征体。

1969年，我在于田县接受“再教育”时，曾有到昆仑山雪线上看看那里的玉石矿的打算，可惜未能成行，我一直深以为憾。1974年秋，我们和田几位搞美术的同行，也曾在民丰县深山里偶然发现一块一百多斤的奇石，经对玉石颇有研究的老画家张良渡先生等人又是用手电筒照，又是吐唾沫试，反复鉴定，确认为一块上等玉。我们大喜过望，兴致勃勃地费了好大的劲才运回和田，一边还美滋滋地盘算着，卖掉后每人能分到多少钱哩！也许由于我们的“铜臭味”太重冲散了运气的原因吧，结果拉到玉石收购站让人家技术员一看，竟变成不值一文的“卡瓦石”（南瓜石）了！一场可笑的发财梦就这么破灭了。高贵纯洁的美玉，岂容利欲熏心的凡夫俗子们玷污乎？在下心不诚又常怀庸俗之念，空住和田12年而与美玉缘悭一面，徒入宝山而空回，亦咎由自取矣！20世纪80年代初，我曾对名诗人周涛君宣称，要以和田生活的体验，写一部名为《昆仑采玉》的诗集。周涛羡慕地说，这名字听着就令人神往。然而十几年过去了，诗集仍遥遥无期——虽写了几组，也都如痴人说梦没有什么灵性。我知道，我不合当年亵渎了玉石，开罪了玉神，使本来就很平庸的诗才如今干脆弃我而远去了！

诗者，艺术皇冠上之宝玉也，文学之极品也；玉者，世间万物之至灵也，真善美之登峰造极者也，可望不可求，鲁愚世俗之流更不得问津。人们只能以平常之心待之，于不经意中“妙手偶得之”。

也许俗气未脱，鲁钝如我者，永远也采不到昆仑美玉了。不过，如能沐浴斋戒，修身养性，将来于我心灵的昆仑山中觅到一两块玉石碎片也未可知。我想在这里讲述几个听来的关于昆仑采玉的故事，以表达我对和田玉的顶礼膜拜之情。

其一

“采天地之灵气，集日月之精华”而生成的玉石，多埋藏于人迹罕至的高山峻岭雪线之上，大概是为了保持其高洁的品性吧！古人限于技术手段，很难自山中直接采到，玉石大都是被溶化的雪水从高山冲刷到河流里，才被人们所发现。所以古代采集的多为被冲刷得十分光滑的不规则的圆形玉石。据说冲下山的玉石多隐匿在河床水下和乱石之中，不愿让凡夫俗子看到。只有当夜深人静，碧空如洗，月光皎洁时，玉石才浮现出来，与月光交相辉映，发出耀眼的光芒，而且只有品行高洁独具慧眼的人方能发现。人们后来知道了玉石这个秘密，便于月明星稀的夜晚，成群结队，在河上排成一排，挽臂淌水踏石搜索前进，希冀在河中月光最亮的地方采到玉石。故古书记载：“土人观月光极盛处，入水采之，必有美玉。”清代第一大才子纪晓岚当年被清廷流放新疆，大概知道此一风俗，凭想象描绘了和田人结伴踏月入水采玉的盛况。其诗云：

玉拟羊脂温且腴，昆冈气脉本来殊。

六城人拥双河畔，入水非求径寸珠。

其二

话说新中国成立前，昆仑山雪线之上有一玉石矿，很有些年代了，有好几年总也采不到玉，矿主就把气出在工人们身上，一连几个月不发工钱。这时一位很有耐心的采玉工人经过细致观察，终于在马兰花丛中发现了一条隐约可见的玉石“苗线”。他沿着若隐若现的苗线找啊找，结果找到了一窝玉石——昆仑山的玉石都呈“鸡窝”状，像母鸡偷偷下蛋一样，发现一窝就是一大堆——其中一块玉石十分巨大，足有1000公斤多重。巨玉挖出来了，可是谁也搬不动，没有办法运下山。贪婪的矿主全无怜香惜玉之心，竟下令工人们用大铁锤把巨玉砸碎，再一块一块运下去。工人们看着这块晶莹剔透的巨形美玉，心痛极了，怎么也下不了手。狠心的矿主就自己举起18磅的大铁锤，运足气力朝巨玉砸下去！这时山色突然转暗，风云变色，雷鸣电闪，一阵狂风起处，只见矿主连同他手中的大铁锤一起滴溜溜地被卷下悬崖。狂风过后，人们回头再看那块巨玉，已经变成一块普通的山石了，而且那座新发现的玉石矿再也挖不出玉石来，连玉石苗线也从此不见了踪影。

这正是：有心人心诚觅美玉，贪婪汉贪财失性命！

其三

这又是一个玉石矿的故事，并且就发生在新中国成立后——不知是否与上面的故事有内在的联系，待考。工人们在一座老玉石矿里开采了多年，玉石已经告罄，矿领导决定关闭这座老矿，让工人们先撤下山，再设法寻找新的矿点。明天就要告别熟悉的矿洞了，早饭后，一位披着旧棉袄的老工人坐在一块大石头上喝水抽烟。正是7月炎热的盛夏，而这里山风仍然砭人肌骨，他望着云雾中若隐若现的连绵无尽的雪山冰峰，有点发愁，担心完不成今年的生产任务。老工人爱玉如子，平时工作十分细心，开凿岩机的时候总是小心翼翼的，唯恐损伤了宝贵的玉石，因此被大家称为玉石的"接生婆"。他坐在平时爱坐下休息的大石头上闷闷地想，开一座新矿不易啊，能不能在这座矿洞附近再找找看，也许还能找出一些玉石哩！这些玉石就是日怪，老工人想道，为啥一老和人捉迷藏哩？咋不像这块大石头一样，露在外面，一眼就能看出来！说着，他"嗨"的一声使劲拍了一下屁股下面的巨石。谁知这一拍可了不得，竟拍出了一个奇迹！原来老工人一巴掌拍下去，把身边一大缸子茶水给碰翻了，热茶冲开了巨石下面积年的尘土，露出一抹令人惊喜的嫩黄美玉的胴体……于是一块重约一吨的巨型特等和田玉被发现了！

有诗为证：踏破铁鞋无觅处，得来全不费工夫！

1995年8月

沙漠公路行

早年在和田地区工作时，我就对中国人民解放军当年步行半个多月、横穿千里大沙漠解放和田的传奇性英雄壮举十分景仰,对可怕的维吾尔语意为“进去出不来”的塔克拉玛干大沙漠,更是充满了神秘而浪漫的幻想。心想,什么时候也能亲自步量这总面积30余万平方公里、名列世界第二的亘古瀚海,深入腹地去寻觅传说中的海市蜃楼,去体味一下蛮荒绝域中历险探胜的奇趣，去凭吊被流沙掩埋被历史遗忘的古城遗址,从风沙、饥渴、酷暑、严寒、孤独、劳累等种种严峻考验中去体验个体生命的价值,去确证生命力之顽强呢？然而终于未能成行。

不料去年夏天乘赴和田讲学之便,终于了却了这桩多年未竟的心愿。

因为和田机场当时正在扩修,不能飞,于是便改乘长途卧铺夜班车经沙漠公路前往。大巴车离开乌鲁木齐市后,除了打尖、出恭和给车加油加水外,一直不停地开。第二天一大早出轮台县西行数小时,改折南行,便进入塔克拉玛干大沙漠边缘地带。这一带几乎全是一望无际的奇形怪状的原始胡杨林,并不感到怎么荒凉。等到跨越雄伟的塔里木河大桥后,就驶上笔直、平坦、宽阔的塔里木沙漠公路了。通车还不到两年的塔里木沙漠公路,是我国石油系统和交通部门职工“土洋结合”的一个伟大的创造,是人类适应大自然的一项惊人的奇迹。其穿越流动沙漠的绝对长度、在沙漠中建公路的难度和速度,都堪称世界之最,是可以堂而皇之载入吉尼斯世界纪录的,因此近年来在全国知名度颇高。这条高等级公路,除了用于前景喜人的石油勘探开发之外，一个最直接也最明显的效益，就是把从和田到乌鲁木齐的路程一举缩短了500余公里。记得1968年秋我离开母校分配去和田地区时，汽车是两个司机日夜不停轮换开，又因要避开当时喀什市区武斗的枪林弹雨，走的是三岔口——巴楚——莎车一线的“捷径”，结果仍旧用了5天半时间。而如果按正常路线行驶，当时一般长途客车则要在凸凹不平的“搓板”石子路上颠簸十来天呢！据驾驶卧铺车的维吾尔族司机讲，现在改走沙漠公路，从乌鲁木齐到和田则只需30来个小时，其快捷程度真是今非昔比了。

当然，这条公路主要还是用来勘探开发名闻中外的塔里木大油田的。一路上不时遇到美制橘红色巨型“沙漠车”，一辆接一辆地隆隆驶来。那又宽又厚的超大型车轮几乎与我们乘坐的这辆豪华大轿车一样高，行进时天摇地动，威风凛凛。往公路两旁望过去，还可以发现远远近近的沙丘之中，有橘红色衣帽石油工人的身影、简易木板房、正在铺设的输油管道，偶尔还能依稀望见沙漠中高插云端的石油钻塔的雄姿，甚至在天上往来飞行的隆隆作响的直升机……沉睡了亿万年的塔克拉玛干大沙漠，开始被石油工人唤醒并喧闹起来。由此不难想象，油气储量十分惊人的塔里木盆地大油气田那宏伟、壮丽的远景和雄浑、豪迈的气派。

但是我最感兴趣的还是塔克拉玛干大沙漠自身的神秘。时值盛夏7月，骄阳似火，地表温度达到摄氏40度以上，真个是天地为炉，烈焰蒸腾，炙浪滚滚，酷热难当。我记起唐代边塞诗人岑参咏吐鲁番火焰山的名句来：“赤焰烧虏云，炎氛蒸塞空，不知阴阳炭，何独燃此中？”我想，不冒此酷热，怎能亲临实地领略这大漠腹地独特的风光呢？放眼望去，公路两旁尽是连绵起伏、如浪似涛，却阴沉无言、暗藏杀机的沙丘。它们在阳光下亮得刺目灼人，白得惊心动魄，正不怀好意地窥伺着这条油亮的黑色带状异物和爬行其上的钢铁彩色甲虫，似乎就要迈动长足，践而履之。塔克拉玛干大沙漠似乎很讨厌不速之客来打扰自己宁静的岁月，只见干热风起处，车前不时窜来道道黄色沙流，嗞嗞叫着掠过黑色的路面，如万条金蛇狂舞——是试探虚实的流动哨吧？远处忽见一缕缕黑烟卷地而起，扶摇直上万里晴空——可能是点燃了古老的烽火在向远处报警哩！有时一股烟尘旋转着掠地而来，围绕车旁逡巡观察一番，又倏尔远去——该是对不知好歹的入侵者发出的严重警告吧？但是沙漠公路则任凭“敌军围困万千重，我自岿然不动”，硬是用坚挺有力的黝黑色粗壮的线条，按照人的意志在大漠腹部刻画出自己永不磨灭的形象。我想，这大半要归功于公路两旁那铺天盖地、如鳞似网的人工草篱。在沙漠上栽插草篱的工艺，据说是上个世纪50年代修筑包兰线时，铁路工人为战胜流沙保护路基而土法上马的一项杰出发明创造。现在用于新疆沙漠地区的公路建设，居然也取得了意想不到的效果。一条条纵横交错、高约50厘米的草篱（多为麦草、稻草、芦苇等），手挽着手，精神抖擞地把一方方“心猿意马”、蠢蠢欲动的黄沙牢牢地锁死固定在原地。我想，这护卫着数百公里长的沙漠公路、平均百米来宽、纵横交错的草篱，总长度当有数万里之遥，修路工人们劳动的艰辛程度可以想见。这又该是一条长城了，塔克拉玛干大沙漠深处一道防沙护路的新型万里长城！

与我原来想象的不同，在满目荒凉、死寂如月球的塔克拉玛干大沙漠腹地，其实并不乏蓬勃活跃、充满朝气的生命。在那座座沙包之上，既有虬曲盘旋、生机勃勃的红柳丛直刺天穹；漫漫戈壁之中，也自有倔强、葳蕤的骆驼刺、梭梭之属蔓延其间；就是大片流动的白沙之中，竟也会不时窜出一支支芦苇，碧绿、挺拔、锋利，像是从地底射出的渴望的投枪、生命之响箭，以一串绿色的响亮的音符给人以蓦然的惊喜和振奋。而且还时有飞鸟呢喃嘀啾不绝于耳，甚至煽动着小巧而花色的翅膀，要与奔驰的汽车比翼齐飞哩！我很奇怪，在这千里无人烟、滴水难寻觅的“死亡之海”，这些小精灵又怎能生存呢？后来才发现，原来沙漠的旅人所吃剩抛下的高营养食品，自然就成了精明的羽族们聚餐分食的佳肴。公路旁每隔一段路程还有一方芦荻丛生的池塘，碧波荡漾，天光云影徘徊其间，算作这大沙漠腹地中难得的一处景观，为沉闷呆滞的大沙漠增添了一丝儿灵气。那能够激活人们希望和信念的半池清水，是从贮水量原本异常丰富的沙漠深井里泵上来的,供来往车辆和旅人们使用,于是信息十分灵通的小鸟们,也便及时赶来与人类一起分享这大漠中的琼浆玉液了。

夕阳西下,汽车忽地拐了一个大弧向正西奔驰。茫茫大戈壁上,野草杂树多起来,气温也逐渐降下来了。混茫暮色中,南天里隐约浮出一长列昆仑山的雪冠明灭闪烁,像是半空中行进着一列银盔银甲的勇士。司机兴奋地说,快到和田地区的民丰县了！原来长达十来个小时的沙漠之旅已宣告结束,目的地遥遥在望。

我不觉松了口气,第一个感慨就是:不虚此行！当夜即作了一首七绝诗《沙漠公路行》,诗云:

沉沉一线贯南北,如网芦篱铺地来。

风怪沙魔应却步,大漠千里一夕回!

1996 年 9 月

桑株岩画探访记

1980年5月，我陪同北京油画家赵以雄先生由和田到皮山县写生。听县文化馆的同志讲，桑株公社有一幅古代岩画，很有意思，我和赵老师都想去看看。

桑株岩画在桑株河上游，离皮山县城100余公里，其中20余公里还不通汽车。县文化馆的同志说，明天先乘汽车到神柳泉水库工地，后天再骑驴上去。我们虽然急于成行，也只好这样了。

第二天一大早，我们一行六七人，乘汽车出发。一路上，油菜金黄，麦田碧绿，呈现出一派色彩鲜明的初夏风光；虽有几处颇可入画，但为了赶路，只好忍痛割爱。等赶到水库工地，天已过午。饭后，赵老师也不休息，提上画箱就出去写生。他在“文革”中曾下放到工厂当钳工，恢复工作后就立志要周游塔里木大沙漠，画遍古丝绸之路。这次自费来和田，时间抓得很紧，一有空就画画，精神十分感人。我曾在《和田日报》上看到过介绍神柳泉的散文，对它的传奇色彩很是向往，便与县文化馆的老同学王力德兄一起到工地转了一大圈，他给我补充了不少关于神泉的故事。桑株水库是自治区重点水利工程，采用了新的施工方法“洪水淤土法”筑坝，效率很高。现在几百米长、上百米宽的大坝已大部分修好，矗立在高山峡谷间，看去十分雄伟壮观。大坝下面，就是神柳泉旧址。原来这里有几眼流量很大的清泉，滔滔不绝地注入桑株河。神泉上生着一丛盘根交错、状如虬龙的古柳树，“神柳泉”即由此得名。现在神奇的柳树连同种种传说都埋藏在水库大坝下了。

第三天我们从水库工地借来几头毛驴，带足水和干粮，便驱驴登程。山间小路一直沿着桑株河东岸蜿蜒而上，越走越窄，越走越高。河两岸大都是陡峭的石山，峰回路转，偶尔出现一小块河谷冲积平原，镶嵌着大片农田和草地，给人“山重水复疑无路，柳暗花明又一村”的意外惊喜。这里明净的天空比灰蒙蒙的山下也清爽许多，在皑皑雪山的映衬下，显得又高又蓝。因为落差大，桑株河水流十分湍急，翻卷起白色浪花，奔腾而下。哗哗的水声，仿佛在为我们唱着壮行曲。

如果沿着这条山路一直走，穿过喀喇昆仑山口，即可以进入印度境内。古代我们与印度来往比较密切，这里就是一条重要的通道。据说新疆和平解放时，有几个国民党高级将领，就是从这条山路逃往国外的。新中国成立后，英雄的皮山桑株民兵，在这里布下天罗地网，抓住过不少走私犯和叛国者呢！

桑株河谷可真是个神奇的地方！

现在，这条古老、神奇的河谷又因桑株水库和一幅岩画而知名于世，为其再添新的光彩和魅力。桑株岩画的历史很悠久，但过去却很少有人留意它。近年来由于政府重视文物考古工作，它才引起人们的关注。自治区和和田地区文物工作人员多次来此考察，并把它定为自治区级重点文物保护单位。一路上听文化馆同志描述岩画情况，总觉不甚真切：百闻不如一见嘛！不知怎的，在想象中，我总把桑株岩画与曾观光过的龙门石窟和敦煌莫高窟等，这些举世闻名的艺术宝库联系起来。我想，一个古代文化遗存，不论其规模大小，艺术水平高低，都与当时的社会、经济和文化有着密切联系，都是我们研究古代社会人类生活最有说服力的形象资料。从这个意义上讲，桑株岩画尽管小得不很起眼，但它的历史文化和艺术价值是不可抹杀的。

前面有一座一摇一晃的铁索吊桥，吊桥那边就是桑株河水文站。桥下河水十分清澈、湍急。力德兄说，岩画快到了！

离开铁索吊桥，再往前走两个多小时，远远望见河边一块突兀的大黑石，那便是我们此行的目的地了。

岩画就刻印在路旁一块两丈多高的巨石上面。黑中带赤的巨石拔地而起，几与地面呈垂直状态，表面十分光滑，很像一堵上了酱色彩釉的瓷墙。岩画面积不甚大，约两米见方。画面右上方是四个人，其中三人伸臂作吆喝状，另一人持弓射箭，箭已离弦射出；射箭人下方是一只直耳的狗，可能是只猎犬。和猎犬对峙而立的是两只体形高大的野羊，各长着一对巨大、对称而微微弯曲的犄角，为了保护同类，它们正准备与猎人和猎狗作殊死搏斗；在它们的身后，则是一群四散奔逃的野羊。在画面的左上方有几个类似月亮的图形，再根据所描绘的场景来看，很像是打猎的内容，我姑且名之为"月夜狩猎图"吧。岩画形象生动，线条遒劲有力、准确流畅，几乎没有反复修改的痕迹。弓箭、羊角等都画得十分夸张，是作画者着力表现的部位。看来这位不知名的初民艺术家对描绘的对象十分熟谙，特征抓得很准。但是绘画技巧显然还很笨拙幼稚，人、犬和羊的身体都是用单线刻成，很像是古代的象形文字；也不完全不懂得透视关系，如同古埃及人的壁画一样，人、犬、羊、弓箭等器物全都是上下左右排列在一起，仅足示意表象而已，人与物之间的内在联系，要靠欣赏者的想象去补充。

我们又观察了岩画的周围环境，巨石右侧是一片开阔而倾斜的草地，开满了淡紫色的马兰花，过了草地就是浪花飞溅的桑株河了。在河的右岸是一大片阡陌纵横的农田，不远处有几座白杨桃杏掩映的农舍。我不由想起陶渊明的《桃花源记》来。画着岩画的巨石背后是一道沙石小山，西北而望，奇崛的山嘴俨然是一只俯视河谷的雄鹰，而那鹰嘴惟妙惟肖，极为传神，令人为之一振！

此刻，赵以雄先生正坐在马兰花丛中，全神贯注地对着巨石作画。看得出，他对这位远古时代的无名艺术家产生了由衷的崇敬。我也受到感染，打开画夹，在他身边匆匆画了一幅国画写生。一边作画，思想却穿过历史的风云，飞到遥远的史前时代。那时，这里是怎样的一番情景呢？清清的长流水，大片丰美的草地，该是多么理想的生养栖息之地啊！这天，月光下出现了成群的野羊，于是英勇的猎手们，手持弓箭石块冲了上去……大自然的美好风光，紧张而有趣的狩猎生活，征服自然的喜悦和自信，激发了那位无师自通的无名艺术家的画兴，便用锋利的箭镞在这块巨石上刻下了“月夜狩猎图”，记录下他们这次成功的打猎生活场景。这幅岩画，描绘了他们自己那种豪迈的英雄形象，讴歌了他们同大自然作斗争的精神风貌，同时也显示了他们杰出的艺术才华。

不知什么时候，我们身后围过来几个维吾尔老乡，其中一位面孔英俊、目光锐利、身材高大的小伙子，像是位猎人。他左肩站着一头毫不安分的猎鹰，右肩斜背一支双筒猎枪，腰间挂着一溜野兔、雪鸡，手中还提着一只毛色火红的小狐狸，真是满载而归了。我立刻联想起岩画上的猎人形象：弓箭换猎枪，今非昔比啦！

这里雨水稀少，人迹罕至，岩石又十分坚硬，不易腐蚀剥落，所以岩画一直保存得完好。不过近来却遭到一些人为的破坏。某些自命风雅的人士，在画面上刻了不伦不类的红五星，还用歪歪斜斜的汉字刻下什么“××到此一游”的字样，实在大煞风景，令人痛心！

后来我曾就桑株岩画的形成年代，请教了原自治区博物馆馆长李遇春先生，他说经过初步考证，桑株岩画大概是新石器时代的作品，那么就是说它已有几千年的历史了。由此我不由不佩服多才多艺的世居新疆的古代民族（羌族？塞族？），他们的艺术创造力是那么伟大，真是令人惊异。

1981 年 9 月

后记:从博格达峰脚下出发

我这辈子,恐怕要永远与博格达峰结下不解之缘了!

1959年5月,我,一个疲惫、懵懂、怯弱、自卑的少年,从饥馑的中原,万里迢迢来到博格达峰下,来到乌鲁木齐投亲求学。那时,正是塞外边城惠风和畅、万木葱茏的初夏季节。

新疆敞开慷慨的胸怀收留了我,我吃饱了肚子,打起了精神,开始好奇地打量起这块陌生而又神秘的土地来。

当时我住在健康路一座土平房四合院里(现为自治区司法厅大楼所在地),出了大门就是人民广场。那时乌鲁木齐市没有多少高楼大厦,广场东面著名的天山大厦也只有三层,挡不住高耸于其上的天山雪峰的。记得那天是刚到乌鲁木齐市不久,一场夜雨停了,晨曦初露,天朗气清,我一出大门,突然被迎面的博格达峰给吸引住了:她披一身晶莹的白雪,衬托着钢蓝色明净的晴空,霞光之中,雄伟、峻拔,清晰、亮丽,挺然翘然,拔地而起,如一块巨大无朋的尖顶白玉圭,晶莹剔透,发着毫光,高插天际;更如一面银色的大纛,横空出世,猎猎飘扬,摄人心魂,那阵势、那气派真的把我给镇住了。我惊讶莫名,禁不住屏气伫立,呆望许久,忘乎所以。从此,几十年来,博格达皑皑雪峰那奇崛突兀而又泰然自若的崇高雄姿,便永远定格于我的脑际,灼灼闪光,永难忘怀。

稍后,我逐渐知道了,终年积雪、海拔5400余米的博格达雪峰,本是绵延千里、气象万千的中天山主峰,矗立于广袤新疆大地的中心。三座冰峰相互簇拥着因而饱含力度的金字塔造型，荟萃了新疆魅力的精粹，使她既成为天山的典型象征，也是自治区首府的市山，更是新疆古今不二的地标。博格达给了我生命、勇气和智慧，如一盏不灭的天灯，照亮我前行之路，不时给我以精神的鼓舞与召唤。我感激博格达，敬畏博格达，在她的脚下我生活了几十年，由一个柔弱的少年，成长为健壮的西部汉子，进而忝列为自信的小文人。期间，虽因种种原因我多次离开过她，去到内地或南北疆其他地方，但最后都在博格达峰的感召吸引下，转了一圈，又皈依到她的身边。

1968 年 10 月，在知青上山下乡的高潮中，我别无选择地依依告别了博格达峰，被分配到和田。在那个僻远、清苦、风沙迷蒙的地方，我度过了一个完整的 70 年代。1980 年底，在改革开放的春风中，在博格达的招引下，我又回到她的脚下。当我再次望到她那雄伟挺拔的身姿时，曾感慨地写下一首励志诗：

漠南虚掷十余春，又见博峰高入云。

天赋小才似可用，我侪岂是碌庸人！

过了 26 年，2006 年初退休后，在思乡之情的驱使之下，我回河南南阳老家小住了一年多（期间暑假和寒假，我是照例都要回到乌鲁木齐来的）。然而不期然间，却又十分强烈地怀念起博格达雪峰来，总以为新疆才是自己真正的故乡呢。于是我套用唐代诗人贾岛写了一首感怀诗，毅然回到博格达峰脚下：

西域为家五十霜，归心依旧忆丹阳。

老来又饮丹江水，却望天山是故乡！

这真是挡不住的诱惑。几十年来，我不知多少次寻觅过、凝望过、审视过、探究过博格达的雄姿，企图真正读懂她，接受她感情的抚慰和精神的启迪。我也曾多次登上她山腰间的天池，于天风浩然中，谨掬一瓣心香虔诚地朝拜她。我知道，博格达山不仅湖光山色绮丽、奇特，而且还是一座历史文化内涵十分丰厚的神山。

2013 年她被联合国教科文组织批准为世界级自然文化遗产，就是明证。文化神山博格达教给了我不甘平庸的进取心，唤起我无数美丽奇幻的想象，给了我诸多创作的灵感，成了我安身立命的基点。她是我心仪的精神家园，更是我灵魂诗意的栖息之地。为了表示依恋之情，我刻了两枚闲章曰："日对博峰"，一为小篆，一为大篆，经常钤印在书画习作上。我更写下多篇文字赞美她，如长篇历史小说《李白仗剑西域行》和《岑参》中的多个章节、片断，分别将唐代大诗人李白和岑参对博格达峰（当时被称作"白山"）的惊异、敬畏的感觉，做了悉心的揣摸和描述。我还写了《消逝的画幅》《初夏的博格达雪峰》等多篇散文，反复抒写了我对博格达峰的发现和感悟。我称她为"一轴高远立轴的古画""一部关于人生哲理的无字丰碑""一卷至真至善至美的宇宙学大书"。这两篇散文的题目，甚至还被我选作两部散文集的书名。

在全中国省会级的大城市中，似乎只有乌鲁木齐市如此得天独厚，有这么一座距离切近，而且富含文化元素的著名大雪山相依傍。我想，能够长期生活在一座著名雪山的气场中，实在是一个文化人的幸运；能作为一种用之不竭的文化精神资源，将她永远装进心中，走遍天涯，徜徉大地，更是一种幸福。我与天山主峰博格达山是如此有缘，新疆师范大学近年在乌鲁木齐市东郊石人沟建设新校区，刚好在博格达峰脚下。我在那里集资了一套新房，特意选择了小高层的顶楼。因为从那里我就可以无遮无拦地真正实现"日对博峰"，骋目抒怀，尽情地领略她那峻拔突兀的雄姿了。

几十年来，我数十次从博格达峰脚下出发，走读了天山南北许多地方，足迹北到喀纳斯湖，南到昆仑桑株河，东至伊吾胡杨林，西到帕米尔雪山，然后又回到博格达峰的身边。在她的精光激励辉映下，我写下百余篇散文随笔习作，作为我对极富魅力的第二故乡人文之奇和自然之美的深情礼赞。最近，我选编了其中 60 篇散文随笔，以《新疆的魅力》为书名出版，以此表达我对新疆、对天山、对博格达峰由衷的感念和景仰。感谢新疆文化出版社助我实现了这一夙愿。

“行万里路，读万卷书”，既属中国历代文人遵循谨记的知行格言，也是我自觉的人生追求。现在我虽已入古稀之年，但值得庆幸的是，心劲不失，腿脚尚可。对于我来说，漫长、美丽而又艰辛的文学之旅，似乎还没有结束，我还不到搁笔的时候。今后如有机会，我还要从博格达峰脚下出发，到天山南北各地行走，继续感受新疆的魅力，写下自己惊喜的观感和新奇的发现。

2014 年 6 月 2 日　端午诗人节